D1923910

Die Maske des Kriegers

Lyn Hamilton

Die Maske des Kriegers

Deutsch von Christa Hohendahl

Weltbild

Originaltitel: *The Moche Warrior*
Originalverlag: The Berkley Publishing Group,
a Member of Penguin Putnam Inc., New York

Die Autorin

Lyn Hamilton ist die Autorin einer sehr erfolgreichen Serie archäologischer Mystery-Krimis. In Toronto geboren und aufgewachsen, hat die Kanadierin durch ihr Studium der Anthropologie und Archäologie ein leidenschaftliches Interesse für alte Kulturen entwickelt, das sie in ausgedehnten Reisen um den ganzen Globus führt. Sie besucht jeden der Schauplätze, über die sie schreibt, um vor Ort sorgfältig zu recherchieren. Neben diversen Tätigkeiten in der Verlags- und Medienbranche leitete Lyn Hamilton auch viele Jahre eine archäologische Landesbehörde. Einige ihrer Romane wurden für den renommierten *Arthur Ellis Award* nominiert. Lyn Hamilton lebt in Toronto und hat wie die Protagonistin ihrer Romane ein Faible für Antiquitäten. Im Weltbild Buchverlag erschienen folgende Titel von Lyn Hamilton: *Das keltische Labyrinth*, *Der Fluch der Maya*, *Das Vermächtnis der Wikinger* und *Das etruskische Grabmal*.

Weltbild Taschenbuch

Für den Complejo de Moro von 1997

Prolog

Der Große Krieger ist tot. Eine Zeit lang werden die Waffen ruhen, werden die Kämpfe der Männer zum Stillstand kommen. Eine Zeit lang werden die Priester die Prozessionen auf dem großen Vorplatz am Fuße der Huaca aussetzen, ebenso ihre Beschwörungen, und sie werden dem Fluss des heiligen Bluts in den Kelch Einhalt gebieten. Ruhen wird auch die Zurschaustellung der Gefangenen mit den Seilen um ihre Hälse und den auf den Rücken gebundenen Händen, ihrer Waffen beraubt, nackt, besiegt und gedemütigt. Andere Zeremonien werden stattfinden, andere Menschen werden nun ihre Knie vor dem Enthaupter beugen.

Der Große Krieger ist tot. Schon bereiten die Priester das Königsgrab vor und schaufeln unter der Huaca in die Tiefe. Die vigas, *die Balken, die es bedecken sollen, werden ausgewählt; die Lehmziegel, mit denen es verkleidet wird – jeder Stein trägt das Zeichen seines Handwerkers – sind aus dem Landesinneren herangeschafft worden. Alles ist bereit. Nun ist es an der Zeit, dass wir diesen bedeutenden Mann für seine Reise rüsten.*

Der Große Krieger ist tot. Wir sind verwundbar ohne ihn, ohne die Zauberformeln und Rituale, die uns beschützen. Ohne ihn kann das Wasser aus den Bergen seinen Lauf ändern, können die Ernten zu Staub zerfallen, die Fische aus dem Meer verschwinden. Wir müssen ihn mit einer prächtigen Feier auf den Weg schicken. Wir müssen bald den neuen Krieger wählen.

EIDECHSE

1

»Weh aber euch, Land und Meer! Denn der Teufel ist zu euch hinabgekommen«, donnerte der Mann mit erhobenen Armen, wobei seine Augen auf irgendeine ferne Vision gerichtet waren.

»Offenbarung des Johannes 12,12«, murmelte ich vor mich hin. Ich wusste Bescheid: In den letzten drei Tagen, seitdem der Verrückte aus der Nachbarschaft sich unmittelbar vor meinem Geschäft – *Greenhalgh & McClintoch* – ein kleines Rechteck auf dem Gehsteig abgesteckt hatte, um das Ende der Welt zu verkünden, hatte ich es unzählige Male gehört. Wenn er nicht die Bibel zitierte, trug er ohne Unterlass Shelleys Gedicht *Ozymandias* vor und beschwerte sich mit Inbrunst über den Teil, in dem Ozymandias den Allmächtigen auffordert, sein Menschenwerk anzusehen und zu verzweifeln. Ich war nicht sicher, was schlimmer war: Shelley oder die Offenbarung.

»Offenbarung 12,12«, dröhnte er, und ich konnte zumindest befriedigt feststellen, dass ich in meinen Kenntnissen über die apokalyptischen Texte rasche Fortschritte machte.

»Zuerst wird ein schreckliches Feuer kommen«, fuhr er fort, und seine Stimme nahm einen milderen Tonfall an, weil er versuchte, eine kleine Gruppe von Touristen in seinen Bann zu ziehen. Das derart bedrängte Quartett versuchte, sich vorsichtig an ihm vorbeizuschieben. Man konnte es ihnen kaum verübeln. Er wirkte schmutzig und ungepflegt und hatte die Augen eines Fanatikers. »Dann sah ich etwas, das einem gläsernen Meer glich und mit Feuer durchsetzt war«, sprach er weiter.

Wieder die Offenbarung, dachte ich.

»Offenbarung 15, Vers 2«, psalmodierte er. »Dann werden die Menschen sterben. Denn der Lohn der Sünde ist der Tod«, fügte er hinzu.

»Römerbrief 6,23«, sagte ich. Ich konnte mich nicht zurückhalten. Der Mann ging mir auf die Nerven, so kritikwürdig ich die Unfähigkeit der Gesellschaft, mitfühlend mit psychisch Kranken umzugehen, auch fand. Schließlich waren es meine Kunden, die er vertrieb. Es war Touristensaison, und die Leute mieden diesen Straßenabschnitt wie die Pest. Kein Wunder. Auch ich schlenderte gerade auf der anderen Straßenseite umher, in der Hoffnung, dass ihn etwas ablenken würde, damit ich rasch über die Straße und in den Laden laufen konnte, bevor er mich wahrnahm. Ich wusste bereits, was bei meinem Anblick kommen würde: das Buch Jesus Sirach.

»Kaum eine Bosheit ist wie Frauenbosheit!«, brüllte er, als er mich schließlich entdeckte. »Buch Jesus Sirach 25,19.«

Ich zuckte zusammen, eilte an ihm vorbei und lief die Stufen zum Geschäft hinauf.

»Es ist Ihre Schuld!«, schrie er, wobei er mit dem Finger auf mich zeigte und die Augen auf mich geheftet hielt. Ich ging rückwärts die letzten beiden Stufen hinauf und stürzte regelrecht hinein. Die Waagschalen neigten sich zugunsten von Percy Bysshe Shelley.

»Ist alles in Ordnung, Lara? Was ist nur mit diesem grässlichen Mann los?«, seufzte Sarah Greenhalgh, als ich durch die Tür geflogen kam.

»Ich würde sagen, er hat vergessen, seine Medikamente zu nehmen«, meinte Alex Stewart, ein Seemann im Ruhestand, der außerdem mein Nachbar und unsere unentbehrliche Aushilfe im Laden ist. »Vielleicht liegt es auch an der Jahrtausendwende«, fügte er hinzu. »Sie weckt offenbar eine Art primitiver Furcht in uns. Ihr braucht nur mal die Zeitungen anzuschauen! Auf der ganzen Welt machen sich die Menschen Gedanken um irgendwelche Zeichen am Himmel und solche Dinge. Lauter böse Omen, die scheinbar darauf hindeuten, dass uns eine Katastrophe bevorsteht, die alles Leben mit einem Schlag auslöscht.«

»Ich wünschte nur, er würde sich für seine Tiraden eine andere Stelle des Bürgersteigs suchen«, seufzte ich. »Er ist geschäftsschädigend! Trotzdem möchte ich nicht die Polizei rufen. Irgendwie kann er einem ja leidtun.«

Wenn ich heute daran zurückdenke, hatte der Mann jedoch in gewisser Weise recht, auch wenn er eindeutig geistesgestört war. Vielleicht nicht gerade, was die genaue Abfolge angeht. Der Mann in unserem Abstellraum war tot, ermordet, allerdings vor und nicht erst nach dem Feuer. Doch der Teufel – oder zumindest sein irdischer Handlanger – hatte also tatsächlich eine Zeit lang unter uns geweilt. Und – auch wenn es immer noch schmerzt, es zuzugeben – ich muss eine gewisse Verantwortung, eine Art von Schuld einräumen, denn alles, was geschah, war gewissermaßen auf meine Unfähigkeit zurückzuführen, mit einer heiklen persönlichen Situation umzugehen.

Die ganze verfahrene Geschichte begann, zumindest nach den Polizeiakten, damit, dass mein Geschäft verwüstet wurde und beinahe niederbrannte. Meiner Ansicht nach fing alles jedoch schon einige Monate vorher an, als Maud McKenzie überraschend von uns ging.

Maud war die Exzentrikerin von Yorkville, wo sich *Greenhalgh & McClintoch* befindet. Sie und ihr Ehemann Franklin waren die Besitzer eines seltsamen kleinen Ladens, in dem sie alles Mögliche verkauften: ein paar Antiquitäten, ein wenig Trödel, und der – Gott segne sie – den Namen *Old Curiosity Shop* trug. Maud und Frank wohnten über dem Geschäft. Sie waren da, so lange ich denken kann. Das Haus, in dem sich der Laden befand, hatte ursprünglich Mauds Familie gehört, und erst viele Jahre später, nachdem ihre Verwandten es verkauft hatten und fortgezogen waren, hatten Maud und Frank es sich leisten können, das alte Gebäude zurückzukaufen. Sie hatten schon hier gelebt, als Yorkville noch ein heruntergekommenes Viertel gewesen war. Sie hatten zugesehen, wie es in den Sechzigern zum kulturellen Zentrum wurde, als all diese großartigen Cafés und Folksänger dort waren, und hatten die Zeiten durchgestanden, in denen die Sechziger hässlich geworden waren und die Drogenszene sich hier angesiedelt hatte. Und als Yorkville seine Renaissance als vornehme Einkaufsgegend erlebte, machten sie genauso weiter wie vorher.

Sie hatten einen relativ lockeren Zusammenschluss von Händlern gegründet, eher eine Art Club zum geselligen Beisammensein als alles andere, dem zahlreiche von uns hiesigen Ladenbesitzern angehörten. Einmal pro Woche kamen wir in der *Coffee Mill* zusammen und nannten es unser Straßentreffen. Wir koordinierten unsere Weihnachtsdekorationen, richteten einen Fonds ein, um für das Viertel zu werben, kümmerten uns um Fälle von Vandalismus – die üblichen Dinge eben. Doch vor allem plauderten wir gern: darüber, wer gerade renovierte, wer sein Geschäft aufgab, wer eines eröffnete. Ein paar Jahre zuvor, als mein Mann Clive und ich uns gerade trennten und ich das Geschäft verkaufen musste, um ihn auszuzahlen, war auch dies sicher ein Gesprächsthema. Wir wachten über die Straße, als hinge unsere Existenz davon ab, was ja auch tatsächlich stimmte.

Wir waren eine feste kleine Gruppe und alle miteinander befreundet, zum Teil, weil wir in unterschiedlichen Branchen tätig und somit keine direkten Konkurrenten waren. Wir hatten einen Modedesigner, einen Buchhändler, einen Friseur, eine Bastelladenbesitzerin, mein Antiquitäten- und Designgeschäft und einen Wäscheladen. Neuankömmlinge wurden nicht unbedingt ausgeschlossen. Aber bevor jemand neu aufgenommen wurde, war ein einstimmiges Votum erforderlich, und wir entschieden uns nicht besonders oft für eine Abstimmung.

Als Frank starb, führte Maud das Geschäft allein weiter. Wir haben nie herausgefunden, wie sie es schaffte. Vielleicht lief der Laden besser, als jeder Einzelne von uns vermutete. Wenn man intensiv suchte, konnte man zweifellos wahre Schätze dort finden. Doch nach Franks Tod schien sich das Angebot nicht mehr großartig zu verändern.

Als Maud ein wenig, wie sie es nannte, »wackelig auf den Beinen« wurde, verlegten wir unser Kaffeekränzchen in ihre Wohnung, und jeder von uns brachte reihum eine Kanne Kaffee und ein paar Kekse mit. Eines Tages jedoch gingen meine Freundin Moira und ich hinüber, um nach ihr zu sehen, weil der Laden nicht pünktlich geöffnet hatte. Maud, die gelegentlich ihre kleinen »Anfälle« – so bezeichnete sie es – hatte, lag am Fuß der Treppe, die in ihre Wohnung im ersten Stock führte. Ein unglücklicher Sturz, schloss der Gerichtsmediziner. Das Genick war gebrochen, und der Schädel ebenso.

Ich denke, als Moira und ich sie dort liegen sahen, war uns beiden bewusst, dass unser Viertel nie mehr dasselbe sein würde.

Zu unserer großen Überraschung hatten Maud und Frank wesentlich mehr Geld besessen, als wir jemals vermutet hatten. Eine hübsche Summe, genau genommen etwas mehr als eine Million Dollar, und darin war der Verkauf des Gebäudes und des Mobiliars noch nicht eingerechnet. Ein Großteil des Geldes ging an diverse Wohltätigkeitsorganisationen, das alte Gebäude und den Hausrat bekam ein Neffen in Australien, von dessen Existenz wir nichts gewusst hatten, und zusätzlich gab es einen netten kleinen Fonds, der mit der Auflage eingerichtet worden war, dass unsere Kaffeekränzchen – wir waren alle einzeln genannt – einmal im Jahr zu einem Essen in einem Restaurant unserer Wahl zusammenkommen sollte, solange es uns möglich wäre.

In der folgenden Zeit drehten sich die Gespräche fast ausschließlich um Frank und Maud.

»Was meinst du, wo das ganze Geld herkam?«, überlegte ich laut, als Moira morgens auf einen Kaffee vorbeigekommen war, bevor wir unsere Geschäfte öffneten.

»Aus Kapitalanlagen«, vermutete Moira, Besitzerin des hiesigen Schönheitssalons. »Als ich irgendwann bei ihnen vorbeischaute«, fuhr sie fort und tippte dabei mit ihren perfekt manikürten Nägeln leise auf den Tisch, »arbeitete Maud gerade oben an ihrem Schreibtisch. Für mich sah es nach Wertpapieren aus.«

»Aber man muss erst mal Geld besitzen, bevor man es anlegen kann!«, erwiderte ich. »Wenn ich von meinen persönlichen Erfahrungen ausgehe, dann würde ich sagen, dass diese Läden sicher niemanden reich machen.«

»Vielleicht waren sie einfach besser als wir«, entgegnete Moira und schloss sich großzügig mit ein, obwohl sie eine sehr erfolgreiche Geschäftsfrau ist.

Aus irgendeinem Grund erinnere ich mich recht gut an jenen Tag. Ich ließ den Blick durch mein Geschäft schweifen, das meiner Meinung nach ausgesprochen hübsch aussah, und dachte darüber nach, wie glücklich ich zum ersten Mal seit geraumer Zeit mit meinem Leben war, wie mein Universum sich zu meiner vollsten Zufriedenheit entfaltete. Der Laden warf regelmäßige, wenn auch nicht gerade überwältigende Einnahmen ab. Sarah und ich arbeiteten gut zusammen. Sie überließ mir die Kaufentscheidungen, weshalb ich vier ausgedehnte Einkaufsreisen pro Jahr in Teile der Erde, die ich liebte, unternehmen konnte, während sie, die geborene Buchführerin, das Geschäft sehr effizient verwaltete. Wir hatten eine ansehnliche Stammkundschaft aufgebaut, die uns in mageren Zeiten über Wasser hielt.

Was mein Privatleben betraf, hatte ich meiner Ansicht nach ein angenehmes Leben. Ich war nun schon seit etwa einem Jahr ohne Partner und musste feststellen, dass ich das

Single-Dasein genoss, auch wenn ich öfter, als mir lieb war, an die frühere Liebe meines Lebens dachte – einen mexikanischen Archäologen namens Lucas May – und gelegentlich immer noch gegen die Versuchung ankämpfen musste, ihn anzurufen und zu bitten, zu mir zurückzukehren.

So oft ich konnte, traf ich mich mit Freunden wie Moira, und einmal in der Woche besuchte ich einen Abendkurs an der Universität von Toronto, meist etwas über antike Geschichte oder antike Sprachen, zum Teil, weil ich beruflich damit zu tun hatte, aber vor allem, weil ich mich dafür interessierte. Ich hatte bereits vor langer Zeit eingesehen, dass aus mir nie eine Wissenschaftlerin werden würde, aber mir gefiel es, mich in vielen Bereichen ein wenig auszukennen, und insbesondere, etwas über die Geschichte der Orte zu lernen, die ich besuchte, um meine Einkäufe zu tätigen.

Für ein junges maltesisches Paar, das in Kanada lebte, solange der Mann, Anthony Farrugia, Architektur studierte, war ich eine Art Ersatzelternteil geworden. Diese Aufgabe teilte ich mir mit einem Freund, Rob Luczka, einem Sergeant der Royal Canadian Mounted Police, der RCMP, den ich vor ein paar Jahren auf Malta kennengelernt hatte und mit dem ich in Verbindung geblieben war. Die jungen Farrugias wohnten in der Erdgeschosswohnung des Hauses, das Rob sich mit seiner Tochter Jennifer und seiner Lebensgefährtin Barbara teilte. Von Zeit zu Zeit schaute ich bei den Farrugias vorbei, etwa einmal im Monat rief ich bei Anthonys Mutter an, um Bericht zu erstatten, und wenn ich in der Stadt war, aß ich sonntags mit Anthony, seiner Frau Sophia sowie Rob und seinem Clan in ihrem Haus zu Abend. Mein Leben gestaltete sich ausgesprochen angenehm, auch wenn es nicht übermäßig aufregend war.

»Was meinst du also, was wird mit Mauds ganzem Kram geschehen?«, unterbrach Moira meine Gedanken.

»Der australische Neffe hat kein Interesse daran«, warf Alex ein. »Das Haus steht zum Verkauf, und das Mobiliar soll versteigert werden. *Molesworth & Cox*«, fügte er hinzu und nannte damit ein piekfeines Auktionshaus.

»Nun, wenn du das sagst, Alex, muss es ja stimmen«, sagte Moira lachend. »Ich weiß nicht, wie du es anstellst, aber du scheinst wirklich immer alles zu wissen.«

Nicht alles, wie sich herausstellte. Bald darauf hing ein »Zu verkaufen«-Schild an dem Gebäude, und das Haus wurde unmittelbar danach von einem Mann erworben, der einer der bedeutendsten Grundstücks- und Immobilienbesitzer der Gegend war. Kurz darauf wurde es für einen neuen Mieter instandgesetzt. Für wen genau, verriet der Eigentümer nicht. Er gab lediglich preis, dass der Mieter vornehm, gebildet und interessant sei, was uns nicht viel weiterhalf.

Wir waren alle der Ansicht, dass wir ebenfalls über diese Eigenschaften verfügten.

Ein großer Bauzaun verbarg die Renovierungsarbeiten vor unseren Blicken, so angestrengt wir auch versuchten hineinzuspähen. Nicht einmal Alex Stewart gelang es herauszufinden, wer der neue Mieter sein würde.

Eines Tages wurde der Zaun mit viel Aufhebens entfernt, und das Geschäft zeigte sich in all seiner Pracht. CLIVE SWAIN, RAUMAUSSTATTER, ANTIQUITÄTENHÄNDLER, stand auf dem Schild. Mein Exmann, diese Ratte, konkurrierte mit mir von der anderen Straßenseite aus!

Von diesem Moment an begann meine angenehme kleine Welt ins Wanken zu geraten.

»Du lieber Himmel, manche Männer sind wirklich schwer loszuwerden! Sie hängen an einem wie schmutzige Wäsche!«, rief Moira.

»Das ist so grauenhaft!«, jammerte ich. »Ich war es, die zuerst in der Branche arbeitete«, erklärte ich unnötigerweise, denn Moira wusste das nur zu gut. Aber ich musste es dennoch sagen. »Der einzige Grund, warum er in diesem Gewerbe Fuß fassen konnte, ist, dass ich bei unserer Heirat dumm genug war, ihm die Hälfte abzugeben. Und er war so ein Schuft und bestand bei unserer Trennung darauf, dass ich das Geschäft veräußerte, um ihm das Geld auszuzahlen. Dass ich mich mit Sarah wieder einkaufen konnte, war reines Glück. Und was macht er jetzt? Genau gegenüber!«

Moira zeigte sich verständnisvoll: »Er scheint es tatsächlich herauszuhaben, wie er Frauen dazu bringt, dass sie für ihn sorgen, nicht wahr? Zuerst du, die ihm jedoch auf die Schliche kommt und ihn vor die Tür setzt. Also lässt er sich mit dieser Neuen ein – wie heißt sie noch gleich? Celeste – die, sagen wir es klar heraus, ihm ein komplettes Geschäft finanziert. Ich glaube nicht, dass er eine große Bedrohung für dich darstellt, Schätzchen«, fuhr sie fort. Moira nannte jeden ›Schätzchen‹. »Schließlich hat er in seinem ganzen bisherigen Leben nicht einen einzigen Tag richtig gearbeitet, oder?«

Das stimmte. Clive war ein brillanter Innenausstatter, und eine Zeit lang waren wir ein gutes Team gewesen. Man musste jedoch kein Genie sein, um zu merken, dass er schon bald, nachdem wir geheiratet hatten und ich ihm den einen Anteil am Geschäft – die Hälfte – als Hochzeitsgeschenk überlassen hatte, dazu überging, an Hotelpools herumzuliegen und jungen Frauen in Bikinis schöne Augen zu machen, während ich mich mit einem gemieteten Jeep steile Bergstraßen hinaufkämpfte, um zu herausragenden Holzschnitzern zu gelangen, oder in irgendeiner heißen, stickigen Lagerhalle mit Zollagenten diskutierte.

Im Grunde hatte Moira recht. Clive arbeitete nicht gern. Aber er hatte wieder geheiratet, eine wohlhabende Frau namens Celeste, und sie besaß genügend Geld, um Leute zu engagieren, die die Arbeit für ihn erledigen konnten. Ich versuchte, das Ganze herunterzuspielen, und versicherte Sarah – die sich gefragt haben muss, was sie in ihrem früheren Leben verbrochen hatte, dass sie es verdiente, in diesen Streit hineingezogen zu werden –, dass Clive auf keinen Fall ein Problem darstellen würde.

In Wahrheit konnte er jedoch hart arbeiten, wenn er wollte, und bei unserem Scheidungsprozess war er ein grausamer Gegner gewesen. Ich betrachtete ihn durchaus als Bedrohung, aber es steckte noch mehr dahinter. Ich hatte ihn geliebt, wir waren zwölf Jahre lang verheiratet gewesen, und seinen Namen in eleganten Goldbuchstaben auf dem Schild auf der anderen Straßenseite zu sehen bedeutete eine stetige Erinnerung an etwas, das ich als persönliche Niederlage betrachtete – als wäre das Scheitern unserer Ehe und Clives Verhalten ausschließlich eine Folge meiner eigenen Unzulänglichkeit. Mir graute vor der unvermeidlichen ersten Begegnung mit ihm, und meine Angst machte mich wütend, sowohl auf Clive als auch auf mich selbst.

Ich versuchte, möglichst gute Miene zu machen, und nahm mir vor, genauso fortzufahren wie bisher und mich auf die kleinen und alltäglichen Dinge meines Lebens zu konzentrieren. Ich machte Pläne für meine nächste Reise nach Indonesien und Thailand und kümmerte mich um die letzte Sendung aus Mexiko. Was mein gesellschaftliches Leben anging, so gab es jeden Sonntag ein Abendessen in Robs Haus. Wie um diese Jahreszeit üblich, saßen Sophia, Jennifer und ich dann jedes Mal auf der Terrasse und sahen Rob und Anthony beim Grillen zu, während Barbara, eine flotte Blondine mit einem Pferdeschwanz und einem prachtvollen Körper und – sollte es so etwas jemals geben – überdies eine sichere Kandidatin für den Martha-Stewart-Preis für perfekte Haushaltsführung, exquisite kleine Vorspeisen sowie gemischte Blattsalate mit exotischen Zutaten herumreichte, die ich nicht einmal identifizieren konnte.

Darüber hinaus stand die Versteigerung von Mauds Besitztümern bei *Molesworth & Cox* an. Ich wollte daran teilnehmen, um zu sehen, ob ich einige von Mauds Sachen erwerben konnte, ein paar Gegenstände, die ich im Laden verkaufen könnte, und ein oder zwei persönliche Stücke zur Erinnerung an Maud und Frank. Ich hatte Alex gebeten, nach der Ankündigung der Auktion Ausschau zu halten.

Alex tat sogar noch etwas Besseres und besorgte mir eine Ausgabe des Katalogs. Eines Tages blätterte er ihn durch, als ich gerade dabei war, die Schaufensterauslage neu zu arrangieren, und es beharrlich vermied, zu Clives Laden auf der anderen Straßenseite hinüberzusehen.

»Aha, was haben wir denn da?«, hörte ich ihn murmeln. »Sieh mal hier, Lara. Ist es das, wofür ich es halte?«

Ich warf einen Blick auf den Katalog und lächelte. »Cape Cod«, sagte ich. »Gute Arbeit, Alex. Das hätte ich möglicherweise übersehen.«

»Wird Jean Yves nicht erfreut sein?«, erwiderte er. »Allein dafür solltest du auf jeden Fall hinfahren.«

Er sprach von einem Satz von sechs Wasserkelchen aus Pressglas mit Cape-Cod-Muster aus den 1880er-Jahren, die am selben Tag wie Mauds Habseligkeiten versteigert werden sollten. Bei dem fraglichen Jean Yves handelte es sich um Jean Yves Lassonde, einen französischen Schauspieler, der zehn Jahre zuvor nach Hollywood gegangen war, um einen Film zu drehen. Er war in Amerika geblieben, hatte eine Farm im Norden des Staates New York gekauft und war dort eingezogen. Ich hatte ihn vor mehreren Jahren kennengelernt, als Clive und ich noch das Geschäft zusammen betrieben und Jean Yves sich gerade wegen Dreharbeiten in der Stadt aufhielt.

Er war in den Laden hineinspaziert, der damals noch *McClintoch & Swain* hieß, und das Geschäft hatte ihm gefallen. Bei jenem ersten Besuch hatte er einen schönen alten Spiegel und einen antiken Schrank aus Teak erstanden, den ich in sein Farmhaus liefern ließ. Danach kam er jedes Mal, wenn er in der Stadt war, vorbei und kaufte nahezu immer etwas. Bei einer Gelegenheit hatte ich ihm einen sehr großen geschnitzten Eichen-Esstisch aus Mexiko verkauft, zusammen mit sechzehn dazu passenden Stühlen mit wunderbar gearbeiteten Rückenlehnen und schönen abgenutzten Ledersitzen.

Er hatte damals lachend gesagt, dass er gar nicht wisse, was er mit einem derart riesigen Tisch anfangen solle, da er nur fünf von den antiken Glaskelchen mit dem Muster, das er eben erst zu sammeln begonnen hatte – dem Cape-Cod-Muster –, hatte finden können. Auch wenn nordamerikanisches Pressglas nicht zu meinen Spezialgebieten gehört, hatte ich ein paar Nachforschungen zu dem Thema angestellt – weil er ein so guter Kunde und ein wirklich angenehmer Mensch war – und herausgefunden, dass die Formen für die Herstellung regelmäßig über die Grenze zwischen den USA und Kanada hin- und hergereicht wurden und dieses spezielle Muster möglicherweise eine Zeit lang in den *Burlington Glass Works* auf der kanadischen Seite hergestellt worden sein könnte.

Mit diesem Wissen gerüstet, hatte ich bei einem Nachlassverkauf außerhalb von Toronto einen Glaskelch gefunden und diesen bei einer Warenlieferung an ihn als kleines Geschenk des Hauses mitgeschickt. Wie erwartet war er begeistert gewesen. Er nahm das Glas als Geschenk an, bestand jedoch darauf, dass, falls ich noch weitere fände, er diese zu bezahlen beabsichtigte. Danach hatte ich noch zwei weitere Gläser aufgetrieben, und auf eines war er selbst gestoßen, sodass er nun insgesamt neun besaß. Es fehlten also noch sieben. Und hier in dem Katalog von *Molesworth & Cox* waren sechs. Jean Yves würde tatsächlich sehr erfreut sein.

Am Tag der Auktion war es heiß und schwül, und ich betrat die illustren, kühlen Räume gleichermaßen erleichtert wie erwartungsvoll. Ich kaufe nicht viel bei Auktionen: Die meisten Waren erwerbe ich direkt bei den Herstellern oder über meine Agenten und Sammler in den verschiedensten Teilen der Erde. Doch nichts gibt einem einen solchen

Adrenalinstoß wie eine Auktion, und nichts vermag es, den Kampfgeist so zu wecken – bei den meisten Menschen zumindest.

Bei *Molesworth & Cox* fand man außer der Wettbewerbsstimmung auch noch ein wenig von der Klasse und der Erhabenheit der Alten Welt. Das alte britische Unternehmen, das vor fast hundertfünfzig Jahren gegründet worden war, als die Kostbarkeiten aus den fernen Einflussbereichen des Empires nach London strömten, präsentierte in seinen Räumen stolz die Wappen, die es als Hoflieferanten für Ihre Majestät, die Königin, und ein paar der niedereren Mitglieder des Königshauses auszeichneten. Die Firma hatte vor einigen Jahren nach Nordamerika expandiert und Auktionshäuser in New York, Dallas und Toronto eröffnet. Die Niederlassung in Toronto befand sich auf der King Street, nur ein oder zwei Häuserblöcke von den hoch aufragenden Bankgebäuden entfernt, in denen zahlreiche Gegenstände von *Molesworth & Cox* zu finden waren, die die Sitzungsräume jener modernen Kathedralen zierten, in denen vor allem der Mammon regiert.

Außen war das Geschäft so dezent gehalten, dass man es, wenn man keine genaue Wegbeschreibung besaß, leicht übersah. Lediglich eine bescheidene Bronzetafel neben einer auf schlichte Art eleganten Tür wies darauf hin, was sich im Inneren befand.

In den Räumlichkeiten sah es immer noch so aus wie zur Zeit des Britischen Empires. Die Atmosphäre wurde gewissenhaft gepflegt und entsprach der Vorstellung, die ich von einem britischen Club in Indien während der Raj-Periode, der Zeit der Kolonialherrschaft, hatte: unzählige Palmwedel; große Fenster, deren Läden das Sonnenlicht und die Hitze abhielten; glänzend poliertes Messing; dunkles Holz; abgenutzte Ledersessel; und starker, dunkler Tee – Assam möglicherweise –, der in durchscheinenden Porzellantassen auf einem mattierten Messingtablett serviert wurde, während der dezente Duft teurer Zigarren in der Luft hing.

Besucher mussten läuten, um eingelassen zu werden, und fanden sich im Innern sogleich in den Ausstellungsräumen wieder, von denen jeweils zwei auf beiden Seiten einer zentralen Halle lagen. Die Räume waren in einem tiefdunklen Grün gestrichen, und auf den Böden lagen Orientteppiche. Wie immer, wenn ich eine Auktion besuche, ließ ich meinen Blick rasch durch den Raum gleiten und schaute, ob es außer den speziellen Gegenständen, nach denen ich suchte, noch etwas anderes von Interesse gab. Sofort entdeckte ich Mauds Besitztümer und legte mich innerlich auf mehrere Bilderrahmen aus Sterlingsilber fest, die ich selbst behalten wollte, sowie auf drei Paare alter Messingkerzenleuchter für den Laden.

Die Wasserkelche befanden sich in dem zweiten Raum, und ich begutachtete sie so schnell wie möglich. Gegenstände aus Pressglas stellen heutzutage beliebte Sammelobjekte dar, und die Preise sind an einem Punkt angelangt, bei dem zwangsläufig Fälschungen im Umlauf sind. Ich hatte den Eindruck, dass sie authentisch waren, und ihre Echtheit wurde selbstverständlich durch ein Zertifikat von *Molesworth & Cox* bestätigt. Das Mindestgebot lag bei hundertfünfundsiebzig Dollar, was angemessen war. Jean Yves war bereit, etwa fünfzig Dollar pro Kelch zu zahlen, also blieb noch ein gewisser Spielraum.

Ich folgte meiner üblichen Strategie bei Auktionen und verbrachte so wenig Zeit wie möglich bei den Gegenständen, die ich wirklich haben wollte, um Desinteresse vorzutäuschen. Stattdessen betrachtete ich ausgiebig Dinge, die ich gar nicht ersteigern wollte, in diesem Fall ein Porzellanservice von Royal Doulton mit einem einwandfreien Herstellernachweis, das früher irgendeinem Herzog gehört hatte und angeblich extra anlässlich des Besuchs von keiner Geringeren als Königin Viktoria in seinem Schloss in Auftrag gegeben worden war. Ich weiß nicht, was ich mit dieser kleinen List zu erreichen glaube; ich kann mir nicht vorstellen, dass jemand hohe Gebote für irgendwelche Dinge abgibt, nur weil er beobachtet hat, dass ich sie mir angesehen habe. Vielleicht ist es nur ein Aberglaube.

Bei *Molesworth & Cox* ist es erforderlich, dass die Käufer sich registrieren lassen und ihre Zahlungsfähigkeit nachweisen, und sobald sie sich als dessen würdig erwiesen haben, erhalten sie eine Nummer und eine Tafel, auf der sie zu lesen ist. Bei *M & C* gibt es kein unziemliches Geschrei. Um ein Gebot zu machen, hebt man lediglich sein Schild und macht, falls nötig, ein Handzeichen bezüglich des Betrags, und zwar so kultiviert und würdevoll wie möglich.

Ich setzte mich beizeiten hin, wie gewöhnlich hinten in der Mitte, und beobachtete, wie andere vor mir ihre Plätze einnahmen. Die üblichen Verdächtigen waren anwesend – etwa ein Dutzend Händler, von denen mir ein oder zwei namentlich bekannt waren, die anderen nur vom Sehen. Ich war ein wenig enttäuscht, Sharon Steele zu entdecken. Sie ist eine Händlerin, die ein Antiquitätengeschäft auf der Queen Street West besitzt und sich auf altes Glas spezialisiert hat, und ich vermutete, dass auch sie an den Wasserkelchen interessiert sein würde. Darüber hinaus waren mehrere Yuppie-Paare da, einige arabische Geschäftsmänner und ein paar offensichtlich wohlhabende Chinesen. Außerdem sah ich Ernie, einen älteren Herrn, der bisher bei jeder Auktion gewesen war, an der ich in diesen Räumlichkeiten jemals teilgenommen hatte, und jemand anderen, den ich noch nie irgendetwas hatte kaufen sehen.

Ein Mann schien aus dem Rahmen zu fallen. Er war mir hier noch nie aufgefallen, auch wenn das nichts bedeuten musste. Vermutlich bemerkte ich ihn nur, weil er irgendwie fehl am Platz zu sein schien. Er war mittelgroß und von durchschnittlicher Statur, dunkelhäutig, sein Kragen und seine Ärmelaufschläge waren ein wenig abgenutzt, seine Schuhe etwas abgetragen, sein gräulich-grüner Anzug glänzte leicht – nichts, was an einem anderen Ort unpassend gewirkt hätte, aber hier vielleicht schon. Er wirkte nervös, möglicherweise sogar eher verstohlen. Er hatte die ganze Zeit über die Hände in den Hosentaschen, sein Blick jagte im Raum umher, und hin und wieder schoss seine Zunge blitzschnell aus dem Mund und verschwand sofort wieder. Da ich die schlechte Angewohnheit habe, fremden Leuten Spitznamen zu geben, nannte ich ihn Eidechse.

Eigentlich rechnete ich damit, dass Eidechse wieder verschwinden würde, sobald die Auktion begann, aber das tat er nicht. Vielmehr hatte er offensichtlich die Aufnahmekriterien erfüllt, da er eine Tafel mit der Nummer neun in der Hand hielt, und wählte einen Platz mehrere Reihen vor mir auf der rechten Seite.

Mauds Spiegel und die Kerzenhalter sollten an dritter und vierter Stelle versteigert werden und die Wasserkelche an zehnter. Bei den ersten Gegenständen wurde zügig geboten, doch bei Mauds Besitztümern hatte ich nur wenig Konkurrenz und bekam sowohl die Rahmen als auch die Kerzenleuchter zu einem meiner Ansicht nach angemessenen Preis. Anschließend lehnte ich mich zurück und wartete, bis die Gläser an der Reihe waren. Sharon Steele hatte noch kein Gebot abgegeben, weshalb ich vermutete, dass auch sie auf die Wasserkelche aus war. Ich wusste, dass sie eine konservative Bieterin war, weshalb ich davon ausging, dass ich eine realistische Chance hatte, die Dinge, die ich haben wollte, zu bekommen.

Sharon hatte die Nummer achtzehn, ich die dreiundzwanzig. Sobald die Kelche zur Versteigerung kamen und mit dem Mindestgebot einsetzten, boten mehrere Personen mit, doch als eine Summe von zweihundertdreißig Dollar erreicht wurde, waren nur noch Sharon und ich dabei. Der Auktionator schwankte zwischen uns beiden hin und her, bis wir bei dreihundert Dollar ankamen, Sharons Gebot. Das war Jean Yves Obergrenze, aber ich erhöhte dennoch auf dreihundertzehn Dollar, in der Hoffnung, dies wäre das Ende. Das war es jedoch nicht. Sharon war offenbar ebenfalls ganz versessen auf die Kelche. Inzwischen rechnete ich in Gedanken durch, wie viel Verlust ich bereit war zu akzeptieren. Jean Yves war ein guter, nein, ein bedeutender Kunde, und die Geschäfte liefen derzeit nicht schlecht. Doch Sarah und ich würden niemals reich werden, und, wie man so schön sagt, in einem guten Monat reichte es gerade so für die Miete.

Ein anderes Sprichwort sagt: Wer zögert, hat bereits verloren. Die Gebote waren nun bei vierhundert Dollar angelangt, und meine Nerven lagen ein paar Sekunden lang blank. Zu Sharons und auch zu meiner großen Überraschung erhöhte jemand, der weiter hinten saß, das Gebot auf vierhundertfünfzig Dollar, und der Auktionshammer senkte sich. »Verkauft an einunddreißig«, sagte der Auktionator.

Ich saß da und versuchte, mit meiner Enttäuschung fertig zu werden, als eine Stimme hinter mir ertönte, die ich nur zu gut kannte. »Ich glaube, Jean Yves wird sich über die Gläser freuen, meinst du nicht auch?«, fragte die Stimme liebenswürdig.

Clive. Ich wandte mich um und stellte fest, dass mein Exmann direkt hinter mir saß und ziemlich selbstzufrieden dreinblickte. Er war äußerst elegant gekleidet, ich schätzte, es war Armani – Moira hätte es gewusst –, und trug eine moderne kleine Brille mit Metallgestell zu einem teuer wirkenden Haarschnitt.

»Warum tust du das?«, zischte ich. Während ich sprach, strich er sich über den Schnurrbart, eine Geste, die ich einst, wie ich mir ins Gedächtnis rief, ungemein attraktiv gefunden hatte, die mich im Augenblick jedoch einfach nur in Rage brachte.

»Was meinst du?«, fragte er unschuldig. »Ich dachte, ich könnte sie für Jean Yves mitnehmen. Ich habe befürchtet, dass Sharon sie bekäme, daher bin ich eingesprungen.«

»Das hast du nicht für Jean Yves getan. Du hast es aus demselben Grund getan, weshalb du einen Laden gegenüber von meinem eröffnet hast«, flüsterte ich, obwohl ich mir durchaus bewusst war, dass die Leute in der Nähe uns beobachteten, aber ich war zu wütend, als dass mich das gestört hätte.

»Du hast es getan, um mich zu ärgern«, fuhr ich fort. »Aber warum? Ich habe dir die Hälfte der Summe gegeben, die der Verkauf des Ladens erbracht hat, und Celeste hat sicher genug Geld, um dir ein stilvolles Leben zu ermöglichen«, zischte ich.

»Aber es ging mir nie um Geld, mein Schatz. Ich brauchte einfach etwas, in dem ich meine Kreativität ausleben kann«, erwiderte er.

Na klar, dachte ich. »Ich bin nicht dein Schatz«, sprudelte es aus mir heraus, und ich erhob mich von meinem Stuhl und ging in Richtung Ausgang.

Während ich über die Beine mehrerer Leute kletterte, die zwischen mir und dem Gang saßen, sammelten sich in meinen Augen Tränen der Wut, aber ich war entschlossen, sie niemanden sehen zu lassen. Schon wurde der nächste Gegenstand versteigert. Als ich auf die Tür am Ende des Raumes zustolperte, bemerkte ich, dass jemand hinter einer Palme lauerte – anders kann man es nicht bezeichnen. Ich konnte mir nicht vorstellen, was er dort machte. Er schien nicht über eine Nummer zu verfügen und wirkte sogar noch deplatzierter als Eidechse. Er war ganz in Schwarz gekleidet und verfolgte äußerst konzentriert den weiteren Verlauf der Versteigerung. Als ich an seinem Versteck vorbeikam, drehte er sich um, weil ich ihn durch mein Vorübergehen abgelenkt hatte, und sah mir einen Moment lang direkt in die Augen. Ich konnte es gerade noch vermeiden, laut aufzuschreien. Er hatte sehr dunkle und tief liegende Augen, und seine Handrücken waren mit ebenso dunklen Haaren bedeckt. Aus einem Grund, den ich nicht erklären kann, erinnerte er mich an einen Krebs, vielleicht wegen der Art, wie er die Arme vom Körper wegstreckte, beinahe wie Scheren – oder vielleicht auch an eine riesige schwarze Spinne, und eine giftige noch dazu. Er blickte mich ein oder zwei Sekunden lang an, dann wandte er sich wieder der Versteigerung zu.

Interessiert drehte ich mich ebenfalls um. Das Bieten entwickelte sich zu einem wahrhaften Kampf, und zwei Parteien stritten um irgendein Objekt, Nummer neun und Nummer einunddreißig: Clive und Eidechse.

Das Versteigerungsobjekt war eine Kiste mit kleinen Gegenständen, die nicht beim Zoll abgeholt worden und daher auf dem Auktionstisch gelandet war. Bei meiner kurzen Erkundungstour vor dem Beginn der Auktion hatte ich sie gesehen, sie aber nicht besonders beachtet. Und weil ich es nun so eilig gehabt hatte, aus dem Raum zu gelangen, hatte ich die Beschreibung des Auktionators nicht gehört. Ich erinnerte mich vage daran, dass sich in der Kiste eine Menge wertloses Zeug befand und möglicherweise auch ein paar reizvolle Dinge, allerdings nichts, was mich wirklich interessierte.

Doch ich wusste, welcher Gegenstand Clives Aufmerksamkeit erregt hatte: eine kleine geschnitzte Schnupftabakflasche aus Jade. Clive war ein leidenschaftlicher Sammler, und auf einer Skala von eins bis zehn würden Schnupftabakflaschen bei ihm eine neun Komma fünf erreichen. Er besaß eine beeindruckende Kollektion, die wir früher auf einer Platte unter unserem Glascouchtisch im Wohnzimmer ausgestellt hatten. Es war mir gelungen, ein paar schöne Exemplare als Weihnachts- und Geburtstagsgeschenke zu erstehen, und er hatte sich jedes Mal sehr darüber gefreut.

Das Bieten wurde zunehmend hitziger, und die gebotene Summe wuchs rasch. Wenn Eidechse nicht gerade sein Schild hochhielt, warf er Clive verzweifelte Blicke zu. Der Preis stieg stetig an. Clive saß vorgebeugt auf seinem Stuhl, und Eidechse wischte sich den Schweiß von der Stirn; der Mann wollte die Kiste unbedingt haben. Aber es war offensichtlich, dass Clive über die nötigen finanziellen Mittel verfügte und Eidechse nicht.

Kurz bevor sich der Hammer nach Clives letztem Gebot senkte, beugte er sich zu einer hübschen jungen Frau vor, die neben ihm saß, und flüsterte ihr etwas zu. Er witterte bereits den Sieg und war davon überzeugt, dass er gewonnen hatte.

Und dann tat ich spontan dasselbe, was Clive mir angetan hatte. Ich hob meine Tafel, und bevor er begriff, was geschah, war ich stolze Besitzerin einer Kiste mit irgendwelchem alten Krempel, der durch mein Handeln plötzlich neunhundertneunzig Dollar wert war. Es war boshaft gewesen, um nicht zu sagen kindisch, leichtsinnig und sogar töricht.

Außerdem war es einer der schlimmsten Fehler, den ich je begangen habe.

2

»Clive hat sie bekommen!«, kreischte Moira. »Das ist ja entsetzlich!«

Wir saßen kurz nach Ladenschluss in dem kleinen Büro im hinteren Teil des Geschäfts und betrachteten die jämmerliche Kiste, die ich erstanden hatte. Während wir das taten, sprang Diesel, ein orangefarbener Kater, der den offiziellen Titel »Ladenkater« trägt, auf den Tisch und steckte seine Nase in das Behältnis. Nachdem er eine Weile darin herumgeschnüffelt hatte, blickte er auf, warf mir einen verächtlichen Blick zu und stolzierte interessanteren und lohnenswerteren Dingen entgegen. »Es war bescheuert, ich weiß!«, rief ich dem kleinen Biest hinterher.

Mein Triumphgefühl darüber, dass ich Clive die Schnupftabakflasche weggeschnappt hatte, währte ausgesprochen kurz. Genau genommen nicht einmal bis vor die Tür des Gebäudes. Es dauerte nur so lange an, bis ich meine private Kreditkarte vorzeigte, um das ersteigerte Objekt zu bezahlen (schließlich konnte ich das Geschäft nicht mit dieser verrückten Ausgabe belasten). Die Abbuchung von tausend Dollar, neunhundertneunzig, um genau zu sein, brachte meinen Kreditrahmen gefährlich nah an seine Grenze, und ich schlich verzweifelt zum Laden zurück.

Etwa eine Stunde später erschien Moira. Ihre dunklen Haare hatten einen flotten, raffinierten neuen Schnitt, und sie trug einen langen, grauen Baumwollpullover und dazu passende Leggings. Sie sah wie üblich atemberaubend aus, und ich nahm an, dass sie noch eine Verabredung hatte. Moira behauptete jedoch, sie sei ohnehin in der Nähe gewesen und hätte sich spontan entschieden, hereinzuschauen. Ich hegte den Verdacht, dass Alex sie angerufen hatte, weil er meine düstere Stimmung bemerkt hatte, aber keiner von beiden sagte etwas darüber.

Nachdem wir die Kiste einige Minuten lang schweigend betrachtet hatten, sagte Moira: »Meiner Ansicht nach solltest du jemanden beauftragen, dieses Jade-Dingsda in eine Art Anhänger umzuarbeiten, den du dann jeden Tag um den Hals trägst. Jeden einzelnen Tag«, fügte sie hinzu, »während du vor Clives Laden auf und ab stolzierst.«

Ich musste lachen. »So ist es schon besser«, sagte sie. »Wir wollen mal sehen, was wir hier noch alles haben. Vielleicht ist etwas Kostbares dabei, und du kannst deinen Verlust wieder ausgleichen.«

»Das bezweifle ich«, entgegnete ich. »Wenn ein wertvolles Stück dabei gewesen wäre, hätten *Molesworth & Cox* es gefunden, herausgenommen und separat verkauft, meinst du nicht?«

»Man weiß nie«, beharrte Moira. »Lass uns mal schauen. Was meinst du, was du für die Schnupftabakflasche bekommen könntest?«

»Vier-, vielleicht auch fünfhundert. Höchstens«, antwortete ich.

»Na siehst du, dann hätten wir schon die Hälfte wieder drin«, sagte sie. »Nun fehlen nur noch etwa fünfhundert.«

Wir begannen, in der Kiste herumzukramen, deren Inhalt meiner Ansicht nach in keiner Weise an den Wert herankam, den ich gezahlt hatte – selbst wenn man für die Jadeflasche großzügige fünfhundert Dollar ansetzte. Moira suchte unbeirrt weiter.

»Ist das hier nicht putzig?«, meinte sie und zog einen kleinen Gegenstand aus der Kiste. Wir blickten ihn beide erstaunt an. Moira verwendete häufig Wörter wie ›putzig‹ und ›Dingsda‹, und manche Leute schlossen daraus fälschlicherweise, sie sei nicht besonders intelligent. In Wahrheit war sie auf Privatschulen erzogen worden und hatte ihre

Schulausbildung in der Schweiz und mehrere Jahre lang in Cornell fortgesetzt, bevor sie ihrer snobistischen Familie eine lange Nase machte und die Schule abbrach, um Friseurin zu werden. Heute besitzt sie einen der elegantesten und erfolgreichsten Salons der Stadt. In den letzten ein oder zwei Jahren, seitdem ich den Laden wiederhatte, war sie eine wirklich gute Freundin geworden.

»Was ist das?«, fragte ich.

»Es sieht aus wie ... eine Erdnuss. Eine silberne Erdnuss«, stellte Moira fest. Ich verdrehte die Augen, und wir schüttelten uns beide vor Lachen. Das kleine Ding sah tatsächlich genau wie eine Erdnuss aus, und es hatte auch ungefähr die richtige Größe. Ich legte es in meine Handfläche und prüfte das Gewicht.

»Ich glaube«, sagte ich nach einer Weile, »es ist sogar echtes Silber, und möglicherweise ist es alt. Die handwerkliche Ausführung ist hervorragend. Sie sieht so echt aus, dass man sich beinahe vorstellen kann, sie zu erbrechen und die zwei kleinen Nüsse darin zu finden. Und sieh mal hier«, fuhr ich fort und zeigte auf die beiden winzigen Löcher, die sich an den Enden befanden, »offenbar ist es als Perle gedacht.«

»Siehst du, was habe ich gesagt?«, erwiderte Moira. »Ein wirkliches Kleinod. Allerdings ist es schwer einschätzbar, ob es einen Markt für eine einzelne silberne Erdnuss gibt«, fügte sie hinzu, und wir lachten beide erneut. Ich war froh, dass ich das Ganze allmählich mit Humor sehen konnte.

»Zumindest ist sie nicht aus Plastik wie das hier«, fuhr Moira fort, während sie eine Perlenkette herauszog, auf die jemand in den Sechzigern sehr stolz gewesen wäre. Ich seufzte. »Oder so hässlich wie das hier«, fügte sie hinzu und zeigte mir eine besonders scheußliche Brosche.

»Kein Wunder, dass es nicht verzollt wurde«, stöhnte ich. »Die Kiste wäre die Anfahrt zur Abholung nicht wert gewesen!«, sagte ich, während ich einen hölzernen Kasten öffnete. Darin lag eine gebauchte Schale oder Vase, die sorgfältig in Stroh gebettet und etwa fünfzehn bis achtzehn Zentimeter hoch war. In die Innenseite des Gefäßes war – in kunstvollen Details – ein schlangenartiges Wesen gemalt, das sich um die Öffnung wand. Außen, unterhalb der Wölbung, war mit feinen Strichen eine fantastische Szene aufgemalt. Sie bestand aus prächtig gekleideten Figuren, von denen einige menschenähnlich zu sein schienen, andere jedoch Vogel- und Tierköpfe hatten, und zog sich rund um den Fuß.

»Wow. Das ist aber hübsch!«, rief Moira aus, als ich die Vase vorsichtig aus der schützenden Verpackung zog. »Was ist es denn? Es sieht sehr alt aus.«

»Das stimmt«, pflichtete ich ihr bei. »Allerdings ...« Ich drehte den Boden des Gefäßes zu ihr, sodass sie sehen konnte, dass dort die Worte *hecho en Peru* – hergestellt in Peru – in den Ton geritzt worden waren.

»Und dann ist da noch etwas«, fuhr ich fort und hielt eine kleine Karte hoch, die ich für sie übersetzte. »›Replikat einer präkolumbischen Vase‹«, las ich vor. »›Hergestellt in Campina Vieja, Peru‹ – ›Campina Vieja‹ bedeutet, wenn mein Spanisch mich nicht täuscht, ›alter kleiner Bauernhof‹. Das ist vermutlich der Name eines Städtchens.«

Sie lachte. »Wie gut, dass ich nicht in deiner Branche arbeite«, sagte sie. »Ich wäre wahrscheinlich auf das Ding hereingefallen.«

»Tja, das könnte fast jedem passieren«, entgegnete ich. »Das Problem bei Replikaten ist, dass sie, anders als Reproduktionen – die im Grunde genommen nur Nachbildungen sind –, exakt so aussehen wie das ursprüngliche Objekt: es werden dieselben Materialien verwendet, dieselbe Herstellungsmethode, es stimmt einfach alles. Wenn man ein Replikat anfertigt, wird manchmal sogar absichtlich ein Fehler eingebaut – damit es nicht für das Original gehalten wird, für den Fall, dass die Unterlagen, die das Werk als Replikat kennzeichnen, von dem betreffenden Objekt getrennt werden. Bei dem Stück hier ist es zum Beispiel möglich, dass eine der Linien der Zeichnung vom Original abweicht. Replikate sind meistens sehr teuer in der Herstellung, aber präkolumbische Arbeiten sind so wertvoll, dass es sich vermutlich auszahlt, eines anzufertigen. Und zumindest in diesem Fall ist es eindeutig als solches gekennzeichnet und nicht das Werk skrupelloser Menschen, die, sagen wir, an einem schlechten Gedächtnis leiden und vergessen, *hecho en Peru* in den Boden zu ritzen.«

»Und daher zahlen Touristen viel zu viel für einen Gegenstand, den sie für ein authentisches präkolumbisches Stück halten, und versuchen anschließend, ihn in ihrer schmutzigen Unterwäsche nach Hause zu schmuggeln, nehme ich an«, sagte Moira. »Wovon ist es deiner Meinung nach ein Replikat? Da Peru draufsteht: vielleicht von etwas von den Inka?«

»Ich bin nicht sicher. Wie du ja weißt, habe ich eine Zeit lang mittelamerikanische Geschichte studiert, insbesondere die Mayas, aber dieses Gefäß hier ähnelt keinem, das ich je gesehen habe. Der Umstand, dass es in Peru hergestellt wurde, könnte auf die Inkakultur hindeuten, aber ich kann es wirklich nicht sagen. Vielleicht werde ich bei Gelegenheit ein wenig recherchieren, nur so zum Spaß, wenn ich ein paar Minuten Zeit habe.«

»Könntest du nicht Lucas um Rat fragen? Er müsste sich doch mit peruanischen Dingen auskennen, oder?«, fragte Moira, relativ zurückhaltend, wie ich fand. Sie hatte meinen einstigen Lebensgefährten Lucas immer gemocht und war der Meinung, dass er und ich uns wieder zusammentun sollten. Sie glaubte, ich hätte mich von ihm getrennt, dabei war er derjenige gewesen, der unsere Beziehung vor einem Jahr beendet hatte. Er könnte nicht gleichzeitig seine patriotische Pflicht Mexiko gegenüber erfüllen und unsere Beziehung aufrechterhalten, hatte er gesagt. In Moiras Augen war eine solche Aussage nicht ernst zu nehmen.

»Er ist Experte für die Mayas, Moira, und nicht für Peru. Und es ist vorbei, verstehst du?«

»Wie auch immer«, entgegnete Moira. Mit weniger als einer hundertprozentigen Versöhnung würde sie sich nicht zufriedengeben, schlussfolgerte ich. So ärgerlich dies gelegentlich auch sein mochte, in gewisser Hinsicht hatte es auch etwas Liebenswertes. »Also, was auch immer es ist, könntest du es in deinem Laden verkaufen?«, fuhr sie fort, während sie das Tongefäß hin- und herdrehte. »Zusammen mit der Art von Dingen, die du verkaufst, würde es nicht schlecht wirken, glaube ich. Du bietest doch gelegentlich präkolumbische Reproduktionen an, nicht wahr?«

»Das stimmt, und du hast recht«, räumte ich ein. »Die Vase würde tatsächlich sehr gut passen. Aber welchen Preis sollte ich dafür ansetzen? Glaubst du, dass ich fünfhundert dafür bekommen könnte?«

»Wahrscheinlich nicht«, erwiderte Moira. Ich zog eine Grimasse und blickte sie an. »Ich muss jetzt los«, sagte sie und erhob sich von ihrem Stuhl. »Eine Verabredung. Mit einem neuen Mann. Meinst du, diesmal ist es der Richtige?«

»Wahrscheinlich nicht«, äffte ich sie nach.

Sie lachte. »Komm doch mal bei mir im Salon vorbei. Bei deinem nächsten Besuch spendiere ich dir einen kostenlosen Haarschnitt. Und warte nicht zu lange«, sagte sie, während sie ihre Hand ausstreckte und eine lange Strähne vor meinen Augen herunterzog.

»Danke«, entgegnete ich. »Das ist sehr nett von dir.«

»Wozu hat man denn Freunde?«, erwiderte sie. »Du kannst mir dann Beistand leisten, wenn es mit diesem Typ wieder nicht klappt, wie üblich.«

»Es ist nicht so, dass es nicht klappt, sondern du lässt sie fallen, Moira«, sagte ich. »Aber ich werde für dich da sein.«

Als sie gegangen war, sah ich mir den Inhalt des Kartons noch einmal genauer an. Ganz unten auf dem Boden befand sich eine kleinere Version der Holzkiste, die die Vase enthalten hatte. Auch diese enthielt ein Kärtchen, das den darin liegenden Gegenstand als präkolumbisches Replikat auswies. Er war rund, hatte einen Durchmesser von etwa fünf bis sechs Zentimetern und war aus einem Material, das wie Gold aussah, und irgendeinem türkisfarbenen Stein. In der Mitte war die winzige Figur eines Mannes zu sehen, der einen aufwendigen Kopfschmuck trug und eine Art Zepter in der Hand hielt, außerdem einen Gegenstand, der offenbar einen Schild darstellte. Das Zepter konnte man sogar von seiner kleinen goldenen Hand entfernen, und um seinen Hals lag eine Kette aus Perlen, die alle individuell gefertigt waren. Der Rand der runden Scheibe wurde von winzig kleinen Goldkugeln gesäumt. Auf der Rückseite befand sich ein ziemlich dicker Stift. Diesmal glaubte ich zu wissen, um was es sich handelte: ein einzelnes Stück von einem Paar Ohrringe – Ohrpflöcke werden sie zuweilen genannt –, wie sie von den präkolumbischen Völkern Mexikos, Mittelamerikas und vermutlich auch Südamerikas getragen wurden. Die handwerkliche Verarbeitung, selbst für ein Replikat, war wirklich recht außergewöhnlich. Ich nahm mir fest vor, demnächst ein paar Nachforschungen darüber anzustellen, wickelte das Objekt wieder in ein Tuch ein und legte es behutsam in die Schreibtischschublade.

Die Vase würde sich verkaufen lassen, beschloss ich. Ich überlegte, einen Preis von hundertfünfzig Dollar dafür anzusetzen – die Zeichnung war exquisit, und manch einer würde das Gefäß sicher als ungewöhnliches Dekorationsobjekt schätzen. Ich fand einen guten Platz auf einem Beistelltisch, wo es von allen Seiten gesehen werden konnte und die beste Wirkung erzielte, und lehnte die Karte, mit meiner handschriftlichen Übersetzung versehen, dagegen. Die Erdnuss wollte ich behalten, ich würde sie säubern und auf eine meiner dünnen Silberketten aufziehen, um sie als Erinnerung an mein impulsives Verhalten um den Hals zu tragen. Ich überlegte, dass ich sie vielleicht tragen sollte, wenn ich das nächste Mal eine Auktion besuche. Positiver betrachtet würde sie ein interessantes Schmuckstück abgeben, das wenigstens Anlass zu Gesprächen böte.

Und das Schnupftabakfläschchen? Darüber musste ich mir noch Gedanken machen.

Als ich den Karton zur Seite stellte, streifte mein Blick ein Blatt Papier, das zwischen dem Verpackungsmaterial und einer Kartonseite steckte. Ich zog es vorsichtig heraus und stellte fest, dass es sich um einen Brief handelte, der von einem gewissen Edmund Edwards, dem Besitzer eines Geschäfts, das *Ancient Ways* hieß und sich in New York befand, an eine Galerie in Toronto geschrieben worden war, von der ich noch nie gehört hatte – auch wenn das nichts zu bedeuten hatte. Toronto ist eine große Stadt. Die Galerie hieß *Smythson Gallery,* und der Besitzer war dem Brief zufolge jemand mit Namen A. J. Smythson. Das Schreiben war insgesamt sehr förmlich, wie es bei einer Galerie nicht anders zu erwarten war, die Niederlassungen in London, Tokio, Bonn und Paris hatte, wie der Briefkopf einen diskret wissen ließ. Mr Edwards begrüßte Mr Smythson und schrieb, dass er hoffe, die Waren seien wohlbehalten angekommen und er dürfe auch in Zukunft seine Dienste anbieten, da noch viele weitere Objekte verfügbar seien. Das Datum des Briefes lag gut zwei Jahre zurück. Aus einer Laune heraus suchte ich die *Smythson Gallery* im Telefonbuch, aber dort war sie nicht aufgeführt, ebenso wenig wie ein A. J. Smythson, auch wenn mir der Name und seine ungewöhnliche Schreibweise irgendwie bekannt vorkamen.

Vielleicht war die Galerie inzwischen geschlossen worden, was erklären würde, warum die Sendung nie beim Zoll abgeholt worden war. In jedem Fall, so entschied ich, war es wirklich nicht mein Problem, weshalb ich den Brief in den Papierkorb warf.

In den nächsten Tagen kehrten wir im Großen und Ganzen zur Normalität zurück, abgesehen von zwei Ereignissen. Zum einen ging die Alarmanlage dazu über, mitten in der Nacht ohne erkennbaren Grund anzuspringen. In zwei Nächten, und in einer davon zweimal, musste ich mir eine Jeans und ein Sweatshirt überziehen und in den Laden fahren, um mit der Polizei zu sprechen. In keinem dieser Fälle gab es einen Hinweis auf irgendetwas Ungewöhnliches. In der anderen Nacht ging der Alarm nur einmal los, aber diesmal sagte mir der Polizist, man würde mir eine Rechnung für seine Dienste schicken, da es mit diesen Fehlalarmen nun wirklich zu viel wurde. Ich ließ die Sicherheitsfirma kommen, um die Anlage zu überprüfen, doch sie sagten, sie wäre in Ordnung.

Die andere Sache, die diese Woche von einer normalen unterschied, war, dass ich jede freie Minute damit verbrachte, mir abscheuliche Dinge auszumalen, die ich Clive antun könnte. Sie reichten von der Idee, mir einen Hammer zu schnappen und seine geliebte kleine Jadeflasche vor seinen Augen zu zertrümmern, über die Möglichkeit, ein oder zwei große Steine in seine elegante Schaufensterauslage zu werfen, bis dahin, seinen Armani-Anzug mit Farbe zu besprühen. Natürlich setzte ich keine dieser Ideen in die Tat um. Nun gut, eine schon: Ich rief die Polizei an und ließ seinen nagelneuen BMW abschleppen, den er beharrlich im Halteverbot abstellte. Besonders befriedigend war es, ihn bei seinem vergeblichen Versuch, sein Auto noch einzuholen, die Straße entlangrennen zu sehen. Wie tief man sinken kann, wenn es um einen Exmann geht, ist wirklich erstaunlich.

Das Problem an diesem kleinen Sieg war natürlich, dass er den Konflikt eskalieren ließ, wenngleich ich meine Tat damals für einen Meisterstreich hielt. Clive hatte mir die Glaskelche weggeschnappt und ich ihm seine Schnupftabakflasche. Bis zu diesem Punkt war der Kampf mehr oder weniger unentschieden. Aber ich konnte es einfach nicht darauf beruhen lassen, ich war immer noch sehr wütend. Im tiefsten Herzen wusste ich selbstverständlich, dass es in unserer Beziehung offenbar noch etwas zu klären gab, obwohl mehrere Jahre und eine neue Liebe vorübergezogen waren. Man braucht keinen Psychiater, um das herauszufinden. Dennoch machte ich weiter, so kleinlich es auch sein mochte. Und obwohl ich nur zu gut wusste, wie unreif Clive war, war mir dennoch klar, dass er sich denken konnte, wer das Abschleppen seines Wagens veranlasst hatte, und einen Weg finden würde, Vergeltung zu üben.

Ich brauchte nicht lange zu warten.

Wenige Tage nach dem Vorfall mit dem Auto kam Clive in den Laden marschiert. »Ich komme nur, um meinen Nachbarn Hallo zu sagen«, begann er. »Es sieht schön aus hier, Lara. Und das muss deine neue Geschäftspartnerin sein, Sarah, nicht wahr?«, sagte er in seinem charmantesten Tonfall.

Sarah murmelte ein paar höfliche Worte und verschwand anschließend nach hinten, weil sie der folgenden kleinen Szene klugerweise nicht beiwohnen wollte. Ich lächelte gequält und ging danach in den zweiten Ausstellungsraum, um mich um einen Kunden zu kümmern. Ich hörte, wie Clive im vorderen Raum herumwanderte. Wenige Augenblicke später vernahm ich, dass er mit einem unserer langjährigen Kunden sprach. »George!«, rief er aus. »Wie schön, Sie wiederzusehen. Sammeln Sie immer noch Heiligenbilder aus der Neuen Welt?«, fragte er. Ich hörte, dass George eine Antwort murmelte. »Ich habe gerade eins, das Sie sich unbedingt ansehen müssen, etwas ziemlich

Außergewöhnliches«, fuhr Clive fort. Eine Pause entstand. »Direkt hier gegenüber, auf der anderen Straßenseite, George.« Ich malte mir aus, wie Clive über die Straße zeigte, und entschuldigte mich für einen Moment bei meinem Kunden. Aber es war bereits zu spät. Clive schleppte einen unserer ältesten Kunden in sein Geschäft hinüber, wobei er ihm den Arm auf die Schulter gelegt hatte. Direkt vor meinen Augen hatte er mir einen guten Käufer weggeschnappt.

Erst am nächsten Tag stellte ich fest, dass die silberne Erdnuss verschwunden war. Ich hatte sie im Geschäft ein wenig bearbeitet und war der Meinung, dass ich sie entweder auf den Schreibtisch in dem kleinen Büro oder in die schmale Schublade hinter der Ladentheke gelegt hatte. Sie war jedoch an keinem dieser Orte, und auch, als ich das komplette Geschäft auf den Kopf stellte, fand ich sie nicht. Meiner Ansicht nach gab es nur eine mögliche Erklärung. Ich marschierte auf die andere Straßenseite.

»Ich hätte nicht gedacht, dass du so tief sinkst und etwas mitgehen lässt, Clive«, schnaubte ich. »Eine Auktion ist eine Sache, aber dieser kleine Diebstahl hier …«

»Wovon sprichst du, Lara?«, erwiderte Clive. »Einen Kunden dazu zu überreden mitzukommen ist sicherlich kein Diebstahl. Warum nennen wir es nicht einfach ›gesunde Konkurrenz‹?«

»Ich spreche nicht von George, sondern von der Erdnuss«, entgegnete ich und merkte, als die Worte aus meinem Mund kamen, dass ich wie eine Idiotin klang.

»Die Erdnuss«, seufzte Clive. »Du liebe Güte, Lara. Jetzt verlierst du wirklich bald den Verstand. Mach mal Urlaub oder nimm Valium oder etwas Ähnliches. Was ist so schlimm daran, einen Laden auf der anderen Straßenseite zu eröffnen? Was glaubst du, warum es am Anfang und am Ende von großen Einkaufsstraßen Konkurrenzunternehmen gibt? Aus welchem Grund werden ganze Straßen von Läden gesäumt, die dieselbe Art von Waren verkaufen? Weil es Umsatz bringt, deshalb. Jetzt, da wir beide hier sind, entwickelt sich die Gegend vielleicht zum Antiquitätenzentrum der Stadt. Es gibt genug Kunden für uns beide. Also hör bitte mit diesem Unsinn über Erdnüsse auf!«

Ich blickte ihn einfach nur an. »Komm schon«, bettelte er. »Wir geben uns einen Kuss, und dann versöhnen wir uns. Oder wenigstens die Hand. Wir waren doch früher ein gutes Team, oder nicht? Was die Auktion betrifft, sind wir quitt, und ich verzeihe dir das, was du mit meinem Auto gemacht hast, wenn du mir die Entführung von George vergibst.« Er hielt mir die Hand hin. Nach ein oder zwei Sekunden schlug ich ein, wenn auch etwas widerwillig.

»Willkommen zurück im Viertel, Clive«, sagte ich.

»So ist es schon besser«, erwiderte er. In Gedanken malte ich mir aus, wie ich seinen schönen beigefarbenen Anzug mit violetter Farbe besprühte. Es half enorm.

Es schien nichts weiter zu sagen zu geben, und ich wandte mich zum Gehen. »Ich nehme an, du würdest mir die Schnupftabakflasche nicht verkaufen, oder?«, fragte er.

»Natürlich«, antwortete ich. »Für elfhundert Dollar.«

Er lachte. »Dreihundert«, rief er mir nach. Ich ging einfach weiter.

»Gut, gut«, rief er mir hinterher, als ich die Straße überquerte. »Vierhundert, oder auch vierhundertfünfzig, wenn du den Rest von dem Zeug aus der Kiste drauflegst.«

Ich ignorierte ihn.

Die nächsten Tage verliefen ruhig, wenn man das Auftauchen des ortsansässigen Verrückten vor unserer Eingangstür, inklusive seiner Neuigkeiten über den bevorstehenden Weltuntergang, nicht dazuzählt. Genau genommen hatte seine Anwesenheit zur Folge, dass es im Laden so ruhig wurde, dass Sarah mitten in der Touristensaison beschloss, ein paar Tage Urlaub zu nehmen und den Laden Alex' und meiner Obhut zu überlassen. Von Clive hörte ich nichts mehr. Ich traute ihm nach wie vor nicht und würde es auch in Zukunft nicht tun, aber bis jetzt schien der Waffenstillstand anzudauern. Die Erdnuss war nirgendwo zu finden. Alex und ich suchten beide danach, und ich war immer noch nicht vollkommen davon überzeugt, dass Clive sie nicht als Pfand für die Schnupftabakflasche oder so etwas in der Art mitgenommen hatte. Clive schnitt das Thema jedoch nicht mehr an, und ich musste schließlich davon ausgehen, dass sie gestohlen worden war. Ladendiebstahl ist ein unerfreulicher Begleitumstand, wenn man ein Geschäft besitzt, und die Erdnuss hätte man leicht an sich bringen können, vor allem, wenn ich so unvorsichtig gewesen war, sie offen auf der Ladentheke liegen zu lassen, wovon ich schließlich ausgehen musste. Für alle Fälle nahm ich jedoch den kleinen Ohrschmuck aus Gold und Türkisen mit nach Hause, bis ich wusste, was ich weiter damit tun sollte.

Eines Abends beschloss man in meinem kleinen Freundeskreis, sich auf einen Drink zu treffen. Wir gingen in die Bar im *Four Seasons,* das am Ende der Straße liegt, in der sich unsere Geschäfte befinden. Moira, die ihre Frisuren und ihre Männer so oft wechselt wie andere ihre Socken, brachte ihren neuen Freund Brian mit. Brian musste eine schlimme Feuertaufe über sich ergehen lassen. Elena, die Inhaberin des Bastelgeschäfts, die sich für eine Amateurtherapeutin hält, erstellte in aller Offenheit ein spontanes psychologisches Profil von ihm; Dan, groß, mager, gebildet, der perfekte Buchhändler, befragte ihn zu seinen Lesegewohnheiten; und Moira und ich sprachen die meiste Zeit über unsere Geschäfte. Brian wirkte äußerst sympathisch, aber wenn er mich gefragt hätte, hätte ich ihm keine großen Hoffnungen gemacht.

Für mich war es ein angenehmer Abend – so lange, bis Clive auftauchte und sich zu uns setzte. Er ließ mich im Unklaren darüber, ob es sich um einen Zufall handelte oder ob einer aus der Gruppe, ein Verräter, ihn eingeladen hatte. Nachdem ich ihn mehrere Minuten lang dabei beobachtet hatte, wie er sich charmant bei meinen Freunden einschmeichelte, insbesondere bei Moira, beschloss ich, dass es an der Zeit war, nach Hause zu gehen, und steuerte auf meinen Wagen zu. Erst da bemerkte ich, dass ich meine Schlüssel – Auto-, Haustür-, Ladenschlüssel, alles zusammen – im Geschäft liegen gelassen hatte. Ich wollte auf keinen Fall zurück in die Bar gehen und jemanden um Hilfe bitten, wenn Clive sich dort aufhielt.

Ich blickte auf meine Armbanduhr. Der Laden war bis acht geöffnet, und jetzt war es ungefähr halb neun. Wenn viel losgewesen war, wäre Alex mit etwas Glück noch da und würde Schreibarbeiten erledigen, das Bargeld in den Safe legen und alles aufräumen.

Zuerst probierte ich es an der Eingangstür. Im Laden war es dunkel, und da es gerade dämmerte, war es schwierig, innen etwas zu erkennen, vor allem, weil wir ein Metallgitter hatten, das wir bei Ladenschluss als zusätzliche Sicherheitsmaßnahme vor die Glastüren zogen. Enttäuscht wandte ich mich zum Gehen. Vielleicht, so hoffte ich, hatte Alex die Schlüssel gefunden und mit nach Hause genommen, weil er nicht gewusst hatte, in welche Bar ich gegangen war. Er wohnte nur drei Häuser von mir entfernt, also würde ich alles problemlos regeln können. Ich würde mit dem Taxi zu Alex fahren und mein Auto über Nacht auf dem Parkplatz stehen lassen.

In diesem Augenblick hörte ich an der Tür hinter mir ein scharrendes Geräusch. Ich drehte mich gerade noch rechtzeitig um und sah, wie Diesel aufgeregt mit der Tatze an der Scheibe kratzte. Ich ging zur Eingangstür zurück und versuchte hineinzuspähen. Diesel wandte sich um und verschwand in die Finsternis, aber in dem Lichtschein, der durch das kleine Fenster der Hintertür einfiel, konnte ich seine Umrisse sehen und beobachten, wie er in der Mitte des Raumes unaufhörlich im Kreis umherlief.

Allmählich gewöhnten sich meine Augen an die Dunkelheit, und ich entdeckte, was Diesel so beunruhigt hatte. Irgendjemand – es konnte nur Alex sein – wanderte unstet im Laden umher. So fest ich konnte, zerrte ich an dem Gitter, aber es bewegte sich nicht von der Stelle, und Alex, falls er es denn war, schien mich nicht zu bemerken. Offensichtlich hatte er ein ernsthaftes Problem. Ich rannte die Gasse neben dem Laden entlang und bog in den Weg ein, der zur Hintertür führt. Auch sie war verschlossen.

Draußen, auf der winzigen Terrasse, wo wir gelegentlich unseren Kaffee trinken oder Mittagspause machen, standen ein schmiedeeiserner Stuhl und ein Tisch. Ich griff nach dem Stuhl und warf ihn gegen die Tür. Die Glasscheibe des kleinen Sichtfensters brach entzwei, und ich konnte durch die schmale Öffnung greifen und die Verriegelung betätigen. Sofort sprang der Alarm an, aber ich ließ mich davon nicht aufhalten. Dies würde schneller dafür sorgen, dass Hilfe käme, als ein Telefonanruf, überlegte ich. Ich rannte die vier Stufen zum Erdgeschoss hinauf.

Wie ich befürchtet hatte, war es tatsächlich Alex. Er schwankte leicht, taumelte beinahe, und murmelte vor sich hin. Ich dachte zuerst, er hätte einen Schlaganfall oder etwas Ähnliches erlitten. Doch dann bemerkte ich, dass seine Haare voller Blut waren und seitlich am Kopf, über dem Ohr, eine Beule zu sehen war. Er war gestürzt, folgerte ich, und mit dem Kopf aufgeschlagen.

Da ich ihn nicht erschrecken wollte, ging ich vorsichtig auf ihn zu. »Was ist passiert, Alex?«, fragte ich und nahm ihn so behutsam wie möglich am Arm. Er blickte in meine Richtung, aber seine Augen konnten mich nicht wirklich fokussieren. »Komm«, sagte ich sanft. »Ich bringe dich zum Arzt, in Ordnung?«

»Ich kann nicht«, sagte er schließlich – die ersten verständlichen Worte, die ich von ihm hörte. »Bin noch nicht fertig. Muss noch etwas erledigen.« Er murmelte einen

Moment unzusammenhängend vor sich hin und sagte schließlich: »Ich habe noch eine Rechnung zu begleichen, bei …« Er wirkte verwirrt. »Bei jemandem«, sagte er undeutlich.

»Ich bin sicher, das kann bis später warten«, sagte ich beruhigend. »Jetzt kommst du erst mal mit.« Doch es war hoffnungslos. Er wollte nicht mitkommen. Ich wusste, dass ich Hilfe holen musste. Ich bugsierte ihn vorsichtig zu einem Stuhl und trat auf den Schreibtisch zu.

Während unseres ganzen Gesprächs, wenn man es so nennen kann, machte die Alarmanlage einen ohrenbetäubenden Lärm, was mir ein wenig seltsam vorkam. Ich konnte mir nicht vorstellen, dass Alex die Alarmanlage eingeschaltet hatte, bevor er nicht alles so weit vorbereitet hatte, dass er den Laden verlassen konnte. Ich würde die Ursache für den Alarm bald erfahren.

Als ich nach dem Telefon griff, hörte ich ein Donnern und ein Krachen und wurde anschließend nach hinten geworfen, als nur ein paar Meter von mir entfernt die Tür des Abstellraumes aus ihren Angeln gehoben wurde. Dichter, schwarzer Rauch erfüllte den Raum. Die Sprinkleranlage setzte sich in Gang. Überall war Rauch und Wasser, Diesel umkreiste meine Beine und wimmerte vor Angst, und die Alarmanlage heulte immer weiter. Feuer, dachte ich schließlich, es ist der Feueralarm.

Aber es war noch schlimmer. Da war ein zusammengekrümmter Mann auf dem Boden des Abstellraumes. Er lag mit dem Rücken zu mir auf der Seite, hatte die Knie leicht angewinkelt, nicht ganz so stark wie bei einem Embryo, und seine Hände waren auf dem Rücken zusammengebunden. Sein Gesicht konnte ich nicht erkennen, und ich brachte es auch nicht über mich, genauer hinzusehen. Er lag vollkommen reglos da. Ich meinte jedoch, Blut zu sehen, seitlich an seinem Hals und an den Händen. Eine Sekunde lang sah ich vor meinem inneren Auge das Bild eines knienden Mannes, der seinen Henker anfleht, ihn zu verschonen, und schließlich umkippt in die Position, in der er nun dalag.

Ich musste eine Entscheidung treffen. Ich konnte uns nicht alle herausholen. Den Mann, der mit großer Wahrscheinlichkeit tot war, ließ ich in dem Raum liegen. Ich wandte mich Alex zu, der inzwischen bewusstlos war, schlang die Arme um seinen Oberkörper, stemmte ihn hoch und zog ihn, so gut es ging, hinter mir her. Während ich Diesel dazu zu bringen versuchte, mir zu folgen, kämpfte ich mich zur Hintertür durch. Ich konnte nicht sehen, wo ich hintrat, und begann, nach Luft zu ringen und zu husten. Ich stieß mit den Schienbeinen gegen ein Möbelstück, lief gegen irgendetwas und fiel auf die Knie, wobei ich Alex immer noch festhielt. Unten am Boden war der Rauch nicht ganz so dicht, und ich konnte einen winzigen Schatten vor mir erkennen. Es war Diesel. Ich zog Alex auf meinen Rücken, indem ich seine Arme über meine Schultern legte, und kroch der Katze nach auf die Hintertreppe zu und brachte uns schließlich in Sicherheit, während sich das Geräusch einer entfernten Sirene auf uns zu bewegte.

»Bald kommt Hilfe, bald kommt Hilfe«, sagte ich immer wieder zu Alex' bewusstlosem Körper, bis die Polizei und die Feuerwehrleute eintrafen.

3

Die folgenden Tage gehörten zu den schlimmsten meines Lebens.

Wegen des ganzen Rauchs, den ich eingeatmet hatte, verbrachte ich die Nacht im Krankenhaus, unter Beobachtung, wie man mir erklärte. Das mit der Beobachtung ging allerdings über das medizinisch Notwendige hinaus, wie ich rasch feststellte, da auch eine Polizistin namens Constable Margo Chu anwesend war, die auf dem einzigen Stuhl des Raumes saß, wenn überhaupt nur wenig sprach und stundenlang Modezeitschriften durchblätterte.

Ich befand mich in einem schrecklichen Zustand, was selbst die oberflächlichste Überprüfung und ein kurzer Blick in den Badezimmerspiegel klarmachten. Meine Knie sahen aus wie rohes Fleisch, eine Schnittwunde an meiner linken Hand hatte mit mehreren Stichen genäht werden müssen, und wegen einer schlimmen Verspannung im Rücken und meiner vom Husten schmerzenden Rippen vermochte ich kaum gerade zu stehen.

Gleichwohl war ich wesentlich glimpflicher davongekommen als Alex, der infolge einer heftigen Gehirnerschütterung immer nur für kurze Zeit bei Bewusstsein war. Sein Zustand wurde als ›stabil‹ bezeichnet, was auch immer das bedeutete.

Ich wusste, was ihnen Sorgen bereitete – ich hatte zufällig mitbekommen, wie die Schwestern über ihn sprachen: eine Schwellung des Gehirns.

Ich besuchte ihn mehrmals in der Notaufnahme. Er hatte eine Sauerstoffmaske über dem Gesicht, und aus seinen Armen kamen zahlreiche Schläuche. Er lag reglos da, und sein Gesicht war kreidebleich: der Mann, der mich nach meiner Scheidung unterstützt hatte, in einer solchen Notlage. Er war eine Art zweiter Vater für mich, der dafür gesorgt hatte, dass ich mich in der neuen Umgebung zu Hause fühlte, der sich um mein Haus kümmerte, wenn ich mich auf Reisen befand, und im Geschäft inzwischen unentbehrlich war. Und vor allen Dingen war er mein Freund.

Und dieser andere Kerl, wer war er? Was hatte er dort gemacht? Handelte es sich um einen misslungenen Einbruchsversuch? Wer hatte wem was zugefügt? Hatte der Mann in unserem Abstellraum Alex angegriffen? Wenn man Alex gut kannte, war es schwer vorstellbar, dass es umgekehrt gewesen sein sollte. Und falls er Alex verletzt hatte, was war anschließend mit ihm selbst geschehen? Er hatte sich die Hände nicht selbst hinter dem Rücken zusammengebunden. Während ich darüber nachdachte, bekam ich Kopfschmerzen, und nichts von alldem ergab einen Sinn.

Am späten Vormittag des folgenden Tages durfte ich das Krankenhaus verlassen. Ich bat darum, Alex sehen zu dürfen, bevor ich nach Hause fuhr, aber sie wollten mich nicht zu ihm lassen. Er lag inzwischen auf der Intensivstation, und nur Verwandten war ein Besuch erlaubt. Ich wies darauf hin, dass ich der Mensch sei, der ihm am nächsten stünde, aber sie rieten mir trotzdem, am nächsten Tag wiederzukommen, bis dahin würden sie meine Bitte überdenken.

Police Constable Chu fuhr mich nach Hause, wo Moira mich erwartete.

Sie eilte geschäftig hin und her, bugsierte mich in meinen Lieblingssessel, brachte mir etwas zu essen und versuchte, mich zum Lachen zu bringen.

»Falls du zu traumatisiert bist, um es herauszufinden«, sagte sie, »die Tempura-Garnele, die California Roll und das Gelbflossenthunfisch-Sushi sind für dich. Das Yuppie-

Luxus-Bio-Gourmet-Katzenfutter in diesem hübschen Glas mit der süßen kleinen Stoffhaube ist für Diesel. Den Single Malt Scotch kannst du mit anderen teilen.«

Ich versuchte angestrengt, mir ein Lächeln abzuringen, um ihr eine Freude zu machen, aber am Ende gab ich es auf. Die meiste Zeit über war ich den Tränen nahe, und davon abgesehen tat mir das Gesicht weh, genauso wie jeder andere Körperteil. Und es waren eine Menge Dinge zu erledigen.

»Ich muss aufstehen«, sagte ich. »Ich muss das Geschäft putzen und aufräumen: Das kann ich nicht alles Sarah überlassen, und wir müssen wieder öffnen. Wir können es uns nicht leisten, lange geschlossen zu haben.« Ich versuchte, mich zu erheben.

»Nein, hör mir zu«, erwiderte Moira und drückte mich in den Sessel zurück. »Deine Freunde kümmern sich darum. Du kommst sowieso nicht in das Gebäude hinein. Die Polizei wird es nicht erlauben. Sobald man es wieder betreten darf, werden wir ein paar Leute zusammentrommeln und tun, was auch immer getan werden muss. Sarah wird bald zurückkehren. Bis sie wieder hier ist, werden wir anderen mit anpacken.«

Ich dachte darüber nach. »Was meinst du damit, dass die Polizei mich nicht reinlassen wird? Warum nicht?«, wollte ich wissen. »Es ist mein Laden!«

»Ich weiß es nicht«, antwortete sie vage. »Ich schätze, sie müssen alles untersuchen und wollen nicht, dass irgendwelche Leute ihnen im Weg stehen. Sicher ist das der Grund.«

Moira gab sich große Mühe, mich dazu zu bringen, dass ich mich ausruhte, aber es gelang mir nicht. Ich beschloss, meinen Versicherungssachbearbeiter anzurufen und mit ihm für den nächsten Vormittag einen Termin im Laden zu vereinbaren. Bis dahin wäre ich wieder fit, dessen war ich sicher. Ich war schon seit Jahren bei derselben Versicherungsgesellschaft, hatte noch nie einen Schaden gemeldet und erwartete keinerlei Probleme.

Der Mann, mit dem ich für gewöhnlich zu tun hatte, war nicht da, aber ich wurde weiterverbunden, zu einem Sachbearbeiter namens Rod McGarrigle. Rod und ich verstanden uns nicht sonderlich gut. In erster Linie machte er einen ziemlich abwesenden Eindruck. Ich hatte das Gefühl, dass er während unseres Telefonats noch etwas anderes machte, denn ich merkte, dass er ab und an die Hand über die Sprechmuschel legte, wenn ich etwas zu ihm sagte. Seine Antworten auf meine Fragen über die Deckungssumme, die Möglichkeit einer Zahlung für den entgangenen Gewinn und andere Dinge waren entmutigend unklar.

In meiner Verzweiflung fragte ich ihn schließlich unverblümt: »Greift der Versicherungsschutz nun in diesem Fall oder nicht?«

»Natürlich tut er das, Ms McClintoch«, antwortete er, »es sei denn, Ihnen, Ihrer Geschäftspartnerin oder einem Ihrer Angestellten wird eine Straftat nachgewiesen.«

Eine Straftat. Wie schön. »Dann erwarte ich umgehend Ihre Zahlung«, entgegnete ich säuerlich, bevor ich auflegte.

Ich erzählte Moira, was er gesagt hatte. Sie murmelte etwas Verständnisvolles, wechselte jedoch im Anschluss unverzüglich das Thema und begann, mir drollige kleine Geschichten darüber zu erzählen, wie traumatisiert Brian gewesen sei, nachdem er am Vortag ihre Freunde kennengelernt hatte.

Ich schloss daraus, dass die Beziehung den Abend mit ihren Freunden nicht überstanden hatte, aber Moira wirkte nicht besonders beunruhigt darüber.

Trotz des durch die Schmerzmittel verursachten Nebels in meinem Kopf fragte ich mich allmählich, was hier eigentlich vor sich ging und ob ich irgendetwas nicht mitbekommen hatte. Es dauerte nicht lange, bis ich es herausfand.

Constable Chu hatte bald darauf dienstfrei, wurde jedoch sogleich von Constable Mancino ersetzt, einem jungen Mann mit einem jugendlichen Gesicht, der darauf bestand, mich Ma'am zu nennen, und mir mehrfach berichtete, wie stolz er sei, schon sieben Jahre lang ›Blau zu tragen‹, um seinen Ausdruck zu verwenden. Vermutlich war das seine Art, mir zu verstehen zu geben, dass er wesentlich älter und erfahrener war, als er aussah.

Kurz darauf kam sein Sergeant hinzu, der sich als »Lewis« vorstellte. Falls er auch einen Vornamen hatte, verriet er ihn nicht. Er wirkte auf mich wie ein Mann, der weder Fantasie noch erkennbaren Humor besaß und darüber hinaus ein Pedant war. Als Erstes bat er Moira, das Haus zu verlassen, was sie, wenn auch widerwillig, tat. Sie sagte jedoch zu ihm, sie würde in fünfundvierzig Minuten zurückkehren, und ließ mit ihrem Tonfall und ihrem Gesichtsausdruck durchblicken, dass er am besten verschwunden sein sollte, wenn sie wiederkäme. Ich hatte die Erfahrung gemacht, dass man sich mit Moira besser nicht anlegte, und Sergeant Lewis schien drauf und dran zu sein, das selbst herauszufinden.

Er sprach in unvollständigen Sätzen, die nur durch seine Betonung einen Sinn ergaben, beinahe als glaubte er, ihm stünde in seinem Leben nur eine begrenzte Anzahl von Worten zur Verfügung, und als wollte er verhindern, dass sie vor seinem Ableben aufgebraucht wären. Darüber hinaus hatte er die unangenehme Angewohnheit – entweder war es Absicht oder es war einfach die Art, wie sein Gehirn funktionierte –, Fragen in einer Reihenfolge vorzubringen, die mir vollkommen willkürlich erschien. Meiner Ansicht nach stellte er unmäßig viele Fragen darüber, wo ich mich seit 19.35 Uhr aufgehalten hatte, wer bei mir gewesen war und was ich gemacht hatte, nachdem ich die Bar des *Four Seasons* verlassen hatte, bis zu dem Zeitpunkt, als die Polizei und der Feuerwehrwagen am Geschäft eingetroffen waren. Keine meiner Antworten schien genau genug zu sein, um ihn zufriedenzustellen. Police Constable Mancino machte ausführliche Notizen.

Ich berichtete Lewis in allen Einzelheiten von den Drinks in der Bar, wer alles dort gewesen war, wann die Leute angekommen waren, und fügte dann hinzu: »Ich bin sicher, dass meine Freunde Ihnen das alles bestätigen können.«

»Habe *deren* Aussagen bereits aufgenommen«, erwiderte er unverbindlich.

»Alles klar«, sagte ich. Aus welchem Grund war das wohl nötig gewesen?, fragte ich mich. Bereits wenige Minuten nach Beginn der Befragung war mir klar, dass Lewis und ich nicht besonders gut miteinander auskamen. Einer meiner engsten Freunde ist schwer verletzt worden, sagte ich mir, irgendein Fremder lag tot in meinem Laden, der zufällig zur selben Zeit in Flammen stand, und dieser Typ hier will wissen, wie viele Tropfen Wermut in meinem Martini waren und wo ich meinen Wagen geparkt habe.

»An der Ecke Yorkville Road/Avenue Road. Und *dann?*«

»Ich bemerkte, dass ich meine Schlüssel vergessen hatte. Ich hatte sie im Laden liegen lassen, also ging ich dorthin zurück, in der Hoffnung, Alex noch zu erwischen, bevor er nach Hause gehen würde. Genau wie ich Ihnen bereits gesagt habe«, fügte ich hinzu. Er bat mich nun schon zum dritten Mal um die Erklärung eines Sachverhalts, den ich vollkommen eindeutig fand.

»Ihre *Schlüssel?*«, fragte er, meinen Unmut ignorierend, während er ein Schwarzweißfoto von einem Schlüsselbund aus seiner Aktentasche zog.

Ich nickte.

»Sicher?«

»Ich kann mir nicht vorstellen, dass sie jemand anderem gehören. Den Schlüsselring hat mir ein Freund aus Mexiko geschenkt. Er ist aus Silber und hat eine ungewöhnliche Form – die des Chac Mool aus Chichén Itzá.«

Ich blickte zu dem verdutzten Constable Mancino hinüber. In den sieben Jahren, in denen er Blau trug, waren ihm weder die Maya- und spätere Tolteken-Stadt Chichén Itzá begegnet noch der zornige Gott, der einen der Tempel bewacht. Beides buchstabierte ich für ihn.

Er errötete.

»Alle Schlüssel dran?«

»Ich glaube ja: für mein Haus, Alex' Haus, Moiras Haus, meinen Wagen, die Ladentür – derselbe Schlüssel passt für die Vorder- und die Hintertür –, Warenlager, Abstellkammer. Das ist alles. Ja, es sind alle Schlüssel dran.«

»Geschäftspartnerin ist unterwegs, richtig?«, fragte er, mit einem dieser kleinen Gedankensprünge, denen ich nur schwer folgen konnte.

»Ja. Sie macht Campingurlaub im Algonquin Park, mit ihrem Freund und seinen beiden Söhnen. Sie kommt morgen oder übermorgen zurück.« Und schon wieder war ich unpräzise. Er machte eine finstere Miene.

»Geschäfte liefen gut in letzter Zeit, richtig?«

»Ja, sehr gut.«

»Sie schulden niemandem ein bisschen *Geld* oder so was?«

»Nein, um genau zu sein, haben wir in den letzten Monaten sogar ein wenig Gewinn gemacht.« Die nächste Frage konnte ich bereits vorhersagen, und tatsächlich kam sie auch.

»Sie sind *versichert,* richtig?«

»Ja, natürlich.«

Man brauchte kein Genie zu sein, um herauszufinden, worauf er mit dieser Frage hinauswollte: Versicherungsbetrug. Vielleicht erklärte das, warum Rod McGarrigle so ausweichend gewesen war. Aber es kam noch wesentlich schlimmer.

»Und *dann?*«

»Dann was?«, fragte ich, vollkommen verwirrt von den ganzen Gedankensprüngen, die Lewis machte.

Er blickte mich an, als wäre ich von unterdurchschnittlicher Intelligenz, und sagte: »Was taten Sie, nachdem Sie bemerkt haben, dass Sie Ihre Schlüssel vergessen haben?« Sicher ärgerte er sich, dass er so viele Worte darauf verwenden musste, mich wieder auf Kurs zu bringen.

Ich erzählte ihm, dass ich zum Geschäft zurückgekehrt war, durch die Vordertür gespäht und bemerkt hatte, dass etwas nicht stimmte, und dass ich anschließend nach hinten gegangen war, um zu versuchen hineinzukommen.

»Die Tür – *verschlossen,* richtig?«

»Ja. Ich schlug mit einem Stuhl die Scheibe ein. Wo ich darüber nachdenke: Der Stuhl lag auf der Seite, neben der Tür. Er war umgefallen.«

»Wind?«

»Das glaube ich nicht. Er ist schmiedeeisern und ziemlich schwer.«

»Und *dann?*«

»Ich griff durch das zerbrochene Fenster, entriegelte die Tür und öffnete sie und ging auf Alex zu.«

»Der wo *genau* war?«, fuhr Lewis fort. Offensichtlich waren ihm meine Antworten noch nicht präzise genug.

»Er lief benommen umher«, antwortete ich.

»Seine *exakte* Position?«

»In der Nähe des hellbraunen Sofas.«

»In der *Nähe?*«

»Davor. Ungefähr ein oder zwei Meter davor.«

»Sein Erscheinungsbild, mit *allen* Einzelheiten?«

»Benommen, wie ich schon sagte. Er hatte eine Schnittwunde über dem linken Ohr und taumelte mehr oder weniger herum.«

Lewis zuckte zusammen. Ausdrücke wie ›ungefähr‹ und ›mehr oder weniger‹ gefielen ihm offenbar nicht besonders, aber im Moment war ich zu müde und zu verärgert, um mich darum zu kümmern.

»Was gesagt?«

»Ich glaube, ich fragte ihn, was geschehen sei, und bat ihn dann, mit mir zu kommen«, erwiderte ich, weil ich die Frage missverstand.

»Hat *er* was gesagt?«, fragte Lewis, ungehalten über meine Unfähigkeit, seine Frage zu beantworten.

»Er stammelte regelrecht vor sich hin. Das einzig Schlüssige, was er sagte, war irgendwas in der Art, dass er nicht mitkommen könnte, weil er noch etwas zu erledigen hätte, eine offene Rechnung oder so etwas.«

Ein oder zwei Sekunden saßen beide Polizisten reglos da, Mancino, dessen Stift über dem Notizblock schwebte, und Lewis, der so selbstzufrieden wie ein Kater wirkte, der gerade einen Kanarienvogel verspeist hat. Ich blickte von einem zum anderen. Da ich Alex gut kannte, war ich einfach nicht auf die Idee gekommen, dass es mehr als nur eine Möglichkeit gab, seine Worte zu deuten. Lewis, war mir sofort klar, glaubte ebenfalls, es gäbe nur eine Interpretationsmöglichkeit, und es war nicht dieselbe wie meine.

»Sie können doch nicht ernsthaft annehmen, dass Alex die Schuld an allem trägt«, stieß ich hervor. »So etwas würde er niemals tun.«

»Die *genauen* Worte?«, wollte Lewis schließlich wissen.

»Er war besorgt, dass er noch nicht alle Arbeiten im Laden erledigt hatte!«, rief ich aus. »Das ist alles.«

»Die *genauen* Worte?«, wiederholte Lewis.

»Er sagte: ›Bin noch nicht fertig. Muss noch etwas erledigen. Ich habe noch eine Rechnung zu begleichen, bei jemandem.‹«, antwortete ich widerwillig. »›Eine Rechnung begleichen‹ ist ein etwas altmodischer Ausdruck«, fügte ich hinzu. Ich war entsetzt über die Richtung, die dieses Gespräch nahm, und ärgerte mich darüber, dass meine Aussage ein so schlechtes Licht auf Alex warf. »Seine Ausdrucksweise bessert sich allmählich. Alex hat schon in vielen Ländern der Erde gelebt und verwendet ziemlich kuriose Redewendungen. Er meinte ›eine Rechnung bezahlen‹. Er hat sich um die Finanzen gekümmert, während meine Partnerin weg war.«

»Kennen sie Mr Stewart *lange?*«, fragte Lewis, diesmal verhältnismäßig ruhig.

»Lange genug«, konterte ich. »Seit etwa vier Jahren. Lange genug, um zu wissen, dass er keiner Fliege etwas zuleide tun könnte.«

Lewis schwieg. Mancino kritzelte wild vor sich hin.

»Haben Sie herausgefunden, was genau dieser andere Mann in meinem Geschäft machte?«, fragte ich. Während ich verzweifelt versuchte, das Verhör auf einen Pfad zurückzubringen, den ich für vernünftiger hielt, machte meine Angst mich zunehmend kampflustig. »Ist er eingebrochen, weil er nicht wusste, dass Alex noch da war? Wir haben nicht viel Bargeld im Laden, lediglich einen kleinen Betrag im Safe, in dem winzigen Büro hinter der Verkaufstheke. Heutzutage zahlen die meisten Leute mit Kreditkarten, sodass wir selten eine größere Summe dahaben, aber so ein Dieb weiß das ja nicht unbedingt«, plapperte ich weiter.

Wie war dieser Dieb hineingekommen?, fragte ich mich, während ich sprach. Vielleicht hatte er sich in der Abstellkammer versteckt, als der Laden noch geöffnet gewesen war, und Alex dann erschreckt? Nach Geschäftsschluss wurden sowohl die Vorder-, als auch die Hintertür verriegelt. Die Hintertür war immer zu: Sie besaß einen Notfallhebel, damit man im Ernstfall herauskam, aber sie fiel automatisch ins Schloss, wenn man hindurchging. Die Tür war verschlossen gewesen, als ich dort ankam, das wusste ich mit Sicherheit.

Und das Feuer? In der Abstellkammer waren nicht viele Dinge untergebracht. Wir hatten mehrere Häuserblöcke entfernt ein Warenlager, wo wir die größeren Möbelstücke aufbewahrten, bis wir Platz im Laden hatten. Der Abstellraum enthielt einen Teil unserer Unterlagen, eine Garderobe für unsere Jacken und einige kleinere Ziergegenstände, die wir dort lagerten, um Objekte zu ersetzen, die verkauft worden waren. Wir hatten dort nichts deponiert, was leicht entflammbar war, und ich konnte mir nicht vorstellen, wie ein Feuer entstanden sein sollte. Handelte es sich also um Brandstiftung? Wollte der Dieb seine Spuren verwischen? Wollte er vielleicht sogar sichergehen, dass Alex ihn nicht identifizieren könnte? Eine schreckliche Vorstellung.

Meine Gedanken kehrten wieder in die Gegenwart zurück, und ich stellte fest, dass Sergeant Lewis mich aufmerksam beobachtete. »Also«, sagte ich, »war es ein Einbruch?«

»*Eine* Möglichkeit«, erwiderte Lewis.

Ich berichtete ihm, dass die Alarmanlage in der vergangenen Woche dreimal angesprungen war. »Ich dachte, es hätte sich jedes Mal um einen Fehlalarm gehandelt, doch jetzt bin ich nicht mehr ganz so sicher«, sagte ich und redete unaufhörlich weiter, trotz seiner Weigerung, mir irgendetwas zu erzählen. »Glauben Sie also, jemand wollte sich Zugang verschaffen? War es Brandstiftung?«

Lewis ignorierte mich. Plötzlich beugte er sich vor.

»*Kennen* Sie diese Person?«, fragte Lewis, während er ein etwa zwanzig mal fünfundzwanzig Zentimeter großes Schwarzweißfoto aus seiner Aktentasche zog und vor mich hinlegte. Falls er mich hatte erschrecken wollen, war er sehr erfolgreich. Das Foto zeigte den toten Mann in dem Abstellraum. Er war so fotografiert worden, dass ich sein Gesicht sehen konnte – seine Haare waren versengt, eine Wange verbrannt, und auf seinem Hals befand sich eine dunkle, hässliche Linie. Ich rang nach Luft. Lewis wartete.

»Nein!«, platzte es schließlich aus mir heraus. Wörtlich genommen entsprach es der Wahrheit, aber in diesem Augenblick hätte ich nicht an einen Lügendetektor angeschlossen sein wollen.

»Sicher?«

Ich nickte. Es stand außer Frage, dass ich ihn ein klein wenig zu wörtlich nahm. Ich wusste wirklich nicht, wer das Opfer war. Aber ich hatte ihn schon einmal gesehen. Das Problem war: Jedes Mal, wenn ich meinen Mund öffnete, schien ich Alex weiter in die Sache hineinzuziehen. Lewis hätte Alex sicher niemals verdächtigt, wenn ich nicht verraten hätte, was er vor sich hin gemurmelt hatte. Ich beschloss, dass ich von nun an sehr vorsichtig mit meinen Äußerungen sein musste. Freiwillig mehr zu sagen, als ich wirklich gefragt wurde, war offenbar keine gute Idee.

»*Sie* wissen, wer er ist?«, fragte ich und übernahm Lewis' speziellen Gesprächsstil.

Nun war es an ihm, zu nicken.

»Warum fragen Sie mich dann?«, gab ich zurück.

»Erstens, weil er in *Ihrem* Abstellraum aufgetaucht ist. Ein wenig *knusprig* schon, muss ich sagen, aber wiedererkennbar. Schon mal in Peru gewesen?«, fragte er unbeirrt weiter.

Warum überraschte mich diese Frage eigentlich nicht? »Nein«, antwortete ich.

»Schon mal mit jemandem aus Peru Geschäfte getätigt?«

»Auch nicht.«

»Irgendein Grund, mit jemandem aus Peru zu tun zu haben, in offizieller Angelegenheit oder auf andere Weise?«

»Ich wüsste keinen.«

»Ihr Freund Stewart schon, schätze ich«, konterte er.

Ich gab keine Antwort und fasste den umsichtigen Entschluss, dies als Aussage und nicht als Frage zu verstehen.

»Er *war* schon dort, richtig?«

»Möglicherweise«, erwiderte ich. »Ich weiß es nicht. Er war zwanzig Jahre lang bei der Handelsmarine. Er ist in vielen Ländern gewesen.«

»Handelsmarine, ah ja. Unten an den Docks, vermute ich. An den Docks geschehen eine Menge Dinge. Er war in Peru. Und es ist gar nicht lange her«, erwiderte er gelassen. »Außerdem war er Chefsteward. Sehr wahrscheinlich hatte er mit Zollbeamten zu tun.«

Was sollte ich daraus schließen? Lewis ging mir mit seinen elliptischen Hinweisen endgültig auf die Nerven.

»Was glauben Sie, was an jenem Abend passierte?«, fragte ich und vergaß meinen Entschluss zu schweigen. »Alex fesselte diesen Typen, tötete ihn, steckte den Laden in Brand und schlug sich dann selbst auf den Kopf? So fest, dass er eine Gehirnerschütterung bekam, wenn ich das hinzufügen darf?«

»Merkwürdig, das gebe ich zu. Aber wahrscheinlicher als andersherum, meinen Sie nicht auch? Kein Hinweis, dass sonst noch jemand dort war«, sagte er, während er den Kopf hob und mich direkt anblickte. In diesem Moment hörte ich glücklicherweise, dass die Tür sich öffnete, und Moira kam herein.

»Sie haben ihn also noch *nie* gesehen?«, beharrte Lewis und deutete ein weiteres Mal auf das Foto von Eidechse.

Diese direkte Frage ausweichend zu beantworten erschien mir unmöglich. Wenn ich sie jetzt allerdings bejahte, nachdem ich gesagt hatte, dass ich den Mann nicht kennen würde, würde es so wirken, als hätte ich etwas verschweigen wollen – um Alex zu decken möglicherweise.

»Nein«, log ich.

Lewis blickte mich mehrere Sekunden lang an und wandte sich dann zu Mancino um. »Das wär's dann. Wir verschwinden. Bitte kommen Sie morgen früh mit uns in den Laden, um nachzusehen, ob etwas fehlt. Wir werden in diverse Richtungen ermitteln.«

»Tun Sie das«, entgegnete ich so gebieterisch wie nur möglich. Danach hielt ich noch so lange durch, bis die beiden gegangen waren, und brach anschließend in Tränen aus. Moira war natürlich entsetzt. Sie glaubte, sie hätten mich mit ihren Fragen gequält, und vielleicht hatten sie das auch. Aber ich konnte ihr ja nicht alles erzählen.

Eidechse. Der Mann, den ich eher zum Spaß Eidechse genannt hatte. Der Mann, der sich bei *Molesworth & Cox* wegen einer Jade-Schnupftabakflasche mit meinem Exmann ein Duell geliefert hatte. Tot und in meinem Laden verbrannt. War dies ein weiterer von Clives kleinen Streichen, der entsetzlich schiefgegangen war? Hatte er jemanden beauftragt, die Schnupftabakflasche zu stehlen? Er war bereit gewesen, angemessen dafür zu zahlen. Einen sehr guten Preis, genau genommen, und ich hatte abgelehnt. Eidechse hatte die Kiste ebenfalls unbedingt haben wollen. Doch wenn er wirklich in den Laden eingebrochen war, wie war er dann umgebracht worden?

Nicht von Alex. Selbst wenn man außer Acht ließ, dass er so etwas niemals tun würde, so war Alex doch nur halb bei Bewusstsein gewesen. Wer war also außer ihm dort gewesen?

Und noch wichtiger: Was hatte ich getan? Anstatt der Polizei bei ihren Ermittlungen zu helfen, hatte ich auf die Frage, ob ich Eidechse kennen würde, tatsächlich gelogen. Was also nun?

Ich rief meine Anwältin an. Sie verbrachte einen einwöchigen Urlaub auf Maui.

Ich rief Rob Luczka an. »Geh schon dran«, forderte ich ihn auf, als das Telefon klingelte und klingelte. Ich wusste, dass er und Barbara in Montreal gewesen waren, um Barbaras Schwester zu besuchen, aber ich betete, dass sie inzwischen zurück waren.

»Hallo«, meldete er sich endlich.

»Du bist zu Hause«, sagte ich erleichtert.

»Bin gerade hereingekommen«, erwiderte er. »Was ist los?«

»Ich brauche unbedingt deine Hilfe. Etwas Schreckliches ist geschehen.« Ich begann ihm von Alex, der Leiche und dem Feuer zu berichten.

»Ich komme sofort«, unterbrach er mich. Ich stieß einen erleichterten Seufzer aus. Auch wenn Rob und ich gelegentlich auf verschiedenen Planeten zu leben scheinen, betrachte ich ihn dennoch als Freund. Ungeachtet dessen, dass wir uns von Zeit zu Zeit streiten – für gewöhnlich dann, wenn ich finde, dass er eine undifferenzierte Weltsicht vertritt –, hoffe ich, dass er dasselbe über mich denkt. Sobald ich wusste, dass er auf dem Weg zu mir war, ging es mir besser.

Weniger als eine halbe Stunde später hatten wir es uns mit einem Glas eisgekühlten Zitronentee auf meiner Veranda bequem gemacht. Es war ein wunderschöner warmer Sommerabend, und am liebsten hätte ich einfach nur dagesessen und den Abend genossen und nicht darüber nachgedacht, was geschehen war. Nachdem wir über uns über das Wetter, Montreal und die Blue Jays – das Baseball-Team von Toronto – unterhalten hatten, kam Rob behutsam auf das eigentliche Thema zu sprechen. Er hörte verständnisvoll zu, bis ich zu dem Teil mit dem Foto von Eidechse kam.

»Ich habe Lewis erzählt, dass ich den Mann auf dem Foto nicht kennen würde, aber in Wahrheit habe ich ihn schon einmal gesehen – auch wenn ich nicht weiß, wer er ist –, und zwar bei einer Auktion bei *Molesworth & Cox*.« Als ich hörte, dass Rob tief Luft holte, zögerte ich. »Ich dachte, sie würden Alex beschuldigen, etwas Furchtbares getan zu haben, und mir Brandstiftung und Versicherungsbetrug vorwerfen, und außerdem tat mir meine Hand weh, und ich hatte Kopfschmerzen«, plapperte ich weiter. Selbst für meine eigenen Ohren klang ich wie ein jammerndes kleines Kind.

»Wir reden hier über Mord, Lara. Was glaubst du, wie es für Alex und dich aussieht, falls – oder sagen wir besser: wenn – die Polizei herausfindet, dass du das Opfer schon mal gesehen hast, dass du gelogen hast?«

»Ich habe mir überlegt, dass ich vielleicht sagen könnte, ich hätte später noch einen Geistesblitz oder Ähnliches gehabt und dass es mir plötzlich wieder eingefallen wäre. Ich stand unter Schock, weißt du, nach allem, was passiert ist …«

Rob blickte mich fassungslos an. Er wurde sehr wütend und biss die Zähne so fest zusammen, dass ich dachte, sie würden jeden Moment in Stücke brechen. »Du hast also vor, eine Lüge nach der anderen zu erzählen? Hältst du das etwa für richtig?«

»Erspar mir deine Belehrungen, Rob«, fuhr ich ihn an. »Ich habe einen Fehler gemacht, okay? Den meisten Menschen passiert das von Zeit zu Zeit. Gut, dir vielleicht nicht. Vielleicht auch nicht dieser Ms Perfect, mit der du zusammen bist. Aber den meisten anderen durchaus. Ich will keine Vorträge darüber hören, dass der Zweck niemals die Mittel heiligt, welche Pflichten und Verantwortungen man als Bürger hat oder was auch immer. Ich bitte dich um Rat, was ich angesichts dieser Situation machen soll, wie ich Alex helfen kann und aus diesem Schlamassel herauskomme.«

Nach einer Weile, die mir wie eine Ewigkeit vorkam, antwortete er vollkommen ruhig: »Ich muss sie darüber informieren, was du mir erzählt hast.«

Plötzlich spürte ich eine Welle der Sympathie für seine Tochter Jennifer, die – wie ich wusste – diesen speziellen moralischen Ansprüchen häufig ausgeliefert war und sehr darunter litt.

»Auch wenn das ein schlechtes Licht auf Alex wirft? Rob«, flehte ich ihn an, »ich dachte, du wärst mein Freund. Ich habe dich unter Freunden um Hilfe gebeten.«

Er erhob sich. »Ich bin in erster Linie Polizist«, sagte er. »Wenn du nicht wolltest, dass ich es weitergebe, hättest du es mir nicht erzählen dürfen.« Er wandte sich zum Gehen.

»Vielleicht setzt du deine Prioritäten nicht richtig«, sagte ich zu seinem unnachgiebigen Rücken. Er ging weiter. »Vielleicht ist das Leben auch nicht ganz so einfach, wie du glaubst«, fuhr ich fort.

»Frag Jennifer doch mal, was sie darüber denkt«, rief ich, als er die Gartenpforte erreichte. Das war ein Schlag unter die Gürtellinie. Ich hörte, wie die Pforte geräuschvoll hinter ihm zufiel.

4

Ich brauchte eine ganze Weile, um herauszufinden, was fehlte – zum Teil, weil ein solches Durcheinander im Laden herrschte, aber auch, weil es nicht das war, was ich erwartet hatte.

Am nächsten Morgen hatte Constable Chu wieder Dienst und fuhr mich zum Geschäft. Ich war dankbar, dass sie mich mitnahm, denn heute hatte ich noch mehr Schmerzen als am Tag davor. Nur mit Gewalt hätte man mich hinter das Steuer meines eigenen Wagens bekommen.

Ich sah der ganzen Sache angstvoll entgegen, nicht nur, weil ich mich davor fürchtete, was ich vorfinden würde, sondern auch, weil ich besorgt darüber war, was ich zu Sergeant Lewis sagen sollte. Die entscheidende Frage war: Hatte Rob ihm von Eidechse erzählt oder nicht? Falls nicht, könnte ich es vielleicht mit der Geschichte versuchen, dass ich einen Geistesblitz gehabt hätte; aber falls doch, würde ich damit alles nur noch schlimmer machen.

Ich fühlte mich schrecklich, was Rob betraf. Ich wusste, dass ich einem Freund etwas angetan hatte, was man niemals tun sollte: Ich hatte ihn in eine Zwangslage gebracht. Ich wollte ihn anrufen und mich entschuldigen, aber er war so wütend gewesen, dass ich mich vor seinem Zorn fürchtete. Schon in den frühen Morgenstunden hatte ich darüber nachgegrübelt, warum ich mich in letzter Zeit so kindisch verhalten hatte. Schließlich bin ich nicht mehr die Jüngste. Tatsächlich bin ich alt genug, dass ich selbst erwachsene Nachkommen hätte haben können, und sollte mich nicht mehr wie ein kleines Kind benehmen.

Ich war in der Lage, erfolgreich ein Geschäft zu betreiben und vollkommen gelassen in der ganzen Welt herumzureisen, aber wenn mein Exmann auf der anderen Straßenseite einen Laden eröffnete, drehte ich durch. Clive hatte recht. Es wurde Zeit, dass ich mich wieder in den Griff bekam.

Aber wie genau sollte ich das anstellen?

Als ich eintrat, wurde meine Nase von einer Mischung aus verschiedenen Gerüchen begrüßt: Zum Teil roch es nach erloschenem Lagerfeuer, zum Teil nach nassem Hund und zum Teil – zumindest in meiner überdrehten Fantasie – nach Tod. Ich zeigte Constable Chu den Ort, wo ich Alex gefunden hatte, und blickte mich um, während sie sich Notizen machte.

Das Feuer selbst hatte überraschend wenig Schaden angerichtet. Die Tür zum Abstellraum war herausgerissen, die Tür und der Rahmen waren stark versengt, und auf den umliegenden Wänden befanden sich dunkle Rauchflecken. Die Sprinkleranlage hatte gute Arbeit geleistet und den Brand sehr schnell gelöscht.

Der Wasserschaden war jedoch beträchtlich. An einigen der antiken Holzmöbel begann bereits die Farbe abzublättern, und überall waren Wasserflecken zu sehen. Die Sofas waren komplett durchnässt, und die Teppiche auf dem Boden, ein paar wirklich hübsche alte Kelims, Teppiche, die ich vor einigen Monaten bei einer haarsträubenden Reise durch Pakistan aufgegabelt hatte, gaben platschende Geräusche von sich, als ich auf ihnen lief. Ich wäre unglaublich gern mit einem professionellen Reinigungsgerät angerückt, aber die Türen waren immer noch mit den gelben Bändern der Polizei versperrt. Wenn wir nicht bald hineindurften, wäre nichts mehr zu retten. Ich hätte heulen können.

Lewis traf ein. »*Fehlt* irgendwas?«, fragte er in seiner üblichen knappen Ausdrucksweise.

Ich sah mich um. Der Laden hat etwas von einer Scheune. Er besteht aus nur einem großen Raum, hinter der Ladentheke befindet sich ein winziges Büro, ganz hinten ist ein Abstellraum, und rechts liegt ein weiterer kleiner Ausstellungsraum. Um die Waren ansprechender wirken zu lassen, hatten wir mehrere Bereiche des Geschäfts wie Wohnräume eingerichtet: Da war ein Esstisch mit Gedecken und Stühlen und ein Kronleuchter, der von der Decke darüber hing; an einer Wand war eine Art Wohnzimmer mit einem Sofa, Sesseln, kleinen Beistelltischen und einem Couchtisch mit akzentsetzenden Objekten darauf und an der Wand über dem Sofa gelegentlich noch ein Wandbehang oder ein Spiegel mit geschnitztem Rahmen.

Sobald jemand ein Stück kaufte, arrangierten wir die Einrichtung um, damit keine Lücken entstanden. Mit anderen Worten: unsere Artikel waren ständig in Bewegung. Alex hätte genau gewusst, wie alles angeordnet gewesen war, aber ich würde Tage brauchen, um ein vollständiges Bestandsverzeichnis zu erstellen. Wie auch immer, ich gab mein Bestes und blickte mich sorgfältig um.

Ich begann mit dem Büro, wo ich die Jade-Schnupftabakflasche zurückgelassen hatte. Ich war äußerst erleichtert und auch ein wenig erstaunt darüber, dass sie immer noch dort war. Sie war zusammen mit dem Inhalt der drei Schreibtischschubladen in eine Ecke geworfen worden, aber soweit ich sehen konnte, war sie nicht beschädigt. Der Safe war noch verschlossen. Der Raum war vollkommen durcheinander, aber ich konnte nicht feststellen, dass etwas fehlte.

Ich zwang mich, im Abstellraum nachzusehen. Hier sah es nach einem Totalschaden aus. Auf dem Boden entdeckte ich den Kreideumriss, dort, wo Eidechse gefunden worden war.

»Soweit ich sehen kann, fehlt im Büro nichts«, sagte ich zu Lewis, eine Art Zwischenbericht abgebend. Ich blickte in Richtung der Abstellkammer. »War das Feuer die Todesursache?«, fragte ich mit zitternder Stimme und dachte, was für eine wirklich grauenhafte Todesart das war.

»Erdrosselt. Draht wurde so fest gezogen, dass er in den Hals einschnitt. Auch verbrannt und zusätzlich eingeschlossen, um sicherzugehen. Jemand wollte, dass er stirbt.« Lewis hielt inne. »*Ihre* Schlüssel außerdem. Steckten in der Abstellkammertür. Hatten ihn eingeschlossen. Gar nicht notwendig. Wäre nirgendwo mehr hingegangen.« Bevor ich etwas auf diese indirekte Beschuldigung erwidern konnte, sagte er abschließend: »Schauen Sie weiter.«

Erschüttert setzte ich meine Suche fort, wie man mir aufgetragen hatte. Ein Schmuckkästchen auf der Verkaufstheke war geöffnet und durchwühlt worden. Mehrere schöne Stücke lagen darin, aber soweit ich beurteilen konnte, fehlte auch hier nichts.

Ich war verwirrt. Ich hatte geglaubt, Eidechse wäre an der Schnupftabakflasche interessiert gewesen, dem einzigen Gegenstand aus der Kiste von der Auktion, der einen gewissen Wert besessen hatte. Doch das Fläschchen war noch da. Um was konnte es sich also handeln? Da ich annahm, dass es kein Zufall war, dass ich bei *Molesworth & Cox* exakt die Dinge ersteigert hatte, die er hatte haben wollen, dachte ich über den Inhalt der Kiste nach.

Ich wandte mich wieder dem Hauptraum zu. Die Vase, die Nachbildung eines präkolumbischen Objekts mit den hübschen Schlangen auf dem Rand, fehlte. Ich verbrachte nahezu eine Stunde damit, sämtliche Räumlichkeiten zu durchsuchen, falls Alex sie während meiner Abwesenheit woanders hingestellt hatte, aber es war der einzige Gegenstand, der verschwunden war.

Ich hatte Bedenken, Lewis zu berichten, dass lediglich eine ungewöhnlich aussehende Vase aus Peru fehlte. Wenn es kein gewöhnlicher Raub war, würde er unverzüglich zu einer neuen Theorie übergehen – eine, die mir mit Sicherheit nicht gefallen würde, und überdies eine, die nicht gut für Alex wäre. Ich dachte an den Vorsatz, den ich am Abend zuvor gefasst hatte, und beschloss, es ihm dennoch zu erzählen. Wenn ich es geschickt anstellte, konnte ich ihn bei seinen Ermittlungen möglicherweise auf die richtige Spur führen.

»Soweit ich feststellen kann, fehlt nur ein Gegenstand«, sagte ich zu ihm. »Eine breite Vase, etwa fünfzehn Zentimeter hoch. Es handelt sich um die Reproduktion einer präkolumbischen Keramik, die in Peru hergestellt wurde. Sie war eigentlich recht hübsch. Ich habe sie vor ein paar Wochen zusammen mit einigen Restposten bei *Molesworth & Cox*, dem Auktionshaus, erstanden.« Nun hatte ich ihm endlich von der Auktion erzählt. Vielleicht fand er alles Übrige selbst heraus.

Aber weit gefehlt. »Eine *Fälschung?* Suchen Sie weiter«, entgegnete er. »Kann mir nicht vorstellen, dass jemand einen gefälschten peruanischen Krug mitnimmt und den Schmuck und das Geld hierlässt, Sie etwa? Es sei denn, es gab noch einen anderen Grund als Diebstahl.« Das war der längste Satz, den ich je von ihm gehört hatte, und seine Andeutungen gefielen mir genauso wenig wie beim ersten Mal.

Nachdem ich mich eine weitere Stunde umgesehen hatte, ließ Lewis mich gehen. Constable Chu fuhr mich nach Hause. Sie sagte, man würde mich später noch auffordern, ins Hauptquartier zu kommen, um meine Aussage zu unterschreiben.

Mein Haus wirkte ausgesprochen still und einsam. Ich hörte meinen Anrufbeantworter ab. Moira bat mich mütterlich besorgt, dass ich nicht vergessen sollte, meine Tabletten zu nehmen und etwas zu essen. Sarah hatte von einer Telefonzelle am Rand des Algonquin Parks angerufen, um mir mitzuteilen, dass sie später zurückkäme und mindestens noch einen weiteren Tag bleiben würde. Sie entschuldigte sich, dass sie mich zu Hause und nicht im Laden anrief, und erklärte, sie hätte im Geschäft niemanden erreichen können. »Vielleicht gibt es ein Problem mit dem Telefon, oder ich habe die falsche Nummer gewählt«, sagte sie. Ein Problem mit dem Telefon gab es tatsächlich, dachte ich. Es ist kaputt, verbrannt und wurde mit Wasser besprengt. Ich freute mich nicht gerade darauf, ihr von den Geschehnissen berichten zu müssen. Zusätzlich gab es noch eine Nachricht von einem Freund und Kollegen, Sam Feldman, der sagte, wie sehr er bedauerte, was er über den Laden gehört hätte – aber keine Nachricht von Rob.

Mir fiel auf, dass diverse Kollegen und Freunde sich nicht gemeldet hatten, aber unter den momentanen Umständen konnte ich ihnen möglicherweise keinen Vorwurf machen. Natürlich war es denkbar, dass die Leute mir Zeit geben wollten, mich zu erholen. Doch ich war überaus besorgt, dass es Menschen geben könnte, die ich für Freunde hielt und die sich fragten, ob nicht ich für das Feuer bei *Greenhalgh & McClintoch* verantwortlich war. Ich musste leider feststellen, dass die diesbezüglichen Zeitungsmeldungen ein wenig mehrdeutig waren.

Allmählich machte ich mir ziemlich trübsinnige Gedanken über die Zukunft, nach dem Motto: Sollte das nicht bald geklärt sein, wird vermutlich jeder die Straßenseite wechseln, sobald er mich sieht, um nicht mit mir reden zu müssen. Ich wusste, wenn ich allein zu Hause bliebe, würde ich wirklich in Depressionen verfallen. Also beschloss ich, mich zusammenzureißen und etwas zu unternehmen. Moira hatte ich bereits zu viel aufgebürdet, aber Sam Feldman war so nett gewesen, mich anzurufen, weshalb ich mir überlegte, ihm einen Besuch abzustatten.

Sam und ich hatten uns vor Jahren kennengelernt, als ich einen Kurs in Konservierung belegt hatte, den er an der Universität von Toronto abgehalten hatte. Damals war er Leiter eines Museums gewesen, doch später entschied er sich, ›kommerziell zu werden‹, wie er es nannte, und eröffnete eine Galerie in der Queen Street West. Sein Museum hatte sich auf asiatische Antiquitäten spezialisiert, und als ich mir neue Märkte eroberte und begann, auch in Asien einzukaufen, hatte er sich sehr hilfsbereit gezeigt und mich an seinen Kontakten auf diesem Kontinent teilhaben lassen. Im Gegenzug hatte ich ihn bei seiner Selbstständigkeit beraten, und wir waren in Kontakt geblieben. Ich mochte Sam: Er war humorvoll und wortgewandt, und ich war überzeugt, dass mich ein Besuch bei ihm aufmuntern würde.

Vorsichtig ließ ich mich hinter das Steuer meines Wagens sinken und fuhr Richtung Queen Street. Sam war zusammen mit seiner jungen Mitarbeiterin in der Galerie. »Hi«, begrüßte ich ihn. »Danke für deine Nachricht. Ich dachte, ich könnte mal fragen, ob du Zeit für einen Kaffee hast. Meinst du, du kannst dich loseisen?«

»Wovon?«, fragte er säuerlich und machte eine ausladende Armbewegung durch den Raum. »Siehst du Kunden? Siehst du einen *einzigen* Kunden? Dafür habe ich einen schlecht bezahlten, aber sicheren Job in einem Museum aufgegeben? Wohin sollen wir gehen?«

Wir ließen seine Mitarbeiterin allein – er nannte sie Janie – und gingen zu Starbucks. »Ich vermute, du wolltest andeuten, dass die Geschäfte nicht gerade gut laufen«, sagte ich.

Er lachte. »Oh, es ist in Ordnung. Nun ja, weder Ruhm noch Reichtum. Allerdings habe ich immer geglaubt, es würde mir gefallen, selbstständig zu sein, und so ist es auch. Das mit deinem Laden tut mir leid. Eine schreckliche Sache. Bist du versichert?« Ich nickte. »Gut«, erwiderte er. »Lass mich wissen, wenn ich etwas für dich tun kann.« Ich lächelte ihn dankbar an.

Wir plauderten eine Weile, und dann kam mir der Gedanke, dass Sam mir vielleicht tatsächlich mit einer Information weiterhelfen konnte. »Sagt dir der Name A. J. Smythson und die *Smythson Gallery* etwas?«

»Oh ja«, antwortete er. »Du erinnerst dich doch sicher auch.«

»Der Name kommt mir bekannt vor, aber ich komme einfach nicht darauf, woher«, sagte ich. »Also erzähl es mir. Ich sehe dir am Gesicht an, dass es eine gute Geschichte ist.«

»Es ist tatsächlich eine interessante Angelegenheit, aber ›gut‹ ist nicht gerade der richtige Ausdruck«, erwiderte er. »In Wahrheit ist es genau das falsche Wort. Smythson, Anton James Smythson – seine Freunde nannten ihn A. J., aber ich gehörte nicht dazu – war ein Kunsthändler auf der King Street West. Er hatte eine Galerie in einem dieser Industriegebäude im alten Teil der Stadt, die gerade umgebaut werden. Er wohnte in einem fantastischen Loft über der Galerie.

Er war sehr erfolgreich, so erfolgreich, wie ich – das wird mir allmählich klar – es niemals sein werde. Für seine Künstler organisierte er die extravagantesten Ausstellungseröffnungen, ich besuchte einige davon. Den Kollegen ein wenig Honig um den Bart schmieren, könnte man sagen. Seine Galerie war nur ein paar Häuserblocks von meiner entfernt. Champagner, Kaviar, Austern. Nur vom Feinsten. Die Partys in der Galerie waren jedoch nichts gegen die privaten Feste, die er in seinem Loft veranstaltete. Die waren einfach unglaublich. Ich wurde nur einmal eingeladen, aber es war eindrucksvoll: überall Blumen, sagenhaftes Essen, originelle und unterhaltsame Gäste, Filmstars, Politiker, die gesamte Hautevolee.

Smythson hatte wirklich alles. Ein hübsches Steinhaus auf dem Land, einen Winterwohnsitz in San Miguel de Allende. Außerdem hatte er einen guten Geschmack. Oder besser: einen außergewöhnlich guten Geschmack. Die Gemälde, die zu seinem persönlichen Besitz gehörten und in seinem Loft hingen, waren zum Sterben schön.« Er hielt inne. »Im Anbetracht der Ereignisse ist das ein vollkommen unangebrachter Ausdruck, entschuldige bitte. Aber im Essbereich des Lofts hingen ein paar Rothkos, für die ich mein letztes Hemd gegeben hätte.

Unglücklicherweise hatte er auch ein paar Schwächen. Eine war es meiner Ansicht nach, dass er ein wenig zu erfolgreich war. Das mag wie Neid klingen; ich meine, niemand wird meine Galerie jemals für einen Riesenerfolg halten, aber wenn man in unserer Branche arbeitet, muss man aufpassen, dass man keine gestohlenen Waren akzeptiert. Es ist ziemlich einfach und kommt auch entsprechend häufig vor. Du und ich, wir wissen das. Wenn man beispielsweise in Asien Antiquitäten kauft, muss man sich vergewissern, dass sie keine national wertvollen Kulturgüter darstellen und außerdem eine Exportgenehmigung besitzen.« Ich nickte.

»Natürlich wird man leicht hereingelegt. Ich erinnere mich, dass mir jemand ein paar außergewöhnliche Silberobjekte anbot, als ich für das Museum einkaufte. Sie waren sehr alt, aus Persien, dreizehntes Jahrhundert etwa. Ich war ganz versessen darauf, sie meiner Sammlung hinzuzufügen. Du kennst die Regeln so gut wie ich. Kanada hat diverse UNESCO-Verträge zum Handel mit Kunst und Antiquitäten unterzeichnet und mit mehreren Ländern Sondervereinbarungen getroffen, weshalb ich sichergehen musste, dass die Objekte Persien oder den Iran verlassen hatten, bevor Kanada die Übereinkunft mit diesem Land unterschrieben hatte.

Ich fragte die Person, die mir die Gegenstände anbot, nach diesem Nachweis. Im Übrigen wollte der Mann kein Geld haben, was mir nur recht war, weil das Museum über kein Einkaufsbudget mehr verfügte und auf Spenden angewiesen war – wie die meisten Museen heutzutage. Der Mann wollte lediglich eine Steuerquittung. Das war kein Problem. Jener Mann – der namenlos bleiben soll – zeigte mir ein paar Dokumente, die erkennen ließen, dass die Stücke in den späten Fünfzigern in New York gewesen waren, was im Grunde bedeutete, dass wir sie akzeptieren konnten. Aber du und ich, wir wissen beide, dass alle möglichen Dinge aus dem Iran herausgeschafft wurden, als der Schah abgesetzt wurde und viele der alten, wohlhabenden Familien mit ihren Schätzen aus dem Land verschwanden. Ich war gewissenhaft und beschloss, dass ich noch ein paar Nachforschungen anstellen müsste. Ich recherchierte und werde es in gewisser Hinsicht bis in alle Ewigkeit bedauern, denn ich fand heraus, dass die Objekte noch im Iran gewesen waren, als der Schah im Jahr 1979 aus dem Land floh, und die Unterlagen aus New York gefälscht waren. Ich hätte den Nachweis trotzdem akzeptieren können. Wenn es jemals herausgekommen wäre, was recht unwahrscheinlich war, hätte jeder geglaubt, ich wäre einfach nur getäuscht worden. Aber ich tat es nicht. Ich weiß, dass ich richtig gehandelt habe, aber es war nicht leicht.

Ich erzähle dir das alles nur, weil ich immer den Eindruck hatte, Smythson hätte sich diese zusätzliche Mühe mit der Überprüfung nicht gemacht. Das ist alles, was ich sagen will. Vielleicht ging es sogar noch weiter, und er handelte wissentlich mit illegalen Waren, aber ich habe keinerlei Informationen aus erster Hand, die belegen, dass dies der Fall war. Als ich die Party in seiner Wohnung besuchte, war ich bei einigen Objekten, die ich dort sah – ausgesprochen exquisite Stücke –, nicht sicher, ob er sie hätte besitzen dürfen. Natürlich konnte ich nichts beweisen, und ich versuchte es nicht einmal. Leben und leben lassen, du weißt schon. Doch nach jenem Abend hatte ich immer das Gefühl, mich schmutzig gemacht zu haben, wenn ich ihm die Hand gegeben hatte.

Das hier wird eine ganz schön lange Geschichte. Und nun der Teil, an den du dich sicher erinnerst. Smythson hatte mindestens noch zwei andere Schwächen: Kokain und schöne junge Männer.«

Er zögerte ein oder zwei Sekunden. »Wir haben nie darüber gesprochen, aber ich vermute, du weißt, dass ich schwul bin«, sagte er.

»Natürlich«, erwiderte ich.

»Nun ja, Smythson hatte in der Homosexuellenszene einen gewissen Ruf. Wie drücke ich mich taktvoll aus? Er mochte die harten Sachen, besuchte ständig irgendwelche Sauna-Clubs und so weiter. Am Ende wurde er buchstäblich mit heruntergelassenen Hosen aufgefunden. Die Polizei war nicht besonders mitteilsam, was die Details angeht, aber ich schätze, es war eine ziemlich schmutzige Angelegenheit. Man sagt, er hätte den falschen schönen jungen Mann mit nach Hause genommen. Außerdem fand man eine Menge Kokain in seinem Blut, weshalb eine andere Theorie lautete, dass es sich um einen missglückten Drogendeal handelte.«

»Jetzt fällt es mir wieder ein!«, rief ich. »Es war mehrere Tage lang in allen Medien, aber ich entsinne mich nicht, gehört oder gelesen zu haben, dass sie den Täter gefunden haben – wer auch immer es war.«

»Er wurde nie gefasst. Ich habe natürlich meine eigene Theorie. Natürlich kann beides die Ursache gewesen sein – Drogen wie Sex. Aber ich glaube, auch die Kunst könnte eine Rolle gespielt haben, und da ich selbst zur Schwulenszene gehöre, bin ich überzeugt, dass die Polizei die Schlussfolgerung zog, die ihnen am besten gefiel. Nicht, dass sie keinen Grund gehabt hätten, zu diesem Ergebnis zu kommen. Er war schon früher in Schwierigkeiten gewesen, Drogenbesitz, nicht -handel, und wurde wegen eines Formfehlers freigelassen, aber er war aktenkundig. Ich hatte jedoch immer den Eindruck, dass seine spezielle Neigung ebenfalls vermerkt worden war. Mit anderen Worten, er war ein prominenter Schwuler, also mussten Sex und Drogen die Ursache gewesen sein, wenn du verstehst, was ich meine. Und daher verfolgten sie keine andere Spur. Und vielleicht kam auch die Vorstellung hinzu, dass er bekommen hatte, was er verdiente.«

»Einer der ermittelnden Beamten hieß nicht zufällig Lewis?«, fragte ich sarkastisch.

»Das weiß ich nicht«, antwortete Sam. »Warum fragst du?«

Ich berichtete ihm von meinen Gesprächen mit Sergeant Lewis, seiner elliptischen Ausdrucksweise und seinen Andeutungen. »Mich beunruhigt nicht so sehr, was er sagt, sondern wie er es sagt«, erklärte ich. »Er glaubt, dass Alex schuldig ist, aber er sagt es nicht offen.«

»Ich kann mir gut vorstellen, wie dein Lewis beim Mord von Smythson ermittelt hätte.« Sam hielt inne und beugte sich vor, genau so, wie ich es bei Lewis beschrieben hatte, und sagte: »Eine ziemliche *Schwuchtel,* nicht wahr?«

»Welcher Sauna-Club *genau?*«, konterte ich.

»Wie viel Kokain *exakt?*«, erwiderte Sam.

Ich lächelte ihn an. »Du hast mich aufgemuntert, Sam, wie immer, auch wenn du mir gerade eine ernste Geschichte erzählt hast. Danke für deine Hilfe.«

Er blickte mich an. »Ich nehme an, du möchtest mir nicht verraten, warum du mich nach Smythson gefragt hast.«

»Ich bin nicht ganz sicher. Smythson sollte der ursprüngliche Empfänger von Objekten sein, die in meinem Laden landeten und nun verschwunden sind. Ich bin überzeugt, dass es ein Zufall ist, aber ich habe mich einfach gewundert. Das Zeug wurde nicht beim Zoll abgeholt, möglicherweise weil er schon tot war, als es dort ankam. Es wurde vor etwas mehr als zwei Jahren verschickt, wenn ich mich recht erinnere.«

»Ich glaube, ungefähr zu der Zeit starb er«, sagte Sam nachdenklich. »War es etwas Altes? Antiquitäten? Ich habe es immer für möglich gehalten, dass er am illegalen Antiquitätenmarkt beteiligt war.«

Ich beschrieb ihm die Vase. »Ein Replikat«, fügte ich hinzu.

»Bist du sicher?«, fragte er.

»Ich denke schon. Unter den Fuß wurde *hecho en Peru* in den Ton geritzt, und es war eine Karte dabei, die die Vase als solches auswies.«

»Das klingt ziemlich eindeutig«, sagte er. Er blickte auf seine Armbanduhr. »Du liebe Güte, ich muss mich beeilen. Ich habe tatsächlich noch einen Termin mit einem Kunden, der vorbeikommen wollte. Kannst du dir das vorstellen? Ein echter Kunde!« Er lachte und schüttelte mir die Hand, und wir gingen in verschiedene Richtungen davon. Er hatte eine Menge Dinge erzählt, die mich nachdenklich stimmten.

Auf dem Heimweg fuhr ich am Krankenhaus vorbei und versuchte, zu Alex zu kommen. Diesmal überzeugte ich die Krankenschwester davon, dass ich Alex' Stieftochter sei und man mich zu ihm lassen müsse. Sie berichteten mir, dass sein Zustand inzwischen als stabil eingeschätzt würde und er einigermaßen munter sei, obwohl er eine Erinnerungslücke habe. Ich zwängte mich an dem Polizisten neben der Tür vorbei und schlich auf Zehenspitzen in das Zimmer.

Ich dachte, er würde schlafen, und stand ein oder zwei Minuten einfach nur da und blickte ihn an. Er sah so blass, gebrechlich und klein aus. Alex ist kein hochgewachsener Mann, aber er hatte auf mich immer größer gewirkt, als er tatsächlich war. Er ist nicht mehr jung; er hat sich vor ein paar Jahren zur Ruhe gesetzt, aber er sprüht vor Energie und interessiert sich einfach für alles. In der ersten Zeit nach meiner Scheidung, als ich in das Viertel zog, nahm er mich unter seine Fittiche. Ich glaube, er ist auf verlorene Seelen spezialisiert, und damals war ich offensichtlich eine von ihnen. Ihn so gebrechlich und alt zu sehen gefiel mir ganz und gar nicht.

Er bewegte sich. »Lara«, rief er aus. »Wie schön, dass du gekommen bist!«

»Ich wäre schon eher gekommen«, erwiderte ich. »Sie wollten mich nicht zu dir lassen. Ich habe ihnen erzählt, ich sei deine Stieftochter«, fügte ich hinzu.

Er grinste. Es war wunderbar, das zu sehen. »Ich habe immer gespürt, dass wir irgendwie verwandt sind.«

»Alex«, sagte ich. »Was ist geschehen?«

»Mein Gedächtnis streikt ein wenig«, erwiderte er bedächtig. »Die Polizei war hier. Sie haben mir eine Menge Fragen gestellt. Ich entsinne mich noch, dass ich um acht die Vordertür abschloss und anschließend ins Büro ging, um alles wegzuräumen.« Er hielt einen Moment inne, und ich fürchtete schon, er würde wieder einnicken.

»Deine Schlüssel«, sagte er schließlich. »Ich erinnere mich, dass ich deine Schlüssel auf dem Schreibtisch sah und mir klar wurde, dass du sie vergessen hattest. Danach ... tja, was tat ich dann?«, fragte er leise, beinahe als würde er mit sich selbst reden.

»Ich telefonierte. Ich rief in Moiras Salon an, um nachzufragen, ob sie wüssten, wohin du gegangen warst, aber sie hatten schon geschlossen. Ich glaubte, du würdest das Fehlen der Schlüssel bald bemerken. Also ließ ich die Hintertür offen und lehnte einen Stuhl dagegen, damit du hineinkämst. Ich hatte Angst, dass ich dich im Büro nicht hören würde, und dachte, die Hintertür könnte ich ruhig offen lassen ...

Ich habe mich geirrt«, fuhr er fort. »Ich weiß noch vage, dass ich meinte, im Verkaufsraum ein Geräusch gehört zu haben. Und ich entsinne mich, dass ich aufstand, um nachzusehen. Ich fürchte«, sagte er äußerst leise, »ich fürchte, danach kann ich mich an nichts mehr erinnern, sosehr ich mich auch bemühe.«

»Es ist in Ordnung, Alex. Es erklärt, wie jemand hereinkommen konnte, wer auch immer es war.«

»Wurde viel gestohlen?«

»Fast nichts.«

»Warum dann das Ganze?«

»Eine gute Frage, Alex«, sagte ich. »Vielleicht hat irgendjemand ihn oder sie in die Flucht geschlagen, bevor sie etwas mitnehmen konnten.« Ich fragte mich, ob er von der Leiche wusste. Ich war entschlossen, dass ich nicht die Erste sein wollte, die ihm davon berichtete, zumindest nicht, wenn er in einem so schlechten Zustand war. Er begann wieder einzunicken, und die Krankenschwester kam herein und signalisierte, dass es an der Zeit wäre zu gehen.

Als ich mich zur Tür wandte, bewegte er sich erneut. »Ich fürchte, ich habe dich schwer enttäuscht, Lara«, sagte er. »Du hast mir den Laden anvertraut, und ich habe dich im Stich gelassen.« Seine Hände zitterten, während er sprach.

»Alex!«, rief ich. »Das darfst du nicht denken. Niemals. Es war nicht deine Schuld. Und ich verspreche dir, dass wir den Laden schon bald wieder öffnen. Du und ich, wir geben nicht so leicht auf. Also erhol dich gut und sieh zu, dass du so schnell wie möglich hier rauskommst. Wir haben jede Menge zu tun.«

Er lächelte kaum merklich. »Nein, so leicht geben wir nicht auf. Ich werde bald wieder bei der Arbeit sein«, erwiderte er.

Damals überlegte ich, ob ich ihm von Eidechse berichten sollte, ihn fragen sollte, ob an jenem Abend noch mehr geschehen sei, das ich wissen sollte, und ob er jemals in Peru gewesen sei. Am Ende fasste ich jedoch den Entschluss, dass man seinen Freunden und seinen Gefühlen vertrauen muss. Ich brachte es nicht fertig, darüber zu spekulieren, dass er auch nur im Entferntesten mit einem der vergangenen Ereignisse in Verbindung stehen könnte.

»Brauchst du irgendetwas? Kann ich dir etwas bringen?«, war alles, was ich sagte, doch er war bereits eingeschlafen. So leise ich konnte, humpelte ich aus dem Zimmer.

An jenem Abend hatte ich über viele Dinge nachzudenken. Wegen einer Reihe von ziemlich unglücklichen Ereignissen war ich Eigentümerin einer Kiste mit Objekten geworden, die zunächst von jemandem namens Edmund Edwards in New York an A. J. Smythson in Toronto geschickt worden war. Smythson hatte sie nicht erhalten, möglicherweise, weil er bereits tot gewesen war. Und überdies war er ermordet worden, vielleicht wegen seines Lebensstils, aber vielleicht auch, weil er eventuell auf dem Schwarzmarkt mit Antiquitäten gehandelt hatte.

Die Kiste hatte ihren Weg zu *Molesworth & Cox* gefunden und war auf den Auktionstisch gekommen. Zwei Personen hatten es auf sie abgesehen und wollten sie unbedingt haben: Eidechse und Clive. Ich bekam sie, die beiden anderen nicht. Eidechse kam aus Peru, wenn ich Lewis' Fragen richtig deutete. Eidechse war vielleicht sogar Zollagent gewesen, mutmaßte ich, da Lewis das ebenfalls erwähnt hatte. Das hieß, dass er es nicht auf die Schnupftabakflasche abgesehen hatte, sondern auf das Replikat der präkolumbischen Vase, die nun fehlte, und möglicherweise auch auf den Ohrpflock – ebenfalls ein Replikat –, den ich zu Hause versteckt hatte.

Doch Eidechse war tot. Ermordet. Blieb also noch Clive. Ich wusste, dass er die Schnupftabakflasche haben wollte, aber hatte er sein Angebot nicht beträchtlich erhöht, für den Fall, dass ich den Rest des Kisteninhalts dazugäbe? Und war die Erdnuss nicht ungefähr in der Zeit verschwunden, als Clive uns im Geschäft besucht hatte? Ich war vielleicht nicht bereit, schlecht von Alex zu denken, aber für Clive galt das nicht.

Ich grübelte eine Weile darüber nach. Das Problem war jedoch, dass ich in solchen Momenten – wenn ich mir selbst gegenüber absolut ehrlich bin, was so selten wie bei allen anderen Menschen vorkommt – weiß, dass Clive eigentlich nicht das Ungeheuer ist, als das ich ihn darstelle, und dass es wesentlich einfacher ist, wütend auf ihn zu sein, als darüber nachzudenken, warum unsere Ehe gescheitert ist. Mir war klar, dass der Grund, warum er das Interesse an dem Laden schon so früh in unserer Ehe verlor, der Grund, warum er während unserer Scheidung so leidenschaftlich um ihn gekämpft und mich gezwungen hatte, ihn zu verkaufen, damit ich ihm die Hälfte des Geldes geben konnte, und vielleicht auch, warum er sich mit seinem Geschäft auf der anderen Straßenseite niedergelassen hatte, war, dass er immer den Eindruck gehabt hatte, ich würde die Antiquitätenhandlung mehr lieben als ihn. Und vielleicht stimmte das auch.

Clive war zwar durchaus fähig, mir einen alten Kunden wegzunehmen, aber er hätte keinen Mord begangen, um etwas zu erreichen. Niemals. Dass er an der Kiste interessiert gewesen war, so beschloss ich, musste irgendwelche nebensächlichen Gründe gehabt haben. Hier war etwas wesentlich Unheilvolleres im Gange, als dass es zu Clive passen würde.

Und ganz nüchtern betrachtet: Selbst wenn Alex und Clive von allen Anschuldigungen reingewaschen wurden – und ich war überzeugt, dass sie unschuldig waren –, war es so, dass meine Versicherung nicht zahlen würde, solange die polizeilichen Ermittlungen andauerten. Und wenn sie nicht bald bezahlten, würden wir bankrottgehen.

Wenn das geschähe, würde sich mein teurer Freund Alex das niemals verzeihen, gleichgültig, was ich ihm erzählte. Ich nahm den goldenen und türkisfarbenen Ohrschmuck aus meiner Handtasche, wickelte ihn vorsichtig aus und drehte ihn in meiner Hand hin und her. Es war mein einziger Hinweis, abgesehen von einem Brief von einer Galerie in New York, der an einen toten Mann gerichtet gewesen war.

Also gut, dachte ich, ich habe zu Alex gesagt, dass ich nicht so leicht aufgeben würde, und das tue ich auch nicht. Ich würde nicht herumsitzen und warten, bis es zum Äußersten kam. Ich nahm das Telefon und wählte Robs Privatnummer. Der Anrufbeantworter sprang an. Ich erzählte ihm alles, was ich bislang wusste: von der Geschichte mit Smythson, von meinem törichten Gebot bei der Auktion, meinen gemischten Gefühlen, was Clive betraf, meinen Sorgen in Bezug auf Alex und den Laden und meinen Befürchtungen, dass meine Aussage verwendet würde, um ihn zu verhaften, von meiner Verwunderung über die Vase, die Erdnuss, einfach alles. Und als die Pieptöne erklangen, die ankündigten, dass meine Redezeit bald zu Ende wäre, sagte ich, wie sehr ich bedauerte, in welche Lage ich Rob gebracht hätte. Ich fragte mich, ob er diesen Teil noch hören würde, bevor das Gerät mir das Wort abschnitt. Ich hoffte es.

Anschließend griff ich erneut zum Hörer und rief bei American Airlines an.

SPINNE

Die Begräbniszeremonie soll bald beginnen. Alles ist so weit. Der Leichnam des Großen Kriegers ist bereit. Er ist bekleidet mit einem Hemd, das aus der feinsten weißen Baumwolle gewoben wurde, sein Gesicht wurde mit roter Farbe bestrichen, der Farbe des Blutes, der Farbe des Lebens.

In der Huaca wurde die Kammer fertiggestellt, die Wände wurden mit Lehmziegeln verkleidet, die dicken Bretter für den Sargboden liegen schon an Ort und Stelle.

Die anderen, die mit ihm auf die Reise gehen werden, die Frauen, die vor langer Zeit starben und deren brüchige Gebeine nun in Leichentüchern und Schilfsärgen ruhen, werden aus dem Palast geholt. Bald werden sie in das Grab gelegt.

Die Fischer und die Seelöwenjäger sind mit ihren Spondylus-Muscheln und ihren Opfergefäßen vom Meer gekommen. Sie versammeln sich am Fuße der Huaca auf dem großen Vorplatz, umgeben von den Wandmalereien, die unzählige andere Zeremonien zeigen.

Der feierliche Aufzug der Lamas, deren Packtaschen mit den Gehäusen von Flügelschnecken gefüllt sind, nähert sich. Iguana erwartet sie. Die Federn seines Vogelkopfschmucks schimmern, sein Eidechsengesicht und seine mandelförmigen Augen sind wachsam.

Auch der Enthaupter wartet.

5

Noch vor zehn Uhr am nächsten Morgen war ich bereits in Manhattan. Ich hatte eine kurze Nachricht für Moira hinterlassen, war zur Parliament Street gelaufen und hatte mir ein Taxi zum Flughafen genommen. Dort hatte ich so viel Geld abgehoben, wie der Bankautomat bereit war, mir zu geben – nicht annähernd genug, wie sich herausstellte –, und den ersten Flug des Tages nach New York genommen. Ich ging in letzter Minute an Bord und fühlte mich wie ein Flüchtling, was ich in gewisser Hinsicht wahrscheinlich auch war.

Wenn ich daran zurückdenke, was ich von diesem Moment an tat, so hätte man es einem Außenstehenden wohl nicht übel nehmen können, wenn er geglaubt hätte, dass ich und nicht Alex einen kräftigen Schlag auf den Kopf bekommen hatte. Wie dem auch sei, egal ob es unvernünftig war oder nicht, ich unternahm das Einzige, was mir in den Sinn kam. Ich machte mich auf die Suche nach der Herkunft der Kiste mit den Kunstobjekten, die – davon war ich überzeugt – die Ursache all meiner Probleme darstellte. Ich hatte nur eine kleine Reisetasche gepackt, weil ich beabsichtigte, am frühen Abend auf jeden Fall wieder in Toronto zu sein, bevor irgendjemand, insbesondere Sergeant Lewis, bemerkt hätte, dass ich verschwunden war.

Die *Ancient Ways Gallery* lag auf der West Side, in der Nähe des *American Museum of Natural History*. Vorsichtshalber ließ ich das Taxi weiterfahren (zu dieser Stunde war dort kein Lebenszeichen auszumachen) und mich am Museum absetzen. Ich hatte vom Flughafen aus angerufen:

Eine Bandansage hatte mich darüber informiert, dass die Galerie dienstags bis freitags von zwölf bis achtzehn Uhr und samstags von zwölf bis siebzehn Uhr geöffnet war. Sonntags und montags war sie geschlossen.

Zum Teil, um Zeit totzuschlagen, aber auch, um Nachforschungen anzustellen – schließlich war ich nicht wegen der Sehenswürdigkeiten in Manhattan –, betrat ich das Museum und suchte nach der Amerika-Abteilung.

Auf der Karte hatte gestanden, dass es sich bei dem gestohlenen Gefäß um ein Replikat einer präkolumbischen Vase handelte. Das ließ eine Menge Spielraum. Selbst die Worte »hergestellt in Peru« grenzten es nicht präzise ein. Die einzige peruanische präkolumbische Zivilisation, über die ich Genaueres wusste, waren die Inka, aber mir war sehr wohl bekannt, dass es in diesem Teil der Erde bereits vor der Blütezeit des Inkareiches zahlreiche andere hoch entwickelte Kulturen gegeben hatte. Ich arbeitete mich rasch durch die mexikanischen und mittelamerikanischen Abteilungen und hielt immer nur kurz an, um mich zu vergewissern, dass das Gefäß, so wie ich es in Erinnerung hatte, nicht hierher passte. Die Artefakte von südamerikanischen Kulturen befanden sich am Ende des Bereichs.

Es dauerte etwa eine Stunde, aber schließlich stieß ich auf einen Namen, bei dem ich ein gutes Gefühl hatte. Nur um sicherzugehen, unternahm ich eine kurze Taxifahrt durch den Central Park zum *Metropolitan Museum of Art* und sah mir auch dort die Kunstgegenstände der Amerika-Abteilung an. Nachdem ich gesehen hatte, was es zu sehen gab, war ich davon überzeugt, auf der richtigen Spur zu sein.

Ich ging in die Museumsbuchhandlung, kaufte mehrere Bücher zu dem Thema und setzte mich ins Café, wo ich einen Kaffee trank, einen Muffin aß und mich ans Lesen machte. Ich hatte gefunden, wonach ich gesucht hatte.

Moche.

Die Mochika, so lernte ich, waren ein Volk gewesen, das in den ersten fünfhundert Jahren der christlichen Zeitrechnung die Nordküste Perus beherrschte, lange bevor die Inka aufgetaucht waren. Ihr Reich erstreckte sich vom Piura-Tal im Norden bis zum Huarmey-Tal im Süden, ausgehend von einer Hauptstadt, die heute Cerro Blanco genannt wird. In archäologischen Kreisen ist die Moche-Kultur für ihre Ingenieurleistungen bekannt, in erster Linie durch die Errichtung von fantastischen Lehmziegel-Pyramiden und den Baum von enorm langen Kanälen, die das Wasser aus den Bergen zu den Wüstengebieten an der Küste leiteten, wo ihr Reich angesiedelt war; zudem wegen ihrer politischen Herrschaft über ein großes Gebiet – der ihre war einer der ersten echten Staaten in diesem Teil der Welt; und was die Kunst betrifft, aufgrund ihrer handwerklichen Meisterleistungen in der Keramik und der Metallverarbeitung.

Meiner Ansicht nach bestand nun wirklich kein Zweifel mehr. Mit meinen eigenen Augen hatte ich Tongefäße gesehen, die vom Stil und von der Ausführung her mit der gestohlenen Vase zu vergleichen waren, außerdem Ohrpflöcke in Gold und Türkis, die für mein ungeübtes Auge mit dem kleinen Schmuckstück identisch waren, das sich in meiner Handtasche befand. Und falls ich noch mehr Beweise benötigte, so hatte ich auch diese. Die Bücher, die ich erworben hatte, zeigten Fotografien einer prächtigen Halskette aus Gold- und Silberperlen, und jede Perle hatte die Form einer perfekt geformten Erdnuss.

So behutsam wie möglich holte ich den kleinen Ohrpflock aus meiner Tasche, um ihn genauer zu betrachten. Der kleine goldene Mann mit seinem edelmetallenen Zepter blickte mich stumm und mit großen Augen an. Immer wieder drehte ich das Objekt in meiner Hand hin und her. »Was hast du denn dazu zu sagen?«, fragte ich den kleinen Mann leise.

In meiner Branche lernt man, Fälschungen zu erkennen. Man kommt nicht darum herum. Das Problem ist, dass man so viele Kurse über Antiquitäten absolvieren kann, wie man will – und ich habe viele besucht –, aber wenn es darauf ankommt, muss man einfach einen sechsten Sinn entwickeln, was die Gegenstände betrifft. Ich habe es mir beispielsweise angeeignet, Möbel zu begutachten, die Metallteile zu prüfen, die Art und Weise, wie die Bretter gehobelt wurden, die verwendeten Nägel und die Verbindungen. Doch ein wirklich guter Handwerker kann selbst einen Museumskurator täuschen, und bei einigen Dingen, die man vor sich hat, muss man sich am Ende auf sein Bauchgefühl verlassen. Manchmal, nachdem man alles nur Denkbare überprüft hat, bleibt schlichtweg ein merkwürdiges Gefühl, und ich habe von einem Experten, meinem Freund Sam Feldman, gelernt, dass man diesem Gefühl Gehör schenken sollte.

Sam hatte seine berufliche Laufbahn als Konservator an einem Museum begonnen. Er hatte mir erzählt, dass er in seiner Anfangszeit – als echter Neuling – das Gefühl gehabt hatte, ein spezielles Artefakt, das Herzstück einer Ausstellung, sei eine Fälschung. Als er den Kurator darüber ins Bild setzen wollte, wurde er schwer gerügt. An seinem letzten Arbeitstag in dem Museum – inzwischen war er ein anerkannter Experte auf seinem Gebiet – ging er erneut zu dem Kurator und sagte es ihm noch einmal. Sam musste sich wieder anhören, dass er falsch läge. Bei seinem nächsten zufälligen Besuch stellte er jedoch fest, dass der betreffende Gegenstand aus der Ausstellung entfernt worden war. »Sehen Sie!«, sagte er zu den Kursteilnehmern, »ich hatte recht. Sie werden es niemals zugeben, aber ich lag richtig. Deshalb sollten Sie Ihrem Bauchgefühl vertrauen.«

In diesem Fall verhielt es sich umgekehrt. Der Gegenstand war angeblich eine Fälschung. Aber vielleicht stimmte das gar nicht.

Für ein Objekt, das mindestens tausendfünfhundert Jahre alt war, war es in ziemlich gutem Zustand. Normalerweise hätte ich gesagt, es sähe viel zu gut aus. Das Gold glänzte wunderbar, und das Stück war insgesamt ausgezeichnet erhalten. Aber es gab Stellen, an denen das gehämmerte Gold abgenutzt wirkte, und zudem hatte die Einlegearbeit aus Türkisen nicht überall dieselbe Farbe. Vorsichtig schob ich einen Fingernagel in eine der Ritzen zwischen den verarbeiteten Materialien. Dort war Schmutz, aber ich war nicht sicher, ob das irgendetwas bewies. Ein guter Fälscher würde sich gut genug auskennen, um ein wenig Schmutz in das Schmuckstück zu reiben.

Die Frage war, wo sich mein kleiner Freund in den letzten eintausendfünfhundert Jahren aufgehalten hatte. Falls er sich wohlbehütet in einem Museum befunden hatte, so könnte dies seinen fast tadellosen Zustand erklären. Dasselbe galt aber auch, wenn er irgendwo verborgen gewesen war, in einem Grab beispielsweise. Das konnte die Erklärung sein. Die Mochika hatten in den küstennahen Wüstengebieten gelebt, und aride Bedingungen würden den Verfall in Grenzen halten.

Eine Weile saß ich einfach nur da und betrachtete ihn. Er war wirklich possierlich, wenn es möglich ist, so etwas über einen kleinen goldenen Mann auf einem präkolumbischen Ohrpflock zu sagen. Seine Augen traten aus sorgfältig gearbeiteten Augenhöhlen hervor, und um seinen Hals lag eine, wie ich vermutete, rituelle Kette, die aus winzigen Köpfen bestand: Eulenköpfen höchstwahrscheinlich. Die Perlen waren einzeln gearbeitet und so aufgereiht und befestigt, dass sie sich bewegten, wenn man sie berührte. Das Zepter konnte man ihm mühelos aus der Hand nehmen. Seine kräftigen Beinchen zeigten Muskelansätze, die recht ungewöhnlich waren. Unter seiner Nase befand sich ein Schmuckstück in Form einer Mondsichel, und auch dieses bewegte sich, wenn man es berührte. Unter den Kleidungsstücken konnte man seinen Körper erahnen. Ich dachte, dass mein kleiner Mann fraglos so etwas wie eine eigene Persönlichkeit besaß.

Ich zog meine Schlüsse daraus und konnte mir eigentlich nicht erklären, warum ich das nicht schon vorher getan hatte, außer natürlich wegen der Tatsache, dass ich ihn bei einem angesehenen Auktionshaus gekauft hatte. Der springende Punkt war, dass niemand es sich heutzutage leisten konnte, ein solches kleines Meisterwerk anzufertigen, Replikat oder nicht. Genauso wenig konnte sich jemand leisten, es zu fälschen. Und selbst wenn jemand über die Geduld, die Zeit und die finanziellen Mittel dazu verfügte, so könnten die meisten Menschen es nicht bezahlen.

Die Vase und die Erdnuss mochten authentisch sein oder auch nicht. Sie waren nicht mehr in meinem Besitz, also konnte ich es auch nicht beurteilen.

Dieser kleine Mann hier war jedoch ein echtes Moche-Kunstwerk, und Edmund Edwards würde ein paar Erklärungen liefern müssen.

Bevor ich das Museum verließ, ging ich in den Andenkenladen und kaufte eine große Brosche mit einem keltischen Muster. Ich bat die Verkäuferin um eine Schachtel – eine große Schachtel – für die Brosche und sagte, es sei ein Geschenk. Sie war äußerst entgegenkommend und bemühte sich, etwas in der richtigen Größe zu finden. Auf der Treppe nach draußen steckte ich die Brosche an meine Bluse, nahm den kleinen goldenen Mann, wickelte ihn behutsam in ein Papiertaschentuch und legte ihn zusammen mit der Karte, die ihn als Reproduktion einer keltischen Brosche auswies, in die Schachtel. Niemand, der auch nur den Hauch einer Ahnung hatte, würde darauf hereinfallen, aber ich wurde allmählich nervös, weil ich mit einer möglicherweise ausgesprochen wertvollen Antiquität in der Tasche herumlief.

Gegen zehn vor zwölf hatte ich auf der anderen Straßenseite Stellung bezogen, einige Meter von der *Ancient Ways Gallery* entfernt. Es war ein heißer Augusttag in Manhattan, und die Luft fühlte sich an, als würde bald ein Regenschauer oder vielleicht sogar ein Gewitter einsetzen. Etwa fünf Minuten vor zwölf schlurfte ein älterer Mann mit grauem Haar und unsicherem Gang die Straße entlang und öffnete mühevoll das Sicherheitsgitter. Angesichts der Hitze des Tages trug er deutlich zu viele Kleidungsstücke, wie bejahrtere Menschen es häufig tun. Aus der Entfernung wirkte es, als hätte er Arthritis an den Händen und den Knien. Er öffnete die Tür, sperrte sie jedoch unverzüglich wieder hinter sich ab, und das »Geschlossen«-Schild blieb noch mehrere Minuten lang hängen.

Endlich, gegen zwanzig nach zwölf, erschien er erneut, schloss die Ladentür auf und drehte das Schild um, damit man sah, dass der Laden nun geöffnet war. Ich überquerte die Straße und trat ein.

Selbst für meine Haushaltsführungsstandards, mit denen ich kurz gesagt niemals eine Auszeichnung für Ordnung und Sauberkeit erhalten werde, war das Geschäft in einem schlimmen Zustand. Der Teppich war alt und abgenutzt und offen gestanden schmutzig. Das Pult im hinteren Teil des Ladens, an dem der alte Mann saß, war mit allem möglichen Kram bedeckt, Papiere lagen willkürlich verstreut herum, in seinem Rechnungsbuch waren Kaffeeflecken zu sehen und so fort. Der Mann passte hierher: Sein Jackett sah aus, als wären Saucenreste auf dem Revers, und sein Haar – oder das, was davon übrig war – war ungekämmt und ungewaschen. Unter seinem Sakko trug er eine graue Strickweste, in der deutlich ein Mottenloch zu erkennen war. Während ich dort stand, klingelte das Telefon, und der alte Mann schob diverse Papierstapel zur Seite, um es zu finden. Als er es endlich auf dem Boden unter dem Pult ausmachte, hatte es schon wieder aufgehört zu klingeln.

Die ausgestellten Artikel waren wirklich beeindruckend, zumindest diejenigen, die man sehen konnte. Die Wände wurden von Glasvitrinen gesäumt, die voller Kostbarkeiten waren. Auf jeder Vitrine standen verschiedene Objekte, die zu groß waren, um hineinzupassen: ein paar äußerst imposante afrikanische Skulpturen, darunter eine Bronzefigur, die aus Benin zu stammen schien, sowie einige wirklich schöne Holzschnitzereien. Ich konnte kein durchgehendes Thema erkennen, außer dass alles alt war, sehr alt, und – zumindest in meinen Augen – authentisch. In der Mitte des Raumes stand ein großer Tisch, der ebenfalls mit zahlreichen Gegenständen zugestellt war.

Behutsam nahm ich eine kleine Figur in die Hand, eine hübsche, kleine blaue Fayence-Statue, die etwa fünfzehn Zentimeter hoch war, und betrachtete sie eingehend. Es handelte sich, wie ich wusste, um ein *Ushabti*, die Darstellung einer verstorbenen Person – wahrscheinlich jemand von gewisser Bedeutung –, wie sie vor Hunderten, wenn nicht gar Tausenden von Jahren in ägyptische Gräber gelegt wurden, um den Verstorbenen als eine Art Diener beizustehen.

Es ist jedes Mal faszinierend, mehrere tausend Jahre Geschichte in der Hand zu halten, aber bei diesen Gelegenheiten muss man sich immer die Frage stellen: Ist dies hier legal?

Ich drehte die Figur um. Auf der Rückseite standen in schwarzer Tinte winzig kleine Zahlen: die Registriernummer des Museums, dachte ich. Möglicherweise aus dem Bestand verkauft, vielleicht aber auch nicht.

Ich wandte mich dem Schreibtisch zu und stellte fest, dass die Augen des Besitzers, die ich durch seine immens dicken Brillengläser kaum erkennen konnte, auf mich gerichtet waren. An der Wand hinter ihm hingen mehrere alte Drucke und direkt über seinem Kopf ein außergewöhnliches Messer, das auf einer schwarzen Leinwand befestigt und von einem Goldrahmen umgeben war. Es war kein gewöhnliches Schneidewerkzeug, wie wir es kennen, mit einer schmalen Klinge und einem Griff. Stattdessen war es aus einem Stück gearbeitet, hatte ungefähr die Form einer Glocke und besaß ein breites Heft, das senkrecht an einer halbkreisförmigen Klinge saß. Insgesamt war es etwa fünfzehn Zentimeter lang, goldfarben, und durch ein Loch im Griffteil war eine Kette aus winzigen Türkis-Perlen gezogen. Ich war nahezu sicher, dass es sich um ein *Tumi* handelte –, ein Zeremonialmesser, das von den alten Völkern Perus verwendet wurde, möglicherweise für Opferzwecke.

»Hallo«, sagte ich, während ich mich auf den Schreibtisch zu bewegte. »Sind Sie Edmund Edwards?«

»Wer möchte das wissen?«, fragte er gereizt.

Ich legte meine Visitenkarte vor ihn hin. Ich weiß nicht genau, warum ich das tat, abgesehen davon, dass ich das Gefühl hatte, ich müsste mich irgendwie legitimieren, bevor ich fortfuhr. Im Nachhinein betrachtet war es jedoch eine Geste, die ich später sehr bedauern würde. Der alte Mann begutachtete die Karte eingehend und blickte mich dann wieder prüfend an. »Ich bin eine Antiquitätenhändlerin aus Toronto«, sagte ich, nur für den Fall, dass er nicht in der Lage wäre, die Karte zu lesen. »Ich habe einen Abstecher nach New York gemacht, um Einkäufe für einen Kunden zu tätigen, der ungenannt bleiben soll, wenn Sie nichts dagegen haben.«

»Sind Sie an etwas Besonderem interessiert?«, fragte er, offensichtlich mit meiner Erklärung zufrieden.

»Mein Kunde sammelt fast ausschließlich präkolumbische Kunst«, erwiderte ich.

»Ein weites Feld. Schwer zu bekommen. Und teuer«, erwiderte er.

»Geld ist in diesem Fall kein Thema«, sagte ich. Er öffnete einen kleinen Karteikasten, der wie eine Rezeptbox wirkte, und blätterte ihn mühevoll durch, wobei er sich jede Karte dicht vor die Augen hielt. Der Kasten war viel zu voll, und bei einer Gelegenheit, als er versuchte, eine Karte herauszuziehen, flogen mehrere andere heraus und blieben auf dem Schreibtisch verstreut liegen. Schließlich erhob er sich mit einigen Schwierigkeiten von seinem Stuhl und schlurfte auf den Tisch in der Mitte des Raumes zu. Offensichtlich existierte kein spezielles Katalogisierungssystem zu den Dingen, die er führte; stattdessen schien er einfach zu wissen, wo sich alles befand. Er machte Anstalten, unter dem Tisch nachzusehen, und stützte sich dabei schwerfällig auf dessen Kante, doch er war der Aufgabe nicht gewachsen.

»Dort unten«, ächzte er. »In der Mitte. Der Stein. Teil einer Stele aus Copán. Ein hübsches Stück.«

Ich beugte mich hinab und zog den Gegenstand unter dem Tisch hervor. Es war ein schweres Objekt aus Stein, das wunderschön gearbeitet war, und wahrscheinlich war es tatsächlich das, was er beschrieben hatte: etwas von den Maya aus Copán.

Ich kam darüber hinaus zu dem Schluss, dass er es nicht hätte besitzen dürfen.

»Sehr schön«, sagte ich, »aber ...«

»Oder dies hier«, unterbrach er mich, während er eine der Glasvitrinen öffnete und eine herrliche Terrakotta-Figur herausholte, die einen aztekischen Gott darstellte und vermutlich ebenfalls authentisch war.

»Auch sehr hübsch«, bemerkte ich. »Mein Kunde interessiert sich jedoch für etwas Spezielles: Moche. Alles, was von den Moche stammt: Tongegenstände, Metallobjekte. Kommen Sie gelegentlich auch an solche Dinge heran?«

»Sehr schwer zu beschaffen«, murmelte er.

»Tja«, sagte ich. »Deshalb bin ich hier. A. J. Smythson hat mich geschickt. Aus Toronto. Erinnern Sie sich an ihn? Anton James Smythson?«

Erneut klingelte das Telefon, und der alte Mann begann wieder, unter den Papierstapeln zu wühlen.

»Es steht auf dem Boden«, sagte ich. »Unter dem Schreibtisch.« Er blickte mich einfach nur an. »Das Telefon«, erklärte ich. Dem alten Mann ging ein Licht auf, und er beugte sich nach unten. Als er nach dem Apparat griff und in den alten Hörer schnaufte, hörte es auf zu klingeln. Offenbar hatte der Anrufer wieder aufgelegt. Er wandte sich einem zweiten Karteikasten zu und begann, auch diesen durchzugehen. Ich mutmaßte, dass er diesmal nicht nach Objekten suchte, sondern nach dem Namen Smythson. Bei einer Karte hielt er inne. Es ist hoffnungslos, dachte ich.

»Wie geht es Anton?«, fragte er schließlich.

Du liebe Güte, dachte ich, was nun? »Er hat nicht mehr ganz so viel Elan wie früher«, erwiderte ich.

»Das haben nur wenige von uns«, entgegnete er. Damit hatte er natürlich recht, aber die meisten Menschen besaßen in diesem Moment eindeutig mehr Energie als A. J. Smythson, selbst Edmund Edwards.

»Ja, vermutlich«, erwiderte ich. Wir blickten einander an. Ich wusste bereits mehr über Edwards als noch vor ein paar Augenblicken: Er war kein enger Freund von Smythson gewesen. Sam Feldman hatte mir erzählt, dass Smythsons Freunde ihn A. J. nannten und nicht Anton. »Anton erzählte mir, Sie hätten ihm einmal etwas von den Moche besorgt. Vor einigen Jahren schickten sie ihm mehrere Gegenstände, genauer gesagt drei, zusammen mit ein paar anderen Kleinigkeiten.«

Der alte Mann wirkte auf einmal sehr argwöhnisch. »Ich weiß nicht, wovon Sie reden«, sagte er. »Moche-Sachen sind illegal. Man bekommt sie nicht aus Peru heraus.«

»Das ist der Grund, warum ich hier bin, wie ich schon sagte«, beharrte ich und warf ihm einen, wie ich hoffte, verschwörerischen Blick zu. »Wie sieht es mit diesem Tumi aus?«, fragte ich und zeigte auf das Messer an der Wand hinter dem Schreibtisch. »Ist es von den Moche oder aus einer späteren Epoche, Inka eventuell?«, fragte ich und versuchte dabei, wenigstens ansatzweise sachkundig zu klingen.

Er blickte mich von oben bis unten an. Das Telefon klingelte erneut. »Kommen Sie später wieder«, forderte er mich auf. »Gegen drei.«

Mir schien nichts anderes übrig zu bleiben. »Auf dem Boden«, rief ich, als ich das Geschäft verließ. »Das Telefon steht auf dem Boden.«

Es geschieht nicht oft, dass ich mich lobend über die Güte der Luft von New York äußere, doch nach ein paar Minuten in diesem Laden fühlte sich selbst die drückende, schwüle Stadtluft angenehm an. Als ich mich umwandte und einen Blick zurück zu dem Laden warf, sah ich den alten Mann in der Tür stehen. Er drehte das Schild auf die »Geschlossen«-Seite und sperrte die Tür hinter sich ab. Ich blickte noch ein paar Minuten lang hinüber, aber die Tafel blieb an Ort und Stelle. Entweder er hatte die kürzesten Geschäftszeiten der Welt, oder ich hatte Edmund Edwards beunruhigt.

Inzwischen war es etwa dreizehn Uhr, und ich musste zwei Stunden Zeit totschlagen. Auf der Suche nach einem Ort, wo ich etwas zu Mittag essen könnte – vielleicht im Park? –, wandte ich mich wieder der Straße Central Park West zu. Ich fand eine Bank, auf der ich mich ein paar Minuten niederließ, um zu überlegen, wohin ich gehen sollte. Während ich dort saß, beobachtete ich eine Frau mittleren Alters, die ein Kostüm trug, das wie eine Wikinger-Verkleidung wirkte. Unter einem Helm mit Plastikhörnern quoll ein langer blonder Zopf hervor, und sie ließ

Tiraden gegen die Passanten los. Irgendein skandinavischer Kult offenbar. Sie forderte uns auf, unsere Sünden zu bereuen – wahrscheinlich, indem wir ihr Geld anboten, vermutete ich –, damit wir alle in den Himmel kämen, wenn das unmittelbar bevorstehende Ende der Welt über uns hereinbrechen würde. Wie nett, dachte ich, genau wie zu Hause.

Als ich mich beiläufig umblickte, sah ich überrascht, dass der alte Mann über die Straße schlurfte. Er war nicht aus der Richtung gekommen, die ich erwartet hätte, was wahrscheinlich lediglich bedeutete, dass sein Geschäft einen Hintereingang besaß. Vorsichtig erhob ich mich von meinem Platz und folgte ihm mit ausreichendem Abstand.

Während wir beide so vor uns hin schlichen, kam ich mir allmählich geradezu albern vor. Es fiel mir schwer, so langsam zu gehen, dass ich ihn nicht einholte. Zudem hielt er häufig an und blickte sich um, was mich jedes Mal zwang, kehrtzumachen und vorzugeben, ich wäre in der entgegengesetzten Richtung unterwegs. Meiner Ansicht nach rettete mich lediglich seine Sehkraft, die, seinen glasbausteinähnlichen Brillengläsern nach zu urteilen, nicht besonders gut war.

Nach ein oder zwei Häuserblöcken bog er in den Park ein, und ich tat dasselbe. Hier war es einfacher. Zahlreiche Spaziergänger waren unterwegs, und die Bäume boten eine gewisse Deckung. Schließlich hielt der alte Mann an und setzte sich auf eine Bank. Er zog eine Tüte aus der Hosentasche und begann, den Vögeln in der Nähe Brotkrumen zuzuwerfen.

Wunderbar, dachte ich. Ich befand mich in Manhattan, einem der fantastischsten Stadtviertel der Erde, und anstatt irgendwo ein nobles Mittagessen einzunehmen, versteckte ich mich hinter einem Baum und beobachtete einen alten Mann mit schlechten Augen und Senkfüßen dabei, wie er Tauben fütterte. Ich fühlte mich wie eine Idiotin und wusste, dass ich eigentlich besser nach Hause fliegen sollte, bevor die Polizei von Toronto feststellte, dass ich verschwunden war.

Ich entfernte mich langsam und war bereits einige Meter in die entgegengesetzte Richtung gegangen, als mich etwas umkehren ließ. Ich sah, dass jemand neben dem alten Mann stand und mit ihm sprach. Er hatte mir den Rücken zugewandt. Ich fragte mich, ob es ein Zufall war oder ob sich der alte Mann mit jemandem verabredet hatte. Und falls dieses Treffen geplant gewesen war: Hatte es etwas mit meinem Besuch in dem Laden zu tun?

Plötzlich richtete der andere Mann sich auf und blickte sich um. Ich wich ein paar Schritte zurück und hoffte, nicht entdeckt zu werden. Was ich sah, machte mich mit einem Mal nervös, doch jetzt war ich sicher, auf der richtigen Spur zu sein. Es handelte sich um den Mann, der mich an eine Spinne erinnert hatte, als ich ihn das letzte Mal gesehen hatte. Er hatte bei *Molesworth & Cox* hinter einer Palme gelauert und beobachtet, wie Eidechse, der nun dahingeschieden war, versuchte hatte, die Kiste mit dem angeblich wertlosen Zeug zu ersteigern, welches aber möglicherweise von unschätzbarem Wert war. Wenn Spinne hier war und mit Edmund Edwards sprach, war es unbedingt notwendig, zu *Ancient Ways* zurückzukehren.

Ich suchte ein Café auf, um etwas zu Mittag zu essen, und las noch ein wenig mehr über die Mochika, während ich darauf wartete, dass die Zeit verging. Kurz vor drei stand ich wieder auf der anderen Straßenseite der Galerie bereit. Das »Geschlossen«-Schild hing immer noch an der Tür.

Gegen halb vier hatte sich das Schild immer noch nicht bewegt, und angesichts des schwülen Wetters wurde ich allmählich ungeduldig. Ich überquerte die Straße und rüttelte an der Tür, doch sie war verschlossen. Ich konnte nicht hineinsehen. Also beschloss ich, einen kleinen Spaziergang zu machen und zu versuchen, den Hintereingang zu finden. Danach zu urteilen, wo Edwards entlanggegangen war, musste es einen geben, dessen war ich gewiss, und schließlich fand ich einen schmalen Weg. Ich hatte die Eingangstüren von der Straßenecke aus gezählt und konnte daraus herleiten, in welchem Gebäude sich *Ancient Ways* befand. Alle anderen Häuser hatten gesicherte Tore, doch die Pforte, die zur Hintertür der Galerie führte, stand einen Spaltbreit offen. Ich ging hindurch. Die rückwärtige Tür war geschlossen, aber nicht abgesperrt, und bevor ich sie öffnete, klopfte ich mehrmals. »Ist jemand hier? Mr Edwards?«, rief ich.

Ich betrat das Gebäude. Ich befand mich in einem winzigen Vorraum, und seitlich war eine Treppe, die in den ersten Stock führte. Der Treppenaufgang versperrte mir die Sicht auf den Schreibtisch, der hinten im Verkaufsraum stand. Ich bemerkte einen Kasten mit einer Alarmanlage, in dem ein rotes Licht blinkte. Bedeutete das, dass ich soeben den Alarm ausgelöst hatte? Falls ja, so handelte es sich um eine geräuschlose Variante. In dem Geschäft herrschte ebenfalls eine unheimliche Stille, in Anbetracht des Lärms der geschäftigen Stadt draußen. In der Ferne hörte ich eine alte Uhr ticken, und als ich in Richtung der Schaufensterscheibe blickte, sah ich im Gegenlicht Staubpartikel kreisen.

Ich lauschte angestrengt. Kein Geräusch war zu hören. Wie unvorsichtig, hinauszugehen und die Hintertür nicht abzuschließen, dachte ich. Unter dem ganzen alten Gerümpel waren ein paar herrliche Stücke verborgen, und mir kam in den Sinn, dass es noch schlimmer war, eine Hintertür in New York offen zu lassen als in Toronto – und wie schlecht es in Toronto war, wusste ich aus eigener Erfahrung. »Mr Edwards?«, rief ich erneut. Mir kam in den Sinn, dass er möglicherweise ein wenig schwerhörig war, weshalb ich noch lauter rief. Nichts.

Ich ging drei oder vier Schritte vorwärts in Richtung des Verkaufsraums.

Den Anblick, der sich mir dann bot, werde ich in meinem ganzen Leben nicht vergessen. Er war so schauderhaft, dass er mir immer im Gedächtnis bleiben wird: Edmund Edwards war tot, seine Kehle durchgeschnitten. Das Blut war quer über den Schreibtisch und auf den davorliegenden Teppich gespritzt. Der Inhalt einer umgekippten Teetasse hatte sich über den Schreibtisch ergossen, und das Blut hatte sich damit vermischt und überall kleine bräunlich rote Rinnsale gebildet. Man brauchte sich nicht zu fragen, welche Waffe für diese Gräueltat verwendet worden war: Das goldene Tumi war aus seiner Halterung gerissen worden und verschwunden.

Ich hatte den Eindruck, als hätte ich eine ganze Weile dort gestanden, unfähig, meinen Blick von diesem grässlichen Bild abzuwenden, doch wahrscheinlich waren es nur wenige Sekunden.

Von einem kaum wahrnehmbaren Geräusch wurde ich in die Realität zurückgeholt: über meinem Kopf war ein leises Knarren, als hätte jemand in der ersten Etage ganz leicht das Gewicht verlagert.

Ich stand reglos da und hörte es dann erneut, diesmal näher an der Treppe. Ich lief durch den Raum, sperrte die Vordertür auf und rannte auf die Straße, und nun stampften hinter mir Schritte die Treppe hinunter.

Ich hielt ein Taxi an und sprang hinein.

»Haben wir es ein wenig eilig, meine Dame?«, fragte der Fahrer. »Wohin soll es gehen?«

Ich hatte nicht die geringste Ahnung. Ich wies ihn an, mich zum Plaza Hotel zu fahren, da ich mit meinem überhitzten Gehirn glaubte, dass es für jeden undenkbar wäre, mich im Plaza Hotel zu ermorden. Ich stürmte hinein, durchquerte das Foyer und lief durch die Oyster Bar seitlich wieder hinaus – meine Vorstellung von einem Ablenkungsmanöver. Dann versuchte ich ein oder zwei Stunden lang einfach nur, in der Menge unterzutauchen.

In New York stelle ich immer Folgendes fest: Man kann die Einheimischen leicht von den Touristen unterscheiden. Ich weiß nicht, woran es liegt, vielleicht an der Art, sich zu bewegen, oder – was wahrscheinlicher ist – daran, wie sie sich kleiden. Moira würde es wissen. Sie übt eine der Tätigkeiten aus, bei denen man wissen muss, was gerade in ist und was nicht. Mein Beruf gehört nicht dazu, was auch gut ist, denn normalerweise kann ich ein hochmodernes Outfit nicht von einem Eisbecher mit Karamellsauce unterscheiden. Mir fällt lediglich auf, dass New Yorker wie New Yorker aussehen und alle anderen Menschen nicht.

Was auch immer der Grund war, ich hatte das Gefühl, aufzufallen wie ein bunter Hund. Ich hatte nur einen Satz Unterwäsche zum Wechseln mitgenommen, eine Kosmetiktasche mit ein paar lebensnotwendigen Dingen und eine saubere Bluse, die ich in der Damentoilette des Trump Tower anzog, während im Hintergrund dezente Pianoklänge ertönten und ein Wasserfall vor sich hin plätscherte. Anschließend kaufte ich bei einem Straßenhändler eine Baseball-Kappe der New York Yankees und zog sie mir über den Kopf. Ich trug meine Sonnenbrille, obwohl es inzwischen regnete. Ein hochmodernes Outfit, in der Tat.

Nach mehreren Stunden wurde mir klar, dass ich mich zusammenreißen und darüber nachdenken musste, was ich nun tun sollte. Eine Baseball-Kappe und eine Sonnenbrille würden als Tarnung kaum ausreichen, und irgendwo musste ich ja schließlich hingehen. Meine erste Wahl war, nach Hause zu fliegen. Dabei gab es jedoch ein kleines Problem: Ich wusste, dass ich meine Visitenkarte bei dem inzwischen toten Edmund Edwards gelassen hatte. Ich versuchte, mir den Schreibtisch noch einmal ins Gedächtnis zu rufen und mich zu erinnern, ob die Karte noch dort gelegen hatte, wo ich sie deponiert hatte. Es gelang mir jedoch nicht, das Bild der Blutrinnsale überlagerte alles andere. Falls die Karte noch dort war und die Polizei sie fand, würde ich mit dem Mord in Verbindung gebracht werden. Selbst wenn ich mich irgendwie herausreden konnte, kannte nun auch Spinne meinen Namen – wenn tatsächlich er es gewesen war, der den alten Mann ermordet hatte, und davon war ich so gut wie überzeugt. Vielleicht wusste Spinne ihn bereits von der Versteigerung bei *Molesworth & Cox*, dachte ich. Das Haus war für seine Diskretion bekannt, aber es wäre kein Problem, die Liste der Auktionsteilnehmer auf der Eingangstheke zu lesen. Ich hatte es selbst schon mehr als einmal getan. Aber natürlich kannte er meinen Namen, dachte ich. Er hatte ja unseren Laden bereits gefunden: Wer sonst hätte Eidechse ermorden können?

Das Ende vom Lied war, dass ich weder hierbleiben noch nach Hause fliegen konnte. Ich war sicher, dass die Polizei, insbesondere Rob, versuchen würde, mich als Zeugin dieses entsetzlichen Vorfalls zu schützen. Doch Spinne, dessen war ich ziemlich sicher, war ein äußerst brutaler und zu allem entschlossener Mörder. Und nicht nur brutal, überlegte ich, obwohl das in jedem Fall zutraf. Ich dachte an den mitleiderregenden Körper von Eidechse, dessen Hände auf dem Rücken zusammengebunden gewesen waren und der so gewirkt hatte, als hätte er seinen Henker noch angefleht, ihn zu verschonen. Und an Edwards, einen kurzsichtigen, recht verwirrten alten Mann, dessen Kehle mit einem Zeremonialmesser durchtrennt worden war. Meiner Ansicht nach war Spinne jemand, der gern tötete. Er wusste, wo ich arbeitete, und konnte auch mühelos herausfinden, wo ich wohnte. Selbst wenn er allein arbeitete, was ich stark bezweifelte, könnte mich die Polizei nicht bis in alle Ewigkeit beschützen. Mir blieb also eigentlich nur ein

Ort, von dem ich hoffte, dass ich dort genug über meine augenblickliche Situation herausfinden könnte, um mich aus ihr zu befreien. Vorher musste ich jedoch noch einen kleinen Abstecher machen. Ich rannte zum Bordstein, warf mich vor ein weiteres Taxi – vielleicht wirkte ich am Ende doch noch wie eine New Yorkerin – und sprang hinein.

»Zum John-F.-Kennedy-Flughafen«, keuchte ich. »So schnell wie möglich.«

Sobald ich dort war, prüfte ich die Abflugzeiten und ging zu einem der Schalter. »Mexiko-City. Ich hätte gern ein Ticket für den nächsten Flug nach Mexiko-City«, sagte ich. Wozu sind frühere Liebhaber schließlich da, wenn man in einem Notfall nicht auf sie zählen kann?

6

Wenn jemand aus meinem Bekanntenkreis wusste, wie man jemanden abschüttelt – seien es die Polizei oder andere Leute –, so war es die frühere Liebe meines Lebens, der mexikanische Archäologe Lucas May. Oder besser: der Kongressabgeordnete Lucas May.

Es war nur ein kurzes Telefongespräch nötig, um ihn zu überreden, sich mit mir im *Museo Nacional de Antropología e Historia* zu treffen. Dieses hatten wir häufig bei unseren Ausflügen nach Mexiko-City besucht, als wir noch zusammen waren. Wir hatten jedes Mal die Ausstellungsstücke besichtigt und uns anschließend einen Mittagsimbiss besorgt, den wir im angeschlossenen Park zu uns nahmen.

Ich überquerte den eindrucksvoll großen Vorplatz, entschied mich für die Maya-Abteilung und begann, die Exponate gewissenhaft zu betrachten, genau wie eine echte Touristin. Ich spürte seine Anwesenheit sofort. Es ist erstaunlich, dass das tatsächlich möglich ist, wenn man sich einst so nahegestanden hat wie er und ich.

»Hallo«, sagte ich und wandte mich um.

Er hatte sich total verändert. Seit fast zwei Jahren hatte ich ihn nicht mehr gesehen, seit dem Zeitpunkt, als er mir den Laufpass gegeben hatte – anders kann man es nicht bezeichnen –, um eine politische Laufbahn einzuschlagen. Er hatte sich in den mexikanischen Kongress wählen lassen. Damals war er Archäologe gewesen; sein Haar war zu lang gewesen, um der Mode zu entsprechen, und er war fast immer in schwarze Jeans und T-Shirts gekleidet, und seine Füße steckten meistens in seinen Arbeitsstiefeln. Jetzt trug er einen grauen, leichten, tropengeeigneten Anzug, ein weißes Hemd und eine grau-silberne Krawatte. Sein Haar war kurz geschnitten, und er wirkte wie ein Geschäftsmann und fast ein wenig wohlhabend, vielleicht auch ein kleines bisschen kräftiger als in unserer gemeinsamen Zeit. Er nahm mich am Arm, führte mich aus dem Museum und in den Park.

»Ich stecke ziemlich in der Klemme, Lucas«, sagte ich.

»Ich weiß«, erwiderte er. »Sie haben mich bereits angerufen.«

»Sie?«

»Die kanadischen Behörden. Ein Typ namens Sergeant Robert mit einem Nachnamen, den ich nicht aussprechen kann. RCMP.«

»Luczka«, sagte ich und sprach es ›Luutsch-ka‹ aus. Er nickte. »Wie hat er mich gefunden, bevor ich überhaupt hier ankam?«

»Das hat er nicht gesagt. Hast du das Ticket mit einer Kreditkarte bezahlt?« Ich nickte. »Keine gute Idee«, erwiderte er.

»Ja, aber ich hatte dieses kleine Problem, das man Bargeldmangel nennt. Ich weiß, ich bin damit an der Reihe, die Rechnung für das Mittagessen zu übernehmen«, fuhr ich fort, »aber ich versuche, sparsam zu sein, jetzt wo ich auf der Flucht bin und so weiter.« Er kaufte uns Enchiladas an einer Imbissbude.

»Erzähl mir alles«, forderte er mich auf.

Ich holte den kleinen goldenen Mann aus meiner Handtasche und überreichte ihn Lucas.

Er betrachtete ihn eingehend. »Komisch«, sagte er schließlich. Ich sah ihn an. Wenn es irgendetwas Komisches an dem Ganzen gab, so wäre ich mehr als froh gewesen, davon zu hören.

»Komisch, wie es manchmal geht«, sagte er wieder. »Bis vor ein paar Wochen wusste ich nicht viel über solche Dinge«, fuhr er fort. »Ich las in einem Archäologie-Rundbrief darüber. Und vor ein oder zwei Tagen sprach ein alter Freund ebenfalls davon, ein befreundeter Archäologe.« Er blickte mich an. »Ein Ohrpflock. Moche, würde ich sagen«, fügte er hinzu. Er begutachtete den Ohrschmuck erneut. »Ein echtes Moche-Stück, besser gesagt.«

»Das denke ich auch«, sagte ich.

»So etwas ist auf dem Schwarzmarkt offenbar sehr gefragt. Nach Aussage meines Freundes wurde ein ähnliches Paar Ohrpflöcke in Asien vor nicht allzu langer Zeit für etwa hundertfünfzigtausend US-Dollar verkauft. Es ist illegal, Moche-Artefakte aus Peru herauszubringen«, fügte er hinzu.

»Das habe ich auch vermutet. Aber anscheinend hat jemand es dennoch getan. Nicht besonders erfolgreich vielleicht. Der Ohrpflock landete schließlich in einer Kiste mit wertlosem Zeug bei einer Auktion. Irgendjemand hat ihn jedoch vorher aus Peru herausgeschafft.« Ich schilderte ihm alles, was geschehen war. »Ich möchte nichts tun, was dich in eine schwierige Lage bringt, Lucas. Du bist jetzt ein wichtiger Mann. Aber ich brauche eine neue Identität und muss irgendwie nach Peru kommen. Ich möchte den kleinen Moche-Mann zurückbringen und das alles aufklären. Mir fällt keine andere Möglichkeit ein, wie ich mich aus dieser Lage befreien könnte.«

Er saß reglos da und blickte in die Ferne. Als ich ihn betrachtete, verspürte ich plötzlich ein tiefes Bedauern. Er hatte wesentlich mehr graue Haare bekommen, und er wirkte ausgesprochen müde und möglicherweise auch ziemlich desillusioniert – die Erschöpfung eines durch und durch moralischen Mannes, der für ein Land arbeitet, das nicht gerade für seine Moral bekannt ist, dachte ich. Ich hätte gern meine Hand ausgestreckt und sein Gesicht berührt, ihm über den Kopf gestrichen und versichert, dass alles in Ordnung käme. Er war stets so kämpferisch für die Rechte der indigenen Bevölkerung von Yucatán eingetreten; er war sogar – dessen war ich mir relativ sicher – ein Mitglied der lokalen Guerilla-Truppe gewesen, die in den Wäldern außerhalb von Mérida, wo wir uns kennengelernt hatten, operierte. Später hatte er sich jedoch davon überzeugen lassen, den Weg durch die Instanzen zu gehen, sich zur Wahl zu stellen und auf diese Weise für seine Leute einzutreten. Er war niemand, der irgendetwas halbherzig machte, und hatte mir mitgeteilt, er könne nicht seiner Arbeit nachgehen und gleichzeitig unsere Beziehung aufrechterhalten. Ich war der Teil seines Lebens gewesen, der geopfert wurde.

»Vielleicht läuft es nicht so gut, wie du gehofft hattest«, sagte ich zögernd. »Das Politikerdasein, meine ich.«

Er sah mich nur an und blickte dann wieder zu den Baumwipfeln hinauf, und als er endlich wieder etwas sagte, klang er niedergeschlagen. »Vielleicht nicht«, sagte er. »Ich mache mir nicht viele Freunde, das ist sicher. Und all die Dinge, die man zuweilen sieht …« Er verstummte. Ich hakte nicht weiter nach. Lucas hatte einem immer nur das erzählt, was er erzählen wollte. Ich hatte gelernt, damit zu leben.

»Du hast dir immer große Mühe gegeben, mich nicht nach meinem geheimen Leben zu fragen«, sagte er schließlich. »Aber ich vermute, du weißt, dass ich gelegentlichen – sagen wir – Widerstandsaktionen gegenüber nicht abgeneigt war.«

Ich wartete.

»Ich schätze es wirklich, dass du nie nachgehakt und versucht hast, mit mir darüber zu sprechen, als ich dir erzählt habe, dass wir unsere Beziehung beenden müssten. Ich habe mich getäuscht, als ich dachte, du hättest diese Entscheidung bereut«, sagte er.

»Du hast dich nicht getäuscht«, erwiderte ich. In Wahrheit war ich unglaublich wütend auf ihn gewesen.

»Das Problem ist: Wenn man in der Art arbeitet, wie ich es früher getan habe, muss man einen Plan haben. Einen Fluchtplan, wenn du mir folgen kannst.«

»Lucas«, warf ich ein. »Du bist jetzt in der Politik. Ich möchte nicht, dass du etwas tust, was dich gefährden würde.«

Er lachte, aber es war ein freudloses Lachen. »Gefährden? Wenn ich nur daran denke, was einige der mit mir befreundeten Kongressabgeordneten tun! Jemandem bei der Flucht vor der Polizei zu helfen ist ein geringfügiges Vergehen, das kaum der Rede wert ist, glaub mir«, erwiderte er bitter.

»Hier«, sagte er und zog eine alte Silbermünze aus seiner Hosentasche. »Nimm diese Münze. Ich gebe dir Geld für das Taxi. Fahr zu dieser Adresse«, fuhr er fort, während er eine Anschrift auf einen Zettel kritzelte, »und gehe in die Wohnung im Erdgeschoss. Dort wird eine Frau sein. Zeig ihr die Münze. Sie wird sich um dich kümmern. Mach alles, was sie sagt, selbst wenn es dir nicht gefällt, hörst du? Es wird ein paar Tage dauern, aber wenn du wirklich nach Peru willst, sorgen wir dafür, dass du hinkommst.«

»Ich weiß, das ist eigentlich etwas viel verlangt, aber könntest du mich in die Nähe eines Ortes namens Campina Vieja bringen?«, fragte ich.

Nun lächelte er sogar ein wenig und sagte: »Ich werde mein Bestes geben.«

Er erhob sich. Es war Zeit zu gehen. Er begleitete mich zu einem Taxistand an der Straße und nannte dem Fahrer eine Adresse. Ich stieg ein. Sein bedrückter Gesichtsausdruck hellte sich ein wenig auf, als er sich durch das hintere Fenster beugte und mir einen sanften, kurzen Kuss auf die Lippen drückte.

»Wenn es mit diesem Politik-Kram nicht funktioniert«, sagte er mit einem müden kleinen Lächeln, »muss ich Mexiko möglicherweise selbst schnell verlassen. Ich habe gehört, Kanada soll nicht schlecht sein. Allerdings ist es schwer, die kanadische Staatsangehörigkeit zu bekommen. Kennst du zufällig eine hübsche Kanadierin, die mich heiraten würde?«

»Möglicherweise«, sagte ich. Das Taxi fuhr los. Ich blickte mich nicht um. Moira wäre sehr zufrieden gewesen.

* * *

Vier Tage und vier Nächte verbrachte ich in einem winzigen Hinterzimmer des Hauses, in dem die alte Frau lebte. Das Gebäude sah genauso aus wie jedes andere in diesem Teil der Stadt und unterschied sich lediglich durch die verblichenen Pastellfarben, die man für den Putz gewählt hatte. Die sengende Sonne ließ die Farbe abblättern. Das Haus war in blassem Blaugrün gehalten. Wie Lucas mir aufgetragen hatte, übergab ich der Frau die Münze, und nachdem sie sowohl die Münze als auch mich äußerst sorgfältig begutachtet hatte, führte sie mich drei Treppenläufe hinauf, wobei sie ihren gekrümmten Körper jede einzelne Stufe hinaufschob und sich mühsam am Geländer abstützte.

Das Zimmer war klein, aber ausreichend: ein schmales Bett, ein Stuhl und ein Schreibtisch mit einer winzigen Lampe darauf, ein Deckenventilator. Die Fensterläden waren geschlossen, um die Hitze des Tages fernzuhalten. Zudem gab es eine Dusche, wofür ich sehr dankbar war. Die alte Dame sprach nicht mit mir; ob sie nicht konnte oder nicht wollte, weiß ich nicht. Doch sie sorgte für mein Wohlergehen. Sie brachte mir regelmäßig ein Tablett mit Essen: stets frische warme Tortillas und Eier oder *sopa* – Suppe –, außerdem Käse und gelegentlich etwas Wein oder Bier.

Nachts, bevor die kleine Lampe angeknipst wurde, zog sie schwere dunkle Vorhänge vor die Läden. Niemand sollte wissen, dass ich hier war. Sobald ich das Licht ausgeschaltet hatte, zog ich die Gardinen beiseite und legte mich auf das Bett, blickte durch die Ritzen der Fensterläden und sah ein sanftes rosafarbenes Leuchten, das offenbar von den Neonschildern einer Bar herrührte, da ich bis spät in die Nacht Musik, Stimmen und klirrende Gläser hörte.

Die Tage und die Nächte verschwammen ineinander. Dass es Tag war, konnte ich am Sonnenlicht erkennen, das durch die Läden drang, die Nächte an dem rosa Neonlicht. Die meiste Zeit über schlief ich, da ich erschöpft war und mich zum ersten Mal seit Tagen sicher fühlte und überzeugt war, dass weder die Polizei noch Spinne mich dort finden würden. Ab und zu träumte ich jedoch, und die entsetzlichen Bilder von Edmund Edwards und Eidechse geisterten durch meinen Schlaf. Manchmal träumte ich von einer trockenen Einöde, wo ausgebleichte Skelette und schwarz gewordene Büsche über die Landschaft verteilt standen und kein Lebewesen zu sehen war.

Am zweiten Tag besuchte mich ein Mann. Er forderte mich auf, auf der Bettkante Platz zu nehmen, und zog den Schreibtisch und den Stuhl in meine Richtung, sodass er mir gegenübersitzen konnte. Er richtete die kleine Lampe auf mein Gesicht und betrachtete mich eingehend, während er meinen Kopf hin- und herdrehte. Er bat mich, aufzustehen und umherzugehen. Anschließend erhob er sich und verschwand, so plötzlich und leise, wie er gekommen war.

Am nächsten Abend kehrte er mit einem anderen Mann zurück, einem gekrümmten Alten mit einem mexikanischen Poncho und einem Hut – was ihn wie tausend andere aussehen ließ –, der sich in eine unbeleuchtete Ecke stellte. Der erste Mann zog wie zuvor den Schreibtisch und den Stuhl heran, nahm dann jedoch meine Handtasche und kippte sie auf dem Schreibtisch vor uns aus.

Er überprüfte alles, was sich in meiner Tasche befand, alles. Er nahm meine Geldbörse und holte den gesamten Inhalt heraus. Er griff nach dem US-Geld und verteilte es sorgfältig auf zwei Stapel, wobei er die eine Hälfte auf meine Seite des Tisches legte und die andere in seine Hosentasche steckte. »Kreditkarten«, sagte er und schnitt sie eine nach der anderen durch. »Pass«, fuhr er fort, dann: »Führerschein.« Die beiden letzten Dinge schnitt er nicht auseinander, sondern ließ sie behutsam in seine Hosentasche gleiten.

Am vierten Abend kam der Mann erneut mit seinem Begleiter, doch diesmal wusste ich, wer er war, und lächelte in die dunkle Ecke hinein. Der erste Mann reichte mir eine Packung Haarfarbe und signalisierte mir, dass ich ins Bad gehen und sie auftragen sollte. Innerhalb von wenigen Minuten war mein rotblondes Haar braun. Erstaunt blickte ich die fremde Frau im Spiegel an.

Er gab mir einen US-amerikanischen Pass, und das Bild darin sah mehr oder weniger wie die Fremde im Spiegel aus. Ich bekam einen Führerschein, ausgestellt in Kansas, und die Touristenkarte, die man bei der Ausreise aus Mexiko vorlegen muss. Darüber hinaus hatte ich nun ein Portemonnaie, das voller Geld war, das ich nicht kannte, peruanische Soles. Und keine Kreditkarten mehr.

Plötzlich warf der Mann in der Ecke seinen Poncho ab. Es war Lucas. »Ich habe eine Nachricht für dich, von einem deiner Freunde, dem Polizisten. Für einen Polizisten ist er eigentlich kein schlechter Kerl.« Er blickte mich an.

»Er sagte, falls ich dich sprechen würde – woraufhin ich meinte, dass es mich überraschen würde, wenn ich das täte –, sollte ich dir ausrichten, dass du zurückkommen sollst. Er will sein Bestes geben und alles aufklären. Ich soll dir ebenfalls sagen, dass Alex wieder gesund wird.

Wir könnten dich auch nach Hause bringen. Wir schicken dich einfach in Richtung Norden statt nach Süden.«

»Nein, lieber nicht«, erwiderte ich. »Jetzt bin ich so weit gekommen, und ich glaube, ich werde es durchziehen.«

»Du bist also immer noch fest entschlossen.« Er seufzte. Ich erwiderte, dass ich wirklich keine Ahnung hätte, was ich sonst tun sollte, obwohl ich bei meinen Worten einen Anflug von Zweifel verspürte. Er reichte mir einen versiegelten Briefumschlag. »Öffne ihn nicht«, sagte er. »Gib ihn der Person, an die er adressiert ist, ohne ihn vorher zu öffnen. Es ist ein Empfehlungsschreiben.«

»Wo finde ich diesen Mann?«, fragte ich.

»Befolg einfach die Anweisungen«, antwortete er. »Du erfährst früh genug, was du wissen musst. Wir bringen dich ins Land der Mochika. Danach bist du auf dich selbst gestellt. Schaffst du das?«

»Ich denke schon«, erwiderte ich. »Kannst du es irgendwie einrichten, Moira wissen zu lassen, wo ich bin? Ohne dass jemand anderes es erfährt, meine ich?«

»Ja«, antwortete er. »Das mache ich.«

»Sei vorsichtig«, bat ich ihn.

»Ich glaube, ich bin derjenige, der das sagen sollte«, erwiderte er. Danach umarmte er mich, zog den Poncho wieder an und verschwand in die Dunkelheit des Treppenhauses. Ich hatte das Gefühl, dass ich ihn vielleicht niemals wiedersehen würde.

Am nächsten Morgen überreichte mir die alte Frau einen gepackten Koffer, der mit Reiseaufklebern übersät war, und anschließend wurde ich zum Flughafen gefahren. Ich sollte zu einem bestimmten Schalter bei einer bestimmten Fluggesellschaft gehen und nach Antonieta fragen. Diese überreichte mir ein kleines Päckchen. Darin befand sich ein Ticket für den nächsten Flug nach Lima.

Kurz bevor ich abflog, rief ich mit einem R-Gespräch in Clives Geschäft an. Ich nahm an, niemand würde damit rechnen, dass ich mich ausgerechnet dort melden würde, und selbst wenn sie meinen Anruf zurückverfolgten, wäre ich lange verschwunden, bevor sie etwas unternehmen könnten. Ich sagte zu Clive, ich würde es in zehn Minuten erneut versuchen, und er solle so schnell wie möglich die Straße hinunter zu Moiras Salon gehen und sie ans Telefon holen. Ausnahmsweise tat er, worum ich ihn bat.

Moira verschwendete keine Zeit. »Habe es von Lucas gehört«, begann sie. »Ich dachte schon, dass du einen Weg finden würdest, mich anzurufen. Folgendes konnte ich bisher aus Rob herauskriegen: Der Name des toten Mannes in deiner Abstellkammer ist, oder war, Ramón Cervantes. Señor Cervantes arbeitete für die Regierung. Ein Zollagent, wie sich herausstellte, genau wie du dachtest. Er lebte mit seiner Familie, einer Frau und drei Kindern, in Callao«, fuhr sie fort.

»Wo liegt das?«, unterbrach ich sie.

»Ein Vorort von Lima, glaube ich. Das ist alles, was ich weiß.«

»Alles klar«, erwiderte ich. »Wie geht es Alex?«

»Besser. Er liegt nicht mehr auf der Intensivstation, aber er kann sich immer noch nicht daran erinnern, was in jener Nacht geschehen ist. Sie behalten ihn noch im Krankenhaus und führen weitere Untersuchungen durch, aber ich glaube, die Ärzte sind zuversichtlich, dass er sich wieder erholt.«

»Und die Polizei? Verdächtigen sie Alex immer noch?«

»Ja, und jetzt auch dich«, antwortete sie. »Ich versuche, diesen grässlichen Lewis von dem Fall wegzubekommen«, fügte sie hinzu.

»Ich wusste, er würde den Tag noch bereuen, an dem er dich verärgert hat, Moira«, sagte ich, »aber wie willst du das anstellen?«

»Ich habe Rob darauf angesetzt«, erwiderte sie. »Ich habe ihm gesagt, was er zu tun hat.«

»Und wie genau hast du das angestellt?«

»Ich habe ihm lediglich gesagt, dass er meiner Ansicht nach persönlich für dein Verschwinden verantwortlich ist und dass es auf ihn zurückfallen wird, wenn dir oder Alex etwas geschieht. Das ist alles«, sagte sie. »Natürlich habe ich es nur geschickt angedeutet, du kennst mich ja.«

Ich lachte, doch dann fiel mir die Tragweite meines Vorhabens wieder ein.

»Du hörst eventuell eine Weile lang nichts von mir, Moira«, sagte ich. »Ich bin nicht sicher, wohin es mich verschlagen wird.«

»Ich weiß. Aber sorge dafür, dass ich überhaupt wieder etwas von dir höre«, sagte sie energisch. Vermutlich wird man nicht Besitzerin des erfolgreichsten Schönheitssalons der Stadt, indem man sich subtil ausdrückt oder sentimental ist.

Anschließend erledigte ich – nein, nicht ich, sondern Rebecca MacCrimmon – die Einreise- und Zollformalitäten und ging an Bord des Flugzeugs.

7

Carla Montoya Cervantes sitzt in dem verdunkelten Zimmer im oberen Stockwerk, die Fensterläden sind geschlossen, um das Licht fernzuhalten, ihre Augen vom Weinen verquollen. Sie ist auf sanfte Weise hübsch, leichte Rundungen deuten auf eine gewisse Sinnlichkeit hin; die Dunkelheit ihrer Augen und ihrer Haare wird durch die blasse Haut betont, die sie in dem Glauben, Blässe wirke attraktiv, vor der Sonne schützt; ihre Rosenknospenlippen sind nahezu ständig geschürzt, es sei denn, sie ist zornig, dann werden ihre Augen schmaler, und der Schmollmund verwandelt sich in eine dünne, harte Linie.

Und im Augenblick ist sie zornig. So ein erfolgloser Mann, dieser Ramón, kein Ehrgeiz, kein Tatendrang, sich oder seine Frau vorwärtszubringen. Viel zu alt für sie obendrein. Sie braucht jemanden mit mehr Elan. Papá hatte ihr davon abgeraten, Ramón zu heiraten. Er hatte sie gewarnt, dass Ramón es niemals zu etwas bringen würde, dass sie etwas Besseres verdiente. Doch Ramón vergötterte sie, machte stets alles, worum sie ihn bat, und wenn sie genauer darüber nachdenkt: Was hätte sie anderes tun sollen, als das erste von drei schreienden Babys unterwegs war? Sie hätte noch mehr als drei bekommen, wenn sie nicht ein Machtwort gesprochen und ihn ins Wohnzimmer verbannt hätte. Gott sei Dank hat ihre Schwester die Kinder für ein paar Tage zu sich genommen. Sie sind so laut und brauchen immer etwas. Sie benötigt Ruhe, Zeit zum Nachdenken.

Was soll sie nun tun? Ramón war erfolglos bis an sein Ende, ließ sie mit den Kindern und ohne Perspektiven zurück. Natürlich ist da noch Jorge, sein Bruder. Sie könnte ihn heiraten. Doch was würde das bringen? Er hätte vielleicht mehr Antrieb, mehr Ehrgeiz, aber dennoch ist er nicht gerade die Partie des Jahrhunderts, nicht wahr? Es ist bedauerlich, dass Ramón sie und seinen Bruder zusammen gesehen hat, wirklich bedauerlich, doch warum er sich einfach davonmachte, an einen solch entlegenen Ort reiste … Wozu? Es war vollkommen harmlos gewesen.

Papá hat recht gehabt. Sie ist für Besseres bestimmt als das hier, diese armselige Wohnung, die Küchengerüche von unten, der Gestank nach altem Öl, der alles durchdringt: die Möbel, ihre Haare, ihre Kleidung; die ständig schreienden Kinder und der Straßenlärm, der sich ebenso wie die schmutzige Luft seinen Weg durch die Ritzen der Fensterläden bahnt. Sie sollte in Miraflores oder vielleicht in San Isidro wohnen, in der Nähe der Botschaften. Ein kleines Haus mit Rosen im Vorgarten. Pink, überlegt sie. Pinkfarbene Rosen, das Haus sauber und weiß und kühl, vor den Fenstern weiße, schmiedeeiserne Gitter, an einem Zaun klettern grazile Weinranken aus Metall empor, genau wie bei den schönen Häusern von Trujillo, wo sie aufgewachsen ist. Ein Kindermädchen für die Kleinen.

Wenn also nicht Jorge, was oder wer dann? Sie muss sich etwas überlegen, und zwar bald. Señor Vargas, der Vermieter, ist zu geschäftstüchtig, um sie lange bleiben zu lassen, wenn sie die Miete nicht bezahlt, obwohl er so vernarrt in sie ist. Sie öffnet besser nicht die Tür. Sie würde Ramón am liebsten umbringen, das würde sie tatsächlich, wenn er nicht bereits tot wäre. Das gesamte Geld zu nehmen – im Grunde war es *ihr* Geld, denn ohne sie hätte er die Vereinbarungen niemals getroffen –, jetzt, wo sie gerade begannen voranzukommen und ihnen versprochen worden war, dass es weiterginge. Und nach Kanada zu fliegen! Woher soll sie das Geld für den Rücktransport der Leiche nehmen? Vielleicht wird sie ihn einfach dortlassen. Schwarz wird sie auch nicht für ihn tragen. Es steht ihr nicht. Sie ist für schönere Dinge geschaffen. Papá hat das zu ihr gesagt.

Sie seufzt. Es gibt nur eine Antwort. Sie muss zu dem *Mann* gehen und mit ihm sprechen. Sie mag ihn nicht: Irgendetwas an ihm jagt ihr Angst ein. Aber welche Wahl hat sie schon? Schließlich schuldet er ihr etwas, nicht wahr? Ohne ihr Flehen hätte Ramón dem *Mann* niemals bei seinem kleinen Problem geholfen. Ja, das ist die Lösung. Sie wird den *Mann* aufsuchen.

Offenbar scheint in Lima hin und wieder die Sonne. Ich habe sie nicht gesehen. Ungefähr neun Monate im Jahr ist die Stadt von einer grauen Dunstglocke bedeckt, die sich aus dem Nebel, der vom Meer herüberzieht, der *garúa,* und der verschmutzten Luft von Millionen von Autos und Fabriken zusammensetzt. Ein feuchtes, düsteres Grau, das im Hals, in den Lungen und in den Augen brennt und sich seinen Weg in deine Seele hinein bahnt.

Darüber hinaus wirkt Lima wie eine belagerte Stadt – in meinen Augen zumindest. Jedes Gebäude, jeder Parkplatz wird von mindestens einem Wachmann geschützt, und einige von ihnen sind bewaffnet. Restaurants haben Wächter, die auf die Autos ihrer Gäste aufpassen, während diese speisen; selbst bei einem Haus mit dem leisesten Anflug, dem bloßen Hauch von Wohlstand, wird rund um die Uhr patrouilliert. Kinder werden zur Schule und wieder nach Hause begleitet.

Und es gibt einiges, das Anlass zur Sorge bereiten kann, daran besteht kein Zweifel. Terroristen beispielsweise; international bekannte Gruppierungen wie *Sendero Luminoso,* der »Leuchtende Pfad«, sowie eine andere, die nach einem Inka-Führer benannt wurde, *Túpac Amaru,* und für gelegentliche Bombenattentate, Entführungen und andere Terrorakte verantwortlich ist. Vielleicht noch furchterregender als Terroristen sind jedoch all die Verzweifelten, die Millionen von armen und arbeitslosen Menschen, die ihre Häuser auf dem Land verlassen haben und auf der Suche nach einem besseren Leben in die Stadt gekommen sind, nur um dort wesentlich schlimmere Verhältnisse vorzufinden und in erbärmlichen Barackenstädten in den Außenbezirken zu wohnen, ohne Wasser, Kanalisation oder Elektrizität.

Möglicherweise um das alles zu kompensieren, haben die Einwohner von Lima ihre Stadt in den erstaunlichsten Farbtönen gestrichen, Farben, die das trübe Grau und die Sorgen verbannen sollen: Siena, gebranntes Umbra, Kobaltblau und das reinste Ultramarin; daneben alle Schattierungen von Eiscreme: sanftes Pistaziengrün, Pfirsichgelb, Vanille und Milchkaffee.

Der zentrale Platz in jeder peruanischen Stadt, und Lima ist da keine Ausnahme, wird ›Plaza de Armas‹ genannt. In Lima ist dieser Platz in einem markanten Ockergelb gehalten, das nur von den grauen Steinen des Regierungspalastes und von den aufwendig geschnitzten Flügelfenstern der umgebenden Gebäude unterbrochen wird. Wie auf jedem Plaza de Armas herrscht auch hier so emsiges Treiben wie in einem Bienenkorb, er ist voller *ambulantes,* Menschen, die aus den Barackenstädten kommen und auf den Gehsteigen Naschereien und Getränke verkaufen; überall sind Geldwechsler mit Taschenrechnern und Notenbündeln, kichernde Schulmädchen, die sich gegen eine kleine Gebühr auf einer Waage an der Straßenecke wiegen; Straßenreiniger, die von Kopf bis Fuß in leuchtendes Orange gekleidet sind und sich in einem beinahe zwanghaften Rhythmus bücken und fegen – der tägliche geschäftige Trubel der Stadt.

Früher zierte eine große Statue des Spaniers Francisco Pizarro, auf einem Pferd sitzend, die Mitte des Platzes. Spanien, dessen Gier nach Gold und Macht trotz der erfolgreichen Eroberungen in den nördlicheren Teilen Amerikas ungestillt war, hatte Pizarro ausgesandt, das mächtige Inka-Reich in die Knie zu zwingen – ein Streich der Geschichte, der ihm seine Ehrenposition auf dem Plaza de Armas einbrachte. Und wie es schon in dem alten Sprichwort heißt: *sic transit gloria mundi.* Das Hinterteil von Pizarros Pferd war der Kathedrale zugewandt. Die Kirche war nicht besonders erfreut darüber, weshalb Pizarro und sein Pferd auf einen kleinen Nebenplatz verbannt wurden, der sich diagonal an die Plaza anschließt. Heute sind es die Bewohner des Gebäudes, das den Namen des Eroberers trägt, und die Gäste eines Straßencafés, die zum Hinterteil von Pizarros Pferd aufblicken dürfen.

In jenem Café sollte ein Treffen stattfinden, das auf ein Vorstellungsgespräch hinauslief, so unglaublich mir das auch erschien. Ich sollte jemanden namens Stephen Neal treffen, der Archäologe und ein früherer Schulkamerad von Lucas war. Ich hatte kurz mit ihm telefoniert, und wir hatten uns verabredet. Am Telefon klang er ziemlich sympathisch, aber ich hatte keine Ahnung, wie er aussah. Um unser Treffen zu erleichtern, hatte er mir erzählt, dass seine Haare – zumindest das, was davon übrig geblieben sei – blond seien und er einen Bart trage. Ich war schon im Begriff zu erwidern, dass ich rotblond sei, konnte mich aber gerade noch fangen. »Braun«, hatte ich zu ihm gesagt, »meine Haare sind braun.« Jemand anderes zu sein, stellte ich fest, erforderte stetige Wachsamkeit.

Wer war Rebecca MacCrimmon?, fragte ich mich. Gab es sie tatsächlich? Falls ja, sah sie aus wie ich oder zumindest wie die Person – mit der blassen, fast durchsichtigen Haut und den dunkelbraunen Haaren darüber –, die ich im Spiegel des winzigen, heruntergekommenen, aber sauberen Hotels in der Nähe der Plaza San Martín zum ersten Mal richtig gesehen und lange angestarrt hatte? Und falls sie eine wirklich existierende Person war, lebte sie noch und hatte man ihr den Pass und den Führerschein abgenommen, genau wie mir, oder war sie womöglich in irgendein mexikanisches Abenteuer geraten und wurde nun für irgendeine andere Sache eingesetzt? Oder war sie tot, und ihre Identität war nach ihrem Ableben auf mich übertragen worden? Obwohl mir waghalsige Unternehmungen nicht fremd sind, hatte ich mich noch nie so gefühlt; noch nie war ich von etwas so Persönlichem, so Wesentlichem wie meinem Namen getrennt worden.

Es war eine verwirrende Erfahrung, die ich nicht beschreiben kann, und dennoch war es, auf gewisse Weise, seltsam befreiend. Rebecca musste keine Rechnungen bezahlen, keine Termine wahrnehmen und, wesentlich wichtiger, sie besaß keinen Exmann, für den sie immer noch recht ambivalente Gefühle hegte und der geschmacklos genug gewesen war, ein Geschäft auf der gegenüberliegenden Straßenseite zu eröffnen. Rebecca ging nicht allmählich Bankrott, und, was das Beste war, weder sie noch einer ihrer Freunde wurden in einem Mordfall verdächtigt, und zudem wurde sie nicht von einem kaltblütigen Killer verfolgt.

Andererseits barg das Ganze durchaus gewisse Risiken. Ich hatte den Angestellten der Fluggesellschaft versichert, dass ich meinen Koffer wirklich selbst gepackt und ihn immer im Blick gehabt hätte – eine Aussage, die schlicht und einfach gelogen war und von einem derartigen Vertrauensvorschuss gegenüber Lucas und seinen Landsleuten zeugte, dass mir fast der Atem stockte. Was wäre geschehen, wenn einer der Sicherheitsbediensteten mich aufgefordert hätte, den Inhalt des Koffers zu beschreiben? Ich hatte keine Ahnung gehabt, was er enthielt. Als ich die Formalitäten hinter mich brachte, bei der Ausreise aus Mexiko und später, bei der Einreise nach Peru, ebenso, war ich ziemlich nervös. Würden sie mir mit irgendwelchen scheinbar harmlosen Fragen zu meinem Leben auf die

Schliche kommen? Selbst meine Kleidung fühlte sich an, als würde sie mich verraten, obwohl die Jeans und das Baumwollhemd ausgezeichnet passten.

Im Flugzeug saß ich mit fest geschlossenen Augen da, meine Hände umklammerten die Sitzlehnen, und in Gedanken sagte ich mir wie ein fieberhaftes Mantra immer wieder meinen neuen Namen, mein Geburtsdatum und meinen Geburtsort vor. Ich gab vor zu schlafen, da ich zu nervös war, um etwas zu essen, und mich nicht mit meinem Sitznachbarn unterhalten wollte, aus Furcht, mich zu verraten. Als mich die Flugbegleiterin am Arm berührte, sobald das Flugzeug zum Anflug auf Lima ansetzte, mich Señora MacCrimmon nannte und mir ein Kuvert überreichte, schlug mir das Herz bis zum Hals.

Doch dann befand ich mich endlich in meinem kleinen Hotelzimmer, das sauber und ordentlich, aber verwohnt war. Ich umkreiste das Bett und betrachtete dabei den ungeöffnet daliegenden Koffer, als wäre er der eines Fremden, der endlos auf einem ansonsten leeren Gepäckband im Kreis herumfährt. Er enthielt mein neues Ich: eine weitere Jeans, zwei kakifarbene halblange Shorts, einen indischen Baumwollrock in Schwarz-, Meerblau- und Rosatönen, eine dazu passende türkisfarbene indische Baumwollbluse, einen dünnen Baumwollpulli, eine wetterfeste Jacke und einen Stapel T-Shirts. Zusätzlich fand ich zweckmäßige Baumwollunterwäsche, darunter auch Socken, sowie ein langes T-Shirt, das man als Nachthemd verwenden konnte, ein Paar Sandalen, Laufschuhe und Arbeitsstiefel. Die Schuhe und die Stiefel betrachtete ich mit Besorgnis. Meiner Erfahrung nach gehören Schuhe generell zu einer der folgenden Kategorien: annähernd bequem, unbequem und Schmerzen verursachend. Zu Hause stand eine Schuhsammlung, die Imelda Marcos zu denken gegeben hätte – Zeugnis einer fast schon zwanghaften Suche nach dem perfekten und bequemen Paar Schuhe. Ich schlüpfte versuchsweise in die Sandalen und in die Laufschuhe: Zu meiner großen Erleichterung fielen sie in die Kategorie »fast bequem«. Die Stiefel würde ich später anprobieren.

Rebecca MacCrimmon war etwas älter als ich, fünfundvierzig, um genau zu sein, obwohl es mit all dem, was ich in den letzten Tagen durchgemacht hatte, kein unüberwindbares Problem darstellte, älter zu wirken, als ich in Wirklichkeit war. Sie war, so beschloss ich, im Innersten eine Art Hippie, ein Kind der Sechziger, das der Gewinnsucht und der Selbstverliebtheit noch nicht erlegen war, die viele aus unserer Generation übermannt hatten. Ihre T-Shirts unterstützten diverse Dinge: Das erste ermahnte alle Menschen, sich des Regenwalds anzunehmen; ein anderes, und dieses zauberte ein Lächeln auf mein Gesicht, behauptete, Archäologen seien die besseren Liebhaber; das dritte forderte die Welt auf, die Wale zu retten. Ich hielt mir das Wal-T-Shirt vor den Körper. Es war klar, dass meine erste Anschaffung ein neues Oberteil sein würde. Niemand mit meinen Proportionen, so beschloss ich, sollte jemals das Bild eines Wals auf der Brust herumtragen müssen.

Natürlich hatte ich ein Geldproblem. Ich konnte nicht einfach hinauslaufen und meine Garderobe auswechseln. Ich besaß ein wenig Bargeld, im Gegenwert von etwa vierhundert Dollar, aber ich hatte keine Kreditkarten und vermisste sie sehr. Kreditkarten, so überlegte ich, waren meine persönliche Sicherheitsdecke geworden. Ich würde äußerst bedacht mit dem Geld umgehen müssen, das war gewiss, aber nichtsdestotrotz würde ich ein neues T-Shirt kaufen. Wie sich herausstellte, hatte ich nämlich eine Arbeitsstelle in Aussicht.

Der Brief, den ich im Flugzeug erhalten hatte, informierte mich darüber, dass meine Bewerbung für eine Tätigkeit bei einer archäologischen Ausgrabungsstätte in Nordperu in die engere Wahl gekommen sei und dass ich nach meiner Ankunft in Lima Dr. Stephen Neal kontaktieren sollte, den Kodirektor des Projekts. Weiterhin ließ man mich durch das Schreiben wissen, dass ich, falls ich die Stelle bekäme, die Arbeit am 28. August aufnehmen solle, in zwei Tagen also. In dem Brief stand, dass Unterkunft und Verpflegung gestellt würden, sie aber bedauerlicherweise keine Mittel zur Verfügung hätten, um mir ein Gehalt zu zahlen, und sei es noch so niedrig. Zum Ausgleich hätte ich jedoch das Privileg, mit einer so bedeutenden Person wie Dr. Hilda Schwengen zusammenzuarbeiten, der anderen Kodirektorin, wer auch immer das sein mochte. Unterzeichnet war der Brief von Stephen Neal, und in einem Nachsatz stand zu meiner großen Erleichterung, dass die akzeptierte Kandidatin auch von Lima aus zu der archäologischen Stätte gebracht werde.

Als ich in dem Café saß und darauf wartete, meinen zukünftigen Arbeitgeber zu treffen, wurde meine Aufmerksamkeit für einen kurzen Moment von einer Gruppe uniformierter Schulkinder abgelenkt, die rote Blazer, marineblaue Hosen und Pullover trugen und gerade einen Ausflug über den Platz machten. »Sind Sie zufällig Ms MacCrimmon?«, fragte eine Stimme, und für einen kurzen Augenblick war ich versucht zu sagen: »Leider nein.«

Ich mochte Steve Neal sofort. Er war groß und ein wenig zerzaust, hatte einen warmen Händedruck, ein freundliches und offenes Gesicht, und Augen, in deren Winkeln sich Falten bildeten, wenn er lachte; und er lachte oft.

»Bier?«, fragte er, als er sich setzte. *»Dos cervezas, por favor«*, wies er den Kellner an, als ich nickte. »Pilsen Trujillo«, fügte er hinzu.

»Wie gefällt Ihnen Lima bisher?«, fragte er. »Und wie geht es Lucas? Ich hörte, er sei in die Politik gegangen. Ich denke, die Archäologie tendiert auch gelegentlich dazu, ein wenig politisch zu werden.« Er lachte.

»Lucas geht es sehr gut, und Lima gefällt mir«, erwiderte ich und überreichte ihm das Schreiben, das Lucas mir für ihn mitgegeben hatte. Ich wartete ab, während er es durchlas. Wie versprochen, hatte ich es mir nicht angesehen, doch als Neal bei einer Stelle kaum merklich die Augenbrauen hob, wurde meine Neugier geweckt.

»Gut«, sagte er und goss sich bedächtig sein Bier ein. »Dann sprechen wir mal über die Arbeit.«

Dies war der Augenblick, vor dem ich mich gefürchtet hatte. Lucas hatte genau das getan, was er angekündigt hatte. Er hatte mich nach Peru gebracht und mir eine Möglichkeit verschafft, ins Land der Moche zu gelangen. Der Rest war meine Angelegenheit. Doch ich war sicher, dass die erste Frage lauten würde, bei welcher erlauchten Bildungsinstitution ich mein Diplom in Archäologie oder Anthropologie erworben hätte. Dabei hatte ich Englisch studiert. Die zweite Frage wäre zweifellos: Erzählen Sie mir, was Sie über die alten Kulturen der Nordküste Perus wissen.

Bedauerlicherweise beschränkten sich meine Archäologie-Kenntnisse darauf, mit Lucas ein paar angenehme Nachmittage auf den Ausgrabungsstätten verbracht zu haben, bei denen er gearbeitet hatte. Er hatte mich unter seiner Aufsicht ein wenig mithelfen lassen, aber niemand käme jemals auf die Idee, mich als Archäologin zu bezeichnen.

Was das zweite Thema betraf: Noch vor zwei Wochen hatte ich nur ein flüchtiges Interesse an den alten Kulturen Perus gehabt, und das beschränkte sich auf die Nachforschungen, die ich vor ein paar Jahren über die Maya in Mexiko und Mittelamerika angestellt hatte. Aus einer spontanen Anwandlung heraus – auch wenn ich wusste, dass es vergebliche Mühe war – hatte ich den Morgen vor meinem Bewerbungsgespräch damit verbracht, in Lima von Museum zu Museum zu laufen. Die Quintessenz meines gesammelten Wissens war, dass es schon lange vor den Inka und der spanischen Conquista eine Reihe von Kulturen gegeben hatte, die die Wüste an der nördlichen Küste von Peru bewohnten, unter anderem die Chancay, die Chimú, die Chavin, die Moche und die Lambayeque, aber die Moche waren meiner Ansicht nach die großartigsten Kunsthandwerker von allen gewesen. Falls jemand über die künstlerischen Fähigkeiten verfügt hatte, den kleinen goldenen Mann herzustellen, den ich nach wie vor mit mir herumtrug, so war es ein Moche-Handwerker gewesen.

Ich hatte Ausstellungsräume mit Keramik, Textilien und Metallarbeiten gesehen, die von diesen Völkern geschaffen worden waren, und war von der Kunstfertigkeit und den verwendeten Techniken ausgesprochen überwältigt gewesen. Ich hatte sogar die Räume mit der erotischen Moche-Keramik gesehen; hauptsächlich waren darauf Paare dargestellt, die Positionen einnahmen, die ich nur als »anatomisch anspruchsvoll« beschreiben kann. Einige dieser Keramiken hatten einen Teil des jeweiligen Paares als Skelett samt Totenkopf dargestellt. Wie der Aufseher des Ausstellungsraumes mir berichtet hatte, war das ein Ausdruck dafür, dass die Moche geglaubt hatten, zu viel Sex würde zum Tod führen.

Wenn ich den augenblicklichen Zustand meines Liebeslebens bedachte, so brauchte ich mir darüber nicht allzu viele Sorgen zu machen.

So unterhaltsam meine Museumstour auch gewesen sein mochte, das Problem war, dass, wenn man mir die Frage stellte, ob ich die späten Moche von den Lambayeque unterscheiden könnte, die Antwort mit großer Wahrscheinlichkeit »Nein« lauten würde.

Das Ansinnen, mit dem Neal schließlich auf mich zukam, überraschte mich sehr.

»Kennen Sie sich zufällig damit aus, wie man einen

Betrieb führt?«, wollte er – auf Spanisch – wissen. »Rechnungen und Löhne bezahlen, mit Behörden verhandeln und derartige Dinge. Das Problem ist, dass ich Archäologe bin und kein Kaufmann, und der ganze Organisationskram, den ich erledigen muss, macht mich völlig fertig. Ich habe ein paar wirklich gute Laborleute, zuverlässige Arbeiter auf der Ausgrabungsstätte, aber niemanden, der dafür sorgt, dass alles reibungslos läuft.«

Kannte ich mich damit aus, wie man einen Betrieb führte? Natürlich. Abgesehen von einer Unterbrechung führte ich mein Antiquitäten- und Designgeschäft nun schon seit ungefähr fünfzehn Jahren. Ich musste natürlich mit einer gewissen Vorsicht an die Sache herangehen. Ich hatte mir überlegt, die einzige Möglichkeit, als Rebecca MacCrimmon durchzukommen, bestünde darin, ihre Vorgeschichte so nah wie möglich an meine eigene anzulehnen. Auf diese Weise wäre es am wenigsten wahrscheinlich, dass man mich bei einem Widerspruch erwischte. Rebecca stammte aus Kansas; das war ihrem Führerschein zu entnehmen, und ich war erst einmal durch Kansas gefahren. Diesbezüglich musste ich äußerst vorsichtig sein. Aber organisatorische Dinge erledigen? Wer konnte behaupten, dass Rebecca MacCrimmon keine geschäftlichen Erfahrungen besaß?

»Ich habe auf diesem Gebiet recht umfangreiche Erfahrungen«, antwortete ich vorsichtig in meinem besten Spanisch. »Ich hatte einige Jahre lang einen eigenen Laden. Ein Einzelhandelsgeschäft. Ich habe Möbel verkauft. Ich hatte nicht viele Angestellte, aber immerhin einige, und sie wurden immer pünktlich bezahlt. Ebenso die Rechnungen. Außerdem bin ich an den Umgang mit Zollbeamten und -agenten, Bankangestellten, Finanzbeamten, Rechnungsprüfern und Spediteuren gewöhnt. Ich kann von mir behaupten, dass ich nie einen Versandtermin durch eigenes Verschulden versäumt habe.« Ich hielt inne. »Obwohl ich zugeben muss, dass ich einige Male nah dran war.« Ich lachte.

»Sie sind eingestellt«, sagte er.

»Wirklich?«, fragte ich überrascht.

»Sicher«, sagte er. »Ihr Spanisch ist gut, Lucas sagt, man kann Ihnen vertrauen – absolut vertrauen sogar –, und Sie können mir die Arbeit, die ich hasse, abnehmen. Das genügt mir.« Er lachte. »Lucas schreibt in seinem Brief, dass er mich um einen Gefallen bittet. Erzählen Sie ihm nichts davon, aber vermutlich hat er mir einen Gefallen getan!

Sie kennen die Bedingungen – Transport zur Ausgrabungsstätte, Unterkunft und Verpflegung, sobald sie dort angekommen sind. Ich weiß, das ist nicht viel. Machen Sie es trotzdem? Arbeiten Sie für uns?«, fragte er und streckte mir seine Hand entgegen. Ich schlug ein.

»Abgemacht. Wann fange ich an?«

Er breitete eine Landkarte auf dem Tisch aus. »Wir sind auf einer Grabungsstätte tätig, die sich hier befindet«, sagte er und deutete dabei auf eine Stelle, die wie ein weißer Fleck auf der Landkarte wirkte, »zwischen Trujillo und Chiclayo. Eine Stätte aus der frühen bis mittleren Moche-Periode. Sehr vielversprechend. Die nächstgelegene Stadt ist Campina Vieja.«

Der gute alte Lucas, dachte ich: direkt nach Campina Vieja. Offenbar war ich jedoch zusammengezuckt, denn Neal zögerte ein paar Sekunden, bevor er weitersprach. »Bis Trujillo können Sie fliegen, dann müssen Sie die Haltestelle Vulkano finden und den Bus von Trujillo nach Chiclayo nehmen. Die Busse fahren nahezu stündlich und halten in Campina Vieja, wenn man Bescheid gibt.

Ich fliege heute Abend nach Trujillo zurück, warum kommen Sie also nicht irgendwann morgen nach und sehen sich in Trujillo um – es gibt dort ein paar interessante Moche- und Chimú-Stätten zu besichtigen. Am nächsten Morgen nehmen Sie dann den Bus. Ich bin fast die ganze

Zeit in der Stadt und werde ein Auge auf den Busbahnhof haben. Setzen Sie sich einfach auf die Bank, falls ich nicht da bin, wenn Sie ankommen: Ich sammle Sie auf und nehme Sie mit zur Ausgrabungsstätte. Wir haben eine alte Hazienda übernommen und uns dort eingerichtet. Sobald wir da sind, lernen Sie den Rest des Teams kennen, unter anderem auch die Chefin, Hilda.

Und jetzt besorgen wir Ihnen ein Flugticket«, grinste er, »bevor Sie Ihre Meinung ändern. Wie möchten Sie übrigens genannt werden?«

Fast hätte ich einen Fehler begangen, so entspannt fühlte ich mich in seiner Gegenwart, aber ich fing mich gerade noch rechtzeitig. Als ich zögerte, fragte er: »Lieber Rebecca oder eher Becky?«

»Rebecca«, erwiderte ich. »Auf jeden Fall Rebecca.«

Nachdem Neal und ich unserer Wege gegangen waren – die Sonne verschwand bereits rasch in der Dunkelheit wie so nah am Äquator üblich –, besuchte ich ein letztes Mal den Ort, wo laut Rob Luczka der Mann, den ich Eidechse genannt hatte – Ramón Cervantes –, gelebt hatte. Es war nicht besonders schwierig gewesen, das Haus ausfindig zu machen, da in Callao nur ein Ramón Cervantes verzeichnet war.

Wie bereits bei zwei früheren Gelegenheiten hielt ich einen *colectivo* an – ein für Peru typisches öffentliches Verkehrsmittel, ein privater Minibus oder Van, der eine regelmäßige Route abfährt. Schilder in den Vorder- und Seitenfenstern zeigen den Zielort an. Neben dem Fahrer gibt es noch einen Assistenten, der die Schiebetür öffnet und mit seinen Fingern die Anzahl der freien Sitzplätze anzeigt. Der kleine Bus hält nur so lange, wie gerade notwendig, um einen aufzunehmen und wieder abzusetzen, doch er ist preiswert und bringt einen ans Ziel, indem er sich seinen Weg durch Limas schrecklichen Verkehr, die Luftverschmutzung und den Lärm bahnt.

Ramón Cervantes, dessen war ich nun gewiss, war kein wohlhabender Mann gewesen, da er in einer dunklen kleinen Gasse in einem Teil von Lima draußen beim Flughafen gewohnt hatte, den ich als überaus bescheiden bezeichnen würde – eine Gegend, die nach ranzigem Bratfett und unerfüllten Sehnsüchten roch. Die Straßen waren im Gegensatz zu vielen anderen im alten Teil vom Zentrum Limas gepflastert, allerdings aber auch von tiefen Spurrillen durchzogen und voller Schlaglöcher.

Ramón hatte in einer Wohnung gelebt, zu der eine dunkle und schmutzige Treppe hinaufführte, die sich zwischen einem übelriechenden Restaurant und einer Autowerkstatt befand.

Wenn man unten auf der Straße stand, war man als Besucher entsetzt über die Schäbigkeit des Gebäudes, wenn man jedoch zurücktrat und die Straße überquerte, konnte man im Obergeschoss Spuren von Limas Kolonialvergangenheit erkennen: die großen Fenster mit ihren schmiedeeisernen Gittern und die üppigen Kränze und Girlanden aus Stuck, die sich an der Dachlinie darüber entlangzogen. Die Fensterläden der Wohnung, die links von der Treppe lag, waren fest verschlossen.

Bei meinem ersten Besuch, kurz nach meiner Ankunft in Lima, war ich die dunklen Stufen bis zu einem Absatz im ersten Stockwerk emporgestiegen. Dort gab es zwei Wohnungen, auf jeder Seite des Treppenaufgangs eine. An der Tür zur Rechten hing ein kleines Namensschild, auf dem nicht »Cervantes« stand, und auf der anderen war eine schwarze Schleife an den Türklopfer gebunden. Ich klopfte, zunächst zaghaft, danach lauter. Niemand öffnete, und aus der Wohnung drang kein Laut. Ich wartete ein paar Minuten lang vor der Tür, wobei ich aufmerksam von einer chinesischen Frau beobachtet wurde, die in einem kleinen *chifa,* einem chinesischen Restaurant, auf der anderen Straßenseite stand.

Bei meinem zweiten Besuch war mir dieselbe Stille entgegengeschlagen, und wieder öffnete niemand. Diesmal nahm ich im *chifa* gegenüber Platz, von wo aus ich den Treppenaufgang beobachten konnte, und bestellte ein Bier. Nach ein paar Minuten kam die chinesische Besitzerin an meinen Tisch.

»Wen suchen Sie?«, fragte sie. Ich erzählte ihr, dass ich nach Señora Cervantes suchte.

»Diese Hure«, sagte sie. »Sie nennen sie Señora Cervantes. Sehr nobel. Das würde ihr gefallen. Sie glaubt, sie ist was Besseres als wir anderen und tut immer ziemlich vornehm. Aber hier in der Gegend heißt sie nur Carla. Manchmal auch nur ›die Hure‹.« Sie verwendete das Wort *fulana*. Die spanische Sprache besitzt genauso viele Worte für diejenigen, die das älteste Gewerbe der Welt ausüben, wie die englische. »Sie ist zu Hause«, fuhr sie fort. »Öffnet die Tür nicht. Sie ist besorgt, dass es der Vermieter ist. Kann die Miete nicht zahlen, wissen Sie. Oder dass es ihr Schwager ist, der ihr die Schuld dafür gibt, was passiert ist. Ihr Mann ist tot.«

»Ich hörte es«, sagte ich. »Wirklich schlimm.«

»Schlimm für sie, so viel ist sicher. Für ihn vielleicht nicht. Für ihn ist es möglicherweise ein Segen. Hat sie mit drei Kindern zurückgelassen. Sie hat sie weggeschickt, wissen Sie, zu ihrer Schwester in Trujillo. Sie hätte keine Kinder bekommen sollen. Keine Geduld mit ihnen. Zu sehr selbst noch ein Kind. Hat ihr ganzes gemeinsames Geld genommen, ihr Ehemann, alles, was da war, und ist weit weggeflogen, nach Kanada, glaube ich, und dann plötzlich gestorben.«

Meiner neuen Freundin entgingen offensichtlich nicht viele Dinge, und anscheinend machte sie sich auch keine Gedanken darüber, wem sie sie erzählte.

»Ich frage mich, warum er das getan haben sollte«, bemerkte ich.

Sie schnaubte. »Sterben, meinen Sie? Oder nach Kanada reisen? Das Einzige, was man sich fragen muss, ist, woher er überhaupt genug Geld hatte, um dorthin zu fliegen, und warum er es nicht eher tat. Er hat sie mit jemandem erwischt. Mit seinem eigenen Bruder. Er war ein feiner Mann, dieser Ramón Cervantes. Das hat er nicht verdient, das kann ich Ihnen sagen. Sie ist eine richtige Hure.«

Du liebe Güte, dachte ich, arme Eidechse. Doch warum besucht man, nachdem man seine Frau in flagranti mit seinem Bruder erwischt hat, eine Auktion in Toronto und findet anschließend ein blutiges vorzeitiges Ende in meiner Abstellkammer?

Die Frau aus dem *chifa* hatte noch mehr zu berichten. Sie hielt nur kurz inne, um mir ein weiteres Bier zu holen, um das ich gar nicht gebeten hatte. Dass man etwas bei ihr konsumierte, vermutete ich, war wahrscheinlich die Art und Weise, wie sie sich ihre Informationen bezahlen ließ.

»Aber es hat keinen Sinn, Ramón zu bedauern, nicht wahr? Es bringt nichts, die Toten zu bedauern. Aber sein Bruder tut mir jetzt leid: Jorge. Er verzehrt sich vor lauter Schuldgefühlen und leidet unglaublich. Er säuft wie ein Loch, in der Bar unten an der Straße, anschließend kommt er hierher, stellt sich unter ihr Fenster und wartet auf sie. Ich sage, sie ist eine Hure, aber er nennt sie eine Hexe, eine *bruja*. Behauptet, sie hätte sowohl ihn als auch seinen Bruder verhext und sie zu schlechten Dingen verleitet. Seine Frau hat ihn jetzt verlassen. Hat auch die Kinder mitgenommen. Ihn bedauere ich.

Da«, sagte sie und deutete auf einen jungen Mann, der ziemlich ungepflegt und offensichtlich betrunken war und an dem *chifa* vorüberging. »Jorge.« Wir beobachteten, wie er vorbeitaumelte. Sie hatte recht: Er machte tatsächlich einen bedauernswerten Eindruck. Wenige Augenblicke später, als Jorge nicht mehr zu sehen war, fuhr sie fort. »Und was sie betrifft: Wenn sie herauskommt, ist sie nicht wie eine Witwe gekleidet, das kann ich Ihnen versichern. Es ist eine Schande. Lauter grelle Farben: Pink mag sie am liebsten. Falls sie Tränen vergießt, dann aus Selbstmitleid und nicht seinetwegen. Sie wird es sicher überstehen. Die Männer kümmern sich gern um sie. Zuerst war es ihr Vater, der völlig vernarrt in sie war, dann Ramón, der arme Mann. Und er war ihr nicht gut genug. Ein anständiger Mann mit einer festen Stelle beim Staat wäre für die meisten Frauen ausreichend, meinen Sie nicht auch?«

»Sie geht also aus?«, fragte ich in einem Tonfall, der, wie ich hoffte, desinteressiert klang. Die Frau gab keine Antwort. Ich bestellte ein überbackenes Käse-Sandwich zu meinem Bier. Es war die billigste Bestechungsmöglichkeit, die ich auf der Speisekarte fand.

»Nachts«, sagte sie, als sie es vor mich hin stellte, »sobald der Vermieter sein Büro am Ende der Straße abgeschlossen hat und nach Hause nach Monterrico geht. Dann verlässt sie normalerweise das Haus. Gegen acht oder neun.«

So kam es, dass ich nachts noch einmal nach Callao zurückkehrte. Ich fühlte mich ein wenig unwohl, allein hier draußen in diesem Teil der Stadt, aber der *chifa* war noch geöffnet, und ich bestellte einen Kaffee und eine Crème Caramel, während ich darauf wartete, was geschehen würde.

Gegen halb acht stieß mich meine neue chinesische Freundin an und deutete auf einen untersetzten Mann mittleren Alters, der die Straße entlangging. Als er am Haus der Cervantes' vorbeikam, sah ich ihn ein oder zwei Sekunden lang zu der verdunkelten Wohnung aufblicken. »Der Vermieter«, flüsterte sie. »Er geht nach Hause. Nun beobachten Sie mal die Fensterläden.« Das tat ich, und ein paar Minuten später sah ich, dass in der Wohnung ein schummriges Licht angeschaltet wurde. Die Inhaberin des *chifa* warf mir einen vielsagenden Blick zu.

Etwa eine Dreiviertelstunde später hörte ich jemanden auf der Treppe, sehen konnte ich kaum etwas, und eine junge Frau trat auf die Straße.

»Die Hure«, zischte die Chinesin und warf ihren Kopf in Richtung der Vorübergehenden. Rasch bezahlte ich die Rechnung und folgte der jungen Frau.

Wie meine Informantin vorhergesagt hatte, war Carla Cervantes nicht gerade für eine Beerdigung gekleidet. Stattdessen trug sie ein pinkfarbenes ärmelloses Kleid mit dünnen Trägern und einem ziemlich tiefen Ausschnitt. Das Kleid war meiner Ansicht nach ein wenig aus der Mode und saß sehr knapp, obwohl ich zugeben muss, dass ich alles geben würde, um darin wie sie auszusehen. Ich konnte nicht umhin, festzustellen, dass alle Männer auf der Straße sie anstarrten, wenn sie an ihnen vorbeiging, und kein Einziger von ihnen auch nur die geringste Notiz von mir nahm, trotz des Umstandes, dass ich im Augenblick die einzige *gringa* hier draußen war – ein eindeutiger Beweis für die Anziehungskraft von Señora Cervantes.

Die Gasse mündete in einer geschäftigen breiten Straße, und kurz darauf winkte Carla einen *colectivo* herbei, der nach Miraflores fuhr. Ich hielt unverzüglich ein Taxi an und bat den Fahrer, einen jungen Mann in Jeans und einem T-Shirt, das für eine Rockband warb, von der ich noch nie gehört hatte – möglicherweise diejenige auf der Cassette, die im Auto lief –, dem *colectivo* zu folgen. In seiner Begeisterung über diese Aufgabe drückte er kräftig aufs Gaspedal und brauste laut hupend in den Verkehr hinein, und sowohl ich als auch seine Cassettensammlung auf dem Rücksitz flogen wie Würfel in einem Würfelbecher von einer Seite zur anderen. Von Zeit zu Zeit wandte er sich zu mir um, grinste mich an und deutete unnötigerweise auf den *colectivo*, der nur ein oder zwei Fahrzeuglängen vor uns fuhr. Ich klammerte mich verzweifelt an den Türgriff.

Der *colectivo* bog in eine Seitenstraße ein, fuhr durch mehrere Gassen und schließlich eine Auffahrt entlang, die auf eine tiefer gelegene Schnellstraße führte, die die Einwohner von Lima den »Graben« nennen und die die Stadt diagonal durchschneidet. Wenige Minuten später bog der *colectivo* wieder von dieser Straße ab und setzte Carla an der Eingangstür eines der eleganteren Hotels von Miraflores ab, einem der vornehmsten Stadtteile von Lima. Ich folgte ihr durch die Glastüren in die Hotelbar, die sich links vom Eingang befand, und nahm drei Tische entfernt von ihr Platz. Doch ich hatte einen guten Blick auf Carla und den Mann, mit dem sie sich offensichtlich verabredet hatte.

Er war wesentlich älter als sie, etwa sechzig, während sie ungefähr Ende zwanzig sein musste. Er war kein Einheimischer. Von seiner Kleidung her wirkte er auf mich wie ein Europäer, auch wenn ich wegen eines spanischen Rockmusikvideos, das von einem großen Bildschirm am Ende der Bar herüberdröhnte, nicht verstand, was er sagte, bis er den Kellner herbeirief und einen Martini für seine Freundin orderte. Franzose, beschloss ich. Ich bestellte ein Glas Weißwein und versuchte, so auszusehen, als gehörte ich hierher. Mit dem Beschatten von Personen habe ich keinerlei Erfahrung, muss ich zugeben.

Ich glaube jedoch, dass ich nach fünfzehn Jahren im Einzelhandel Menschen hervorragend anhand ihrer Körpersprache beurteilen kann, und diese Unterhaltung hier war diesbezüglich interessant, auch wenn ich sie nicht verstand und es nicht wagte, näher heranzurücken. Der Mann, der eine hellbraune Wildlederjacke über einer dunkelgrauen Hose, ein gelbes Hemd und eine elegante Krawatte trug, lehnte sich anfangs weit in seinem Stuhl zurück, hielt Abstand von seiner Begleiterin und setzte eine unbeteiligte Miene auf. Eine Hand ruhte auf seinem Knie; die andere hielt er nah an seinem Körper, zwischen seinem Oberschenkel und der Stuhllehne. Fast während des gesamten Gesprächs, das nahezu eine Stunde dauerte, verriet seine Haltung, dass ihn das, was Carla zu erzählen hatte, nicht besonders interessierte.

Sie hingegen bemühte sich sehr, überzeugend zu wirken. Ich hatte den Eindruck, dass sie ihm einen Vorschlag machte und den Mann nicht gut kannte. Anfangs lächelte sie noch betörend, wenn sie sich zu ihm vorbeugte, und später, als das keine Wirkung zu zeigen schien, vergoss sie auf anmutige Weise ein paar Tränen und schnäuzte sich in ein Spitzentaschentuch. Der Mann zeigte sich immer noch ungerührt. Nun folgte ein Schmollmund, und als letztes Mittel wand sie sich lange genug hin und her, um einen der pinkfarbenen Träger von ihrer Schulter gleiten zu lassen. Der Mann beugte sich vor und lächelte. Es war kein sympathisches Lächeln, dachte ich, eher ein siegreiches oder vielleicht auch ein erwartungsvolles.

Während all dem nippte ich an meinem kleinen Glas Weißwein und versuchte, den Eindruck zu erwecken, als wartete ich auf jemanden. Gelegentlich blickte ich auf meine Uhr und täuschte leichte Ungeduld vor. In diesem Hotel war der Preis für ein Glas Wein so unverschämt, dass ich nicht vorhatte, ein zweites zu bestellen, gleichgültig, wie lange die beiden noch dort sitzen würden. Ich aß alle Erdnüsse, die in der kleinen Kristallschüssel auf dem Tisch standen, entschlossen, mein Bleiben in die Länge zu ziehen und den Gegenwert meines Geldes wieder herauszuholen. Allein in einem fremden Land zu sein, ohne das beruhigende Vorhandensein einer Kreditkarte, ist eine Erfahrung, die ich nicht noch einmal machen möchte.

Kurz nach dem Vorfall mit dem Träger war es offensichtlich Zeit zu gehen. Carlas Begleiter unterschrieb die Rechnung und ließ dadurch erkennen, dass er es sich leisten konnte, zu Gast in diesem Hotel zu sein. Erst in diesem Moment bemerkte ich, dass an seiner rechten Hand, mit der er das Stück Papier festhielt, während er mit der linken schrieb, der kleine Finger und der Ringfinger fehlten.

Sie verließen gemeinsam die Bar. Eigentlich war es nicht nötig, ihnen weiter zu folgen. Man brauchte kein Genie zu sein, um sich ausmalen zu können, wohin sie gingen. Ich ging ihnen dennoch hinterher, zumindest bis zum Aufzug. Als ich an ihrem Tisch vorüberkam, versuchte ich, die Unterschrift auf der Rechnung zu entziffern, bevor der Kellner sie wegnahm, aber das Licht war zu gedämpft und die Unterschrift unleserlich. Die Zimmernummer konnte ich jedoch deutlich erkennen: 1236. Ich sah, wie die beiden in den Aufzug stiegen, und um meine Vermutung zu bestätigen, beobachtete ich die Zahlen über der Tür. Der Aufzug fuhr ohne anzuhalten in den zwölften Stock. Die Witwe Cervantes schien recht gut mit ihrer Trauer zurechtzukommen.

Ich verließ das Hotel, hielt nach einem *colectivo* Ausschau, der mich zurück in die Innenstadt bringen würde, und erblickte dabei flüchtig einen Mann, der neben dem Hoteleingang stand und in die Dunkelheit verschwand, als ich in seine Richtung sah. Obwohl ich es nicht mit Sicherheit sagen konnte, hätte ich schwören können, dass es Ramóns Bruder Jorge gewesen war.

Es stellte sich die Frage, wie es nun weitergehen sollte. Bei meiner impulsiven und, wie man durchaus sagen könnte, unvernünftigen Reise, mit der ich mich aus der schlimmen Lage befreien wollte, in der ich mich befand, hatte ich lediglich zwei Hinweise, denen ich folgen konnte: Erstens einen Namen, denjenigen von Ramón Cervantes, dessen Witwe sich nun dort oben befand und sich unangemessen verhielt – alles andere war eher unwahrscheinlich. Sie war bei einem Mann, den ich noch nie gesehen hatte und bei dem ich keinen Grund hatte anzunehmen, dass er etwas mit dem Ganzen zu tun hatte, was auch immer es sein mochte. Und zweitens ein kleines Schmuckstück, das wahrscheinlich ein echtes Moche-Objekt war. Ich konnte fortfahren, der Spur des Namens zu folgen – beziehungsweise ich konnte warten, wohin und mit wem die Witwe Cervantes als Nächstes gehen würde; ich konnte Jorge aufspüren, um zu sehen, ob er zu erklären vermochte, was mit seinem Bruder geschehen war; oder ich konnte den Ursprung des Artefakts suchen, den Job im Moche-Land annehmen und abwarten, was ich herausfinden würde.

Ich entschied mich für Letzteres. Es gibt da dieses Sprichwort: Wenn man nicht weiß, in welche Richtung man gehen soll, führt jeder Weg zum Ziel. Ich persönlich halte es lieber mit den Zeilen des Dichters Robert Browning: Früher oder später kommt jeder an Rom vorbei. In diesem Fall war Rom eine kleine Stadt in Nordperu, die den Namen Campina Vieja trug.

DIE PRIESTERIN

Noch immer wartet der Enthaupter, das Tumi-Messer in der einen Hand, die andere ist noch leer. Neben ihm steht die Priesterin, mit Haaren aus Schlangen. Sie trägt den goldenen Kelch, der bald das heilige Nass enthalten wird, das Opferblut.

Während sie an der Huaca warten, bereiten wir das Leichentuch des Großen Kriegers vor. Drei gewebte Tücher werden ihn betten. Der goldene Helm mit dem Federschmuck, die goldenen und silbernen Rückenschilder und die goldenen Glöckchen werden zuerst hineingelegt.

Die Sänfte, die ihn bei seinem Abstieg tragen wird, liegt unter ihm. Er ruht auf einem zweiten Kopfschmuck, einem goldenen, von Flamingofedern gekrönten Halbmond. In seine rechte Hand geben wir das goldene Zepter, Symbol seiner weltlichen Macht, in seine linke das kleinere silberne. Auf seiner rechten Hand ruht ein Goldbarren, auf seiner linken einer aus Silber.

Sein Gesicht bedecken wir mit fünf Goldmasken, seine Füße schmücken silberne Sandalen. Drei Paare Ohrpflöcke werden ihm beigegeben: ein Paar zeigt den heiligen weißschwänzigen Hirsch, das zweite goldene Spinnen, das dritte den Kopf, der an ein Raubtier erinnert – es repräsentiert das Wesen, das die Grenze zwischen den beiden Welten überschreiten kann, welche durch die doppelköpfige Schlange gekennzeichnet wird: die Welt von heute und die Welt der Ahnen.

Drei Stränge mit Tausenden von Muschelperlen in Creme und Grün, Rosa und Weiß haben wir auf seine Brust gelegt, um seine Arme dazu passende Bänder.

Darüber kommt seine Halskette aus Erdnussperlen, wie immer die goldenen auf der rechten, die silbernen auf der linken Seite angeordnet – das steht für die Dualität von

Sonne und Mond, Erde und Meer; dann eine zweite Halskette aus goldenen Spinnen und eine dritte aus goldenen und türkisfarbenen Scheiben.

Wir bedecken ihn mit seinen Bannern, seinen Tüchern, den Symbolen seiner weltlichen Macht: grobe Baumwolle, auf die wir goldene Scheiben und sein Abbild gestickt haben, das Bildnis des Kriegergottes. Anschließend wird das Leichentuch um ihn gewickelt.

Was geopfert werden soll, ist hier versammelt; seine Beschützer, diejenigen von uns, die ihn begleiten werden, wurden auserkoren.

Bald beginnt die Zeremonie auf dem großen Platz.

8

Während ich noch darüber nachgrübelte, welchen Weg ich einschlagen sollte, wurden sämtliche Mitspieler dieses makabren kleinen Theaterstücks genau wie ich herbeigelockt, um ihren Platz auf der Bühne einzunehmen – als wären sie von der unsichtbaren Hand eines Regisseurs dorthin bewegt worden. Manche wurden von Verzweiflung getrieben, die nächsten von Habsucht und Gier, andere waren besessen, und daneben gab es die Glücklichen, die von der Rolle, die andere – böswillige Menschen – ihnen zugedacht hatten, noch nichts wussten. Wie die Standardcharaktere in einem modernen Lehrstück – der Held, der Bösewicht, die Verführerin, die Hexe, der Zauberer, der Narr – kamen wir aus allen vier Himmelsrichtungen und versammelten uns in Campina Vieja, um den uns jeweils zugewiesenen Part zu spielen.

Dies war ein Gedanke, so überlegte ich später, der gut zu den Inka gepasst hätte, da sie ihr riesiges und doch kurzlebiges Reich Tahuantinsuyo, Land der vier Regionen, genannt hatten.

Zur Zeit des ersten europäischen Kontakts mit Amerika war Tahuantinsuyo der größte Staat der Welt. In seinem Zentrum lag die glanzvolle Stadt Cuzco, der Nabel des Inka-Universums, genau wie Campina Vieja das Herz dieses Dramas werden sollte.

Aus der nördlichen Region, die Inka nannten sie Chinchaysuyu, kam ich, wenn man meine Herkunft berücksichtigt. Vielleicht war ich die Erzählerin, oder, schlimmer: die Närrin. Die Reise aus dem behaglichen Kokon Limas – es hatte etwas von dem Fluidum, über das alle großen

Städte verfügen – war für mich wie eine Aufgabe, bei der ich meine alte Identität und meine Vorurteile ablegen musste, wie eine Schlange ihre Haut abwirft. Es war nicht so sehr das Außergewöhnliche dieser Reise, sondern hatte eher etwas mit ihren vielen skurrilen Momenten zu tun, dass es so offensichtlich wurde, dass Rebecca sich nun nicht mehr in Kansas befand.

Der Flug nach Trujillo war ereignislos verlaufen – es sei denn, man betrachtet es als Ereignis, dass ich Bingo spielte, statt mir einen Film anzusehen –, und die Bushaltestelle Vulkano fand ich ohne Schwierigkeiten. Eine Busreise in diesem Teil des Landes stellt offenbar eine Übung in Sachen demokratischer Mitbestimmung dar. Die Passagiere waren hauptsächlich damit beschäftigt, dem Fahrer Anweisungen zuzurufen und ihm mitzuteilen, dass er zu lange an den Haltestellen anhalte oder nicht auf dem richtigen Weg zu ihren speziellen Zielorten sei.

Wir befanden uns auf der Panamericana Norte, einem Teil des Schnellstraßennetzes, das sich von Norden nach Süden über den ganzen amerikanischen Kontinent erstreckt. Zwischen dem Meer auf der einen und den Anden auf der anderen Seite führt sie an einem schmalen, von Flusstälern durchzogenen Wüstenstreifen vorbei – die meisten von ihnen sind allerdings ausgetrocknet.

Ab und an fuhren wir an einer kleinen Stadt vorbei, gelegentlich an einem Wäldchen oder an Feldern, aber im Großen und Ganzen bestand das Land auf beiden Seiten der Straße aus trockenen Wüstengebieten. Manchmal konnte ich Reifenspuren erkennen, die von der Strecke abzweigten, und man hatte den Eindruck, als würden sie geradewegs ins Nichts führen. In der Ferne ragten die Berge aus dem Sand auf. So karg es auch klingen mag, in Wirklichkeit war es wunderschön: die Farben der Wüste, die Gold- und Brauntöne, verbranntes Grün, Zimt und Blassrosa, wetteiferten mit dem Blaugrün des Meeres und den Hunderten von Grau-, Grün-, Dunkelblau- und Lilatönen der Berge.

Doch was ist mit den übrigen Charakteren, den anderen Himmelsrichtungen? Aus dem Süden, Collasuyu, kommt der Zauberer.

Unterstützt von diversen stimmgewaltigen Mitfahrern auf den hinteren Plätzen hielt der Busfahrer regelmäßig an, um die einen Passagiere auszuspucken und andere einzusammeln, zuweilen in kleinen Städten, in den meisten Fällen jedoch an einer markierten Stelle am Straßenrand – einem kleinen Unterstand oder einem Schild.

An einem dieser Haltepunkte stieg ein junges Pärchen zu, das mit riesengroßen Rucksäcken beladen war. Beide wirkten auf mich wie fünfzehn, aber wenn ich realistisch sein soll, würde ich sie auf Anfang zwanzig schätzen. Gringos. Die junge Frau trug Jeans mit Löchern in den Knien; ein im Nacken gebundenes T-Shirt, das ihre sonnengebräunte Körpermitte erkennen und ab und an den Bauchnabel aufblitzen ließ; jede Menge Schmuck, am bemerkenswertesten waren die Silberringe an jedem Finger und ein Paar lange Silberohrringe, die entfernt an Navajo-Schmuck erinnerten; außerdem einen Heiligenschein aus langem, gewelltem Haar um ein schmales Gesicht, was sie wie eine Madonna von Tizian aussehen ließ. Das Haar des jungen Mannes waren fast so lang wie das ihre, er trug eine abgeschnittene Jeans, ein T-Shirt, das an den Schultern, wo die Ärmel herausgetrennt worden waren, ausgefranst war, und in einem Ohr eine akkurate kleine Reihe winziger Sicherheitsnadeln. Auf einem Arm befand sich eine große Tätowierung mit einem Totenkopf und gekreuzten Knochen und einem knappen Hinweis, dass das Establishment – ein derart altmodischer Begriff! – einen anatomisch unmöglichen Akt an sich selbst vollziehen sollte. Als sie an meinem Sitz vorbeigingen, fragte ich mich vergeblich, ob ihre Eltern, vor allem die der jungen Frau, wussten, wo sie sich aufhielten und was sie gerade machten. Auf die Lebensmitte zuzugehen kann ermüdend sein.

Wenige Augenblicke nachdem sich der Bus wieder in Bewegung gesetzt hatte, ging der junge Mann nach vorn, wandte sich den Passagieren zu und zog ein Kartenspiel hervor. Er sprach kein Spanisch, und außer mir sprach niemand im Bus Englisch, aber er hatte zahlreiche Sprüche auf Lager, die einen Showmaster neidisch gemacht hätten, und schon bald besaß er unsere gesamte Aufmerksamkeit und führte ein paar Kartentricks vor. Dann nahm er eine Zeitung, bat einen der Männer auf den vorderen Sitzen in Zeichensprache, sie sorgfältig zu prüfen, und rollte sie kegelförmig zusammen. Anschließend zog er eine Wasserflasche aus einer mitgebrachten Tasche und goss Wasser in das selbst gebastelte Papierbehältnis. Nun drehte er die Tüte blitzschnell über dem Kopf des am nächsten sitzenden Passagiers um, und dieser wich aus – zur großen Belustigung der anderen Fahrgäste. Aus der Tüte lief kein Wasser heraus. Vereinzelter Applaus ertönte. Der junge Mann grinste, und während er weitersprach, goss er das Wasser aus dem Zeitungspapier zurück in die Flasche.

Diesmal war der Beifall noch lauter, und natürlich verstand ich, warum. Auch wenn ich nicht gerade ein Fan von Zaubervorführungen bin, musste ich zugeben, dass der junge Mann sehr gut war. Er hatte keine Ärmel, in denen er etwas verstecken konnte, und ich saß nahe genug, um ihn äußerst genau beobachten zu können. Ich wusste nicht, wie er es gemacht hatte. Er zeigte noch weitere Tricks, einen mit einer Münze und einen anderen mit einem Plastikschlauch, und beide waren gleichermaßen verblüffend. Als er zum Ende seiner Vorführung kam, ging die junge Frau mit einer Baseball-Kappe von hinten beginnend durch den Bus und begann, Geld einzusammeln. Ich sah, dass diejenigen, die vor mir dran gewesen waren, ziemlich kleine Münzen gegeben hatten, braune, von denen ich wusste, dass sie für nordamerikanische Verhältnisse so gut wie wertlos waren, und obwohl ich wusste, dass ich mit meinem Geld vorsichtig umgehen musste, spendete ich den peruanischen Gegenwert von etwa drei Dollar. Die junge Frau wirkte angemessen beeindruckt von meiner Großzügigkeit, als die Münzen in die Kappe fielen, und wenige Minuten nach Ende der Vorführung ließ sich der junge Mann auf den Platz neben mir fallen.

»Sprechen Sie Englisch?«, fragte er. Ich nickte. Er war Amerikaner.

»Mein Name ist Puma, nach der Wildkatze, die hier herumstreunt«, sagte er. »Meine Freundin heißt Pachamama. Das ist das Wort der Einheimischen für Mutter Erde. Es sind nicht unsere richtigen Namen«, fügte er hinzu, »nur diejenigen, die wir im Moment benutzen.«

Darauf wäre ich niemals gekommen. Nicht, dass es an mir gewesen wäre, es zu verurteilen. »Ich bin Rebecca«, erwiderte ich, schüttelte die Hand, die er mir anbot, und machte ihm Komplimente über seine Zauberkunststücke.

»Was tun Sie in diesem entlegenen Teil der Erde?«, fragte er. »Falls Sie nichts dagegen haben, dass ich frage.«

»Ich werde auf einer archäologischen Ausgrabungsstätte arbeiten«, antwortete ich.

»Wow!«, rief er. »Das ist ja toll!«

»Und Sie?«, fragte ich höflich.

»Wir haben die Stätten weiter im Süden abgeklappert, die meisten waren von den Inka. Aber jetzt fahren wir zu einer Gruppe von Leuten, einer Art Kommune hier in der Nähe. Wir werden unser Essen selbst anpflanzen und so weiter.«

Wie in den Sechzigern, dachte ich. »Was für eine reizvolle Idee«, sagte ich.

Er blickte mich prüfend an, um festzustellen, ob ich scherzte, und kam offenbar zu dem Schluss, dass ich ihn hinreichend ernst nahm. »Ich verrate Ihnen ein Geheimnis«, flüsterte er feierlich. »Wir sind hier, um dem Weltuntergang zu entkommen.« Ich seufzte innerlich.

»Wissen Sie, es wird eine riesige 'pokalypse geben«, fügte er hinzu. Es schien ihn nicht zu interessieren, dass Apokalypse mit »A« beginnt. »Es wird Erdbeben geben, Feuer, Vulkanausbrüche, Überflutungen, alles. Und danach eine Nuklearkatastrophe.« Das kam mir ein wenig übertrieben vor.

»Genau um Mitternacht am 31. Dezember 1999«, fuhr er fort. »Ich habe es gesehen. In meinem Kopf, meine ich. Sämtliche kapitalistischen Länder, die Vereinigten Staaten, Europa, alle werden zerstört. Sie haben Glück, dass Sie hier sind.«

Nach diesem Schlusssatz schwiegen wir eine Weile. Dann sprach er weiter: »Ihre archäologische Stätte macht mir ein wenig Sorgen, wenn ich genauer darüber nachdenke. Sie könnten ein Grab oder etwas Ähnliches finden und einen schrecklichen Fluch auslösen.«

»Ich werde versuchen, das zu vermeiden«, erwiderte ich.

»Gut.« Er grinste, während er sich erhob, um zu seinem Platz zurückzukehren. »Danke für die Spende.«

Ich wandte mich wieder dem Fenster zu und beobachtete, wie die Landschaft vorbeiflog. Peru, so schien es mir, war ein Land geografischer Extreme, angefangen von den Ausläufern der Atacama, der trockensten Wüste der Welt, im Süden über die hiesigen Teile der Weltmeere, die zu den artenreichsten der Erde zählen – sie wimmeln nur so von Meereslebewesen und setzen sich aus dem kalten, antarktischen Humboldtstrom und den wärmeren pazifischen Strömungen Richtung Süden zusammen. Und schließlich sind da die Anden, die zweithöchste Gebirgskette der Welt. In diesem Teil der Erde gibt es keine Gebirgsausläufer. Man könnte aus dem Pazifik gekrault kommen, ein paar Kilometer durch die Wüste laufen und würde auf eine Felswand stoßen, die fast senkrecht aus dem Boden aufsteigt. Dahinter liegt zum einen der Regenwald, in anderen Gegenden erstrecken sich riesige grasbewachsene Hochebenen und zerklüftete Täler.

Aus geologischer Sicht ist die Region instabil, da die ozeanische Nazca-Platte sich unter die südamerikanische Kontinentalplatte schiebt, mit einer Geschwindigkeit, die weltweit die schnellste tektonische Aktivität überhaupt darstellt – auch wenn wir nichts davon merken. Auf diese Weise entstanden die Anden und ein außergewöhnlich tiefer Meeresgraben direkt vor der Küste. Darüber hinaus ist das der Grund für die relativ regelmäßigen heftigen Erdbeben und die sporadischen Vulkanausbrüche. Pumas und Pachamamas Entscheidung, Peru als den Ort zu wählen, an dem man den katastrophalen Wirren des Weltuntergangs entkommen konnte, war von diesem Standpunkt aus eher fragwürdig.

Dies ist das Land der Mochika, dachte ich und wunderte mich. Ich fragte mich, wie eine solch bemerkenswerte Zivilisation, die Kunstwerke hervorgebracht hatte, wie ich sie gesehen und in den Händen gehalten hatte, in einer dermaßen unwirtlichen Gegend gedeihen konnte. Doch so war es gewesen. Um 100 n. Chr. hatte sich im Tal des Rio Moche eine Art politische Allianz gebildet und in der Folgezeit nach Norden ausgebreitet. Gewaltige Bauten waren in Cerro Blanco errichtet worden, einer Hauptstadt, die von zwei riesigen Pyramiden, der Huaca de la Luna und der Huaca del Sol, den Tempeln des Mondes und der Sonne, dominiert wurde.

Mehrere Jahrhunderte lang festigten die Mochika ihre Position, indem sie nördlich und südlich ihrer Hauptstadt zeremonielle und administrative Zentren in den Flusstälern errichteten – die Kontrolle über das Wasser war in ihrem Reich, das in einer so trockenen Region lag, absolut entscheidend. Sie verfügten über ein Kanalsystem hoch oben in den Anden, welches das Wasser aus den Bergschluchten leitete, um die Wüstengebiete zu bewässern.

Die Moche-Gesellschaft wies eine komplexe Sozialstruktur auf, mit einer Elite, einer Kriegerkaste, Handwerkern und einfachen Bürgern. Sie praktizierten aufwendige Rituale, von denen viele mit Menschenopfern verbunden waren. Sie beerdigten ihre bedeutendsten Mitglieder zusammen mit Kostbarkeiten, die denen der Ägypter in nichts nachstanden, und besaßen eine lebendige Mythologie, aus der einige rätselhafte Hinweise erhalten geblieben sind.

Doch im späten sechsten Jahrhundert richtete eine ökologische Katastrophe verheerende Schäden in der nördlichen Küstenwüste an. Lange, heiße Trockenperioden, unterbrochen von plötzlichen und alles vernichtenden Überflutungen zerstörten einen Großteil von Cerro Blanco und anderen Moche-Städten. Man versuchte, sie neu aufzubauen, aber der Schaden am gesamten Reich erwies sich als irreversibel, und allmählich verschwand die Moche-Kultur, und andere traten an ihre Stelle. Danach verging eine sehr lange Zeit, bis die Pracht dieser Periode wiederentdeckt und erneut gewürdigt wurde.

Während ich über den Aufstieg und den Fall von Zivilisationen nachgrübelte, kam mir in den Sinn, dass ich meine Zeit möglicherweise sinnvoller nutzen würde, wenn ich über Dinge nachdachte, die ein wenig mehr mit meinem Zuhause zu tun hatten. Ich hatte den Eindruck, dass meine Gedanken in den letzten Tagen nicht immer so klar gewesen waren, wie ich es mir gewünscht hätte; nicht seitdem ich Alex halb bewusstlos und die verkohlte Leiche von Eidechse in meinem Geschäft gefunden hatte, und mit Sicherheit nicht seit meiner entsetzlichen Entdeckung in der *Ancient Ways Gallery* in New York.

Über Pumas Bemerkungen über »'pokalypsen« und die Gefahren, Flüche aus den Gräbern auszulösen, musste ich zwar lächeln, aber ich hatte fraglos das Gefühl, dass all diese furchtbaren Geschehnisse mit ein paar Moche-Artefakten zusammenhingen und dass unmittelbar nachdem ich diese sogenannten Replikate erworben hatte, seltsame Dinge passiert waren. Darüber hinaus hatte nahezu jeder, der mit den Objekten in Verbindung stand – wie flüchtig auch immer –, irgendein ungutes Erlebnis gehabt, und einige dieser Vorfälle waren ziemlich übel ausgegangen. Selbst A. J. Smythson, der frühere Besitzer der *Smythson Gallery*, der die Objekte eigentlich gar nicht erworben hatte, sondern sie nur erhalten sollte, war eines grausamen Todes gestorben.

Das Problem war, dass ich nicht an Flüche glaubte, jedenfalls nicht, wenn ich rational darüber nachdachte.

Und nun saß ich hier in einem Bus, der zu dem mutmaßlichen Herkunftsort zumindest eines dieser Artefakte unterwegs war, der Vase aus Campina Vieja. Ich befand mich fast drei Stunden nördlich von Trujillo, sieben- oder achthundert Kilometer nördlich von Lima und ein ganzes Leben von den Menschen entfernt, die ich gern hatte.

Es ist verrückt, dachte ich. Flieg nach Hause. Du kannst Rob von Alex' und deiner Unschuld überzeugen. Er ist wütend, aber er wird seinen Zorn überwinden und dir helfen, alles aufzuklären.

»Campina Vieja«, rief der Fahrer. Ich war an meinem Ziel angelangt, gleichgültig, ob es eine gute Idee war oder nicht. Ich stieg aus. Meine beiden jungen Freunde ebenfalls.

Steve Neal hatte gesagt, dass er in der Stadt wäre und mich abholen würde, und er hielt sein Versprechen. In den wenigen Minuten, die ich auf ihn warten musste, blickte ich mich in der näheren Umgebung um. Ich war in einer mittelgroßen Stadt, gegenüber von einem geschäftigen Markt. Daneben beobachtete ich die beiden jungen Hippies – als etwas anderes kann man sie wirklich nicht bezeichnen, so veraltet der Begriff auch erscheinen mag –, die versuchten, ihre Weiterreise zur Kommune zu organisieren.

Das bevorzugte Transportmittel in Campina Vieja waren offenbar Motorrad-Taxis. Puma und Pachamama zählten gewissenhaft ihr restliches Geld – offensichtlich waren sie pleite, ihre finanzielle Situation war noch schlechter als die meine – und versuchten anschließend, mit einem der Fahrer neben dem Busbahnhof die Fahrtkosten auszuhandeln.

Sie waren deutlich im Nachteil, da sie kein Spanisch konnten und über ein Ziel verhandelten, das dem Fahrer entweder nicht bekannt war oder das er nicht ansteuern wollte. Schließlich nahmen sie ihre Rucksäcke und gingen zu Fuß los. Kurz darauf hielt Steve Neal in einem grauen Nissan-Pick-up am Busbahnhof an.

In der nächsten halben Stunde machte Steve noch ein paar Besorgungen in der Stadt und erzählte mir dabei etwas über die Gegend. Wir luden vier große Plastikkanister mit Wasser ein, einen Behälter mit Propangas und ein wenig Petroleum, fuhren dann aus der Stadt heraus und erneut auf die Panamericana Richtung Norden. Mehrere Kilometer außerhalb der Stadt erblickte ich vor uns die beiden jungen Leute, die am Straßenrand entlangtrotteten. Sie waren von oben bis unten eingestaubt, und insbesondere die junge Frau wirkte erschöpft.

So ungern ich diese Bekanntschaft auch vertiefen wollte – Bewohner von Kommunen, die auf das Ende der Welt warten, sind nicht gerade mein Fall –, meine Muttergefühle, die für gewöhnlich ruhen, wurden geweckt; die zwei wirkten so verloren. Ich erzählte Steve von den beiden, und er hielt mehrere Meter vor ihnen auf dem Seitenstreifen an. Als ich ausstieg und winkte, kamen sie auf uns zugerannt.

»Steve«, sagte ich, »dies sind meine neuen Freunde Puma und Pachamama.«

Ich sah, dass sich Heiterkeit in Steves Augen- und Mundwinkeln ausbreitete, aber es gelang ihm, sie zu bezwingen. »Sehr erfreut«, sagte er ernst und schüttelte den beiden die Hand. Ich erklärte, wohin sie wollten, und Puma zeigte ihm eine Wegbeschreibung. »Werfen Sie Ihr Gepäck auf die Ladefläche und steigen Sie ein«, sagte er und zeigte auf die Rückbank. »Wir müssen noch einen Zwischenstopp machen, aber das liegt auf dem Weg.« Die beiden lächelten vor Dankbarkeit von einem Ohr zum anderen.

Puma setzte sich nach vorne zu Steve, während ich mit Pachamama auf der Rückbank Platz nahm. Pachamama sprach nicht viel, aber ich sah, dass Puma Steve einige Kartentricks zeigte, was sicher unterhaltsam war.

Ein paar Kilometer später bog Steve nach links auf einen Schotterweg ab, der zwischen zwei Gebäuden verlief. Vor einem der Häuser stand eine winzige Frau mit recht dunkler und runzeliger Haut. Sie trug einen braunen Filzhut in der Form eines Lampenschirms, eine bestickte Bluse mit einer braunen Weste darüber, einen kurzen, dunkelblauen Tellerrock über einem Paar Leggings und schwarze Arbeitsstiefel. Ihre dunklen Haare, die von grauen Strähnen durchzogen waren, waren zu zwei langen, dicken Zöpfen geflochten. Neben ihr standen zwei große Körbe in leuchtenden Farben, Pink, Orange und Grün. Steve hielt neben ihr an, lud die Körbe auf die Ladefläche und half ihr ebenfalls hinauf.

»Inés Cardoso«, sagte er, während er wieder hinter dem Steuer Platz nahm. »Unsere Köchin. Mitsamt unserem Abendessen«, fügte er hinzu.

Nachdem wir einen weiteren knappen Kilometer über die staubige Straße gefahren waren, bog er erneut ab und rumpelte einen Weg entlang, der im Grunde genommen nur ein schmaler Pfad war, auf eine Baumgruppe zu. Seitlich davon erblickte ich mehrere primitive Hütten, Wäschestücke, die im Wind flatterten, und daneben eine eingezäunte Fläche, auf der ein paar kümmerliche Maispflanzen wuchsen. »Da sind wir. Die Kommune«, sagte Steve. Ich bedauerte meine beiden jungen Freunde.

Wir stiegen aus, und Puma und Steve hoben die Rucksäcke von der Ladefläche des Wagens. Ich lächelte Inés zu, die mich jedoch nur anstarrte. Mein Lächeln erwiderte sie nicht.

Ich umarmte die beiden Jugendlichen und drückte Puma in einem schwachen Moment den peruanischen Gegenwert von etwa zwanzig Dollar in die Hand. Dann beobachtete ich, wie sie auf das Lager zugingen. »Vergessen Sie nicht, was ich Ihnen erzählt habe«, rief Puma mir über die Schulter zu. »Über den 31. Dezember und so weiter.« Wie konnte ich es vergessen, wenn ich überall, wohin ich kam, daran erinnert wurde?

»Nein. Und danke für den Ratschlag.«

»Danke, dass Sie sie mitgenommen haben«, sagte ich zu Steve. Jetzt saßen wir allein im Wagen. Inés zog es vor, auf der Ladefläche zu sitzen, obwohl nun genügend Platz war.

»Kein Problem. Sie sind nicht viel älter als meine eigenen Kinder, wissen Sie. Mein Sohn ist auf dem College, und meine Tochter beendet gerade die Highschool. Ich weiß, dass ich damit eindeutig zu den Chauvischweinen zähle, aber mir wäre es nicht recht, wenn meine Tochter in dieser Kommune wohnen würde.« Er warf mir einen kurzen Blick zu. »Ich habe übrigens gesehen, was Sie gemacht haben.« Ich spielte die Unschuldige. »Haben Sie zu viel Geld?«

»Nein«, erwiderte ich. »Eigentlich bin ich eher pleite. Aber das ist alles relativ. Sie sorgen ja dafür, dass ich ein Dach über dem Kopf und etwas zu essen habe. Ich komme schon zurecht.«

Er seufzte. »Die Vorstellung, dass sie an diesem Ort bleiben, gefällt mir nicht besonders«, wiederholte er.

»Sie kommen schon klar«, sagte ich, wenn auch mit einem Zögern. »Gibt es noch etwas anderes als ihren Komfort, über das sie sich Ihrer Meinung nach Sorgen machen müssen?«

»Eigentlich nicht«, antwortete er, eine Spur zu schnell. »Habe ich Ihnen schon gesagt, wie sehr ich mich freue, dass Sie diese Stelle angenommen haben?«, fuhr er fort und wechselte das Thema. Ich lächelte.

»Das meine ich ehrlich«, sagte er. »Ich bin ein Mann, der gern im Freien arbeitet, kein Geschäftsmann. Es reizt mich, draußen auf der Ausgrabungsstätte zu sein. Aber es gibt so viel zu erledigen, um das Projekt am Laufen zu halten, und ich komme in der Hierarchie erst an zweiter Stelle. Hilda, Dr. Schwengen, ist die eigentliche Leiterin des Projekts, auch wenn sie und ich beide den Titel ›Kodirektor‹ tragen. Haben Sie schon von ihr gehört? Nein?«, fragte er, als er meinen leeren Gesichtsausdruck sah. »Sie ist in diesem Teil der Welt die Hohepriesterin der Ausgrabungsarchäologie. Ursprünglich stammt sie aus Österreich, aber sie wanderte schon in jungen Jahren in die Vereinigten Staaten aus. Sie hat bei mehreren Inkastätten wunderbare Arbeit geleistet, oben in den Bergen fast im Alleingang eine ganze Stadt freigelegt und musste dabei noch gegen Banditen kämpfen. Unsere Hilda ist eine Art Legende. Jetzt hat sie ihre Aufmerksamkeit dem Moche-Volk zugewandt. Bisher hatten wir jedoch keinen Erfolg.«

»Ist das Ihr erstes Jahr hier?«, fragte ich und wechselte das Thema.

»Das vierte«, antwortete Steve. »Das vierte und letzte, es sei denn, wir finden noch etwas Spektakuläres. Die finanziellen Mittel, die mir für diese Ausgrabung zur Verfügung stehen, werden am Ende der Saison aufgebraucht sein, und wenn wir nicht noch ein oder zwei weitere Gönner auftreiben – wir haben bereits einen, der uns dieses Jahr unterstützt –, müssen wir hier aufhören. Ich habe mit mehreren peruanischen Banken gesprochen, aber Sponsoren erwarten für ihr Geld etwas Spannenderes, als wir es bisher gefunden haben. Dabei sind die Dinge, die wir entdeckt haben, wirklich alle interessant; wir haben einen Arbeiterfriedhof freigelegt und wahrscheinlich ein Dorf, das von Handwerkern bewohnt wurde.«

»Aber das klingt doch faszinierend«, unterbrach ich ihn.

»Oh, das ist es auch«, erwiderte er. »Aber es ist nicht besonders glanzvoll. Wir haben eine Menge über die frühe Moche-Zeit gelernt, aber die Geldgeber wünschen sich aufregendere Dinge, und sie wissen ja auch, dass es diese gibt. Etwas nördlich von hier machte man grandiose Funde. Sipán, zum Beispiel. Diese Gräber waren einfach atemberaubend. Natürlich bin ich befangen, aber ich denke, sie sind das Äquivalent zu König Tutanchamuns Grab in der Neuen Welt. Genug Gold und Silber, um einen Krösus glücklich zu machen. Das wollen die Sponsoren. Ich bin allerdings immer noch davon überzeugt, dass hier etwas Großes zu finden ist, und Hilda ist es auch. Ich spüre, dass wir in dieser Saison auf etwas stoßen werden. Alle Anzeichen sprechen dafür. Jedenfalls hoffe ich es, sowohl für Hilda als auch für mich.«

»Das ist ja fantastisch«, sagte ich.

»Ja, das stimmt. Ich sollte Sie jedoch vor unserem Förderer warnen, Carlos Montero. Er ist der Bruder des Bürgermeisters und Besitzer einer der wenigen großen Firmen der Stadt. Im Grunde genommen ist in dieser Stadt nur eine Fabrik, die der Rede wert ist.«

Das ließ mich aufhorchen. Steve fuhr fort. »Wie Sie ja sehen können, gibt es hier nicht viel. Die Fischerei natürlich und ein wenig Landwirtschaft. Und Carlos und uns. Und was Carlos betrifft ...« Er hielt ein paar Sekunden inne. »Sagen wir, die politische Korrektheit ist in der nördlichen Küstenwüste von Peru noch nicht angekommen. Carlos und viele der einheimischen Männer aus der Gegend glauben, wenn eine Frau allein unterwegs ist, sei sie Freiwild. An Ihrer Stelle würde ich nachts nicht ohne die Begleitung eines Mannes in eine der örtlichen Bars gehen. Die Frauen, die an dem Projekt mitarbeiten, finden Carlos ausgesprochen unangenehm. Leider ist es so, dass er sie ständig belästigt. Wir versuchen, dafür zu sorgen, dass keine von ihnen allzu lange allein mit ihm ist.«

»Was macht Carlos sonst noch, außer dass er Frauen belästigt und der Bruder des Bürgermeisters ist?«, fragte ich schmunzelnd.

»Er ist Besitzer der hiesigen Fabrik, die den recht amüsanten Namen *Fábrica des Artesanias Paraíso* trägt, was ›Paradies‹ bedeutet, wie Sie wahrscheinlich wissen, die ›Manufaktur Paradies‹«, erwiderte Steve. »Sie stellen Reproduktionen von Moche-Kunstwerken her und versenden sie in die ganze Welt.«

Jetzt wird es interessant, dachte ich insgeheim.

»Montero unterstützt unsere Arbeit hier«, fuhr Steve fort. »Wir wären ziemlich knapp bei Kasse, wenn wir ohne ihn über die Runden kommen müssten. Er spendet jährlich eine beträchtliche Summe und leiht uns von Zeit zu Zeit Werkzeuge und Arbeiter. Ich habe den Wagen von ihm gemietet, und er macht uns einen guten Preis. Das ist großzügig von ihm, aber für ihn ist es auch kein schlechtes Geschäft. Sagen wir einfach, wir haben eine ziemlich symbiotische Beziehung. Er hilft uns mit finanziellen Mitteln und Sachleistungen. Wir haben zugestimmt, ihn alles sehen zu lassen, was wir finden, bevor es nach Lima geschickt wird, und drücken gewissermaßen beide Augen zu, wenn er es von allen Seiten fotografiert, damit er später Reproduktionen herstellen und der Erste sein kann, der sie auf den Markt bringt. Die meisten an Moche-Objekte angelehnten Souvenirs, die man hier in der Gegend findet, werden in seinem Betrieb angefertigt.«

»Ist Ihre Ausgrabungsstätte die einzige, für die er das alles tut?«, fragte ich.

»Die einzige in diesem Jahr. Mehrere Jahre lang unterstützte er südlich von hier eine Ausgrabung der Deutschen. Er bekam herrliche Sachen von ihnen. Montero stellt hauptsächlich Keramik her. Er beschäftigt einen Formenmacher, der nach einem Foto in kürzester Zeit eine Form anfertigen kann, und die Fabrik produziert die Tonwaren dann am Fließband zu Hunderten, wenn nicht gar Tausenden. Er verfügt über eine Kette von kleinen Händlern, die den Kram für ihn verkaufen. Sie lungern in der Nähe der Touristenattraktionen herum und verscherbeln die Sachen. Sie wissen schon: Möchte der Herr eine Armbanduhr kaufen? So in der Art. Sie wirken wie unabhängige Händler, aber größtenteils sind es Monteros Leute. Ihm geht es finanziell ausgezeichnet, und er spielt mit dem Gedanken, in die Herstellung von Gold- und Silberreproduktionen einzusteigen, da die Deutschen das Grab einer Moche-Priesterin gefunden haben, die Schweine.« Er hielt inne. »Fragen Sie sich gerade, ob sich hier ein Anflug von beruflichem Neid bemerkbar macht?«

Ich lachte. »Vielleicht ein kleiner Hauch. Aber fahren Sie fort.«

»Gut. Viele von Monteros Produkten sind eher kitschig, fürchte ich. Es stört mich, sein Geld anzunehmen, aber nicht so sehr, dass ich es ablehnen würde. Die Deutschen haben letztes Jahr ihre Zelte abgebrochen und sind in dieser Saison nicht zurückgekommen, sodass wir jetzt die Empfänger von Monteros großzügigen Gaben sind. Weiter im Süden gibt es immer noch ein paar kleine Ausgrabungen, aber im Grunde genommen sind wir in diesem Jahr das einzige Projekt hier in der Gegend.«

»Stellt Montero auch Replikate her? Zusätzlich zu den Reproduktionen, meine ich?«, fragte ich in einem, wie ich hoffte, beiläufigem Tonfall.

»Das halte ich für möglich. Er macht alles, was schnelles Geld verspricht. Er ist ziemlich besessen davon, ein wichtiger Mann in der Stadt zu sein, das größte Haus, das dickste Auto, solche Dinge. Wahrscheinlich wetteifert er seit der Kindheit mit seinem Bruder, dem Bürgermeister«, erwiderte Steve. »Aber Replikate sind hochwertige Produkte und teuer in der Herstellung, wie Sie vermutlich wissen. Ich sehe Montero eher als Massenproduzenten von Billigwaren, von wertlosem Zeug, würde ich sagen.«

Ich hakte nicht weiter nach, obwohl ich es gern getan hätte. Die Vase, die angeblich aus Campina Vieja stammte, hatte auf mich nicht wie wertloses Zeug gewirkt, aber ich beschloss, dass ich fürs Erste genug Fragen zu Montero und seiner *Fábrica Paraíso* gestellt hatte. Wenn Carlos Montero wirklich eine bedeutende Persönlichkeit in der Stadt war, musste ich vorsichtig mit meinen Erkundigungen sein.

»Warum kamen die Deutschen in diesem Jahr nicht zurück?«, fragte ich aus mäßiger Neugier.

»Wegen des Wetters, vermute ich«, erwiderte Steve. »Sie haben doch sicher von El Niño gehört?« Ich nickte. El Niño war die Bezeichnung für ein regelmäßig wiederkehrendes Klimaphänomen, das Veränderungen in den Pazifikströmungen auslöst. Es wurde mit dem spanischen Wort für Christkind benannt, da die warmen Meeresströmungen, die damit verbunden werden, hauptsächlich zur Weihnachtszeit auftreten. Wenn diese warmen Strömungen – aus verschiedenen Gründen – länger als üblich in der Region vorkommen, verursachen sie enorme Wassertemperaturschwankungen und somit auch Klimaveränderungen auf dem Land, und zwar nicht nur in Peru, sondern weltweit.

»Tja, wir müssen uns auf etwas gefasst machen. Ich glaube nicht, dass die Menschen in den großen nordamerikanischen Städten die klimatischen und sozialen Veränderungen wirklich begreifen, die Wetterphänomene wie El Niño nach sich ziehen«, fuhr er fort. »Wenn es im Mittleren Westen

Trockenperioden gibt oder in anderen Gebieten Überschwemmungen oder Schneestürme, bekommen wir einen flüchtigen Eindruck davon, wie sehr wir dem Klima ausgeliefert sind, aber vor größeren Unwetterkatastrophen sind wir bis zu einem gewissen Grad geschützt. Hier unten ist das jedoch anders.

In der Wüste ist man von der Gnade der Elemente abhängig. Während des letzten El Niños gab es hier in der Gegend furchtbare Überschwemmungen, bei denen die Menschen in den Schlammlawinen umkamen. Und in solchen Fällen kommt es häufig noch zu Ausbrüchen von Cholera. Ich sollte vielleicht hinzufügen, dass dies kein vollkommen neues Phänomen ist. In archäologischen Berichten findet man entsprechende Hinweise. Möglicherweise waren solche Wetterphänomene sogar die Ursache dafür, dass das Moche-Imperium ausgelöscht wurde. Wie auch immer – es steht fest, dass ein weiterer El Niño bevorsteht, und wir sehen die damit einhergehenden klimatischen und sozialen Veränderungen bereits. Die Fischbestände werden geringer. Das verhältnismäßig warme Wasser tötet die Wasserpflanzen und die Meerestiere. Einer der peruanischen Arbeiter auf der Ausgrabungsstätte schätzt, dass achtzig Prozent weniger Fische gefangen werden. Das bedeutet, dass die Menschen, die vom Fischfang leben, übel dran sind. Manche versuchen, ein wenig Landwirtschaft zu betreiben, um über die Runden zu kommen.

Zur selben Zeit gibt es woanders Trockenperioden, sodass die Menschen von dort wegziehen. Einige kommen einfach hierher, nehmen sich ein Stück Land in der Nähe der Küste und beginnen, es zu bewirtschaften.

Ich brauche nicht zu erwähnen, dass die Einheimischen über die Neuankömmlinge nicht glücklich sind – sie nennen sie *invasores*, Eindringlinge –, insbesondere, weil gutes Land schwer zu bekommen ist und der Fischfang praktisch zum Erliegen kommt. Leider sind die Zugereisten in einigen

Fällen bewaffnet, und es gab bereits eine Reihe von hässlichen Auseinandersetzungen. In Zeiten wie diesen gehen die Menschen bis zum Äußersten.

Dabei hat der Regen hier noch gar nicht eingesetzt. Sie müssen bedenken: wir haben jetzt Winter. Normalerweise können wir in einer Saison kommen und gehen, bevor die Regenzeit beginnt, aber in Chile regnet es bereits, sodass wir möglicherweise unsere Sachen früher packen und nach Hause fliegen müssen. Das ist der Grund, warum wir im Moment das einzige Team in der Region sind. Die anderen haben beschlossen, dieses Jahr auszulassen. Und ich gebe zu, dass dieser Umstand einer der Gründe ist, warum ich ein wenig um diese beiden Jugendlichen besorgt war, die wir auf der Straße aufgesammelt haben. Ich glaube nicht, dass die *campesinos,* die einheimischen Bauern, diese jungen *invasores* begeisterter empfangen als die Menschen aus dem Landesinneren, und selbst wenn sie nichts gegen sie hätten, könnten unsere jungen Freunde zwischen die Fronten geraten.

Wir selbst sind extrem wachsam. Draußen an der Grabungsstätte versuchen wir, als Gruppe zusammenzubleiben, und mindestens zwei von uns bleiben immer auf der Hazienda. Sie liegt ein wenig abgelegen, wie Sie sehen werden.

Ich habe Ihnen jetzt hoffentlich keine Angst eingejagt? Wir müssen lediglich Vorsichtsmaßnahmen ergreifen, das ist alles. Das Ganze hat übrigens auch seine guten Seiten. Da so viele Menschen eine Verdienstmöglichkeit suchen, ist es wesentlich einfacher, peruanische Arbeiter für die Ausgrabung zu finden. So klein wir auch sind: Wegen unseres Projekts und Monteros kunsthandwerklicher Fabrik auf der anderen Seite des Highways ist die Archäologie bald der wichtigste Arbeitgeber der Stadt.«

Wir saßen ein paar Minuten schweigend da, während ich das alles verdaute. Die Straße zog sich an einer Art riesigem Graben entlang, der zu unserer Linken lag und mehrere hundert Meter breit war. Schließlich erkannte ich, dass es sich um ein Flussbett handelte, auch wenn in der Mitte nur ein kleines Rinnsal floss. Ich wusste, dass wir Richtung Meer fuhren, sodass diese Senke allem Anschein nach in der Nähe der Flussmündung lag. Die Strecke wirkte öde und verlassen. Es gab keine Häuser am Straßenrand und auf der rechten Seite lediglich ein paar vereinzelte Baumgruppen. Von Zeit zu Zeit sahen wir einen Menschen, in einem Fall einen Mann, der auf einem Esel ritt, doch davon abgesehen war niemand zu sehen. Hinter unserem Wagen stiegen Staubwolken auf.

Nachdem wir etwa anderthalb Kilometer weitergeholpert waren, erreichten wir ein kleines Waldstück. Wir fuhren daran vorbei, bogen mehrere hundert Meter dahinter nach rechts ab und überquerten einen Bewässerungskanal aus Beton und eine kleine Anhöhe.

Den ersten Blick auf die Hazienda Garúa werde ich wohl niemals vergessen. Steve hatte gesagt, das Gut läge ein wenig abgelegen, doch diese Beschreibung kam nicht im Entferntesten an die Realität heran. Das Gebäude wirkte unfassbar einsam. Es war ein riesiges altes Haus, das früher sehr stattlich gewesen sein musste und nun allmählich verfiel. Ich sah, dass das Gebäude von der Grundanlage her leicht schräg stand, um den Blick über die Flussmündung und die grasbewachsenen Dünen auf das dahinterliegende Meer zu ermöglichen und vom Seewind zu profitieren. Die Hazienda hatte zwei Stockwerke und besaß eine wunderschön bearbeitete Holztür, deren Schnitzereien jedoch ausgetrocknet, rissig und beschädigt waren. Lediglich im Erdgeschoss befanden sich große Fenster mit Holzläden, von denen einige verschlossen waren, andere jedoch schief an verrosteten Scharnieren hingen und im Wind gegen die Wand schlugen.

Soweit ich es beurteilen konnte, war die Fassade einmal ockergelb gewesen, doch jetzt war die Farbe verblasst und abgeblättert. Vor dem Gebäude stand ein stiller, trockener Springbrunnen, dessen steinerner Cupido eine Meeresmuschel in der Hand hielt. Auf der rechten Seite, am Rand des Waldes, standen die Überreste eines kleinen Gebäudes, eines reinen Zierbaus vielleicht, der früher für den Aufenthalt im Freien genutzt wurde. Jetzt war es nur noch ein Gerippe, dessen Bogengang ins Nichts führte. Als Steve den Wagen vor der Tür abstellte und den Motor ausschaltete, waberten Staubwolken auf dem Hof umher.

Der Ort hatte etwas von einer Geisterstadt, auch wenn ich wusste, dass er bewohnt war. Als ich mich der Tür näherte, erwartete ich beinahe, Musik und Stimmen im Haus zu vernehmen, Besteckgeklapper und Gläserklirren von einer Geisterparty, die vor einem Jahrhundert stattgefunden hatte. Stattdessen hörte ich lediglich irgendwo einen Hund bellen und in der Ferne einen Hahn krähen. Entsetzt angesichts der Trostlosigkeit, stand ich da und starrte einfach nur auf das Haus, während Steve alles auslud und Inés beim Tragen der Körbe behilflich war.

Langsam und zugegebenermaßen ein wenig zögerlich trat ich durch die riesige Tür, durchschritt einen großen Eingangsbereich und fand mich in einem offenen Innenhof wieder. Wenn man Häusern eine Persönlichkeit zuschreiben kann, so war dieses hier introvertiert: Seine gesamte Energie war nach innen gekehrt. Während das Gebäude von außen nüchtern wirkte, waren die architektonischen Besonderheiten dem Innenbereich vorbehalten. Unter einer Staubschicht war der Boden des Innenhofes mit großen polierten Steinplatten ausgelegt – Marmor, vermutete ich. Die Platten waren abgenutzt, und etliche hatten Risse. Auf allen vier Seiten des Innenhofes und auf beiden Etagen waren Arkaden; der Bogengang im Erdgeschoss war leicht erhöht. Man erreichte ihn jeweils über drei Marmorstufen, die sich rechts und links vom Eingang befanden, und genau mir gegenüber war die gleiche Anzahl Stufen zu sehen. Die großzügigen Flächen der Gänge wurden von italienischen Säulen gestützt und von schmiedeeisernen Geländern gesäumt, deren weiße Farbe abblätterte, und an den Wänden waren Reste desselben Ockergelbs wie auf den Außenmauern zu erkennen. An allen vier Seiten des Erdgeschosses und an dreien im ersten Stock gingen diverse Zimmer von den Bogengängen ab – den vielen Türen und Fenstern nach zu urteilen, die zum Innenhof hin ausgerichtet waren. Die erste Etage war direkt vor mir, also dem Eingang gegenüber, nach hinten offen, um die Meeresbrisen einzufangen, und darüber konnte ich den grauen und bewölkten Himmel sehen.

Ich hörte Schritte hinter mir. »Hände hoch, langsam umdrehen, oder ich schieße«, knurrte eine Stimme.

9

»Um Himmels willen, Lucho! Musst du dich wie ein Volltrottel aufführen?«, rief eine Frauenstimme.

Vorsichtig hob ich meinen Kopf millimeterweise nach oben und nach rechts, bis ich eine junge Frau erblickte, die sich in der oberen Etage über das Geländer beugte. »Pack das Ding weg, du Idiot«, sagte sie zu jemandem, den ich nicht sehen konnte. »Lucho«, erklärte sie, während sie mich ansah, mit dem Kopf jedoch in Richtung der Person wies, die sich hinter mir befand, »übt gerade, ein Terrorist zu sein.«

»Ein Freiheitskämpfer«, sagte die Männerstimme gereizt. »Und ich übe nicht, ich trainiere. Ich trainiere dafür.«

»Ein Freiheitskämpfer, natürlich«, erwiderte sie und grinste mich an. »Ich vergaß. Sie müssen Rebecca sein, nicht wahr?«, fragte sie.

Ich nickte, da ich die Kontrolle über meine Stimmbänder noch nicht zurückgewonnen hatte.

»Warten Sie eine Sekunde«, sagte sie und verschwand vom Geländer.

Warten Sie eine Sekunde? Ich hatte bereits eine Sekunde gewartet. Vor lauter Angst stand ich immer noch wie angewurzelt da. Ich hörte Sandalen über die Stufen klappern, und dann kam die Frau von einer Hofecke aus auf mich zu.

»Ich bin Tracey. Tracey Dougall. Die Paläo. Tee?«

Die Paläo? Tee? Nach diesem Empfang wäre ein Whisky sicher angemessener. Aber ich würde nehmen, was ich bekäme.

»Sicher«, gelang es mir zu sagen.

Steve Neal spazierte herein. »Gut. Ich sehe, Sie haben bereits einen Teil des Teams kennengelernt.« Er warf sowohl mir als auch Tracey ein freundliches Lächeln zu, aber Tracey lächelte er bedauerlicherweise wesentlich warmherziger an. Kein Wunder. Sie sah großartig aus. Sie war jung – erst etwa Mitte zwanzig, würde ich sagen –, blond, ihre Haare waren sehr kurz und frech geschnitten, und sie hatte einen schön geformten Kopf, hübsche Wangenknochen, große Augen, einen vollen Mund, perfekte Zähne und ein makelloses Gesicht – eine jener Personen, die beim genetischen Lotteriespiel gut weggekommen sind. Sie trug eine enge schwarze Hose und ein ebensolches Neckholder-Top, Sandalen mit flachen Sohlen und ein weites, langes Jeanshemd, wahrscheinlich ein Männerhemd, das nicht zugeknöpft, aber in der Taille zusammengebunden war.

Diese Frau nicht zu mögen würde mir leichtfallen, dachte ich.

»Tracey ist meine beste Doktorandin«, sagte Steve, immer noch lächelnd. »Sie ist für das Labor verantwortlich.« Intelligent auch noch, dachte ich. Es würde mich nur wenig Mühe kosten, die bloße Ablehnung in puren Hass zu steigern, dachte ich.

»Lucho hat Freiheitskämpfer mit Rebecca gespielt«, sagte sie zu Steve.

Steves Schultern sackten vor Verzweiflung nach unten. »Lucho, raus hier!«, befahl er. Hinter der Tür kam ein kleiner, recht stämmiger junger Mann hervor, der von Kopf bis Fuß in Tarnkleidung steckte. Sein Gesicht war mit dunklen Bartstoppeln bedeckt, die lockigen Haare wurden mühsam von einer Kappe im Fidel-Castro-Stil gebändigt, und um seinen Bauch hing in großem Bogen ein Pistolengürtel. So einfältig er auch wirkte, die Pistole kam mir ziemlich echt vor.

»Gib mir dieses Ding«, befahl Steve.

Lucho schreckte zurück. »Wie soll ich das Haus ohne Pistole bewachen, Señor Doktor Neal?«, jammerte er.

»Du bist ein Soldat, dir wird etwas einfallen«, sagte Steve in beschwichtigendem, aber bestimmtem Tonfall. »Gib mir jetzt die Pistole.« Äußerst widerwillig reichte Lucho ihm die Waffe. »Und nun bringst du Ms MacCrimmons Gepäck auf ihr Zimmer. In das blaue«, fügte er hinzu und deutete zu einem Raum im ersten Stock.

»Er ist ein bisschen langsam«, flüsterte Tracey mir zu, während Lucho meinen Koffer nahm und auf die Treppe zuschlurfte. »Und ...«, sie tippte mit dem Zeigefinger gegen ihre Stirn, »durchgeknallt.«

»Er ist harmlos«, bemerkte Steve, als Lucho davonschlich. »Er hätte Ihnen nichts getan. Wirklich. Trotzdem sollten wir einen sicheren Ort für die Pistole finden, irgendwo, wo unser Freiheitskämpfer sie nicht findet. Gibt es im Labor eventuell eine Möglichkeit, Tracey?«

Tracey beäugte die Waffe verächtlich. »Sicher«, antwortete sie. »Gib sie mir.« Tracey nahm vorsichtig die Pistole, indem sie sie behutsam mit dem Daumen und dem Zeigefinger anfasste und weit von ihrem Körper weghielt, wobei der Lauf Richtung Boden zeigte. Pistolen schienen nicht zu Traceys Spezialgebiet zu gehören. Sie war mir sympathischer, als ich vermutet hätte.

»Kommen Sie, Rebecca«, sagte Tracey. »Wir bringen dieses grässliche Ding hier ins Labor und bitten Inés dann, uns einen Tee zu kochen. Anschließend helfe ich Ihnen beim Auspacken. Mein Zimmer liegt neben Ihrem. Es wird lustig werden. Wie im College.«

»Genießen Sie Ihre letzten freien Stunden«, grinste Steve mich an. »Morgen früh werde ich Ihnen als Erstes Ihre Arbeit zeigen. Lass mich wissen, wo du das Du-weißt-schon-was versteckst, Tracey«, sagte er, als Lucho auf dem Balkon über uns in unser Blickfeld zurückschlurfte. Wenn man mit Lucho zu tun hatte, musste man sich offenbar wie bei einem kleinen Kind verhalten. Nach dem Motto: Am besten legen wir die P-I-S-T-O-L-E in das W-A-S A-U-C-H I-M-M-E-R.

Tracey wartete, bis Lucho erneut außer Sichtweite war, bevor sie mich in einen Raum führte, der rechts von der Eingangstür vom Innenhof abzweigte. Das Labor war ein großer Raum mit Tapeziertischen an zwei Wänden und einem großen Tisch, der genau in der Mitte stand. Auf der linken Seite nahm etwas, das wie ein komplettes Skelett aussah, die volle Länge der Arbeitsfläche ein. Der Kopf ruhte auf einem schwarzen Samtkissen. »Das ist Benji«, sagte Tracey, die meinem Blick gefolgt war. »Ist er nicht beeindruckend?«

»Big Benji«, sagte eine Stimme, woraufhin ich mich umwandte und einen groß gewachsenen, grau melierten Mann erblickte, der durch eine Tür auf der rechten Seite trat. »Wie Sie sehen können, ist, oder war, er ziemlich groß. Ich bin Ralph«, sagte er und reichte mir seine Hand. »Willkommen auf der Hazienda Nirgendwo.«

»Ralph Woolsey, Rebecca MacCrimmon«, stellte Tracey uns einander vor. »Ralph ist unser Keramiker, er kommt von der University of Southern California. Rebecca ...«

»Ich weiß, wer Rebecca ist.« Ralph lachte. Ralph war ebenfalls ziemlich groß, wirkte entspannt und unbekümmert und besaß einen angenehmen, festen Händedruck. »Steve hat in den letzten beiden Tagen kaum von etwas anderem gesprochen als davon, wie er diese wunderbare Frau gefunden hat, die alles organisieren wird. Ich kann nur sagen: Wenn Ihnen das auch nur im Ansatz gelingen sollte«, fügte er hinzu, während er mit dem Arm durch den Raum wies, »sind Sie wirklich eine Zauberin.«

»Es ist nicht so schlimm, wie es aussieht«, sagte Tracey. Ich blickte mich um. Eigentlich wirkte alles relativ ordentlich, aber auf chaotische Art und Weise. Auf der linken Seite lagen Big Benji und andere sortierte Knochen. »Das ist mein Bereich«, erklärte Tracey, als sie meinem Blick folgte. »Ich schreibe an einer Doktorarbeit in Paläoanthropologie. Ich bin die Knochenexpertin des Projekts. Von meinem Freund Benji hier erfahren wir interessante Dinge über den Gesundheitszustand der Menschen während der Moche-Zeit. Sehen Sie mal«, sagte sie, griff nach Benjis Schädel und hielt ihn mir vors Gesicht. »Schöne Zähne! Die andere Seite des Raumes«, fuhr sie fort, während sie mit dem Schädel in Ralphs Richtung zeigte, »gehört Ralph, wie Sie sehen.«

Ralphs Zimmerhälfte war mit Tonscherben übersät, von denen einige in großen Wasserbehältern lagen. Einige Gefäße waren Scherbe für Scherbe sorgfältig restauriert worden. Etwa über die Hälfte der Wand erstreckte sich eine Vorrichtung mit einer Kamera, die an einer Halterung über dem Tisch angebracht war, und einem Laptop. »Wie gut können Sie mit Computern umgehen, Rebecca?«, fragte Ralph. »Wir hoffen, dass Sie uns beim Katalogisieren dieser ganzen Sachen behilflich sein können.«

Ich blickte prüfend auf den Bildschirm. Es war derselbe Computer und dieselbe Software, die ich im Laden verwendete. Wie lange her und wie weit entfernt mir das vorkam! »Ganz gut«, antwortete ich und fing mich wieder, nachdem ich ein oder zwei Momente mit einem Anflug von Heimweh zu kämpfen hatte. »Das wird kein Problem sein.« Beide wirkten äußerst erfreut. Möglicherweise wären sie nicht ganz so begeistert gewesen, wenn sie gewusst hätten, wie leicht es dadurch für mich würde, ihre Aufzeichnungen nach einer gebauchten Moche-Vase und dem Ohrschmuck mit Gold und Türkisen zu durchsuchen.

Ganz hinten im Raum stand ein Stapel mit Kisten. Auf jeder standen eine Jahreszahl und die Buchstaben »CV« – die Abkürzung für Campina Vieja vermutlich – sowie *caja*, das spanische Wort für Kiste, und zusätzlich eine Nummer. »Was ist hier drin?«, fragte ich.

»Das sind die katalogisierten Objekte, die wir bei der Ausgrabung gefunden haben«, antwortete Tracey. »Wir untersuchen sie, erfassen sie und lagern sie dann in diesen Kisten. Am Ende jeder Saison werden sie verpackt und nach Lima geschickt, zum INC, dem *Instituto Nacional de Cultura.* Man braucht eine *credencial,* eine Erlaubnis, um in Peru archäologisch tätig zu sein«, erklärte Tracey. »Die *credenciales* werden vom INC ausgestellt, und alles, was in Peru bei Ausgrabungen gefunden wird, geht in das Eigentum des INC über.«

Sie ging auf den Kistenstapel zu. »Da wir gerade von Lagerung sprechen: Wie wäre es mit *caja ocho,* der Kiste Nummer acht?«, fragte sie, während sie vorsichtig die Pistole anhob und in die Kiste legte. »Könnt ihr euch das merken? Erinnert mich daran, dass ich es Steve sage«, fuhr sie fort, »und natürlich, dass ich sie herausnehme, bevor wir alles verschicken. Ich bezweifle, dass der INC besonders begeistert wäre, wenn sie bei den Artefakten unseres Projekts eine nagelneue Pistole fänden! Und nun zeige ich Ihnen, wo wir Sie unterbringen, Rebecca. Erzähl Lucho nichts von *caja ocho,* Ralph«, ermahnte sie ihn, als wir den Raum verließen.

»Ich würde nicht im Traum daran denken«, antwortete er und lächelte sie an. Nach dieser herzlichen Geste zu urteilen, war Ralph ebenfalls ein Bewunderer von Tracey.

Tracey ging voraus in die Küche und bat Inés, uns eine Tasse Tee zu kochen. Inés war schon mit dem Abendessen beschäftigt, aber sie schien Tracey zu mögen und setzte den Kessel auf. Während das Wasser kochte, plauderten die beiden lebhaft miteinander. Mit mir sprach Inés immer noch kein Wort.

Die Küche wirkte halbwegs gut ausgestattet. Es gab einen giftgrünen Kühlschrank, der nach Traceys Aussage mit Propan betrieben wurde, einen kobaltblauen Herd, der von einem kleinen Propankocher ergänzt wurde, ein Spülbecken und das übliche Zubehör. Ich weiß nicht, was ich hier draußen genau erwartet hatte, aber mit Sicherheit etwas Primitiveres. Das Abendessen, was auch immer es war, duftete köstlich.

Mit unseren Teetassen in den Händen machten Tracey und ich eine kurze Runde durch das Haus und gingen anschließend nach oben. Die Hazienda Garúa war nahezu quadratisch angelegt. Sie verfügte über einen ebenerdigen Innenhof, auf den die Räume in den beiden Stockwerken hinauswiesen. Ihre Türen gingen von einem gefliesten Flur ab, der zum Arkadenhof hin offen und mit schönen schmiedeeisernen Geländern gesäumt war.

Die Zimmer im Erdgeschoss lagen drei Stufen über Bodenniveau. Vielleicht aus ästhetischen Gründen oder um sie vor Überschwemmungen zu schützen, die man sich in diesem Wüstenklima nur schwer vorstellen konnte, auch wenn es nach Traceys Aussagen und dem, was ich von Steve gehört hatte, schon häufig welche gegeben hatte. Im hinteren Bereich, gegenüber vom Eingang, lagen das Esszimmer und die Küche. Auf der rechten Seite waren das Labor und ein Abstellraum. Links hinten befand sich ein kleines Wohnzimmer, eine Art Bibliothek mit mehreren abgenutzten, aber bequemen Sesseln, zahlreichen Büchern und einem Schreibtisch. Das erste Zimmer links vom Eingang gehörte Lucho. Auf seiner Tür hingen ein Bild mit einem Totenkopf und gekreuzten Knochen und eine Warnung, dass man nicht eintreten sollte. Mit Ausnahme der Küche, die in einer Ecke im hinteren Bereich der Hazienda gelegen war, hatten sämtliche Zimmer Türen und Fenster, die auf den zentralen Innenhof hinausgingen, und auf jedem Stockwerk konnte man komplett um den quadratischen Platz herumgehen.

In den hinteren beiden Ecken des Innenhofes, gegenüber vom Eingang, führten Treppen vom Erdgeschoss in die erste Etage. Die Zimmer der Frauen lagen im ersten Stock rechts vom Eingang und die der Männer links davon. Mein Zimmer, das blaue, lag am hinteren Ende des rechten Flurs und war mit Traceys Zimmer, dem gelben, durch ein gemeinsames Bad verbunden. Hilda Schwengens Zimmer war vom Eingang aus das erste auf der rechten Seite und war laut Tracey mit »richtigen« Fenstern ausgestattet, das heißt, mit Fenstern nach außen, auf die Vorderseite der Hazienda.

Das Gegenstück zu Dr. Schwengens Zimmer auf der Männerseite gehörte Steve Neal. Neben ihm, weiter hinten, lag dasjenige von Ralph, und dahinter folgte ein Raum, der von Gastwissenschaftlern genutzt wurde und gelegentlich, wie Tracey mir erklärte, von einem gewissen Ricardo Ramos, einem peruanischen Archäologen, der vermutlich ein Freund und Kollege von Steve war.

Hilda und Steve, so wurde mir gesagt, hatten eigene Badezimmer, die anderen teilten sich kleine Bäder mit einer Toilette und einem Waschbecken. Hinten im ersten Stock lagen Gemeinschaftsduschen, die für die Frauen rechts, die Männerduschen links.

»Die Hazienda wurde im späten neunzehnten Jahrhundert gebaut«, beantwortete Tracey meine Frage. »Sie gehörte einer wohlhabenden Familie, die, wie mir erzählt wurde, im Innenhof ausschweifende Feste veranstaltete. Aber das Wasser wurde knapp, und das Gut musste aufgegeben werden«, fuhr sie fort, »bis vor etwa dreißig Jahren, als jemand es für kurze Zeit als Gasthaus betrieb. Es war jedoch viel zu abgelegen, um erfolgreich zu sein, und der Besitzer machte Bankrott.«

»Wem gehört das Haus heute?«, fragte ich.

»Carlos Montero«, antwortete sie und zog eine Grimasse. »Ein schrecklicher Mann. Ein alter Lustmolch. Sein Vater war Gläubiger der Hypothek, die auf dem Haus und auf dem Grundstück lag, sodass die Hazienda an ihn fiel, als das Gasthaus schließen musste. Sie werden Carlos noch früh genug kennenlernen, vielleicht zu früh für Ihren Geschmack. Er lungert gern hier rum. Aber Sie haben Glück. Er ist nach Trujillo gefahren und wird heute Abend nicht bei uns sein.«

Während sie sprach, packte ich Rebeccas Koffer aus und breitete alles auf dem Bett aus.

»Sie haben nicht viel mitgebracht«, bemerkte Tracey zweifelnd, als sie meinen erbärmlichen kleinen Stapel an Habseligkeiten betrachtete.

Was sollte ich sagen? Dass ich auf der Flucht war und die Identität und die Kleidung einer Fremden übernommen hatte? »Ich habe erst in letzter Minute erfahren, dass ich herkommen würde, sodass ich nicht viel Zeit zum Packen hatte«, sagte ich matt. »Aber abgesehen davon«, fuhr ich fort, während ich in den winzigen Schrank spähte, »scheine ich meine Sachen gar nicht aufhängen zu können.«

»Ups«, sagte Tracey. »Das kommt daher, dass ich mir alle Kleiderbügel unter den Nagel gerissen habe. Ich habe mehr als genug Kleidungsstücke für uns beide mitgebracht. Ich leihe Ihnen gerne etwas. Ich habe jede Menge. Kommen Sie mit in mein Zimmer, dann schauen wir mal.«

Ich lächelte höflich, obwohl mir vollkommen klar war, dass ich etwa zehn Kilo mehr als Tracey wog und mir nichts davon passen würde. Aber in einer Hinsicht hatte sie recht: Sie hatte eine umfangreiche Garderobe mitgebracht, genug für eine ganze Armee. Ihr Zimmer war mit Kleidungsstücken, Schuhen, Fotos, Stofftieren und allen möglichen anderen Dingen vollgestopft.

»Ich liebe meine Arbeit wirklich«, sagte sie, als sie merkte, dass ich mich umsah. »Aber ich bin nicht gern so weit weg von zu Hause, weshalb ich immer viel Krimskrams mitnehme, damit ich mich fast so fühle wie daheim. Ich vermisse meine Mutter und meinen Stiefvater, meinen Bruder, meine Freundinnen, meinen Freund Jamie«, sagte sie und zeigte dabei nacheinander auf die entsprechenden Fotos. »Ich rufe sie einmal pro Woche an, und manchmal auch zweimal. Ich vermisse sogar mein Auto«, fuhr sie fort, während sie mir ein Bild von dem betreffenden Fahrzeug reichte. Tja, wem würde es anders gehen?, dachte ich. Ein Saab Cabrio. Einen solchen Wagen würde ich möglicherweise auch vermissen, falls ich jemals genug Geld verdienen würde, es mir leisten zu können. Tracey war hübsch, intelligent und offensichtlich auch wohlhabend. Aber eigentlich wirkte sie nicht verwöhnt, dachte ich. »Hier«, sagte sie und warf mehrere Kleidungsstücke auf ihr Bett, »ein paar Kleiderbügel.«

In diesem Moment hörten wir Steve von unten rufen und gingen nach draußen auf den Gang. »Im Salon gibt es jetzt Cocktails!«, schrie er, damit alle es hörten.

Hilda Schwengen saß stocksteif in dem kleinen Salon, auf einem ziemlich unbequem wirkenden Stuhl. Über ihrem Kopf hing eine Rauchwolke von der Zigarette, die sie zwischen ihren langen, eleganten Fingern hielt. Auf dem Tisch neben ihr stand ein sehr großes Glas. Whisky, dachte ich, ohne Wasser und ohne Eis. Sie erhob sich nicht, als ich hereinkam. Sie beugte sich nicht einmal vor, als wir einander vorgestellt wurden. Stattdessen streckte sie ihre Hand aus und ließ sie leicht nach unten sinken, sodass ich für einen Moment dachte, sie würde erwarten, dass ich mich vorbeugte und ihre Hand küsste. Vielleicht, so dachte ich, ist ihr der Ruf, den sie in der Öffentlichkeit genießt – dass sie eine Legende ist, die Hohepriesterin der peruanischen Archäologie, wie Steve sie beschrieben hatte –, in Fleisch und Blut übergegangen. Sie war groß und sehr schlank, hatte einen langen Hals und aristokratische Wangenknochen. Sie trug eine Leinenbluse und eine kurze Hose in gebrochenem Weiß und einen silbernen Metallgürtel. Ihre silbergrauen langen Haare waren am Hinterkopf locker zusammengebunden.

»Willkommen auf der Hazienda Garúa und bei unserem kleinen Projekt«, sagte sie zu mir. Ihre Stimme klang freundlich, aber rau von Millionen von Zigaretten. »Ich hörte, dass Lucho Sie bei Ihrer Ankunft mit einer Pistole bedroht hat«, fuhr sie fort. »Ich muss mich wirklich für meine Angestellten entschuldigen. Bestimmt sind Sie furchtbar erschrocken.«

»Das war in der Tat ein aufregender Start«, pflichtete ich ihr bei. Alle lachten. Steve stellte sich mit einer Whiskyflasche in der Hand neben mich, und die Feier begann. Alle aus dem Team zwängten sich in den kleinen Raum und plauderten über den Tag, über das, was sie gefunden hatten und was nicht. Ich lernte Pablo Vela kennen, den Vorarbeiter, einen netten jungen Mann, schlank und von mittlerer Größe mit einem ziemlich attraktiv wirkenden kleinen Schnurrbart. Er erzählte mir, er würde in der Stadt leben, aber jeden Abend auf der Hazienda zu Abend essen, um den nächsten Tag zu besprechen. »Hier ist das Essen besser als zu Hause.« Er lachte. Zu Ehren meiner Ankunft waren die Studenten, die normalerweise in der Stadt wohnten und aßen, zum Essen eingeladen worden: Alana, Susie, Janet und Robert, Studenten der University of Southern California, und George, David und Fred von der Texas A&M University. Die einzige fehlende Person war Lucho, der es vorzog, draußen Wache zu stehen, und sich offensichtlich auf die Härten eines Lebens als Freiheitskämpfer vorbereitete. Vor was oder vor wem er uns beschützte, erwähnte niemand.

Obwohl der winzige Raum voller Menschen war und reichlich Whisky floss, waren die Cocktails auf der Hazienda an diesem und an den darauffolgenden Abenden eher eine verhaltene Angelegenheit, mehr eine Art Ritual als irgendetwas anderes. Jeder pflegte auf Hilda zuzugehen und voller Ehrerbietung mit ihr zu sprechen, während sie immer in derselben Weise auf demselben Stuhl saß, eine

Zigarette in der einen und ein Glas Whisky in der anderen Hand. Besser gesagt alle außer Tracey, die sich so weit von der Legende entfernt hielt, wie es in einem so kleinen Zimmer überhaupt möglich war.

Als Inés im Türrahmen erschien, gingen wir alle ins Esszimmer. Und was für eine Mahlzeit es gab! Zuerst gab es eine würzige *sopa* mit Mais und Süßkartoffeln, die Inés aus einer großen Terrine servierte, die auf einer Anrichte stand. Als Nächstes folgten große Platten mit Corvina – einer Art Seebarsch, wie mir erklärt wurde – in einer Walnuss-Sauce, butterweichen Avocado-Scheiben, mariniertem Gemüse und Kartoffelscheiben, die mit einer Sauce bedeckt waren, die ich nicht kannte, an die ich jedoch sofort mein Herz verlor.

Alle ließen es sich begeistert schmecken, abgesehen von Hilda Schwengen, die ihr Essen auf dem Teller hin und her schob und zwischendurch Whisky trank. Mehrere Male bemerkte ich, dass sie über den Tisch hinweg in Traceys Richtung sah, die sich angeregt mit Pablo und Steve unterhielt.

Etwas in ihrer Miene ließ mich innehalten. Ich konnte ihn nicht deuten, erkannte aber, dass es kein freundlicher Blick war. Vielleicht war es schlichte Eifersucht. Tracey war zwar gewiss eine Frau, die fast jeden neidisch machte, doch sie schien mir wirklich sympathisch zu sein. Allerdings hatte ich sie gerade erst kennengelernt; vielleicht wusste Hilda etwas, das ich nicht wusste. Ich bemerkte, dass auch Ralph Tracey wesentlich häufiger als nötig anblickte, was meinen früheren Eindruck bestätigte, dass er mehr als nur ein wenig vernarrt in sie war.

In jedem Fall erhob Hilda sich nach wenigen Minuten von ihrem Platz am Kopfende des Tisches, ließ fast ihr gesamtes Essen auf dem Teller liegen und entschuldigte sich. Sie griff nach der halbvollen Whiskyflasche auf dem Beistelltisch und verließ das Esszimmer. Ich vernahm ihre langsamen Schritte auf der Treppe und dem oberen Gang, als sie zu ihrem Zimmer ging.

Eine Weile lang sagte niemand etwas, bis Tracey das Schweigen brach. »Inés«, sagte sie, »bring Dr. Schwengen bitte ein Tablett nach oben.«

»Sie isst nichts«, erwiderte Inés.

»Ich weiß«, sagte Tracey ruhig, »aber bring es trotzdem hoch.«

Wenn Hilda nichts aß, verpasste sie etwas, beschloss ich, als Inés unaufhörlich neue Speisen aus der Küche holte. Dann verließ Tracey den Raum, und ich fragte mich allmählich, was hier eigentlich vor sich ging, doch wenige Minuten später kehrte sie mit hinter dem Rücken verborgenen Händen zurück.

»Ich habe sie für eine besondere Gelegenheit aufgehoben«, sagte sie, »und ich glaube, Rebeccas Ankunft und die Tatsache, dass sie dem Tod durch die Hände des grausamen Freiheitskämpfers Lucho nur knapp entronnen ist, sind Anlass genug. Bitte sehr!«, rief sie, während sie drei Flaschen mit ausgezeichnetem Wein hinter ihrem Rücken hervorzog. Wie konnte man einen solchen Menschen nicht mögen?, dachte ich bei mir, und nach den Beifallsrufen zu urteilen, die auf diese Geste folgten, waren wir uns alle einig. Nun wurden die Gespräche noch angeregter, und der Geräuschpegel stieg beträchtlich. Jeder hatte von irgendeinem archäologischen Abenteuer zu berichten, und jedes einzelne klang spannender und unglaublicher als das vorherige. Steve und Tracey erzählten davon, wie sie der Polizei bei der Aufdeckung von Verbrechen geholfen hatten, die schon seit geraumer Zeit unaufgeklärt gewesen waren; Pablo berichtete von Stadtbewohnern, die verärgert darüber waren, dass in ihrer Region archäologische Ausgrabungen stattfanden, da sie dadurch ihrer Lebensgrundlage beraubt wurden, dem illegalen Handel mit Artefakten. Die Studenten erzählten lustige Geschichten über die primitiven Bedingungen, unter denen sie hin und wieder gelebt hatten.

Doch das Beste kam zuletzt: wie Hilda Schwengen vier Banditen in die Flucht geschlagen hatte. Hilda und Steve waren auf einer schmalen Landstraße, die von einer hohen Böschung gesäumt wurde und in der Nähe einer ihrer Ausgrabungsstätten lag, in einem offenen Jeep zurück in die Stadt gefahren, als vier Männer aus dem Gebüsch sprangen, sich ihnen in den Weg stellten und mit Metallrohren und einem Messer herumfuchtelten, das wie eine Machete aussah. Steve und Hilda wurden aufgefordert, aus dem Fahrzeug zu steigen. Hilda hatte sich seelenruhig zur Seite gebeugt, eine Pistole aus dem Handschuhfach geholt und über ihre Köpfe hinweg geschossen. »Ich glaube, sie dachten, sie wäre keine gute Schützin«, sagte Steve unter großem Gelächter. »Selbst ich habe das gedacht. Ich kauerte auf dem Boden des Jeeps ... falls ihr euch vorstellen könnt, dass jemand, der so groß ist wie ich, sich in einen so kleinen Raum zwängen kann. Aber ich tat es. Doch Hilda feuerte ununterbrochen weiter, und schließlich kam es den Männern in den Sinn, dass Hilda vielleicht zufällig treffen könnte, woraufhin sie die Flucht ergriffen und wegliefen.«

Vermutlich war es eine Begebenheit, die immer wieder erzählt worden war, bis sie nahezu zum Mythos wurde. Während die Geschichte wiedergegeben wurde, wurde mir darüber hinaus klar, dass viel Zuneigung und Verehrung für Hilda mitschwang, ganz gleichgültig, was für einen Eindruck sie auf mich gemacht hatte.

Es war wirklich ein unterhaltsamer Abend gewesen, der erste, den ich seit Langem erlebt hatte, und allmählich entspannte ich mich ein wenig – so sehr, dass ich meine Schuhe auszog und mich in einen Sessel kauerte.

Als wir alle um den Tisch saßen und die Gemeinschaft genossen, gab es einen Stromausfall. Offenbar war dies ein regelmäßig wiederkehrendes Ereignis, da Kerzen und Streichhölzer schon bereitlagen. Doch der Abend wurde kühl, und ich beschloss, einen Pullover aus meinem Zimmer zu holen, um ihn mir über die Schultern zu legen. Ich tapste mit nackten Füßen die Treppe hinauf, genoss das Gefühl der kalten Marmorfliesen unter den Fußsohlen und bemühte mich, jegliches Geräusch zu vermeiden, um Hilda nicht zu stören. Als ich an meinem Zimmer ankam, bemerkte ich, dass die Tür halb offen stand, anders als zu dem Zeitpunkt, als ich den Raum verlassen hatte, und glaubte, drinnen eine Kerze flackern zu sehen. Vorsichtig und leise schlich ich um die Tür herum.

Inés war in meinem Zimmer. Sie kehrte mir den Rücken zu, auf dem Nachttisch flackerte eine Kerze. Sie fasste jedes einzelne Kleidungsstück an, das ich auf dem Bett liegen gelassen hatte, und ich meinte, sie flüstern zu hören. Nachdem sie alles nacheinander berührt hatte, richtete sie sich auf und sagte, ohne sich umzudrehen: »Sie sind also schließlich gekommen, genau wie es prophezeit wurde.« Dann wandte sie sich um, blickte mich an, während ich erstarrt im Türrahmen stand, und flüsterte: »*Cuidado al arbolado!*« Hüten Sie sich vor dem Wald. »Wenn Sie Ihr Ziel erreichen wollen, müssen Sie den Wald überleben.«

Plötzlich gab es einen Windstoß, die Kerze erlosch, eine Tür schlug geräuschvoll zu. Ich erschrak und blickte mich um. Als ich mich wieder umwandte, war Inés verschwunden, obwohl ich die Tür blockierte. Ich prüfte, ob sie durch das kleine Bad in Traceys Zimmer gelaufen war, doch auch dort konnte ich sie nicht entdecken. Das Ganze war verwirrend und beunruhigend.

Wenige Minuten später ging ich zurück nach unten. Inés war hier und räumte die Küche auf. Sie sagte nichts; genau genommen nahm sie nicht die geringste Notiz von mir. Kurz darauf kam ihr Bruder Tomás, um sie nach

Hause zu fahren, und Steve, Tracey und ich begleiteten sie zur Tür. Tomás besaß ein kleines Motorrad-Taxi, ein motorisiertes Zweirad mit einem Rücksitz. Inés kletterte hinauf und saß regungslos da. Sie hatte ihren Hut tief ins Gesicht gezogen und umklammerte ihre Tasche. Als ihr Bruder, den ich bis dahin noch nicht kennengelernt hatte, das Motorrad wendete, um zurück in die Stadt zu fahren, erblickte ich einen Mann, der einen kurzen Moment vom Scheinwerferlicht angestrahlt wurde. Er stand draußen unter einem der geisterhaften Torbögen des kleinen Zierbaus. Nach seiner Kleidung zu urteilen war er ein Arbeiter, vermutlich ein *campesino,* ein Bauer, und er trug einen gefüllten Sack – aus Jute, dachte ich, oder aus Plastik – einen Reissack höchstwahrscheinlich. Als der Schweinwerfer vorbeihuschte, zog er sich hastig in den Schatten zurück.

Ein seltsamer Ort, dachte ich.

Später am Abend lag ich im Bett und konnte nicht schlafen, auch wenn ich möglicherweise ein wenig döste. Der Vorfall mit Inés ging mir nicht aus dem Kopf, ebenso wenig wie der Anblick des Mannes unter den Torbögen, und so erschrak ich bei dem kleinsten Geräusch. Irgendwann fiel mir auf, dass sich die Windgeräusche wie ein Flüstern anhörten, weshalb ich leise aufstand, zur Tür ging und sie ein wenig öffnete. Im Erdgeschoss waren tatsächlich flüsternde Stimmen zu hören. In der Dunkelheit konnte ich erahnen, wie sich die große Eingangstür einen Spaltbreit öffnete und jemand hereinschlich. Als ich mich auf das Geländer zu bewegte, um zu sehen, wer sich dort unten aufhielt, flackerte für ein oder zwei Sekunden ein Streichholz auf. Steve, dachte ich, ein Fremder und eine weitere Person, die ich nicht sehen konnte. Die Unterhaltung dauerte nur kurz an, die Stimmen klangen verärgert, und schon bald schlich die zweite Person wieder hinaus, um wen auch immer es sich handelte – war es vielleicht der Mann von dem Bogengang? Ich lag bereits wieder in meinem Bett, und die Tür war fest verschlossen, als Steve das erste Stockwerk erreichte.

Einen Augenblick später meinte ich zu hören, wie Traceys Tür, die gleich nebenan lag, ins Schloss fiel. Erneut stand ich auf und blickte hinaus. Trotz der Dunstschleier war der Nachthimmel recht hell, und ich erblickte Tracey, die auf der gegenüberliegenden Seite des Innenhofes am Balkongeländer entlangschritt.

Sie ging bis zum Ende des Balkons und kehrte nicht zurück, obwohl ich mehrere Minuten lang wartete. Steve und Tracey. Ich war nicht überrascht, aber es war dennoch ein wenig enttäuschend.

10

Wenige Tage nach meiner Ankunft lernte ich Señor Carlos Montero kennen, den Besitzer des Betriebes mit dem recht edlen Namen »Paradies« und darüber hinaus meinen persönlichen Favoriten, wenn es um die Frage ging, wer am ehesten Moche-Kunstwerke aus Peru geschmuggelt haben könnte. Meiner Erinnerung nach hatten wir keinen besonders vielversprechenden Start miteinander, und die Tatsache, dass er seinem Ruf, wie er mir von den Frauen des Projekts geschildert worden war, mehr als gerecht wurde, verbesserte Monteros Ansehen in meinen Augen nicht. Doch wenigstens lieferte die Begegnung einen Vorwand, um die Fabrik zu besichtigen, etwas, das ich schon seit meiner Ankunft im Visier gehabt hatte.

Das Problem war, dass meine Existenz als Rebecca die Zeit, die ich benötigte, um die Probleme meines wirklichen Lebens zu lösen, entscheidend einschränkte. Morgens wurde ich um kurz nach fünf von dem Hahn geweckt, der auf dem Außengelände der Hazienda krähte. Gegen sechs, wenn die ersten Teammitglieder gähnend in die Küche kamen, hatte ich mich bereits gewaschen, wobei die Intensität vom Zustand der Wasserversorgung abhing, den Kaffee aufgesetzt und etwas Obst, Brot und Erdnussbutter auf den Tisch gestellt. Um kurz nach sechs fuhr ich los, holte Pablo, den Vorarbeiter, am Stadtrand ab, außerdem die Studenten von Steve und Hilda, die in einem kleinen Wohnhaus im Zentrum untergebracht waren. Einige zwängten sich auf die Ladefläche des Pick-ups, die anderen ins Führerhaus. Anschließend brachte ich sie zur Grabungsstätte, ein staubiges Gelände, das nur wenige Hundert

Meter von der Panamericana entfernt lag, setzte sie ab und begab mich zu einer vereinbarten Stelle auf der Schnellstraße, wo ich das Team der peruanischen Arbeiter einsammelte, insgesamt acht, und beförderte sie ebenfalls zur Ausgrabungsstätte. Danach kehrte ich zur Hazienda zurück. Um diese Zeit wartete Steve schon ungeduldig darauf, mit der Arbeit zu beginnen, und Hilda, die offensichtlich der Auffassung war, es gäbe drei Arten von Grundnahrungsmitteln – Koffein, Nikotin und Alkohol – war bereits mit Zigaretten und Kaffee beschäftigt, den beiden Dingen, von denen sie den Tag über lebte. Ich brachte sie zur Ausgrabungsstätte, wo sie sich zu den anderen gesellten.

Gegen halb acht sammelte ich Inés Cardoso an der Schnellstraße ein und brachte sie zum Markt in Campina Vieja, wo sie Lebensmittel einkaufte. Während sie damit beschäftigt war, besorgte ich alles, was für die Hazienda und die Ausgrabung benötigt wurde: Whisky war immer dabei, Trinkwasser fast jeden Tag, dann Filme für die Fotoapparate, Seile, Holz, Absperrketten, Propan für den Kühlschrank, was auch immer. Sobald ich das erledigt hatte, fuhr ich hinaus zur Grabungsstätte, um dort bei den Arbeiten behilflich zu sein, und setzte Inés und ihre Lebensmitteltaschen unterwegs in der Nähe ihres Hauses ab. Während meiner ganzen Anwesenheit erwähnte sie den Vorfall in meinem Zimmer kein einziges Mal, genauso wenig wie ich. Ich glaubte nicht, dass sie mir eine Erklärung gäbe, wenn ich nachfragte, und überdies fiel es mir schwer, eine Warnung ernst zu nehmen, die sich auf einen Wald bezog, wenn so wenig Bäume in der Nähe waren.

Wenn ich nicht gerade herumfuhr und Besorgungen machte, arbeitete ich im Labor. Jeder einzelne Gegenstand, gleichgültig, wie klein oder bedeutungslos er mir vorkam, wurde von der Ausgrabungsstätte hierher geschickt, üblicherweise in einem kleinen Plastikbeutel mit einem Etikett, das Angaben über den genauen Fundort enthielt. Alles musste im Computer erfasst werden, in einem Dokument, das eigens für diesen Zweck angelegt worden war: Die erste Information bezog sich auf den Fundort, die Bodentiefe, die Größe, das Material und beinhaltete eine kurze Beschreibung. Als Nächstes folgte ein ausführlicheres Formular, das abhängig von der Materialart und wesentlich spezifischer war. In dieser Stufe versuchten Ralph und Tracey, die Fundstücke in eine Zeitperiode und die jeweilige Kultur einzuordnen – die mittlere Moche-Phase beispielsweise. Sie mussten akribisch genau arbeiten. Für mich war es eine relativ anspruchslose Tätigkeit, da ich die Informationen, die mir mitgeteilt wurden, einfach nur in das entsprechende Feld der Vorlage eingab.

Irgendwann am Tag, und manchmal mehrmals, nahm ich die kleinen Beutel mit den verschiedenen Gegenständen, die bei der Ausgrabung gefunden worden waren, und brachte sie zu Tracey und Ralph, die den ganzen Tag im Labor arbeiteten.

Wenn mir noch etwas Zeit blieb, half ich auf der Ausgrabungsstätte, zuweilen als sogenannte Grabungsassistentin unter der Aufsicht von Steve oder Hilda. Die Stätte war etwa vier mal vier Meter groß und wurde durch ein Raster aus Schnüren in kleine Abschnitte eingeteilt. Gelegentlich durfte ich kleine Bereiche freilegen, aber für gewöhnlich war ich entweder bei der Erfassung der gefundenen Gegenstände behilflich – hauptsächlich Tonscherben – oder transportierte die abgetragene Erde von der Grube zum Sieb. Dieses bestand aus einem großen Netz, das etwa achtzig mal achtzig Zentimeter groß war. Es war an einem Rahmen befestigt und auf Stützen montiert, sodass es sich etwa in Hüfthöhe befand. Man gab Erde auf das Netz und schüttelte den Rahmen mit dem Gestell so lange vor und zurück, bis sie hindurchfiel und oben winzige Artefakte liegen blieben. Diese wurden erfasst, eingetütet und zum Labor gebracht. Nichts, so lernte ich, wird von einer

Ausgrabungsstätte entfernt, bevor es nicht auf einer Rasterkarte der Suchfläche eingezeichnet, erfasst und oft auch noch fotografiert wurde.

An heißen Tagen musste ich zwischen zwei und halb drei draußen bei der Ausgrabung sein, um alle zurückzubringen; an kühleren Tagen arbeiteten sie etwas – allerdings nicht wesentlich – länger. Am Nachmittag wurde der Wind, der bei der Hitze normalerweise willkommen gewesen wäre, so stark, dass der Staub aufgewirbelt und umhergeweht wurde. Er drang in die Augen, die Kleider, die Haare. Man konnte ihn im Mund schmecken. Und was noch schlimmer war: An schlechten Tagen wurde er in die Grabungsstätte zurückgeweht und deckte fast die gesamte Fläche wieder zu, die an einem Tag freigelegt worden war.

Jeden Tag um fünf Uhr war ich wieder draußen am Highway, um Inés an ihrem Haus abzuholen und zur Hazienda zu bringen, wo sie das Abendessen fertig zubereitete. Dazwischen beförderte ich Menschen und Gegenstände zwischen Ausgrabungsstätte, Stadt und Hazienda hin und her, wenn es nötig war.

Zwischendurch fuhr ich immer wieder zur Kommune, um nach meinen beiden jungen Mündeln zu sehen, wie ich sie bald nannte, Puma und Pachamama. Diese emotionale Verbundenheit mit den beiden überraschte mich selbst am meisten.

Ich war nicht ganz sicher, auf welche Weise sie sich meine Zuneigung erschlichen hatten, aber offensichtlich war es ihnen irgendwie gelungen.

Man hatte ihnen eine kleine Hütte zugeteilt, und mithilfe der anderen Kommunenmitglieder hatte Pachamama sie in kürzester Zeit wohnlich eingerichtet, zumindest wenn man berücksichtigte, dass es wirklich nicht mehr als eine Hütte war. Irgendwo hatten sie ein paar gewebte Decken aufgetrieben, die an die Wände genagelt wurden, um den

Staub und den Sand fernzuhalten, und jemand hatte ihnen einen kleinen Holztisch und mehrere Stühle geliehen. Sie schliefen immer noch in ihren Schlafsäcken, lagen jedoch auf einem kleinen Podest. Puma hatte es sich schnell zum Ziel gemacht, Spanisch zu lernen, obwohl es für das Leben in dieser Gemeinschaft kaum notwendig war, da die Bewohner hauptsächlich Amerikaner waren. Immer wenn ich zu Besuch kam, sprach er Spanisch mit mir, und obwohl seine Sprachkenntnisse in dieser Phase natürlich noch ziemlich rudimentär waren, lernte er meiner Ansicht nach wirklich schnell.

Das Oberhaupt der Kommune war ein Mann, der sich in einem Anflug von Selbstüberschätzung Manco Cápac genannt hatte, nach dem ersten Inkakönig, der der Sohn von Sonne und Mond gewesen sein soll. Als ich ihn fragte, warum er diesen Namen gewählt hatte, antwortete er: »Hauptsache, es funktioniert.« Eine Aussage, die das Motto der Kommune zu sein schien, wie mir allmählich klar wurde. Dieser Ausdruck und »immer mit dem Strom schwimmen«.

Manco Cápac war kein besonders hochgewachsener Mann – in der Tat war er eher klein, etwa so groß wie ich –, doch was ihm diesbezüglich fehlte, machte er mit seinem Auftreten wett. Offensichtlich war er früher einmal Schauspieler gewesen, bevor er der reinkarnierte Inkakönig wurde, und das merkte man ihm an. Er besaß im Verhältnis zu seinem Körper einen großen Kopf, bewegte sich mit einer gewissen Anmut, als hätte er einmal Tanzen gelernt, und hatte eine Stimme, die Aufmerksamkeit gebot. Er hatte stechende Augen in einem ungewöhnlichen Blauton, ausgesprochen stattliche Wangenknochen und graue Haare, die hinten zu einem langen Zopf zusammengebunden waren. Ich hätte ihn auf Anfang fünfzig geschätzt. Ein anderes Kommunenmitglied, ein Mann mittleren Alters, der sich unerklärlicherweise den Namen Moonray gegeben hatte – sich ein Pseudonym zu geben war vermutlich Teil des Rituals, wenn man sein bisheriges Leben hinter sich lassen wollte –, erzählte mir, Manco Cápac habe in Hollywood eine glanzvolle Karriere in Aussicht gehabt, sei aber dann infolge des Leistungsdrucks krank geworden und nach Peru gekommen, um sich wieder den wesentlichen Dinge des Lebens zuzuwenden. Natürlich konnte ich verstehen, dass Hollywood einen krank machen konnte, aber Manco Cápac kam mir nicht bekannt vor – so beeindruckend er auch sein mochte –, sodass man sicher darüber streiten konnte, wie nah er dem großen Erfolg wirklich gewesen war. Wahrscheinlich war er eher ein gescheiterter Schauspieler.

Die Kommune bestand aus einer Ansammlung von kleinen Hütten, in denen die meisten Mitglieder lebten, und einem Haupthaus mit Wasser und Elektrizität, in dem die Küche und der Essbereich lagen und in dessen hinterem Bereich Manco Cápac wohnte. Etwa zwanzig Menschen aller Altersgruppen, Körperformen und Größen wohnten hier, und jeder bekam eine Aufgabe zugeteilt. Pachamama arbeitete in der Küche. Puma, der mir nicht besonders intelligent vorkam, aber ein goldiger Junge war, musste hauptsächlich grobe Arbeiten erledigen, beispielsweise Holz sammeln oder zusätzliches Land urbar machen für die wichtigste Aktivität, die nach Aussage von Moonray die Landwirtschaft darstellte. Zumindest nannten sie es Landwirtschaft. Ich würde es als »Gartenarbeit« bezeichnen, und als »Gartenarbeit unter erschwerten Bedingungen« obendrein. Der Boden war extrem sandig, und das Anwesen lag am Rand eines kleinen Gehölzes aus Algarrobo- oder Mesquitebäumen mit wunderschönen, ausladenden Ästen, aber den widerlichsten Dornen, die ich je gesehen hatte. Sie bedeckten den Boden unter den Bäumen und hätten sich durch dünne Schuhsohlen sofort durchgebohrt. Alles in allem haftete der Kommune die unauslöschliche Atmosphäre der Sechziger an, bis hin zu dem schwachen Duft von Marihuana.

Da ich noch nie eine besondere Vorliebe für Gruppendynamik gehabt hatte, hatte ich mich schon oft gefragt, was die Menschen an einem solchen Lebensstil attraktiv fanden, und aus irgendeinem Grund kam ich zu dem Schluss, dass ich in Puma in dieser Hinsicht eine verwandte Seele gefunden hatte. Pachamama liebte das geschäftige Treiben im Haupthaus und in der Küche, freundete sich schnell mit anderen an und schien das Ganze für ein einziges großes Vergnügen zu halten. Ich hatte den Eindruck, dass sie unbekümmert weitergezogen wäre, wenn sie genug vom Kommunenleben gehabt hätte. Puma hatte ich jedoch mehrmals allein am Rand des Geländes vorgefunden, tief in Gedanken versunken. Da ich ihn nicht erschrecken wollte, hatte ich ihn aus einiger Entfernung beobachtet.

Der Ort war friedlich und ruhig, die Stille wurde nur von ein paar entfernten Stimmen unterbrochen, die in der Kommune vor sich hin sangen, und von dem Klappern und Kratzen einer Maurerkelle ganz in der Nähe. Puma blickte schließlich auf und sah mich. »Hören Sie das Geräusch? Der Bauer dort hinten«, sagte er und deutete hinter die Kommune. »Er errichtet eine Mauer zwischen uns und ihm. Ich würde sagen, er hat nicht viel für uns übrig. Ich habe ihm meine Hilfe angeboten, aber entweder hat er mich nicht verstanden, oder er mochte mich nicht. Ich bin nicht sicher, woran es lag. Er sollte lernen, mit dem Strom zu schwimmen, wie Manco Cápac immer sagt. Ich habe ihm auch von der 'pokalypse erzählt, aber ich glaube, das hat er genauso wenig begriffen.«

Der Glückliche, dachte ich.

Er lächelte leicht, als hätte er meine Gedanken lesen können. »Erinnert mich an zu Hause, das Geräusch. Ich habe neben einem Steinbruch gewohnt.«

Einen kurzen Moment lang sah ich ihn als das, was er wahrscheinlich im Grunde war: ein Junge mit Heimweh, der sich weit weg in der Fremde befand. Es war ein Gefühl, das ich gut verstand.

»Warum packen Sie nicht Ihre Sachen und fliegen nach Hause, Puma?«, fragte ich ihn. »Liegt es am Geld? Brauchen Sie Geld für den Flug?«

Er sah mich einen Augenblick an, und als seine Augen sich röteten, dachte ich schon, er würde gleich anfangen zu weinen. »Ich kann im Moment nicht zurück. Ich habe kein Geld, aber das ist nicht der Grund. Im Moment ist es einfach nicht möglich.«

»Mir geht es genauso«, sagte ich. Eine ganze Weile lang saßen wir schweigend da.

»Hätten Sie vielleicht Zeit, mir bei der Arbeit zu helfen, die ich für das Ausgrabungsprojekt erledigen muss, Puma?«, fragte ich schließlich. »Ich habe Schwierigkeiten, die Wasserkanister und die Propanbehälter auf die Ladefläche des Pick-ups zu hieven, und könnte ein wenig Unterstützung brauchen.« Das Ganze war nicht besonders geschickt eingefädelt, und obwohl Puma nicht der Cleverste war, durchschaute er mich sofort. Doch er willigte auf Anhieb ein.

Ab diesem Zeitpunkt legte ich regelmäßig einen Zwischenstopp bei der Kommune ein, nicht jeden Tag, aber oft genug, und wenn Puma nicht gerade irgendwelche Aufgaben zu erledigen hatte, begleitete er mich. Mit Puma in der Stadt zu sein war ein Erlebnis, besonders auf dem Markt, wo alles nur auf ihn zu warten schien. Avocados, Apfelsinen, Bananen, Töpfe, Pfannen und Tücher verschwanden und tauchten zur allgemeinen Verwunderung wieder auf; vor allem die Kinder waren begeistert. Es spielte keine Rolle, dass sein Spanisch noch rudimentär war, seine Zauberkünste sprachen für ihn, und wir hatten stets eine kleine Menschenmenge um uns herum.

Ich stellte fest, dass ich mich geirrt hatte, als ich dachte, Puma sei nicht besonders intelligent. Er war nicht sehr gebildet, gut, und zudem etwas seltsam, er tanzte gewissermaßen aus der Reihe, aber er besaß verblüffende Geschichtskenntnisse und erfreute mich mit Erzählungen über die Konquistadoren und insbesondere die Inka, die den Beschreibungen in den Lehrbüchern Leben einhauchten. Bei einigen dieser Ausflüge versuchte er, mich in Gespräche über die »'pokalypse« zu verwickeln und darüber, ob ich an Wiedergeburt glaubte, aber ich wollte mich nicht auf eine Diskussion einlassen. Keiner von uns sprach von zu Hause.

Ich bot ihm an, ihn dafür zu bezahlen, dass er mir bei meiner Arbeit half, aber er lehnte ab. Also ließ ich ihn Besorgungen machen, Wasser holen, ein paar Meter Seil kaufen oder dergleichen, und bat ihn, das Wechselgeld zu behalten. Das schien akzeptabel für ihn zu sein und verletzte seinen Stolz nicht. Vermutlich war es eine Art stillschweigendes Abkommen zwischen zwei Menschen, die aus verschiedenen Gründen, die wir beide nicht verrieten, im Moment nicht nach Hause zurückkehren konnten.

Bei einem jener zahlreichen Ausflüge traf ich Carlos Montero. Bei dieser speziellen Gelegenheit hatte ich Puma und Pachamama in die Stadt gefahren, damit sie etwas von Pumas hart verdientem Geld für ein Eis ausgeben konnten, und Tracey zu einem Büro von *Telefónica del Peru* gebracht, damit sie zu Hause anrufen konnte. Nach ihrem Telefonat zogen Tracey und ich ohne Puma weiter, der gerade für die Kinder mit Apfelsinen jonglierte, und suchten auf dem Markt nach Zubehörteilen, die sie fürs Labor benötigte. Ich erinnere mich noch, dass ich mich ausgesprochen wohlfühlte, als ich all die Düfte, Attraktionen und Geräusche des geschäftigen Treibens in mich aufnahm.

Campina Vieja ist ein sympathischer Ort, der nicht unbedingt malerisch, aber doch interessant ist; eines jener zahlreichen Städtchen, die wie kleine Perlen an der Panamericana aufgereiht sind. Vor der Kirche befindet sich der obligatorische Plaza de Armas, der jedoch so klein ist, dass es schwierig ist, sich weit genug zu entfernen, um die Statue des siegreichen Helden in der Mitte angemessen würdigen zu können – in diesem Fall Simón Bolívar, einer der Befreier Perus. Auf dem kleinen Platz geht es rund um die Uhr so betriebsam zu wie in einem Bienenkorb. Abends kommen Pärchen hierher, um sich die Zeit zu vertreiben, und schlendern in engen kleinen Kreisen um Bolívar herum. Zahlreiche kleine Straßen, oder besser gesagt Gassen, führen strahlenförmig von dem Platz weg. Viele davon wären für unseren Pick-up nicht breit genug gewesen, weshalb sie von den kleinen Motorrad-Taxis beherrscht werden, deren Halter ihren Lebensunterhalt mit den Fahrten durch die Stadt verdienen.

Der Markt wirkt weitläufiger als der Rest des Ortes, da er sich auf einem großen, offenen Gelände befindet. Doch sobald man mittendrin ist, nehmen die Gänge denselben Charakter wie die Gassen an: Sie sind überfüllt, laut, stets voller Leben und fast schon klaustrophobisch eng.

Wir schlenderten auf der oberen Ebene des Marktes umher und mampften dabei glücklich unsere *alfajores*, köstliches Mürbegebäck mit einer Füllung aus gesüßter Kondensmilch.

»Igitt!«, sagte Tracey. »Er ist wieder da!«

Igitt? Ich wandte mich um und erblickte einen rundgesichtigen Mann mittleren Alters, der eine graue Hose und ein rosafarbenes, kurzärmeliges Hemd trug, dessen Knöpfe einen Bauch von beträchtlichen Ausmaßen zu bezwingen versuchten. Er stand zwei Gänge weiter, winkte Tracey zu und rief: »Huhu!«

Aus der Nähe betrachtet erwies sich Carlos Montero, unser geldgebender Engel, als Mann mit schlechten Zähnen – wenn er lächelte, blitzten seine Goldfüllungen auf –

und Händen, die man nur als vagabundierend bezeichnen kann. Es war kein Wunder, dass alle Frauen des Projekts zusammengezuckt waren, als sie von Lucho gehört hatten, die Rückkehr seines Onkels stünde unmittelbar bevor.

Wenn ich geglaubt hatte, in meinem Alter gegen die Gefahr gefeit zu sein, wurde ich bald eines Besseren belehrt. Offenbar war jede Frau für Señor Montero attraktiv, ganz gleichgültig, wie alt, groß oder hübsch sie war.

»Rebecca, das ist Señor Montero, unser Geldgeber, dem wir so viel verdanken«, sagte Tracey strahlend. Von dort, wo ich stand, konnte ich sehen, dass sie ihre Finger hinter dem Rücken gekreuzt hatte. »Señor Montero, dies ist Señora MacCrimmon, die neueste Errungenschaft unseres Teams.«

»Señor Montero«, sagte ich und versuchte, enthusiastisch zu klingen. »Ich habe schon so viel von Ihnen gehört.« Bis dahin stimmte es. »Steve hat mir von den wunderbaren Reproduktionen erzählt, die Sie in *Paraíso* herstellen«, fuhr ich fort. »Ich hoffe, dass ich bald die Gelegenheit habe, mir Ihre Fabrik einmal anzusehen.«

Montero warf mir ein Lächeln zu, das vor allem eines war: anzüglich, und küsste mir die Hand, wobei er sie deutlich zu lange festhielt, als dass es angenehm gewesen wäre. »Sind Sie auch Archäologin, Señora? So ein bewundernswerter Beruf. Wie gern hätte ich selbst Archäologie studiert, aber meine Familie war nicht wohlhabend, und ich musste von frühester Jugend an wie mein Vater und mein älterer Bruder arbeiten gehen.« Er schüttelte traurig den Kopf und hielt immer noch meine Hand. Als ich sie wegzog, wandte Montero seine Aufmerksamkeit Tracey zu, die in ihrer weißen Kleidung äußerst attraktiv aussah – eine kühle, blonde Eisprinzessin in einem weißen ärmellosen T-Shirt, einer Leinenhose und Sandalen und mit dünnen Goldketten am Handgelenk und um den Hals.

Offensichtlich gefiel Carlos, was er sah: Ihm tropfte fast der Speichel aus dem Mund. »Und wie geht es Señora Tracey?«, fragte er in schmierigem Ton.

»Prima!«, antwortete sie so freundlich, wie es ihr möglich war. »Und Ihnen, Señor Montero?«

»Carlos, bitte, Sie müssen mich Carlos nennen«, säuselte er. »Mir geht es außerordentlich gut. Und darf ich hoffen, dass Sie in meiner Abwesenheit erfolgreich waren und ein paar großartige Artefakte gefunden haben, oder, so Gott will, vielleicht sogar ein Grab?«

»Nichts, was wirklich aufregend wäre, Señor Montero«, erwiderte Tracey und wich seinen Versuchen, vertraulich zu werden, beharrlich aus. »In dieser Woche werden Sie nichts bekommen, was ihre Investition wettmacht, fürchte ich.«

»Aber es ist doch nicht das Geld«, sagte er salbungsvoll und tat so, als würde ihm schon der bloße Gedanke Schmerzen bereiten. »Meine Schirmherrschaft ist voll und ganz der Wissenschaft gewidmet.«

»Natürlich«, murmelten wir beide.

Da er bei Tracey nicht weiterkam, wandte er sich wieder mir zu. »Es wäre mir eine große Ehre, Sie persönlich in *Paraíso* herumzuführen, Señora. Ich hoffe, ich werde dieses Vergnügen bald haben.«

Tracey erklärte, dass wir nun leider weiter müssten, und nachdem wir Señor Monteros enorme Großzügigkeit und sein Engagement für die Wissenschaft noch ein paar weitere Minuten lang gewürdigt hatten und ich versprochen hatte, dass ich ihn besuchen würde, verabschiedeten wir uns.

Tracey war so weise – wie ich noch feststellen sollte –, sich rückwärts von ihm zu entfernen.

Ich dagegen in meiner Naivität drehte mich um, und Montero beendete unsere erste Begegnung mit einem kräftigen Kniff in mein Gesäß. Eine solche Behandlung war mir so fremd – niemand hatte mir mehr in den Po gekniffen, seit ich als Achtzehnjährige mit einem Rucksack durch Italien gereist war –, dass ich nicht einmal etwas sagte. Es war mir jedoch eine Lehre, und ich beschloss, mich von nun an nur noch im Rückwärtsgang von Señor Montero zu entfernen.

»Das Wort ›Igitt‹ beschreibt diesen Mann nicht einmal ansatzweise, so drastisch es auch sein mag. Carlos Montero geht weit über ›Igitt‹ hinaus!«, zischte ich Tracey zu, als wir außer Hörweite waren. »Jetzt weiß ich, warum Sie finden, Lucho sei gar nicht so übel. Schließlich zielt er nur mit einer Pistole auf einen. Und dieser Typ hier überschüttet einen mit seinem Geschwätz und kneift einem anschließend in den Hintern.«

Tracey kicherte. »Ups. Ich hätte Sie warnen sollen.« Ich blickte sie wütend an, doch dann musste ich lachen.

Dank Monteros Einladung hatte ich einen Vorwand, am nächsten Tag das »Paradies« zu besichtigen. Auf der Hazienda gab es keinen eigenen Anschluss, und Monteros sogenannte Schirmherrschaft schloss die Benutzung seines Telefons und seines Faxgerätes mit ein. Steve bat mich, einem seiner Kollegen zu Hause ein Fax zu schicken und ihn zu bitten, ein Röntgengerät für ihn ausfindig zu machen, das er ausleihen könnte, um es bei der Untersuchung von Benji einzusetzen.

Die *Fábrica Paraíso* lag auf der anderen Seite der Schnellstraße, ein wenig nördlich von der Abfahrt zur Hazienda. Es war ein ausladender Komplex aus blassrosa Gebäuden, die die Fabrik, eine Autowerkstatt und eine kleine Tankstelle beherbergten. Montero war eben *der* Geschäftsmann des Ortes.

In der Werkstatt und bei den Zapfsäulen war keine Spur von Montero zu sehen. Also betrat ich das hinterste Gebäude, durch eine Tür, die auf beiden Seiten von großen Tongefäßen eingerahmt wurde, die mit Zeichnungen im Moche-Stil verziert waren. Direkt dahinter, in einem dunklen kleinen Eingangsbereich, stand ein Tisch, auf dem mehrere Keramikgegenstände ausgestellt waren, unter anderem drei oder vier Gefäße mit steigbügelförmigen Griffen und diverse Tontiere, vor allem Seelöwen und Hirsche. Der weitere Zugang führte nach rechts, und ich betrat den ersten von drei kleinen Räumen, die alle hintereinander angeordnet waren.

Der zweite Bereich war wie ein kleiner Ausstellungsraum eingerichtet. An den Wänden hingen große Schautafeln, die erklärten, wie die Moche-Töpferwaren hergestellt wurden. Bevor ich jedoch Zeit hatte, mich genauer umzusehen, kam bei meinem ersten flüchtigen Blick auf die Vitrinen eine schüchterne kleine Frau leise auf mich zu. »Kann ich Ihnen helfen?«, fragte sie.

»Ich suche Carlos Montero«, erwiderte ich. »Steve Neal aus dem archäologischen Projekt schickt mich«, fügte ich hinzu. Montero sollte um Himmels willen nicht glauben, dass ich aus persönlichen Gründen gekommen war. Ich hörte Montero ächzen, als er seinen nicht gerade zierlichen Bauch aus einem Sessel im nächsten Zimmer hievte, um nachzusehen, wer ihn sprechen wollte.

»Señora MacCrimmon«, rief er, und sein Gesicht verzog sich zu einem Lächeln. »Welch große Freude!« Ich hielt mich in einiger Entfernung, als ich ihn fragte, ob er das Fax für uns abschicken könnte.

»Consuelo«, befahl er, »bring Señora MacCrimmon eine Limonade. Setzen Sie sich«, sagte er und deutete auf einen Stuhl, als Consuelo, die offenbar Monteros Ehefrau war, das arme Ding, mir eine *Inca Kola* brachte, ein Getränk, das in Peru sehr beliebt ist, meiner Ansicht nach jedoch wie flüssiger Kaugummi schmeckt. Nach einem Schluck hatte ich bereits genug. Um meine schlechten Umgangsformen zu überspielen, fragte ich Montero, ob ich mich in der Fabrik umsehen könnte, während er sich um das Fax kümmerte.

Montero erwiderte: »Natürlich« und zeigte nach hinten. Consuelo führte mich an Monteros Schreibtisch vorbei und durch eine Tür in eine große Werkhalle, wo etwa zwanzig Menschen von ihrer Arbeit aufsahen und mich anblickten, als ich hereinkam. Die Halle sah genauso aus wie jedes andere große Industriegebäude: hohe Decken mit unverkleideten Dachsparren und hohe, mit Jalousien ausgestattete Fenster, die für Beleuchtung und Belüftung sorgten. Vor allem die Belüftung war notwendig, da zu meiner Rechten ganz hinten im Raum ein großer Brennofen dröhnte. Auf jeder Seite des Ofens befanden sich große Türen, die geöffnet waren, um den Raum zu kühlen.

In einer Hälfte des Produktionsbereichs, gegenüber von dem Brennofen, standen mehrere lange Tische, an denen Arbeiter – einige von ihnen waren junge Frauen – Tongefäße bemalten, als letzte Vorbereitung für den Brennvorgang. Am hinteren Ende des Raumes, auf der linken Seite, befand sich eine Zeichentisch-Vorrichtung, an der ein Mann mittleren Alters arbeitete.

Jetzt, wo ich hier war, war ich nicht mehr ganz so sicher, wonach ich überhaupt suchte. Vor einiger Zeit, als ich in dem Museumscafé in New York gesessen hatte, war ich zu dem Schluss gekommen, dass Campina Vieja der Herkunftsort von Moche-Artefakten sein musste, die als Fälschungen ausgegeben wurden, in Wirklichkeit jedoch echt waren. Es gab nur eine Kunstgewerbefabrik in der Stadt, und in dieser befand ich mich nun. Folglich sah ich mich nach irgendetwas Verdächtigem um, nach verschlossenen Türen, großen Geräten oder Verpackungsmaterialien, die eine Falltür verbergen könnten, oder nach einem verräterischen Hinweis auf einen geheimen Raum. Nichts dergleichen konnte ich entdecken. Abgesehen von den beiden garagentorartigen Öffnungen neben dem Brennofen gab es nur noch drei andere Türen: eine ganz hinten, die offen stand, um Luft hereinzulassen – der

Ofen machte den Raum extrem stickig –, eine weitere, durch die ich aus Monteros Büro und den vorderen Räumen kommend getreten war, und eine dritte Tür, die in den Waschraum führte.

Der Lagerbereich, der sich in der Nähe des Brennofens befand, war gut einsehbar: mehrere Reihen von Industrieregalen aus Metall, etwa zweieinhalb Meter hoch, waren mit diversen, nach Typen sortierten Keramik-Objekten gefüllt. In einem Regalelement standen lange Reihen identischer Fische, in einem anderen Moche-Krieger, in weiteren waren Pflanzen, Tiere und anderes deponiert, jeweils in verschiedenen Bearbeitungsstadien. Näher am Ofen befanden sich die Figuren, deren Ton noch feucht war, sowie andere, die erst einen Brennvorgang hinter sich hatten; wieder andere waren schon bemalt, aber noch nicht fertig gebrannt; und schließlich gab es eine Verpackungszone für die vollendeten Produkte. Im Laufe meines Arbeitslebens hatte ich schon ähnliche Betriebe besichtigt, und dieser hier wirkte vollkommen normal auf mich.

Durch eine der Türen warf ich einen raschen Blick nach draußen und sah in etwa fünfhundert Metern Entfernung die Überreste eines Gebäudes – vier Ziegelwände in verschiedenen Stadien des Verfalls, kein Dach und auf der mir zugewandten Seite keine Fenster. Ich vermutete, dass es möglicherweise einmal eine Lagerhalle oder ein sehr kleines Haus gewesen war, doch jetzt konnte es keinem sinnvollen Zweck mehr dienen, was auch immer es früher gewesen war.

Kurz darauf gesellte sich Montero zu Consuelo und mir. Er scheuchte seine Frau davon und übernahm ihre Pflichten als Fremdenführer. Er wusste eine Menge über Moche-Töpferwaren und darüber, wie sie ursprünglich hergestellt worden waren. Er erzählte mir, dass die Moche das erste Volk in dieser Region der Erde gewesen seien, das Brennformen verwendete, dass die meisten Moche-Keramiken Gefäße mit steigbügelförmigen Ausgüssen waren und dass es möglich war, diese Gefäße anhand der Länge des Ausgusses und der Form der Tülle zu datieren, vor allem im südlichen Teil des Moche-Reiches.

Darüber hinaus erklärte er ausführlich, wie die Fertigung ablief, und dies mit offensichtlichem Stolz. »Das hier ist der Ausgangspunkt«, sagte er, als er neben seinem Zeichner stand, den er Antonio nannte. »Antonio fertigt anhand von Fotografien von Artefakten Zeichnungen an und entwirft die Formen. Wie Sie sehen, arbeitet er gerade an einem Becher mit Szenen einer Hirschjagd. Hier drüben«, fuhr er fort, während er in einen anderen Bereich der Werkstatt ging, »werden die Brennformen gebaut, und hier«, sagte er und machte dabei eine ausladende Handbewegung durch den Raum, »sind meine Künstler, die die Stücke entsprechend der Zeichnungen schmücken.

Ich bin sehr stolz auf meine Leute«, sprach er weiter. »Sie machen eine wunderbare Arbeit. Sehen Sie mal, dieses Steigbügelgefäß in Form eines Fisches, wie detailgetreu es ist.« Die junge Frau, die gerade damit befasst war, lächelte schüchtern. »Einige Gegenstände, die wir für die Touristen fertigen, sind kostengünstig, aber in anderen Fällen – wie bei diesem hier zum Beispiel – handelt es sich streng genommen nicht um Reproduktionen: Eigentlich sind es eher Originalstücke, die im Moche-Stil gehalten sind. Genau genommen sind es richtige Kunstwerke. Meinen Sie nicht auch?«

Ich war ganz seiner Ansicht, und das sagte ich ihm auch. Carlos' Angestellte waren wirklich talentierte Kunsthandwerker, und es war eine Freude, ihnen dabei zuzusehen, wie sie mit geschickten Strichen komplizierte Muster auf den Tonoberflächen anbrachten – obschon ich es unter anderen Umständen mehr genossen hätte. »Stellen Sie auch Replikate her, Carlos?«, fragte ich. »Exakte Nachbildungen von Moche-Keramiken?«

»Sie meinen, mit den ursprünglichen Herstellungsmethoden?«, fragte er. »Nein, dafür mögen wir unseren elektrischen Brennofen viel zu sehr.« Er lächelte. »In Wahrheit können wir es uns nicht leisten, Replikate anzufertigen. Ich kann kein Geld mit ihnen verdienen, weil sie so arbeitsintensiv und so teuer in der Erzeugung sind.«

Wir schlenderten durch die komplette Länge der Halle. Montero redete unaufhörlich. Er zeigte mir, wo die Waren verpackt wurden, erzählte mir, welche Museumsläden seine Produkte führten, und so fort. Es war eine Offenbarung für mich, nicht so sehr das, was Montero mir über die Handwerkskunst der Moche erzählte – Ralph hatte mir bereits eine Menge über Keramik berichtet –, sondern dass er so viel wusste und so stolz auf die Arbeit war, die hier verrichtet wurde. Wahrscheinlich hatte ich aufgrund seines sonstigen Verhaltens angenommen, er sei ein Ignorant, aber das war er durchaus nicht. Offensichtlich war er ein wesentlich vielschichtigerer Mensch, als ich gedacht hatte.

Natürlich verdarb er am Ende alles mit einem lüsternen kleinen Kniff, aber vermutlich gewöhnte ich mich bereits an seine spezielle Art, mit dem anderen Geschlecht umzugehen. Ich befreite mich lediglich aus seinen Fängen und verabschiedete mich.

Als ich das Gelände verließ, warf ich noch einen kurzen Blick in die Autowerkstatt. Sie wirkte wie jede andere Werkstatt dieser Art: anderthalb Stockwerke hoch, offen bis zum Dach, zwei Reparaturgruben und jede Menge Schrott. Nichts wirkte verdächtig.

An jenem Tag verschwand Hilda Schwengen wie üblich, kurz nachdem das Essen begonnen hatte, und wurde den ganzen Abend nicht mehr gesehen. Lucho schlich immer noch im Haus herum und suchte sicher nach seiner Pistole. Früher am Tag hatte ich ihn im Labor dabei erwischt, wie er die Kartons durchstöberte. Nachdem sich alle in ihre

Zimmer zurückgezogen hatten, hörte ich – ebenfalls wie üblich – geflüsterte Gespräche unter mir, das Knarren der Eingangstür und im ersten Stock das Klicken und Quietschen von Türen, die geöffnet und geschlossen wurden.

Ich dachte über meine heutige Besichtigung von *Paraíso* nach. Ich hatte nichts Verdächtiges an dem Betrieb entdecken können. Ich hatte keine geheimen Kammern gefunden, in denen man kostbare Moche-Kunstwerke verstecken konnte, obwohl es natürlich möglich war, dass jemand sie in letzter Minute anlieferte und heimlich mit in die Versandkisten packte. Aber danach? Wie bekamen sie die Kunstwerke aus dem Land heraus? Ich dachte über all die Lieferungen aus fremden Ländern nach, die ich für mein Geschäft organisiert hatte. Ich füllte regelmäßig ganze Container, die per Schiff transportiert wurden, und vermutlich hätte ich auch illegale Objekte mit einpacken können, wenn ich gewollt hätte. Doch das Risiko, erwischt zu werden, wäre enorm hoch gewesen. Natürlich war Eidechse ein Zollagent gewesen, aber er konnte gewiss nicht derjenige gewesen sein, der jede einzelne Kiste von *Paraíso* prüfte, die durch den Zoll ging. Gab es irgendwo jemanden in einem Museumsladen, der die Sendung in Empfang nahm und schnell die echten Objekte herausholte? Ich fragte mich, wie schwer das Ganze zu organisieren wäre, und kam zu dem Schluss, dass es äußerst kompliziert sein musste. Und wie landeten die Sachen schließlich bei *Molesworth & Cox*?

Vielleicht lag die Lösung am Ende gar nicht in *Paraíso*, dachte ich. Aber wenn es nicht so war, dann blieb als einzige Alternative in dieser Region das archäologische Projekt, bei dem ich mitarbeitete. Ich fasste den Entschluss, dass ich wesentlich mehr darüber herausfinden musste, was auf der Hazienda Garúa vor sich ging. Nach außen hin war es eine sympathische und entspannte Gruppe. Doch unter der Oberfläche gab es Spannungen. Hilda mochte Tracey nicht, so viel wusste ich, aber ich kannte die Gründe nicht. Ralph war mehr als nur ein wenig vernarrt in Tracey, doch Tracey war mit Steve zusammen, und das konnte Ralph nicht entgangen sein. Ging es hier schlichtweg wie in einer Seifenoper zu, war dies alles die Folge davon, dass eine kleine Gruppe von Menschen isoliert und weit weg von zu Hause war, oder steckte mehr dahinter?

Zusätzlich gab es noch den nächtlichen Besucher und den Mann unter den Torbögen, die möglicherweise ein und dieselbe Person waren, aber vielleicht auch nicht. Ich beschloss, dass ich das Problem am besten von zwei Seiten anging: Ich musste noch einmal nach *Paraíso* fahren, wenn niemand dort war, und mehr über das Projekt in Erfahrung bringen. Es war an der Zeit, dass Steve und ich ein vertrauliches Gespräch führten.

11

Es verfolgt mich noch immer. Gelegentlich träume ich, dass ich auf einem entfernten Planeten stehe oder möglicherweise auf einem wüsten Mond oder einem erkalteten Asteroiden, der richtungslos durch den Weltraum irrt. Die staubige Oberfläche ist mit Kratern von Tausenden von Meteoriten übersät. Ein einzelner Hügel erhebt sich aus der Ebene, seine Hänge wurden von einem vorzeitlichen Sturm zerfurcht und verwüstet. Niemand ist hier. Einst war dieser verlassene Ort bewohnt, ich weiß es, vor sehr langer Zeit. Auf der von Kratern durchzogenen Oberfläche liegen ihre Knochen verstreut. Zudem gibt es noch andere Zeichen der Erinnerungen: hier und da ein alter Stofffetzen und zu meinen Füßen ein Zopf aus dunklen Haaren, rötlich gebleicht vom Licht einer entfernten Sonne, die durch den Dunst scheint. In meinem Traum höre ich im Nebel ihr geisterhaftes Flüstern; mit dem windgepeitschten Staub, der mir ins Gesicht weht, kommen sie zu mir. Cerro de las Ruinas.

Mein Vorhaben, Steve zu befragen, wurde durch ein Ereignis auf dem Markt hinausgezögert, das ankündigte, dass einer der skrupellosesten Menschen, die ich je getroffen hatte, nach Campina Vieja gekommen war. Steve nannte ihn »den letzten Abschaum«. Es war eine zufällige Begegnung, die uns kopfüber in die Katastrophe stürzen ließ. Damals war ich unsicher, ob mich die Begebenheit nun von meinem Kurs abbrachte oder vielmehr einen weiteren Faden des undurchdringlichen Netzes darstellte, das ich zu entwirren versuchte. Nicht dass meine Überlegungen eine Rolle gespielt hätten: Ich wurde wie alle anderen mitgerissen.

Als sich der Vorfall ereignete, waren Steve, Tracey und ich gerade auf der oberen Ebene des Marktes, umgeben von Bananenbündeln, die fast zwei Meter hoch aufgestapelt waren. Wir suchten nach den perfekten Avocados, die wir zur Hazienda mitnehmen wollten, um sie an Inés' freiem Tag zu servieren. Wir waren nicht nur in die Stadt gekommen, um Einkäufe zu erledigen, sondern auch, damit Tracey eines ihrer Telefonate führen konnte (mir kamen diese ganzen Anrufe zu Hause ein wenig zwanghaft vor, aber vielleicht war ich bloß neidisch) und um uns ein wenig zu entspannen. Wir schlenderten zusammen umher und amüsierten uns, als Steve so unvermittelt stehen blieb, dass Tracey ihn fast umrannte.

»Scheiße!«, hörte ich ihn murmeln, während er in die Ferne blinzelte. »Sehe ich richtig? Scheiße!«, wiederholte er.

Als Tracey und ich seinem Blick folgten, begann er loszurennen und rief uns über die Schulter hinweg zu: »Wir treffen uns in einer Stunde im *El Mo.*« Wir beobachteten, wie er sich durch die Menge kämpfte, ein paar Stufen hinunterlief, auf die untere Ebene des Marktes, dann unter einer Plane hindurchkroch, die hinter einem der Marktstände flatterte, und aus unserem Blickfeld verschwand.

»Was ist denn jetzt los?«, fragte ich Tracey.

»Ich habe keine Ahnung«, sagte sie unbekümmert. Ich stellte fest, dass eine Menge geschehen musste, bis Tracey anfing, sich Sorgen zu machen.

Die Kombination von Schönheit, Reichtum und Intelligenz vermittelt einem wahrscheinlich das Gefühl, unbesiegbar zu sein. »Er wirkte nicht gerade glücklich, nicht wahr?«, bemerkte sie. »Was machen wir nun?«

»Wir beenden unsere Einkaufstour, würde ich sagen, gehen ein Bier trinken und warten auf ihn.« Ich zuckte mit den Achseln. Wenn Tracey nicht besorgt war, warum sollte ich es dann sein?

Wir brauchten ein wenig länger, als wir gedacht hatten, um in die Bar zu gelangen, in der wir uns treffen wollten, *El Mochica,* besser bekannt als *El Mo.* Wir hatten noch einige Besorgungen zu machen und trafen mehrmals ein paar unserer Studenten – alle hatten heute frei – und schließlich auch Puma und Pachamama und unterhielten uns mit ihnen. Als wir die Bar betraten, war Steve bereits dort. Er saß erschöpft auf seinem Stuhl und blickte nicht einmal auf, als wir hereinkamen.

Nachdem wir Bier bestellt hatten und Steve immer noch nicht viel gesagt hatte, stupste Tracey ihn an. »Sprich mit uns, Steve! Was ist los? Wem bist du hinterhergejagt?«

Er verzog das Gesicht zu einer müden Grimasse. »Mit einem Wort«, seufzte er, »oder besser mit zwei Worten: *el Hombre.* Dem Typen, den die Leute hier als *el Hombre* bezeichnen.«

El Hombre? Der Mann. Hier spazierte jemand herum, der sich »der Mann« nannte? Ich wollte schon laut auflachen, aber etwas an Steves Gesichtsausdruck ließ mich innehalten.

»Was für ein dämlicher Name!«, rief Tracey. »Warum sollte ihn sich jemand zulegen? Und wer ist er tatsächlich?«, fragte sie zweifelnd. Von Steves Miene ließ sie sich nicht abschrecken.

Er seufzte. »*El Hombre?* Keine Ahnung. Vielleicht will er nicht, dass die Leute hier seinen richtigen Namen erfahren. Warum ihm das allerdings etwas ausmachen sollte, wenn er so wenig verhehlt, was er macht, kann ich wirklich nicht sagen. Möglicherweise meint er einfach nur, es würde wichtig klingen. Sein Name ist Etienne Laforet. Er ist Franzose, aus Paris. Er ist Kunsthändler und besitzt eine protzige Pariser Galerie am linken Seine-Ufer.

Außerdem ist er ein absoluter Widerling. Ich habe ihn hier in der Gegend schon seit Jahren nicht mehr gesehen, aber früher kam er mindestens einmal pro Saison, manchmal sogar zweimal. Seine Vorgehensweise ist immer dieselbe. Er braust in einem großen, teuren Auto in die Stadt, sucht ein paar Bars und Restaurants auf, macht viel Aufhebens und wirft mit Geld um sich. Sobald er dafür gesorgt hat, dass jeder sieht, wie reich er ist, sucht er sich eine Unterkunft, stellt seinen auffälligen und teuren Wagen davor ab – in diesem Jahr ist es ein goldfarbener Mercedes –, damit alle wissen, wo er sich aufhält, und sitzt einfach nur da und wartet.«

»Und worauf wartet er?«, fragte ich. »Ist es nicht ein wenig gefährlich, in dieser Gegend seinen Reichtum zur Schau zu stellen? Handelt er sich damit nicht eine Menge Probleme ein?«

Steve blickte mich an, als wäre ich die Naivität in Person. »Er handelt sich keine Probleme ein, er *ist* das Problem. Niemand legt sich mit ihm an. Er wartet natürlich auf Leute, die ihm gestohlene Artefakte bringen. Sie sollen wissen, dass er hier ist, dass er etwas kaufen will und wo sie ihn finden.«

»Was genau meinen Sie mit ›gestohlenen Artefakten‹?«, erkundigte ich mich.

»Im Grunde alles, was präkolumbisch ist. Er ist auf die Moche spezialisiert.«

»Wollen Sie damit sagen, dass er in aller Öffentlichkeit herumsitzt, bis die Leute ihm ihre gestohlenen Sachen bringen? In einem Hotel-Foyer zum Beispiel?«

»In einem Haus. Für gewöhnlich mietet er ein Haus, und das hat er auch diesmal getan. Das kleine weiße mit dem runden Fenster im ersten Stock drüben auf der Calle Nummer 7 neben dem Haushaltswarengeschäft. Ich bin ihm heute Nachmittag bis dorthin gefolgt. Das Gebäude ist von einer hohen Mauer umgeben, im Vorgarten steht ein alter Baum, und auf der gegenüberliegenden Seite gibt es keine Fenster, von denen aus man hinter die Einfriedung blicken könnte. Folglich kann niemand sehen, was auf dem Innenhof oder an der Tür vor sich geht. Aber davor gibt es einen Parkplatz, sodass jeder seinen Wagen sehen kann und weiß, dass er da ist. Ein perfekter Ort.«

»Wo ist denn die Polizei bei dem Ganzen? Können sie nicht irgendetwas unternehmen?«

»Möglicherweise könnten sie. Aber sie tun es nicht. Entweder fehlt ihnen die Handhabe, oder sie wollen nicht. Dieser Bursche hat den Ruf, skrupellos zu sein, und die Menschen hier fürchten sich geradezu davor, sich mit ihm anzulegen.«

»Sie machen trotzdem Geschäfte mit ihm!«

»Ja«, seufzte er. »Das tun sie.«

»Aber man darf keine Moche-Artefakte aus dem Land bringen!«, warf ich ein.

Steve warf mir erneut einen Blick zu, als wäre ich neu auf diesem Planeten. »Offensichtlich gibt es Mittel und Wege«, erwiderte er. »Er ist beim Rückflug nach Paris noch nie mit irgendetwas erwischt worden, das kann ich Ihnen versichern.«

Darüber dachten wir alle einen Moment nach, während Steve mit mürrischem Gesichtsausdruck in sein Bier starrte. »Ich dachte, er würde hier vielleicht nie mehr auftauchen«, sagte er schließlich. »In den letzten Jahren war er weiter im Süden, und hier in der Region ist meines Wissens nichts besonders Interessantes gefunden worden. Ich frage mich, was es bedeutet, dass er wieder da ist. Ich schätze, ich muss ein paar Nachforschungen anstellen.«

Ich war nicht sicher, was »Nachforschungen anstellen« bedeutete, aber ich hatte nicht viel Zeit, um darüber nachzugrübeln. Am Eingang von *El Mochica* wurde es ein wenig unruhig, und Steve wandte sich zur Tür um.

»Lasst uns von hier verschwinden«, sagte er und warf Geld für die Getränke auf den Tisch, obwohl sein Bier noch gar nicht ausgetrunken war. »Dieses Lokal hat gerade seinen Charme verloren.«

Ich saß mit dem Rücken zum Eingang und drehte leicht den Kopf, um zu sehen, was zu dieser unvermittelten Geste von Steve geführt hatte. Aus den Augenwinkeln sah ich im hellen Gegenlicht von draußen die Umrisse eines Mannes. Ich blickte zurück zu Steve, um zu fragen, ob die Silhouette, die ich gesehen hatte, *el Hombre* war, aber ich brauchte gar nichts zu sagen. Steves Gesichtsausdruck verriet alles.

Als wir an der Tür angekommen waren, war *el Hombre* bereits im Salon verschwunden, der rechts neben dem Eingang lag, und nicht mehr zu sehen.

Die Stimmung beim Abendessen war an diesem Tag verhaltener als üblich, da Steves schlechte Laune uns alle ansteckte. An Inés' freiem Tag, der für gewöhnlich mit unserer Pause bei den Ausgrabungsarbeiten zusammenfiel, zwängte sich das Team in die kleine Küche, um gemeinsam die Abendmahlzeit vorzubereiten, abgesehen von Pablo, der seinen Urlaubstag in der Stadt bei seiner Familie verbrachte, und Hilda, die die ganze Zeit über in ihrem Zimmer blieb und sich zweifellos betrank. Manchmal kamen auch noch ein paar Studenten hinzu, und fast immer war das Ganze eine ziemlich lustige Angelegenheit.

Ralph, ein Junggeselle, kochte gern und konnte es auch einigermaßen. In seine Zuständigkeit fiel der Hauptgang, *pollo,* Hühnchen, das er in dem Propangasofen zubereitete, den er stets als den »Handlanger des Teufels« bezeichnete, weil er dazu neigte, sich im kritischen Moment abzuschalten. Ich war für die Vorspeise verantwortlich und versuchte Inés' *papas a la Huancaina* nachzukochen, Kartoffeln in einer Sauce aus Käse, Zwiebeln und scharfen Pfefferschoten, die mich am ersten Abend so begeistert hatte. Traceys Spezialität war Flan beziehungsweise Crème Caramel, weshalb sie den Nachtisch zubereitete. Steve überwachte das Ganze – eine Aufgabe, zu der es auch gehörte, die Gläser der Köche zu füllen. Auch wenn die Ergebnisse nie an Inés' Schlemmereien heranreichten, betrachteten wir unser selbst gekochtes Essen jedes Mal als Erfolg, und in gewisser Weise war es das auch. Gelegentlich fiel der Strom aus, und in der Regel gab der Herd auf: Immer galt es irgendeine Hürde zu meistern, um den Sieg davontragen zu können. Tracey bat wie üblich einen von uns, ein Tablett zu Hilda hinaufzubringen und vor ihrer Tür abzustellen, aber meistens war es am nächsten Morgen unberührt.

In dieser Nacht, als alle sich zur Ruhe gelegt hatten, und zum ersten Mal, seit ich auf der Hazienda Garúa angekommen war, wickelte ich den kleinen Moche-Mann aus seinem Taschentuch und begutachtete ihn noch einmal. Jedes Mal, wenn ich ihn betrachtete, fand ich mehr zu bewundern. Er war wirklich exquisit. Die handwerkliche Ausführung erschien mir umso außergewöhnlicher, je öfter ich ihn mir ansah. Seine Halskette aus winzigen Perlen, die alle handgefertigt waren, weshalb auch jede ein wenig anders aussah, war so wunderschön gearbeitet, dass es mir fast den Atem verschlug. Ich konnte die Detailgenauigkeit, den Zeitaufwand nicht ermessen, den ein Kunsthandwerker investiert haben musste, um nur einen einzigen Ohrpflock für jemanden herzustellen, und zweifellos für jemand Bedeutenden. Äußerst behutsam wickelte ich ihn wieder ein und legte ihn in sein Versteck, hinter ein loses Brett im Schrank. War Etienne Laforet, so fragte ich mich, das fehlende Verbindungsstück, nach dem ich suchte?

Später hörte ich wieder die flüsternden Stimmen, und diesmal stand ich leise auf und ging zum Balkongeländer. An der Eingangstür sprachen drei Personen bei Kerzenlicht miteinander. Steve war einer von ihnen, der andere war der Mann, den ich kurz im Scheinwerferlicht des Motorrads von Inés' Bruder gesehen hatte, der Torbogenmann, und die dritte Person war, wie ich diesmal zu meiner Überraschung erkannte, Hilda. Obgleich ich mich anstrengte, konnte ich nur ein paar Gesprächsfetzen aufschnappen.

»Damit können wir ihn nicht durchkommen lassen«, hörte ich Hilda sagen. Und dann: »Hol Montero. Er soll mit seinem Bruder sprechen.«

Weiteres Gemurmel. »Ich fahre nach Lima, wenn es nötig ist«, sagte Steve.

Dann, als offenbar alles geklärt war, schlüpfte der Torbogenmann wieder nach draußen in die Dunkelheit, die Kerze wurde gelöscht, und Hilda und Steve gingen auf die Treppe zu. Ich zog mich rasch in mein Zimmer zurück und lehnte die Tür an. Ein oder zwei Minuten später hörte ich Hildas Schritte, sie humpelte ein wenig.

Sehr früh am nächsten Morgen, noch vor dem Morgengrauen, wachte ich von einem leisen, aber anhaltenden Pochen an meiner Tür auf. »Rebecca, hier ist Hilda«, flüsterte sie. »Ziehen Sie sich schnell an und kommen Sie nach unten.«

Ich taumelte aus dem Bett – dieses ganze nächtliche Herumwandern raubte mir den Schlaf –, wusch mir das Gesicht, zog eine Jeans und ein T-Shirt an und stieg die Treppe hinunter. Steve, Hilda und Ralph waren bereits unten, und sogar Carlos Montero war dort. Nur Tracey war nirgendwo zu sehen.

»Ralph, du kommst mit mir«, blaffte Hilda. »Carlos hat uns einen zweiten Pick-up zur Verfügung gestellt, den werden wir nehmen. Rebecca, Sie fahren mit Steve. Carlos, haben Sie den Brief?« Carlos nickte und reichte Steve einen Umschlag.

»Gut, wir müssen uns beeilen«, ordnete Hilda an. »Steve, du und Rebecca, ihr könnt unterwegs etwas zu essen kaufen.«

Ich blickte Steve an, und mehr als nur eine Frage formte sich in meinem schlaftrunkenen Kopf. »Ich erkläre Ihnen unterwegs alles«, sagte er, als wir auf den Wagen zugingen.

Innerhalb von wenigen Minuten waren wir auf der Panamericana Richtung Süden unterwegs. Steve fuhr in scharfem Tempo, aber so früh am Morgen war die Straße glücklicherweise relativ leer. »Wir fahren nach Trujillo«, sagte er. »Ich muss im Büro des INC sein, wenn sie öffnen.«

Das INC. Das *Instituto Nacional de Cultura.* All der Aufwand, um bei einem Amt vorzusprechen?

»Wir ziehen um«, erklärte er. »Mit der Ausgrabungsstätte, meine ich. Wir packen alles zusammen und ziehen zu einer anderen Stätte um, die etwa anderthalb Kilometer entfernt liegt. Zumindest hoffe ich das. Für die neue Ausgrabung brauche ich eine *credencial,* eine Lizenz. Carlos hat von seinem Bruder, dem Bürgermeister, einen Brief mitbekommen, in dem er sich dafür ausspricht, und der Bürgermeister und Carlos haben bereits dort angerufen, sodass die Leute beim INC uns erwarten.

Vielleicht muss ich allerdings nach Lima fliegen, zur Hauptverwaltung, deshalb haben wir Sie mitgenommen. Sie können den Pick-up heute zurückfahren, wenn es erforderlich ist.«

»Ich dachte, Sie wären mit dem Verlauf des Projekts zufrieden«, sagte ich. »Warum plötzlich die ganze Hektik?« Steve fuhr nur unwesentlich langsamer, als wir nach Campina Vieja kamen. Die Bauern aus der Gegend brachten bereits ihre Produkte zum Markt, und Steve musste einigen Karren und Motorrädern ausweichen, als wir durch die Stadt rasten.

»Ich habe einen ...«, er zögerte eine Sekunde, »nennen wir ihn einen Informanten, einen *huaquero* namens Arturo – den Nachnamen sage ich Ihnen nicht, der ist nicht wichtig –, und er ...«

»*Huaquero?*«, unterbrach ich ihn. »Verstehe ich recht? Ein Grabräuber?«

»Richtig. Die Inka hatten kein Wort für ›Gott‹, nur ein Wort für ›heilig‹ – *huaca,* also *huaqueros,* Räuber, die sich an heiligen Orten zu schaffen machen. Eine lange Tradition in dieser Gegend. Möglicherweise waren die Inka selbst daran beteiligt, indem sie die Gräber von früheren Kulturen plünderten. Hier in der Region sind ganze Familien darin verwickelt, und das schon seit Generationen. Und sie sind wirklich gut, muss ich sagen. Sie wissen, wonach man suchen muss, vielleicht sogar besser als wir, und sind Experten darin, diese Dinge aufzuspüren. Pablo, unser Vorarbeiter, war früher sogar ein *huaquero par excellence.* Wir konnten ihn für unsere Sache gewinnen, und er ist ein echter Glücksfall für uns. Ein paar seiner Männer waren ebenfalls *huaqueros.* Indem wir ihnen ein Auskommen ermöglichen und ihnen etwas über ihre Kultur beibringen, hoffen wir, sie auf dem rechten Weg zu halten.«

Das schien mir eine etwas riskante Ausgangsbasis zu sein.

»Und was machen sie – die *huaqueros,* meine ich – mit den Gegenständen, die sie finden? Verkaufen sie sie auf dem Schwarzmarkt?«

»In einigen Fällen ja; in anderen wird es mehr oder weniger so gehandhabt, als sei das Ganze legitim. Damit will ich sagen, dass der offene Besitz von Artefakten in diesem Land möglich ist, und davon profitieren die *huaqueros.*«

»Aber fördert es die Plünderungen nicht noch, wenn man den Leuten hier erlaubt, derartige Antiquitäten zu besitzen?«

»Natürlich. Und es macht mich wahnsinnig. Aber man muss auch ein wenig Verständnis für die Plünderungen haben, nicht wahr? Sie haben ja gesehen, wie arm diese Region hier ist. Wenn man Glück hat, kann man wesentlich mehr Geld mit dem Plündern verdienen als mit Fischfang oder Landwirtschaft, so viel ist sicher. Für uns, die wir aus angenehmen, reichen Ländern kommen, ist es leicht, den Menschen vorzuschreiben, dass sie sämtliche Funde den Museen übergeben sollen. Die Leute, die ich für die wirklich Schuldigen halte, sind die Käufer, vor allem die Händler. Sie sind diejenigen, die das Ganze fördern, und auch diejenigen, die das große Geld damit machen. Abschaum, meiner Meinung nach. Zumindest einige von ihnen, und Laforet steht an erster Stelle. Aber ich möchte mich gar nicht weiter darüber auslassen«, sagte er und wirkte, als sei er ernsthaft gefährdet, wieder in ein Stimmungstief zu fallen.

»Sie sprachen gerade von Arturo«, bohrte ich weiter, ohne darauf Rücksicht zu nehmen.

»Richtig«, sagte er. »Arturo kam zum ersten Mal in der letzten Saison zu mir, mit ein paar Objekten, die er gefunden hatte. Ich hatte gesehen, wie er in der Nähe herumlungerte und uns beobachtete, und schließlich tauchte er in der Hazienda auf und bat mich, zwei Gegenstände für ihn zu beurteilen, damit er sich eine Vorstellung davon machen könnte, was sie wert seien.

Er hatte zwei wirklich schöne Keramik-Objekte dabei: Moche, ein Gefäß mit Steigbügelausguss in Form eines Seelöwen, der mit Augen aus Muscheln versehen war, und einen Becher mit filigranen Zeichnungen. Höchstwahrscheinlich echt. Natürlich stammten sie aus einer Plünderung. Es gab keine andere Möglichkeit, wo er sie herhaben konnte. Doch als Gegenleistung für mein Gutachten bot er mir an, zu verraten, wo er sie gefunden hatte. Also handelte ich mit ihm aus, dass ich den Becher mit den filigranen Zeichnungen ein oder zwei Tage behalten könnte, um ihn zu untersuchen, bevor ich ein Urteil abgäbe.«

Ich sagte nichts. »Ich weiß, was Sie jetzt denken«, fuhr er fort. »Aber die Plünderungen gehen unaufhörlich weiter, und ich bin machtlos dagegen und kann sie nicht aufhalten. Auf diesem Weg erhalte ich wenigstens die Gelegenheit, die Objekte zu untersuchen, bevor sie auf dem Schwarzmarkt verschwinden.«

Ich dachte eine Minute darüber nach. Es gab Pro- und Kontra-Argumente, und der ethische Gesichtspunkt kam mir ein wenig vernachlässigt vor, aber was wusste ich schon? Schließlich gab ich mich diesen Leuten gegenüber als jemand aus, der ich nicht war, und das schon seit geraumer Zeit.

Außerdem war ich selbst stolze Besitzerin eines echten Moche-Artefakts und noch nicht dazu gekommen, es einem Museum zu übergeben.

»Jedenfalls ist Arturo in dieser Saison wiedergekommen und hat mir erneut zwei Objekte gebracht, die ich mir ansehen sollte. Diesmal hatte er einen prächtigen Fund gemacht: eine kleine Kupferfigur eines Kriegers – der Kleidung nach zu urteilen – und eine wunderschöne Keramik in Form einer Ente.

Letzte Nacht kam Arturo und berichtete mir, einer der Bauern aus der Gegend, ein Mann namens Rolando Guerra, ziehe eine Mauer um ein Grundstück herum, das am Rand des *algarrobal* liegt, des Waldes aus Mesquitebäumen. Den Einheimischen hat er erzählt, er würde sein Land lediglich vor *invasores* schützen wollen, aber Arturo sagte, er sei nahezu sicher, dass der Bursche etwas gefunden hat und nur deshalb eine Mauer errichten würde, damit niemand sieht, wie er es ausgräbt. Der Umstand, dass die Guerra-Familie bekannte *huaqueros* sind und immer schon waren, wäre schon Beweis genug, aber es kommt noch die Tatsache hinzu, dass Arturos Keramik und der Krieger aus derselben Gegend stammen, und damit ist es einigermaßen klar. Der *campesino* ist vielleicht wirklich auf etwas Großes gestoßen.«

»Und was wäre ›etwas Großes‹?«

»Ein Grab. Ein unberührtes Grab von einem Menschen aus der Oberschicht, von jemand Bedeutendem. Das wäre der aufregendste Fund von allen in unserem Fachgebiet, und hier in der Gegend könnte er in der Tat spektakulär ausfallen. Jahrelang hat man die Szenen auf den Moche-Töpferwaren analysiert und nicht erkannt, dass die Abbildungen wahre Begebenheiten oder Rituale darstellten. Viele Moche-Keramiken zeigen beispielsweise eine Szene, bei der Gefangene vor einen Gott, einen Kriegerkönig oder eine Art Priester geführt werden, der häufig auf einer Sänfte sitzt. Vor ihm steht ein weiterer Krieger, der halb Mensch, halb Vogel ist. Hinter ihm befindet sich eine Frau, eine Priesterin, die einen Kelch hält. Dahinter steht oft noch eine weitere Figur mit einem Tiergesicht, üblicherweise erinnert es an eine Raubkatze.

Das Interessante daran ist, dass, unabhängig davon, wie oft dieses Motiv verwendet wurde und wer der Künstler war, die gezeigten Figuren sich stets ähneln. Man kann es mit der Kreuzigung oder der Geburt Christi in unserer Kultur vergleichen. Beides wurde über Jahrhunderte hinweg von zahlreichen Künstlern wiedergegeben, aber stets mit den üblichen Elementen, die wir alle erkennen. Auf gleiche Weise war die Szene, die ich soeben beschrieben habe, offensichtlich ein Ritual von großer Bedeutung für die Moche, und obwohl sie über keine Schriftsprache verfügten und wir das dargestellte Geschehen daher nur erahnen können, wird es normalerweise das ›Opfermotiv‹ genannt. Es ist ein wenig blutrünstig: Den Gefangenen wurden die Kehlen durchgeschnitten, und wahrscheinlich befindet sich in dem Kelch ihr Blut.«

Ein oder zwei Sekunden lang kam mir unwillkürlich das Bild Edmund Edwards' in den Sinn, dessen Blut über den Schreibtisch floss, und ebenso dasjenige von Eidechse, Ramón Cervantes, der erdrosselt worden war, doch ich schob diese Erinnerungen entschlossen in mein Unterbewusstsein zurück und konzentrierte mich auf das, was Steve erzählte.

»Der erste Krieger trägt beispielsweise immer einen kegelförmigen Kopfschmuck mit einer Mondsichel darauf, und von seinem Kopfschmuck und seinen Schultern gehen Strahlen aus. Zudem trägt er einen sichelförmigen Nasenschmuck und große, runde Scheiben als Ohrschmuck. Zu seinen Füßen befindet sich fast immer ein Hund.

Die Priesterin trägt stets einen Kopfschmuck mit zwei langen Federn, und ihre Haare sind zu langen Zöpfen gebunden, die in Schlangenköpfen enden. Die vierte Figur trägt einen Kopfschmuck mit langen Pflöcken, die gezackte Kanten haben. So in etwa muss man sich das Ganze vorstellen.

Das Außergewöhnliche daran ist, dass diese Menschen gefunden wurden«, sagte er begeistert. »An einem Ort namens Sipán stieß Walter Alva auf die Gräber des Kriegerpriesters und des Vogelpriesters. Bei San José de Moro fanden Christopher Donnan und Luís Jaime Castillo die Priesterin. Sie wurden mit genau den Insignien begraben, die auf den Keramiken dargestellt sind!«

»Ich bin nicht sicher, ob ich das Ganze begreife«, sagte ich. »Habe ich richtig verstanden, dass Sie meinten, die Leute, die auf den Gefäßen abgebildet sind, seien echte Menschen gewesen? Und wenn ja, dann erzählten Sie doch gerade, sie seien gefunden worden. Warum sollte man dann weitersuchen?«

»Eine gute Frage. Es steht fest, dass die Rituale auf den Keramiken wirklich stattfanden, und es stimmt, dass echte Menschen diese gesellschaftlichen Positionen einnahmen.

Aber die Rituale wurden wahrscheinlich über eine sehr lange Zeitspanne hinweg wiederholt. Denken Sie an die britische Monarchie: Der König oder die Königin mit dem Hermelin-Umhang, dem Zepter, dem Reichsapfel, den Kronjuwelen. Selbst wenn Sie neu auf diesem Planeten wären, bräuchten Sie nicht lange, um herauszufinden, dass diese Menschen, deren Abbildungen Sie in Postämtern und Behörden sähen, etwas Besonderes waren. Wenn Sie historische Fotografien betrachteten oder eine Weile in dem Land lebten, würden Sie möglicherweise sogar begreifen, dass nicht nur eine Person diese gesellschaftliche Stellung einnahm, sondern sie alle dieselben Insignien trugen. Mit anderen Worten: Die Krone gehört zur Funktion der jeweiligen Person. Und nun überlegen Sie mal: Was wäre, wenn, sobald einer dieser Herrscher starb, all die Dinge, die Kronen, die Zepter, einfach alles, mit ihnen begraben worden wären. Dann …«

»Dann müsste man diese ganzen Sachen für den nächsten neu herstellen!«, rief ich.

»Genau.«

»Gütiger Himmel«, sagte ich. »Das würde bedeuten, dass sich über fünf Jahrhunderte hinweg jede Menge Gold und Silber angesammelt hätte.«

»In der Tat.« Steve lächelte. »Und ich möchte nur einen kleinen Teil davon finden. Nicht, um es zu behalten, natürlich, aber Hildas und meine Reputation wäre gesichert, man könnte jahrelang an dem forschen, was wir gefunden hätten, und wir hätten nicht annähernd so viele Probleme, das Geld für unsere Arbeit aufzutreiben.«

»Sind denn überhaupt noch so viele unberührte Grabstätten übrig?«, fragte ich. »Sie haben mir von den *huaqueros* erzählt, den Grabräubern, und es klang so, als wären sie nicht nur besonders gut darin, die richtigen Stellen zu finden, sondern als hätten sie dies schon seit Urzeiten betrieben.«

»Das ist richtig. Wahrscheinlich wurden schon Tausende von Moche-Gräbern geplündert, seit die Europäer auf der Bildfläche erschienen, und nur relativ wenige, etwa ein paar Hundert, wurden professionell ausgegraben. Vieles ist für immer verloren. Aber zu diesem Thema gibt es auch eine gute Nachricht zu vermelden: Die Inka hatten eine Legende zu ihren Ursprüngen, die besagt, dass die Welt vor ihnen hauptsächlich von Wilden bevölkert war, von Menschen, die in Höhlen lebten, sich in Tierhäute kleideten, keine Religion pflegten, keine Dörfer und so fort. Der Sonnengott soll empört darüber gewesen sein und schickte einen seiner Söhne und eine seiner Töchter auf die Erde – sie erschienen am Titicaca-See. Sie sollten einen Stock in den Boden stecken und sich dort niederlassen, wo der Stock sofort einsank. Das taten sie und gelangten schließlich in die Gegend von Cuzco. Hier errichteten sie eine Stadt und brachten den Menschen bei, wie man den Boden bestellt, webt und so weiter – mit anderen Worten, sie zivilisierten sie.

Nun, gleichgültig, ob die Inka diese Geschichte glaubten oder nicht, es war ihnen gelungen, die Spanier davon zu überzeugen, dass das Inka-Reich das erste war und vorher nur jene primitiven, unorganisierten Menschen gelebt hatten. Natürlich war das schlicht und einfach falsch, wie wir heute wissen. Es gab zahlreiche hoch entwickelte Kulturen, lange bevor man von den Inka gehört hatte. Aber es hatte zur Folge, dass die Spanier nicht umherzogen und nach anderem Gold suchten als demjenigen, das ohnehin in den Inka-Städten gefunden wurde. Nicht, dass sie es nötig gehabt hätten. Es war genügend Gold vorhanden, um sie zu beschäftigen. Die Legende war also ausgesprochen hilfreich.

Und was unsere Tage angeht, so ist es nur ein Kampf gegen die Zeit, den wir – die Guten, meine ich – meiner Ansicht nach verlieren, trotz der Tatsache, dass die peruanische Regierung den Export jeglicher Art von Moche-Kunstwerken für illegal erklärt hat und dass eine Reihe von Ländern, einschließlich der USA, Verträge unterzeichnet haben, die dies unterstützen. Also suchen wir weiter, und manchmal finden wir etwas, das die *huaqueros* übersehen haben, oder erhalten eine Gelegenheit wie diese hier.

Deswegen fahre ich nun zum INC und versuche, eine *credencial* zu erhalten oder diejenige, dich ich bereits besitze, auf den neuen Fundort zu übertragen und mit den Grabungen zu beginnen, bevor die Mauer fertig ist. Ich schätze, das erklärt, warum Laforet in der Stadt ist. Guerra muss über eine Möglichkeit verfügen, ihn zu kontaktieren, und hat ihn darüber informiert, dass er auf ein Grab gestoßen ist. Und ich bin einfach nicht bereit, noch ein weiteres an diesen Abschaum zu verlieren!«

»Sagten Sie nicht, es würde ein oder zwei Jahre dauern, eine Lizenz zu erhalten?«, fragte ich.

»Normalerweise ja, daher der Brief des Bürgermeisters, der den Antrag befürwortet. Ich mache einen Zwischenstopp in der Stadt, um einen Freund abzuholen, einen peruanischen Archäologen namens Ricardo Ramos. Er kommt hoffentlich mit und hilft mir, meinen Fall vorzutragen. Hilda fährt zu Carlos, um sein Telefon zu benutzen, und versucht, mit Ramos Kontakt aufzunehmen. Hoffentlich ist er da und wir finden ihn.

Mein Gott, wie gern würde ich für Hilda ein Grab finden«, sagte er einen Augenblick später. »Sie lernen sie nicht in ihrer besten Verfassung kennen, wissen Sie. Sie kann sehr unterhaltsam sein. Aber letztes Jahr hatte sie einen schrecklichen Unfall; sie fiel von einer Leiter in eine Grube, die wir gerade aushoben. Sie hat sich übel am Rücken verletzt. Dies wird ihre letzte Saison sein. Ich bin nicht sicher, ob sie überhaupt hier sein sollte, sie hat solche Schmerzen. Das ist der Grund, warum sie trinkt. Ich vermute, Ihnen ist nicht entgangen, wie viel Alkohol sie konsumiert.«

»Ich habe es bemerkt«, sagte ich. »Hilda und Tracey scheinen sich nicht besonders gut zu verstehen«, fügte ich hinzu. Wenn Steve so gesprächig war, würde ich vielleicht etwas aus ihm herausbringen.

»Nein«, seufzte Steve. »Tracey ist sehr ehrgeizig, das ist sicher. Sie weiß, was sie will, und bekommt es in der Regel auch. Hilda sieht sie unter den momentanen Umständen vielleicht als Konkurrenz an. Das ist die einzige Erklärung, die mir einfällt. Tracey wollte dieses Jahr draußen bei der Ausgrabung mitarbeiten, aber Hilda sagte, ihre Dienste würden im Labor benötigt. Tracey war enttäuscht und hat es ihr wahrscheinlich auch gesagt. Ich möchte nicht, dass Sie schlecht von Hilda denken, ganz egal, wie es auf den ersten Blick wirkt. Sie hat hier unten absolut fantastische Arbeit geleistet, aus wissenschaftlicher Perspektive. Was ihr widerfahren ist, ist wirklich bedauerlich, und es ist einer der Gründe, warum wir dieses Jahr alle so hart arbeiten. Wir würden gern etwas richtig Großes für sie finden.«

Wir kamen auf dem Weg nach Trujillo gut voran und hielten nur einmal, um an einer Shell-Tankstelle Benzin nachzufüllen. Es war kurz vor neun, als wir um Trujillos Plaza de Armas herumbrausten. Der Platz war von hell gestrichenen Gebäuden umgeben, und in der Mitte befand sich hoch oben auf einer Säule eine recht ungewöhnliche überlebensgroße Statue eines Athleten. Kurz darauf hielt Steve vor dem Eingang eines dunkelroten Gebäudes. Am Türpfosten lehnte ein großer, hagerer Mann mit einem Dreitagebart. Als wir anhielten, kam er zum Wagen und kletterte auf den Rücksitz.

»Buenos días«, begrüßte er uns.

Steve drehte sich um und schüttelte ihm die Hand. »Hilda hat dich gefunden, wie ich sehe«, sagte er. »Ricardo, dies ist Rebecca MacCrimmon, Rebecca, dies ist Dr. Ricardo Ramos.« Wir lächelten einander an. Ich mochte ihn sofort. »Hat Hilda dir alle Einzelheiten erzählt?«

»Nur einige.« Ramos blickte auf seine Armbanduhr. »Lass uns einen Kaffee trinken gehen. Das Büro des INC öffnet erst um halb zehn. In der Zwischenzeit kannst du mir alles berichten.«

Wir suchten uns einen kleinen *chifa* und bestellten einen Kaffee und für Steve und mich Toast mit Marmelade. Steve erzählte Ramos alles über die Besuche von Arturo. Ramos schien nichts Ungewöhnliches daran zu finden, dass ein Archäologe Geschäfte mit einem *huaquero* machte, stellte ich fest. Dann faltete Steve eine Landkarte auseinander und breitete sie auf dem Tisch aus. »Die Hazienda«, sagte er und tippte mit dem Finger auf die Karte. »Unsere aktuelle Ausgrabungsstätte.« Er zeigte erneut auf die Karte. »Und hier, der neue Fundort. Arturo sagt, die Einheimischen nennen es *Cerro de las Ruinas.*«

Cerro de las Ruinas, Hügel der Ruinen. Steve zog eine Luftaufnahme aus seiner Aktentasche. »Sehen wir es uns mal genauer an«, sagte er. »Dieses Foto wurde vor Kurzem aufgenommen, vor etwa zwei Monaten.« Wir betrachteten alle die Luftaufnahme. Ich folgte dem Flussbett und fand bald darauf die Hazienda und die Ausgrabungsstätte, auf der wir zurzeit arbeiteten. Nach Cerro de las Ruinas mussten wir jedoch länger suchen.

»Ich hab's!«, rief Ramos endlich. »Genau hier«, sagte er und zeigte darauf. Ich blickte auf die Stelle, auf die er wies. Mühelos erkannte ich die Bäume und direkt daneben einen Schatten, der darauf hindeutete, dass sich dort möglicherweise eine Mauer befand. Auf einer Seite der Mauer, im Schatten der Bäume, befand sich eine dunkle Kontur, von der Ramos behauptete, es sei ein Hügel. Ich hatte Schwierigkeiten, ihn zu erkennen, doch die Männer hatten Übung darin und ich nicht, also versuchte ich, mich zu orientieren. Etwas weiter weg, auf der anderen Seite der Mauer, erblickte ich die Dächer von ein paar kleinen Hütten. Die Kommune, dachte ich plötzlich. Guerra war also Pumas Bauer, der Mann, von dem er angenommen hatte, er würde eine Mauer zwischen seinem Grundstück und dem der Kommune errichten. Vermutlich war es nicht die Kommune neben seinem Garten, die Guerra so beunruhigte. Es war die Angst davor, dass irgendjemand in der Nähe ihn dabei beobachten könnte, wie er Schätze aus dem Boden hervorholte.

»Also, was denkst du?«, fragte Steve.

»Tja«, erwiderte Ramos und strich sich über die Bartstoppeln auf seinem Kinn, »anhand dieses Fotos ist es schwer zu beurteilen, ob dort etwas Wertvolles verborgen liegt. Andererseits hast du recht, was die Guerra-Familie betrifft. Natürlich wäre ich zur Abwechslung lieber mal ihnen ein Dorn im Auge als umgekehrt.« Er hielt inne, dann zuckte er mit den Schultern. »Dann also los!«, sagte er. Steve grinste.

»Wir müssen uns für einen Präventivschlag entscheiden«, fügte Ramos hinzu. »Wenn die Guerras von der Sache Wind bekommen, trommeln sie die ganze Familie zusammen, um das Grundstück umzugraben, und zerstören dabei alles, bevor wir dort ankommen.«

»Dann lass uns aufbrechen«, sagte Steve und blickte auf seine Armbanduhr.

Um halb zehn verschwanden die beiden Männer im Bürogebäude des INC, und ich blieb zurück, um auf den Pick-up aufzupassen.

Etwa eine Stunde später tauchten die beiden Männer wieder auf. »Los geht's«, sagte Steve, als er sich hinters Steuer setzte. »Zum Flughafen. Wir fliegen nach Lima! Die INC-Leute von hier rufen dort an. Wir treffen uns mit den INC-Vertretern in Lima, sobald wir ankommen.« Ich bemerkte seine Erregung.

Am Flughafen brachte ich Steve und Ricardo direkt bis zum Gate. Es gab ein Flugzeug nach Lima, das bald starten würde. Die Passagiere stiegen bereits ein.

»Bitte fahren Sie zurück nach Campina Vieja und informieren Sie Hilda. Irgendwann heute Abend lasse ich Ihnen über Montero eine Nachricht zukommen. Wenn wir keinen Erfolg haben, komme ich mit dem Bus aus Trujillo zurück. Wenn doch, ist jede Sekunde kostbar, und Sie müssen mich am Flughafen abholen, einverstanden?«

Ich nickte.

»Ist das wirklich in Ordnung für Sie?«, fragte er.

»Ja, ich halte mich bereit«, antwortete ich.

»Erzählen Sie niemandem außer Hilda, Ralph oder Tracey von dem Ganzen, hören Sie?«, sagte er.

»Natürlich nicht«, erwiderte ich.

»Sie sind ein Schatz!«, sagte er und umarmte mich. »Wir sehen uns in jedem Fall morgen.« Er wandte sich dem Flugzeug zu, doch dann drehte er sich erneut um und umarmte mich zu meiner großen Überraschung ein zweites Mal. Ich beobachtete, wie die beiden Männer das Rollfeld überquerten und die Treppe zum Flugzeug hinaufstiegen.

Vorsichtig fuhr ich nach Campina Vieja zurück, da ich kein wie auch immer geartetes Zusammentreffen mit der Polizei provozieren wollte. Als Erstes fuhr ich zur Ausgrabungsstätte. Hilda kam auf den Wagen zu, sobald ich angehalten hatte. Staub wirbelte umher. Ich erzählte ihr, was geschehen war.

»Wir bemühen uns, vollkommen entspannt zu wirken«, sagte sie mit Ironie in der Stimme. »Dann kommt niemand auf die Idee, dass etwas im Busch ist, nicht einmal die Studenten. Wir haben ihnen erzählt, dass Steve aus beruflichen Gründen nach Trujillo fahren musste und Sie ihn hingebracht hätten und dass Ralph und ich ihn heute vertreten würden. Ich habe Inés heute Morgen zum Markt gebracht, aber ich überlasse es Ihnen, sie wie üblich abzuholen. Und sprechen Sie während des Abendessens, wenn Pablo da ist, nicht darüber, in Ordnung?«

Ich merkte, dass ich von der allgemeinen Aufregung angesteckt wurde. Das zu vermeiden war nahezu unmöglich. Die ganze Heimlichtuerei und der verschwörerische Plan, die hektische Fahrt nach Trujillo. Tracey wirkte aus irgendeinem Grund weniger interessiert, als ich erwartet hätte; vielmehr war sie etwas reserviert. Ich fragte mich, ob Steves Umarmung bedeutete, dass zwischen den beiden etwas nicht stimmte. Nur mühsam gelang es uns, Inés' Mahlzeit, die aus *sopa,* Fisch und Pudding mit braunem Zucker bestand, angemessen zu würdigen, während wir warteten.

Schließlich brachen Pablo und Inés auf, und sobald sie fort waren, setzten wir uns hin und überlegten, wie wir es angehen sollten, die eine Ausgrabungsstätte stillzulegen und so schnell wie möglich zur nächsten umzuziehen. Wir mussten Guerra die *credencial* unter die Nase halten, bevor er wusste, wie ihm geschah. Voller Aberglaube sagten wir immer wieder, wir würden dieses oder jenes tun, *falls* wir die *credencial* wirklich bekämen, als könnte die zu konkrete Planung das Schicksal herausfordern.

»Ich glaube, ich höre einen Wagen!«, rief Ralph, und wir lauschten gespannt. Knarrend öffnete sich die Eingangstür, und wir hörten Luchos schlurfende Schritte, als er so langsam, wie man sich nur vorstellen kann, den Innenhof durchquerte. Ich sah, dass Tracey ihre Daumen gedrückt hielt. Lucho reichte Hilda ein Kuvert. »Mein Onkel hat mich damit hergeschickt«, sagte er.

Wir alle starrten einen Moment auf den Umschlag, einschließlich Hilda. Ich fühlte mich wie ein Schauspieler bei der Oscar-Verleihung. Dann riss sie ihn auf, überflog hastig das Schreiben und hob triumphierend die Faust.

»Wie ziehen um!«, rief sie. Ein spontaner Beifallssturm brach los.

In jener Nacht bekam ich nicht viel Schlaf. Ich musste über so viele Dinge nachdenken: über die Pläne für den nächsten Tag natürlich, aber auch über die Ankunft eines bekannten Antiquitätenhändlers in der Stadt. Nachdem ich mich mehrere Stunden lang hin- und hergewälzt hatte und zu keinem Ergebnis gekommen war, schlich ich mit den Schuhen in der Hand leise die Treppe hinunter und schlüpfte zur Tür hinaus. Es war etwa halb sechs Uhr morgens und noch dunkel. So schnell und so leise ich konnte, startete ich den Wagen, legte den Gang ein und wendete, um das Grundstück zu verlassen. Dabei erfassten die Scheinwerfer Hilda, die im ersten Stock in ihrem Fenster stand; sie hob wie zum Dank den Arm – fast als wollte sie mich segnen. Ich gab Gas. Operation Atahualpa hatte begonnen.

12

Hörte er es? Das leise Rauschen des Sandes, der langsam hinabfiel; zuerst nur ein Rieseln, dann wurde es schneller und schneller, bis sich der Hohlraum füllte. Wandte er sich von seiner Arbeit ab, als er das Geräusch vernahm, das sich nun zu einem sanften Rumoren gesteigert hatte, um sein Schicksal besiegelt zu sehen, oder arbeitete er geblendet von seinem Fund weiter und bemerkte nicht, was ihm widerfuhr? Wühlte er weiter, weil er anfangs nicht begriff und dachte, er käme mit einigen kurzen Armbewegungen frei? Oder verfluchte er das Schicksal, als er in der Falle saß und die Luft allmählich dünner wurde?

Am Tag zuvor, auf dem Weg zurück zur Ausgrabungsstätte, hatte ich den Wagen in der Stadt aufgetankt. Also gab ich Vollgas, schlug sämtliche Bedenken in den Wind und brauchte diesmal gut zwanzig Minuten weniger für die Fahrt nach Trujillo. Um 8.10 Uhr stand ich am Gate und suchte ungeduldig den Himmel nach dem ankommenden Flugzeug ab. Steve und Ricardo hatten sich für den Flug auf die Warteliste setzen lassen, weshalb ich nicht sicher war, ob es ihnen gelungen war, einen Platz zu ergattern. Falls nicht, sollte ich am Flughafen warten, bis sie kämen. Die Maschine hatte mehrere Minuten Verspätung, aber sobald die Treppe herbeigefahren und die Tür geöffnet wurde, eilten Steve und Ricardo, die sich bereits zum vorderen Teil des Flugzeugs vorgearbeitet hatten, die Stufen hinunter und über das Rollfeld.

Als ich sie kommen sah, steuerte ich auf eine Telefonzelle von *Telefónica del Peru* zu, an der ich bei meiner

Ankunft – einer meiner Ansicht nach brillanten Idee folgend – ein »Außer Betrieb«-Schild aufgehängt hatte. Mit Hildas Telefonkarte rief ich Montero an. »Wir sind unterwegs«, war alles, was ich sagte, bevor ich den Hörer auf die Gabel knallte und den beiden Männern zuwinkte.

Um neun Uhr befanden wir uns wieder auf der Schnellstraße. Ich saß erneut am Steuer. Steve und Ricardo hatten noch weniger Schlaf als ich bekommen, weshalb sie während der Fahrt vor sich hin dösten. Die Rückfahrt dauerte länger, da nun wesentlich mehr Verkehr war und ich in den Städten deutlich langsamer fahren musste, weil sie voller Menschen waren. Mehrere Male erwischte ich mich dabei, wie ich ungeduldig auf dem Lenkrad herumtrommelte.

Um kurz vor zwölf hielt ich vor einem gelben Gebäude auf der Hauptstraße von Campina Vieja an. Dort warteten Carlos Montero und eine ältere, schlankere Version von ihm, der ehrenwerte Herr Bürgermeister, Cesar Montero. Steve setzte sich auf die Ladefläche, um ihnen Platz zu machen, und sie kletterten auf die Rückbank des Pick-ups. Zwei Polizisten auf Motorrädern, genau die Hälfte der Polizeikräfte der Stadt, fuhren voran, und ich lenkte das Auto vom Bordstein weg, und auf der Schnellstraße gelangten wir bis zu der unbefestigten Straße, die zur Ausgrabungsstätte führte. Hilda, Tracey und Ralph hatten unsere Staubwolke gesehen und erwarteten uns bereits, als wir dort eintrafen.

Der Wagen war kaum stehen geblieben, als Steve sich erhob, von der Ladefläche kletterte und rief: »So, los geht's!«

Ralph und Hilda hatten die Studenten ein paar Minuten vorher informiert, und auf der Ausgrabungsstätte herrschte ein geschäftiges Treiben. Drei Studenten – Susan, George und Robert – und einige der peruanischen Arbeiter zwängten sich zusammen mit Steve auf die Ladefläche des

Pick-ups, und der Fahrzeugtross setzte sich wieder in Bewegung. Ricardo saß vorne bei mir, Tracey mit den beiden Monteros auf dem Rücksitz (man konnte nur hoffen, dass der Bürgermeister nicht so schlimm wie sein Bruder war), und als wir losfuhren, hörte ich, wie Hilda und Ralph die restlichen Studenten und Arbeiter anwiesen, die Grube so schnell wie möglich mit der ausgehobenen Erde zu füllen.

Mitsamt unserer Polizei-Eskorte begaben wir uns wieder auf die Schnellstraße Richtung Norden. Nach etwa anderthalb Kilometern bogen wir an einem kleinen Schild nach links von der Straße ab und holperten einen Weg entlang, der für meine Begriffe keine Straße mehr war, sondern lediglich eine staubige Fährte im Sand. Ich konzentrierte mich nur noch darauf, nicht von der Spur abzukommen, und blieb mehrmals stecken. Vor uns konnte ich den *algarrobal* sehen, den Dornenwald. Wir fuhren rechts um das Gehölz herum und hielten mit eingeschaltetem Blaulicht dahinter an. Dann stiegen wir alle aus dem Wagen und rannten los – alle außer Carlos und Cesar, besser gesagt, die sich zurückhielten –, auf eine Anhöhe zu, die wie ein ganz gewöhnlicher Hügel aussah.

Zwei mit diesem Moment verbundene Dinge werde ich niemals vergessen: den Ausdruck auf Rolando Guerras Gesicht und meinen ersten Blick auf Cerro de las Ruinas.

Auf Guerra müssen wir wie eine Horde von heulenden Dämonen gewirkt haben. Als er uns erblickte, wollte er nach einem Gewehr greifen, doch bevor ihm das gelang, hatten die Polizisten schon ihre Pistolen auf ihn gerichtet und brüllten ihn an, er solle die Hände heben. Steve und Ricardo gingen auf ihn zu und hielten ihm ihr *credencial* unter die Nase. Die Polizisten durchsuchten eilig Guerras Wagen und einen kleinen Schuppen, der auf dem Grundstück stand, und blickten die Mauer entlang.

Sie entdeckten nichts. Keine Anhäufungen von geplünderten Gegenständen, nur ein Ziegelstapel, eine Maurerkelle, eine Schaufel, eine Jacke.

Einen Augenblick lang dachte ich, wir hätten einen Fehler begangen, wir würden einen einfachen Bauern terrorisieren, der versucht hatte, ein kleines Stück Land zu schützen. Doch dann sah ich für einen kurzen Moment, wie ein Ausdruck über Guerras Gesicht huschte, der puren Hass und hinterhältige Gerissenheit verriet. Er hatte etwas auf dem Kerbholz. Was auch immer er im Schilde führte, es konnte nichts Gutes sein.

Aber es gab keinen Grund, ihn festzunehmen. Die Polizisten informierten ihn darüber, dass die Archäologen das Recht hätten, Grabungen auf seinem Land vorzunehmen, und dass er das Grundstück verlassen müsse. Das Ende war enttäuschend. Guerra nahm sein Werkzeug, sein Gewehr und seine Jacke, fuhr in einem verbeulten alten Chevy-Pickup davon und blickte sich nicht einmal um.

Erschöpft von der Warterei, der Anspannung und dem vielen Adrenalin blickten wir uns um.

»Ein schöner Schlamassel!«, sagte Ricardo Ramos.

Zu unserer Rechten lag eine Art kahler Hügel, nur ein kleiner Strauch klammerte sich verzweifelt an den Hang. Ich schirmte meine Augen ab, um seine Kuppe zu betrachten. Er war unregelmäßig abgeflacht, und die Hänge waren von tiefen, vertikalen Einschnitten durchzogen, die offenbar vor langer Zeit durch herabstürzende Wassermassen entstanden waren.

Vor der Anhöhe lag eine große, flache Ebene. Der Boden war voller Vertiefungen in den unterschiedlichsten Größen, die mich an die pockennarbige Oberfläche des Mondes erinnerten. Überall im Sand verteilt, der nun, da es später Nachmittag war, auf dem Gelände umherwehte, lagen schwarze und terrakottafarbene Tonscherben und – kaum zu glauben – Knochenreste. Ein Zopf aus dunklen Haaren, die rötlich verblichen waren, lag verloren am Rand eines Kraters.

»Was ist das?« Ich rang nach Luft.

»*Huaqueros*«, erwiderte Steve. »Sie haben hier gegraben. Die Vertiefungen sind die Stellen, an denen sie sich zu schaffen gemacht haben. Einige sind schon sehr alt, andere erst vor Kurzem entstanden. Plünderer suchen nach Metall. Wenn sie also auf Tongegenstände oder Knochen treffen, werfen sie sie einfach weg.«

»Wie respektlos den Toten gegenüber!«, rief ich.

Steve nickte. »Die Anasazi-Indianer in den Vereinigten Staaten nennen Plünderer ›Räuber der Toten‹. Eine passende Bezeichnung, nicht wahr? Was die Missachtung der Verstorbenen betrifft, liegen Sie jedoch nicht ganz richtig«, sagte er, bückte sich und hob mehrere ungerauchte Zigaretten auf. »Sie haben diese hier zurückgelassen, sehen Sie? Nein, im Ernst«, fuhr er fort, weil er meinen skeptischen Gesichtsausdruck bemerkte. »*Huaqueros* lassen oft ein Opfer wie dieses hier zurück, um keinen Fluch auf sich zu ziehen.«

Aus irgendeinem Grund konnte ich meinen Blick nicht von dem Zopf abwenden. Er wirkte so verletzlich, fast mitleiderregend, wie er da auf dem Boden lag. Steve beobachtete mich. »Menschliches Haar überdauert im Erdboden Tausende von Jahren«, war alles, was er sagte. Es hätte niemals in seiner Ruhe gestört werden dürfen, dachte ich. Aus irgendeinem Grund berührte mich der Anblick dieses Schopfs auf eine Art und Weise, an die Inés' Warnung nicht herangereicht hatte.

Cuidado al arbolada! Wenn Sie Ihr Ziel erreichen wollen, müssen Sie sich vor dem Wald hüten. Langsam drehte ich den Kopf nach links. Dort lag ein kleines Waldstück, in dem Algarrobo-Bäume standen, deren Zweige voller Dornen waren. Waren diese Bäume etwa »der Wald«? Sei nicht albern, sagte ich zu mir.

»Glaubst du, wir sind zu spät?«, fragte Tracey. Sie beugte sich vor und hob einen kleinen Knochen auf. Der Klang ihrer Stimme holte mich in die Realität zurück. »Glaubst du, sie haben das Grab gefunden und geplündert?«

»Ich weiß es nicht«, antwortete Steve. Er schirmte seine Augen ab, genau wie ich es getan hatte, und betrachtete den Hügel. »Es ist eine Huaca, so viel steht fest. Sie haben ganz oben an der Spitze gegraben. Man erkennt die Vertiefungen. Damit haben sie sie gewissermaßen abgeflacht. Aber falls sie etwas gefunden und alles mitgenommen haben, was führte Guerra dann im Schilde, als er diese Mauer errichtete? Sehen wir uns mal um. Vielleicht machen wir ein paar Probegrabungen am Fuß der Huaca.«

»Wollen Sie damit wirklich sagen, dass dieser Hügel eine Huaca ist?«, fragte ich.

»In der Tat«, erwiderte Steve. »Auf Sie wirkt es wie irgendeine Erhebung. Aber bedenken Sie, dass die Menschen in dieser Region ihre Bauwerke aus Adobe-Ziegeln errichteten, also aus Luftziegeln aus Lehm und nicht aus richtigen Steinen. Dies hier war früher ein pyramidenförmiges Gebäude. Die senkrechten Furchen, die Sie an den Seiten sehen, wurden im Laufe der Jahrhunderte von sintflutartigen Regenfällen verursacht – vermutlich folgten sie auf die El Niños –, die die Ziegel gewissermaßen aufweichten. Sehen Sie, dort hinten steht noch eine kleinere und dort ebenfalls.« Ich blickte in die Richtung, in die er zeigte. In der Ferne war tatsächlich ein kleinerer Hügel beziehungsweise eine Huaca zu erkennen und weiter hinten einige andere.

»Gut, wir werden uns mal schnell umsehen«, rief Steve der Gruppe zu. »Morgen fangen wir dann richtig an.«

Die Gruppe hatte kaum begonnen, als ein Unfall geschah, dem noch viele weitere folgen sollten. »Aua!«, schrie Tracey und begann herumzuhüpfen. Wir eilten ihr alle zu Hilfe, und es war rasch klar, was sie quälte. Sie war auf das hintere Ende eines toten Astes von einem der Dornenbäume getreten; der Zweig war emporgeschnellt, und nun steckte ein Dorn in ihrem Bein, ein paar Zentimeter über ihrem Knöchel, unmittelbar über dem Schuh. Er hatte sich durch den Strumpf und ins Fleisch gebohrt. Tracey hatte Schmerzen, das war unschwer zu erkennen. Steve und ich versuchten, den Dorn zu entfernen, doch es gelang uns nicht.

Wir brachten sie zum Arzt in Campina Vieja. Er musste die Stelle vereisen und den Dorn herausschneiden. Mit bleichem Gesicht humpelte sie aus der Praxis; um ihr Bein war eine breiter Verband gewickelt. »Sie sind tückisch, diese Dornen«, sagte der Arzt. »Legen Sie den Fuß so oft wie möglich hoch. Sollten die Rötung und die Schwellung höher steigen als bis hierher«, fuhr er fort und zeigte dabei auf eine Stelle, die mehrere Zentimeter über der Verletzung lag, »bringen Sie sie noch einmal her. Ich musste mit zwei Stichen nähen, also sollte sie in zehn Tagen wiederkommen, damit ich die Fäden ziehen kann.«

»Es tut mir leid«, sagte Tracey und verzog das Gesicht. »Ich habe offenbar nicht aufgepasst.«

Gegen zehn Uhr an diesem Abend bekam Tracey Fieber, und ihr Knöchel war dick angeschwollen und gerötet. Zur Essenszeit brachte ich ihr ein Tablett, aber sie konnte nichts essen. Nachts schrie sie mehrmals, einmal nach ihrer Mutter, das zweite Mal nach Steve, und ich eilte an ihr Bett. Danach nahm ich eine Kerze mit in ihr Zimmer und setzte mich ein oder zwei Stunden neben sie auf die Bettkante. Gegen drei Uhr klopfte Steve an die Tür. »Ich habe das Licht gesehen«, flüsterte er. »Wie geht es ihr?«

»Sie hat Fieber und träumt offenbar schlecht. Am besten bringen wir sie gleich morgen früh zum Arzt.«

»Versuchen Sie, ihr hiervon welche zu geben«, sagte Steve und reichte mir eine Flasche mit Tabletten, Antibiotika. Ich weckte Tracey, und es gelang mir, sie dazu zu bringen, zwei zu nehmen, zusammen mit mehreren Aspirin gegen das Fieber.

Ich saß noch eine Weile neben ihr, in der Hoffnung, dass sie nun besser schlafen könnte, aber sie war immer noch unruhig. Es war nicht hell genug, um zu lesen, weshalb ich mir die Zeit damit vertrieb, mich in ihrem Zimmer umzusehen, das mit Erinnerungen an ihr Zuhause vollgestopft war. Überall hingen Fotos: ihr geliebtes Auto, das Verdeck war heruntergelassen, und Tracey saß winkend hinter dem Steuer; ein sehr schönes Foto von ihr mit einem attraktiven jungen Mann, ihrem Freund Jamie; ein verspielter Hund mit einer Weihnachtsmütze auf dem Kopf; und ein Familienfoto mit Tracey, einem jungen Mann, der vermutlich ihr Bruder war, wieder dem Hund und einem gut aussehenden Paar – ihre Mutter und ihr Stiefvater, wie ich wusste. Sie nannte sie Ted und Mary Anne, obwohl ich gehört hatte, dass sie in ihren Träumen zu »Mommy« zurückgekehrt war. Sie alle standen vor einem eleganten zweistöckigen Haus aus roten Ziegeln mit Säulen am Eingang und einer Zufahrt, die wahrscheinlich lang und geschwungen war. Überdies gab es ein Foto, auf dem Tracey, Ted und ihre Mutter auf einem Podest standen, über ihnen ein Schild mit der Aufschrift »Rettet unser Museum, rettet unsere Gemeinde«, und ihr Vater überreichte offenbar gerade einen Scheck.

Sie waren also die Stützen der Gemeinde, die Mitglieder dieser Familie. Im Grunde wusste ich nicht viel über sie. Ich war ein wenig zu alt für die Geschichte mit dem College-Schlafsaal, und obschon wir gut miteinander ausgekommen waren, hatte ich den Austausch von kleinen Vertraulichkeiten mit Tracey nicht gefördert, da ich als Rebecca nichts auszutauschen hatte. Ich fragte mich, ob es Tracey aufgefallen war, dass ich kein einziges Foto von jemandem dabeihatte, und falls ja, ob es ihr seltsam vorgekommen war.

Am nächsten Morgen ging es ihr noch nicht besser, und Steve bat mich, so viel Zeit wie möglich in der Nähe der Hazienda zu verbringen, um ein Auge auf sie zu haben. Ich holte jedoch wie üblich Inés ab und brachte sie zum Markt. Als ich ihr erzählte, wie krank Tracey sei, bestand Inés darauf, zu einem Teil des Marktes zu gehen, in dem ich nie zuvor gewesen war und der den Einheimischen als Markt der Medizinmänner bekannt war. In diesem Winkel war es dunkler als im Rest, und es roch intensiv, doch nicht unangenehm nach Kräutern. An den Ständen hingen Bündel aus getrocknetem Grün von den Deckenbalken, auf den Tischen stapelten sich frische Kräuter. Einige, wie die winzigen Blüten der Kamille, erkannte ich, andere jedoch nicht. Fläschchen mit verschiedenen Substanzen und Wurzeln in irgendeiner Flüssigkeit und diverse Gegenstände, Talismane vermutlich, wurden zum Verkauf angeboten. Inés hielt an einem Stand an, der zunächst verlassen wirkte, bis ein uralter Mann, dessen Haut runzeliger war, als ich es jemals für möglich gehalten hätte, aus der Dunkelheit herausgehumpelt kam. Inés erklärte das Problem, und er mischte ein Päckchen aus diversen getrockneten Kräutern zusammen, reichte es Inés und gab ihr Instruktionen.

Als wir zurückkehrten, ging es Tracey noch nicht besser, und die Schwellung bewegte sich gefährlich nah auf die Stelle zu, bei deren Erreichen der Arzt uns geraten hatte wiederzukommen. Inzwischen hatte sie eine weitere Dosis Antibiotikum erhalten, doch ich wusste, dass es eine Weile dauern würde, bis die Medikamente wirkten, und machte mir allmählich ernsthaft Sorgen. Inés maß sorgfältig etwas von der mitgebrachten Medizin ab und bereitete einen Tee daraus zu, den sie anschließend durch ein Sieb goss und Tracey zu trinken gab. Innerhalb von zwanzig Minuten war Tracey in einen tiefen Schlaf gefallen. »Nun wird es ihr besser gehen«, war alles, was Inés sagte.

Und sie sollte recht behalten. An jenem Abend erschien Tracey während der Abendmahlzeit in der Tür des Esszimmers. »Ich sterbe vor Hunger«, sagte sie, und wir strahlten vor Freude.

»Wunderbares Zeug, dieses Penicillin«, rief Steve, aber ich wusste es besser. Im Notfall würde ich mich an Inés wenden.

Am folgenden Tag kehrte mehr oder weniger Normalität ein. Ricardo Ramos war wieder nach Trujillo gefahren und hatte gesagt, er käme in wenigen Tagen zurück und würde uns zur Hand gehen. Tracey und Ralph arbeiteten im Labor, und ich fuhr zu der Grabungsstätte am *algarrobal*. Das Team hatte geschwind an mehreren Stellen am Fuß der Huaca Sondierungsgrabungen vorgenommen, war jedoch auf nichts gestoßen, das weitreichendere Freilegungen rechtfertigen würde, und hatte daher mit der Arbeit auf der Huaca begonnen, auf dem Hügel selbst. Ich hörte jemanden rufen, und als ich meine Augen gegen die grelle Sonne abschirmte, erblickte ich Steve, einen schwarzen Schatten im Gegenlicht, der mir von oben zuwinkte. »Kommen Sie hinauf!«, rief er, und ich erklomm die zehn bis fünfzehn Meter zum Gipfel. Auch hier waren deutliche Hinweise auf Plünderungen zu erkennen: Große Gruben, von denen einige relativ frisch wirkten, verunstalteten die Oberfläche.

»Ich würde sagen, jemand war vor uns hier«, sagte ich verzagt, während ich einige Tonscherben aufhob, die selbst für meine ungeübten Augen wirkten, als seien sie erst vor Kurzem zerbrochen. »Bedeutet das, dass wir zu spät gekommen sind?«

»Nicht unbedingt«, erwiderte Steve. »Die Moche bauten ihre Huacas in mehreren Etappen, eine Ebene auf die nächste. Selbst wenn *huaqueros* hier auf ein Grab gestoßen sind und es ausgeräumt haben, bedeutet das nicht, dass sich darunter nicht noch ein weiteres befinden könnte, das sogar noch eher angelegt worden wäre. Wir beginnen jetzt, diesen Bereich hier abzutragen«, fuhr er fort und zeigte auf die Aktivitäten um uns herum. »José«, sagte er und hielt einen Moment inne, »transportiere den Aushub bitte weiter nach hinten. Wir wollen keine Einstürze verursachen. Und denkt daran, Leute«, fügte er hinzu, »haltet Ausschau nach der *mancha.*«

»*Mancha* wie ›Fleck‹?«, fragte ich zweifelnd. »Nach was für einem Fleck suchen wir denn?«

»Nach dem, was wir aus der Moche-Kunst schließen können und bei früheren Ausgrabungen gesehen haben, wissen wir, dass die Mochika ihre Toten auf eine bestimmte Art bestatteten. Es hing ein wenig von dem Status der jeweiligen Person ab, die beigesetzt wurde, aber im Grunde genommen wurde jedes Mal ein Schacht gegraben und weiter unten dann eine Kammer. Auf Moche-Keramiken sieht man Abbildungen von leblosen Körpern, die in diese Schächte hinuntergelassen und dann seitlich in die Kammern getragen wurden. Sobald der Leichnam – manchmal waren es auch mehrere – im Grab lag, wurde der Schacht versiegelt. Seine Position kann anhand des äußeren Erscheinungsbilds des Bodens bestimmt werden, das sich von der Umgebung unterscheidet. Und das ist die *mancha* beziehungsweise der Fleck. Also suchen wir nach dieser *mancha,* die mit ein wenig Glück auf das Vorhandensein eines Schachtes hindeutet und somit auf ein Grab.«

»Wir scheinen anhand ihrer Kunst viel über die Mochika zu erfahren«, sagte ich.

»Nun, sie besaßen keine Schriftsprache, weshalb sie uns keine rituellen Texte hinterlassen konnten. Aber ihre Kunst, beispielsweise die Szenen und Rituale auf ihren Keramiken und den Wandgemälden der Huacas, die wir freilegen konnten, sind meiner Ansicht nach ein ausgesprochen lebendiges Zeugnis dieser Epoche.« Dann grinste er. »Aus unerklärlichen Gründen und ohne jeglichen Beweis, der dies untermauern würde, habe ich ein gutes Gefühl bei diesem Ort hier! Nun muss ich wieder an die Arbeit zurück.« Er winkte Hilda zu, die weiter unten stand und das Fotografieren der beiden Sondierungsgrabungen beaufsichtigte, bevor die Löcher wieder aufgefüllt wurden.

Ich stand auf dem Gipfel und betrachtete die Umgebung: den *algarrobal,* den finsteren und trostlosen Dornenwald, der seine Geheimnisse unter den breiten, zeltartig herabhängenden Ästen der Bäume verbarg, und ganz weit hinten in der Ferne, wenn ich meine Augen abschirmte, die wellenförmigen Dünen und dahinter das Meer. In der anderen Richtung erkannte ich die silberne Linie der Panamericana und auf der zur Grabungsstätte führenden Sandpiste eine kleine Karawane aus Motorrädern und Pick-ups, die eine Staubwolke hinter sich herzogen.

»Steve«, rief ich aus. »Ich glaube, wir bekommen Gesellschaft!« Steve blickte in die Richtung, in die ich zeigte.

»Es gibt Ärger!«, schrie er zu Hilda hinunter, als der Konvoi näher kam.

Die Fahrzeuge hielten an, blockierten den Rückweg, und eine Bande aus *campesinos,* unter ihnen Rolando Guerra, kam auf die Ausgrabungsstätte zu. Sie waren mit Schaufeln und Äxten bewaffnet, die sie drohend in Hildas Richtung schwangen. »Verschwindet von hier, sonst seid ihr tot«, brüllte einer von ihnen.

»Verschwindet ihr von hier, sonst seid *ihr* tot«, schrie Steve vom Gipfel der Huaca herunter. Er hatte sich eine kurze Schaufel geschnappt und hielt sie wie ein Gewehr, indem er sie an seine Schulter drückte. Die Männer blickten nach oben, doch da sie von der Sonne geblendet wurden, sahen sie lediglich, was auch ich wenige Minuten zuvor gesehen hatte: die dunkle Silhouette einer Person, die im Gegenlicht stand. »Ich meine es ernst«, brüllte er. »Verschwindet von hier.« Pablo, der hinter Steve stand, packte eine andere Schaufel und ahmte Steves Haltung nach.

Einen Augenblick lang rührte sich niemand. Ich hielt den Atem an. Dann sagte einer der Männer, ein älterer Mann, der ein wenig abseits von der Meute stand, etwas, das ich nicht verstand. Langsam stiegen alle wieder in ihre Wagen oder auf ihre Motorräder, gaben kräftig Gas, umrundeten uns mehrmals bedrohlich und brausten schließlich davon.

»Puh!«, sagte Steve und ließ die Schaufel sinken. »Ich habe mir wirklich Sorgen gemacht, dass die Sonne hinter einer Wolke verschwinden könnte!« Nervöses Gelächter erfasste die Gruppe.

»Das war großartig«, sagte ich mit Bewunderung in der Stimme.

»Tja, ich sehe nicht nur gut aus.« Er grinste. »Und dabei habe ich noch kurz bevor sie ankamen geflucht, weil die Sonne so heiß war. Das sind alles nur Raufbolde«, fügte er hinzu. »Nichts, worum man sich ernsthaft sorgen müsste.«

Ich wollte ihm glauben, also glaubte ich ihm.

In den weiteren Stunden und auch am folgenden Tag ging es auf der Ausgrabungsstätte nur langsam voran, aber nach der Aussage von Pablo gab es überall Hinweise, die uns zuversichtlich stimmen konnten.

Am übernächsten Tag ereignete sich jedoch der zweite Unfall. Während wir vor uns hin arbeiteten, hörten wir ein Krachen, und die Leiter, auf der einer der Männer, Jesús Silva, stand, um den Fotoapparat aufzubauen, brach zusammen. Jesús stürzte in eine der Gruben und lag reglos da. Er war bei Bewusstsein, stöhnte jedoch vor Schmerzen. Nur mit größter Mühe gelang es uns, ihn zu bergen. Wir legten ihn ausgestreckt auf die Ladefläche des Pick-ups, und ich fuhr so vorsichtig wie möglich in die Stadt. Er hatte sich die Schulter ausgerenkt und drei Rippen gebrochen, wie sich herausstellte, und würde den Rest der Saison nicht mehr arbeiten können.

Etwa um diese Zeit begann das Gerede über böse Geister in der peruanischen Mannschaft. »Dies ist ein übler Ort«, hörte ich einen der Männer, Javier Franco, zu den anderen sagen. »Wir sollten uns hier nicht aufhalten.«

»Ich glaube nicht an böse Geister«, sagte Steve zu mir. »Kommen Sie her.«

Ich ging auf Steve zu, der gerade die Leiter untersuchte, die unter Silva zusammengebrochen war. Ich blickte auf die Stelle, die er mir zeigte. Direkt unter dem Metallscharnier, das die beiden Seiten der Leiter stabilisierte, wenn sie auseinandergeklappt wurden, befand sich ein Riss.

»Sie war also defekt, wollen Sie mir das sagen?«, fragte ich. »Ich fühle mich entsetzlich. Ich habe diese Leiter gekauft und dachte, ich hätte sie mir genau angesehen, bevor ich sie mitnahm. Den Riss muss ich übersehen haben.«

»Schauen Sie noch einmal genau hin«, sagte er, und nach einer Weile sah ich, was er meinte. In der Spalte befanden sich keine Splitter, lediglich an ihrer Unterkante. In der Tat war die Bruchstelle so glatt, dass man annehmen musste, dass das Material fast auf der ganzen Dicke angesägt worden war.

»Guerra?«, fragte ich.

»Er wäre der Hauptverdächtige, nicht wahr?«, erwiderte Steve. »Vielleicht unterhalte ich mich einfach mal mit dem Bürgermeister und schlage ihm vor, dass die Polizei sich unseren Freund Rolando mal vornimmt.«

Nach diesem Ereignis geschah ein Unglück nach dem anderen. Ernesto Santo, ein weiterer Arbeiter, zog sich eine schlimme Schnittwunde an der Hand zu, ein merkwürdiger Vorfall, der mit dem Metallnetz in dem Sieb zusammenhing und mit mehreren Stichen genäht werden musste. Javier, der Bursche, der glaubte, dass es an dem Ort spuken würde, ging versehentlich zu weit rückwärts, rutschte den Abhang hinunter und zerkratzte sich übel das Bein.

Ich schob alles auf die allgemeine Hysterie und war der Ansicht, dass es sich um selbst verursachte Unfälle handelte, die durch den Glauben an böse Geister gefördert wurden, doch die Auswirkungen, die sie auf das Team hatten, waren äußerst real. Alle waren wie gelähmt. Dann heuerte Steve Tomás Cardoso, Inés' Bruder, an, der zudem ein *chamán*, ein Schamane war, um die Ausgrabungsstätte vor bösen Geistern zu beschützen. Das sorgte dafür, dass die Arbeiter des Teams noch eine Weile blieben.

Angesichts der ganzen durch die Unfälle verursachten Aufregung verliefen die Arbeiten auf der Grabungsstätte jedoch ausgesprochen gut. Nach einer etwa einwöchigen Suche auf der Huaca-Spitze ertönte ein lauter Schrei und ein Hurraruf, und wir alle eilten den Hügel hinan. Selbst Hilda, die meist sämtliche Tätigkeiten von unten beaufsichtigte, kletterte unter Schmerzen, aber schnellstmöglich hinauf. Und dort war er, ein Kreis in der Erde, der sich deutlich von seiner Umgebung abhob. »Die *mancha!*«, schrie Pablo.

»Du hast recht!«, rief Steve, nachdem er die Stelle eingehend begutachtet hatte. »Hier beginnen wir mit den Grabungen!«

Ich wäre geneigt gewesen, einfach den Schacht entlang nach unten zu graben, aber so funktioniert es in der Archäologie nicht. Die Erde wird Schicht für Schicht, Zentimeter für Zentimeter abgetragen, und alles wird vorher sorgfältig aufgezeichnet. Wie immer wurde die Erde zum Sieb gebracht, das wir oben auf dem Hügel aufgestellt hatten.

Als ich Hilda gegenüber eine gewisse Ungeduld bekundete, erwiderte sie: »Wie Sie sehen können, ist die Archäologie von Natur aus destruktiv. Wenn wir hier fertig sind, werden wir eine Huaca zerstört haben, die viele Jahrhunderte überdauerte, bevor wir hier ankamen. Man kann sie nie mehr exakt so zusammensetzen, wie sie vorher war. Daher muss es von Beginn an richtig gemacht werden, sonst ist die ganze archäologische Dokumentation dahin.« Ich verstand, was sie meinte. Wir waren gerade dabei, an einer Seite des Hügels einen großen Teil wegzunehmen, indem wir uns von oben nach unten durcharbeiteten. »Die Sicherheit steht an erster Stelle«, fuhr sie fort, »insbesondere, wenn wir an einem Hang arbeiten. Die abgetragene Erde muss weit von der Grabungsstelle entfernt an einen Ort gebracht werden, von dem aus sie nicht auf die Arbeiter hinunterrutschen kann. Einstürze stellen unter solchen Bedingungen eine große Gefahr dar. Man muss dafür sorgen, dass die Wände gut abgestützt sind.«

Ich hoffte, die Arbeiter würden nicht hören, was sie sagte. Andernfalls würden sie sich alle davonmachen.

Die gute Nachricht war, dass es bei Tageslicht keine weiteren Lebenszeichen von Rolando Guerra und seinen Kumpels gab, von denen einige Mitglieder der Guerra-Familie waren, wie ich den Gesprächen unter den Arbeitern entnahm. Jedoch fanden wir nahezu jeden Morgen Anzeichen seiner Anwesenheit. An einem Tag war es ein Schweinekopf auf einem im Boden steckenden Pfahl, ein anderes Mal waren ein Totenkopf und gekreuzte Knochen auf eine Wand des Schuppens gemalt worden. Nachdem die *mancha* gefunden worden war, heuerte Steve Gonzalo Fernandez an, den Bruder eines Arbeiters, der nachts in der kleinen Hütte bleiben sollte, um die Ausgrabungsstätte zu bewachen. Steve vermutete, dass die Plünderungen zunähmen, wenn Laforet in der Stadt war. Zumindest für einige Tage hörten die Schikanen auf.

Doch wir glaubten nicht einen Augenblick daran, dass Guerra aufgegeben hätte.

Eines Morgens kam es zu dem schrecklichsten Unglück von allen. An jenem Morgen gab es Hinweise darauf, dass jemand in der Nacht zur Grabungsstätte gekommen war, nicht von der Sandpiste, sondern von der anderen Seite aus, der Straße neben der Kommune, indem er über die Mauer geklettert war. Von oben sah man eine Kappe und eine Jacke, die mehrere Meter den Hügel hinauf im Sand lagen. Jemand hatte auf der Seite der Huaca gegraben, dic unseren Arbeiten gegenüberlag. Fernandez, der den Weg bis zur Sandpiste und die Seite der Huaca, auf der wir tätig waren, bewachte, hatte nichts gehört. Ein Teil des Aushubs unserer Grabungsarbeiten hatte sich gelöst und war auf der anderen Seite des Hügels hinuntergerutscht. Steve kletterte hinunter, um sich den Schaden anzusehen, während wir anderen über die Kante spähten. Dann begann Steve mit bloßen Händen in der Erde zu wühlen und rief, dass ihm sofort ein paar Arbeiter mit Schaufeln zu Hilfe kommen sollten. Sie entfernten das Geröll, so schnell sie konnten. Es war vergebens. Rolando Guerra lag bewusstlos im Sand begraben, seine Hände umklammerten immer noch die kleine Kupferstatue eines Moche-Kriegers. Er starb noch am gleichen Tag im Krankenhaus; er war ein Opfer seiner Gier geworden.

DER KRIEGERPRIESTER

Der Gott mit den Reißzähnen, der Enthaupter, tritt vor. Das Tumi wird angehoben; Gold blitzt durch die Luft. Die Priesterin hebt den Kelch. Iguana und Runzelgesicht nehmen ihre Plätze am Eingang des Schachtes ein. Die große Zeremonie beginnt.

Im Grab ruhen auf jeder Seite des Sarges die geopferten, kopflosen Lamas; daneben der Hund des Kriegers. Die Mumien der weiblichen Ahnen werden in das Grab gelegt, zwei ans Kopfende des Totenschreins, zwei zu seinen Füßen.

Iguana und Runzelgesicht, deren Masken im Fackellicht glänzen, greifen nach den Seilen und senken den Großen Krieger langsam in die Kammer hinab. Der Leichnam wird mit dem Kopf nach Süden, Richtung Cerro Blanco, in den Sarg gelegt. Feierlich wird der Sarg mit Kupferbändern versiegelt.

Die Wächter, diejenigen, die den Krieger für alle Zeiten beschützen werden, treten vor den Enthaupter. Einer findet seinen Platz neben dem Krieger, der andere, mit abgetrennten Füßen, in einer Nische oberhalb des Sarges. Nun kann die Kammer verschlossen, der Schacht gefüllt werden.

Der neue Kriegerpriester sitzt mit übergeschlagenen Beinen auf seiner Sänfte, rechts und links von ihm liegen seine Insignien, sein Hund zu seinen Füßen. Der Vogelpriester nimmt der Priesterin den Opferkelch ab und reicht ihn an ihn weiter. Möge unser neuer Krieger uns vor dem Wasser beschützen, das von den Bergen herabstürzt und auf seinem Weg alles zerstört. Er muss: Sollte es ihm nicht gelingen, bedeutet es das Ende der Welt.

13

Rolando Guerras Reise zu seiner letzten Ruhestätte war eher ein Aufmarsch des aufgebrachten Mobs als eine Beerdigungsprozession. Die Feindseligkeit seiner Freunde und Verwandten wurde von der Feierlichkeit des Anlasses notdürftig in Zaum gehalten.

Es sah aus, als hätte sich die halbe Stadt auf der Plaza de Armas versammelt, als der Sarg, der von sechs Mitgliedern der Guerra-Familie getragen wurde, auf dem Platz eintraf und die Kirchenstufen hinaufgebracht wurde. Guerras Frau und zwei kleine Kinder folgten dem Sarg; die Frau schluchzte, und die Kinder, ein kleiner Junge und ein kleines Mädchen, wirkten verstört. Eine ältere Frau – Guerras Mutter, mutmaßte ich – schritt kerzengerade und mit trockenen Augen hinter ihnen her.

Bürgermeister Montero hatte einen seiner Polizisten zur Hazienda geschickt, der uns dringend bat, dem Begräbnis nicht beizuwohnen, um die Stimmung nicht zusätzlich aufzuheizen, und das war in der Tat ein guter Ratschlag gewesen.

Die Menge war wütend, drohte jeden Moment zu explodieren, dachte ich, als Puma und ich uns in eine Gasse zurückzogen und auf den Markt zusteuerten.

»Eine schlimme Szene« war alles, was Puma sagte. Es war tatsächlich eine schlimme Szene. Auch wenn die Guerras, wie ich vermutete, als Eigenbrötler galten, hatte Rolandos Tod die Furcht noch verstärkt, die die Menschen angesichts des heranrückenden El Niño verspürten, der zusammen mit den *invasores,* die mit ihm kamen, ihre Lebensgrundlage und ihre Sicherheit bedrohte.

Der Marktplatz, zu dem ich Inés gebracht hatte, damit sie Besorgungen machen konnte, war voller Menschen. Es schien das allgemeine Gefühl vorzuherrschen, dass Rolando nicht hätte plündern dürfen, doch man spürte einen beinahe universellen Groll gegen Menschen, die nicht von hier waren. Einige der Standbesitzer blickten mich Unheil verkündend an, als ich vorbeischritt, und eine alte Frau schlug drohend mit einer Fliegenklatsche in meine Richtung, als ich mich näherte.

Am Abend hatten wir eine Besprechung in einem Raum, den wir in jener berauschenden Nacht – die nun sehr weit weg zu sein schien – das »Kriegszimmer« genannt hatten, als wir mit geröteten Köpfen und voller Enthusiasmus für eine Sache, die wir als absolut richtig ansahen, die Operation Atahualpa geplant hatten, den Überfall auf Cerro de las Ruinas.

Diesmal, während wir um den Tisch im Esszimmer saßen, nachdem Inés nach Hause aufgebrochen war, mussten wir darüber entscheiden, ob wir nach der jüngsten grausigen Entdeckung fortfahren oder für diese Saison aufhören, das Labor zusammenpacken und nach Hause fliegen sollten.

»Ich weiß nicht«, sagte Hilda, und ihre Stimme klang noch rauer als sonst. »Ich weiß es einfach nicht. Ein Teil von mir will weitermachen, ein anderer …« Sie verstummte.

»Wir sind so nah dran, Hilda«, sagte Steve. »Ich spüre es. Wir werden etwas Großes finden.«

»Ich weiß, dass du das denkst. Aber ist es das Risiko wert?«, erwiderte sie.

»Natürlich ist es das wert!«, rief Steve. »Willst du sagen, dass wir einfach aufgeben und alles den Plünderern überlassen sollen? Hilda, du hast während deiner ganzen Karriere auf etwas Derartiges hingearbeitet!«

»Vielleicht habe ich den falschen Beruf gewählt?«, entgegnete sie mit einem verkniffenen kleinen Lächeln.

»Ich stimme Hilda zu«, sagte Ralph. »Ja, es ist wichtig, aber nicht wert, umgebracht zu werden. Und einfach weiterzumachen, als wäre nichts geschehen, das halte ich wirklich für unangemessen. Guerra, trotz all seines Getöses, hat bloß versucht, seinen Lebensunterhalt zu verdienen.«

»Das hat Al Capone auch getan, Ralph«, fauchte Tracey. »Du willst die Plünderei doch wohl nicht verteidigen.«

»Dein Vergleich ist widerlich«, gab Ralph schroff zurück. Sämtliche Nerven lagen blank. »Ich verteidige sie nicht. Ich meine nur, wir müssen Verständnis für die Leute hier in der Gegend haben. Capone, kann ich nur annehmen, wohnte in einem hübschen Haus in Chicago und hatte genug zu essen. Guerra lebte wahrscheinlich in einer Hütte. Und im Sand zu ersticken ist eine schreckliche Todesart. Mein Gott.«

Ralph und Tracey starrten einander zornig an.

»Genug!«, seufzte Steve. »Das führt doch alles zu nichts. Lasst uns ein paar Pro- und Kontra-Argumente sammeln, und dann stimmen wir ab, einverstanden? Ich fange an. Ein Argument dafür ist, dass wir meiner Meinung nach kurz davor stehen, ein Grab zu finden, vielleicht sogar ein unberührtes.«

»Vielleicht aber auch nicht«, sagte Ralph missmutig.

»Nun, diese beiden Argumente heben sich gegenseitig auf, würde ich sagen«, meinte Steve. »Noch jemand?«

Tracey hob die Hand. »Guerra ist jetzt weg, also dürfte es keine weiteren Vorfälle geben, nicht wahr? Das ist eindeutig ein Argument dafür, meint ihr nicht auch?«

Alle nickten, oder besser gesagt, alle außer mir. Ich war der Ansicht, dass sie sich irrten. Ich hatte die Stimmung in der Stadt mit eigenen Augen gesehen. Guerra war nicht der Einzige, der an den Plündereien beteiligt war. Seine gesamte Familie war dafür bekannt, und ihre restlichen Mitglieder waren noch am Leben. Für alle anderen war die Schuldfrage möglicherweise klar. Guerra hatte einen

Tunnel in den Hang der Huaca gegraben. Sein Aushub, der Dreck aus dem Tunnel, den er gegraben hatte, war für alle gut sichtbar aufgeschüttet gewesen. Er war in Eile und daher unachtsam gewesen und hatte die Erde nicht weit genug fortgeschafft oder nicht an der richtigen Stelle aufgehäuft, um zu verhindern, dass sie in den Tunnel zurückfiel.

Auch wenn die Polizei Guerras Ableben bereits als Unfalltod bezeichnete, als das unglückliche, aber vielleicht vorhersehbare Ende eines unvorsichtigen *huaquero,* war ich ziemlich sicher, dass der Rest der Guerra-Familie es anders sah.

Am Ende des Abends waren sich alle einig, dass sie bleiben wollten, abgesehen von Ralph, der noch schwankte. Er sagte, er würde es sich bis zum nächsten Morgen überlegen. Später hörte ich ein leises Klopfen an meiner Tür. Steve stand mit zwei Gläsern und einer Flasche Whisky draußen. »Können wir reden?«, flüsterte er. »Unten?«

Ich nickte und folgte ihm die Stufen hinunter. Der Strom war wieder ausgefallen, weshalb ich ein paar Kerzen anzündete, während er die Drinks eingoss.

»Wie denken Sie über die ganze Sache?«, fragte er, als wir uns in den Sesseln niederließen.

»Ich bin nicht sicher, was ich denken soll«, erwiderte ich. »Die Stimmung in der Stadt ist ziemlich bedrohlich.«

»Das stimmt«, pflichtete er mir bei. »Glauben Sie, ich bin verrückt, dass ich alle ermutige zu bleiben? Oder denken Sie, dass ich vollkommen verrückt bin?« Er lächelte müde.

»Vielleicht beides«, sagte ich. Natürlich war das nur ein Scherz gewesen, aber er wirkte so verletzt, dass ich ihn auf der Stelle bereute. »Sehen Sie«, sagte ich. »Sie sind doch alle erwachsen. Sie können sich ihre eigene Meinung bilden.« Warum, fragte ich mich, sprach er mit *mir* und nicht mit Tracey?

Als könnte er meine Gedanken lesen, sagte er: »Ich vermute, Sie wissen von Tracey und mir.« Er hielt inne. »Wissen Sie, dass wir …?«

»Ja.«

»Vermutlich kann Ihnen das ganze nächtliche Herumschleichen nicht entgangen sein.« Er lachte reumütig. »Ich komme mir irgendwie dumm vor«, fuhr er fort. »Ein Mann in meinem Alter mit einer Frau wie sie, die zwanzig Jahre jünger ist. Und dazu noch eine meiner Studentinnen!«

»Sie ist sehr attraktiv«, sagte ich verständnisvoll. Zumindest versuchte ich, verständnisvoll zu klingen, ein schwieriger Kraftakt.

»Meine Frau hat mich im vorigen Jahr verlassen. Wegen eines jüngeren Mannes. Genau genommen ist er zwölf Jahre jünger als ich. Ich weiß nicht, was daran demütigender sein soll, wenn einen die Frau wegen eines jüngeren Mannes verlässt, als wenn er im gleichen Alter oder älter wäre, aber so ist es nun mal. Vielleicht ist ›demütigend‹ nicht das richtige Wort. ›Demoralisierend‹ würde es vermutlich besser treffen.«

»Das tut mir leid«, sagte ich. Ich dachte an die letzten Tage meiner Ehe mit Clive und die Parade von jüngeren Frauen, die ich eine Zeit lang ertragen hatte. Plötzlich empfand ich echtes Verständnis: demütigend und demoralisierend, in der Tat. »Das kenne ich«, fügte ich hinzu.

»Sie auch? Tatsächlich?«

Ich nickte.

»Sie werden mir wahrscheinlich nicht glauben, aber die Affäre war nicht meine Idee. Sondern ihre. Natürlich fühlte ich mich geschmeichelt. Ich meine, es brauchte nicht viel, um mich zu überzeugen. Ich muss zugeben, dass ich nur ein paar Nanosekunden überlegt habe.

Aber jetzt …«, sagte er leise. »Jetzt wundere ich mich, warum sie … Nun ja, vielleicht sind das die Sorgen eines Mannes im mittleren Alter, aber ich frage mich, ob sie es aus einem anderen Grund tat – um Hilda aus dem Projekt zu verdrängen oder dergleichen.« Er hielt inne. »Verzeihung, ich habe keine Veranlassung, Sie damit zu belasten.«

»Das ist schon in Ordnung«, erwiderte ich. »Aber ich glaube, Sie sollten ihr das nicht unterstellen. Sie sind ein attraktiver Mann, und Sie beide haben dieselben Interessen.« Eigentlich konnte ich gar nicht fassen, was ich da gerade erzählte. Warum sollte ich versuchen, Steve davon zu überzeugen, dass mit Tracey alles in Ordnung wäre, fragte ich mich, wenn ich selbst ihn recht anziehend fand? Doch die Zerbrechlichkeit des Egos von Männern im mittleren Alter versetzt mich immer wieder in Erstaunen, und ich hatte das Gefühl, dass ich irgendetwas sagen musste, damit es ihm besser ging, auch wenn es ganz und gar nicht in meinem eigenen Interesse war.

»Danke«, sagte er. Wir sprachen noch einige Minuten über die Arbeit, über seine Kinder, auf die er offensichtlich sehr stolz war, über den bevorstehenden El Niño. Dann erhob er sich von seinem Sessel und kam zu mir herüber. Er beugte sich vor und gab mir einen Kuss. Es war angenehm, die Art von Kuss, die einen glauben lässt, man würde dem Kerl eine Zeit lang gern das Frühstück zubereiten wollen.

Wir trennten uns am oberen Ende der Treppe, und ich stellte mir die Frage, was hier eigentlich vor sich ging.

Ich bin davon überzeugt, dass es mir nicht an Selbstvertrauen mangelt, aber ich versuche, es zu zügeln, indem ich nie die Realität aus den Augen verliere. Der springende Punkt war, dass ich nicht erwartete, den Kampf um einen Mann gegen Tracey zu gewinnen. Tat ich dasselbe, was ich von Steve annahm? Hegte ich Selbstzweifel bezüglich eines Angehörigen des anderen Geschlechts, oder war hier Berechnung im Spiel? Irgendetwas an dem Gespräch hatte nicht vollkommen glaubhaft geklungen, aber vielleicht war es auch nur der Umstand, dass so viele Dinge unausgesprochen geblieben waren.

Die Fraktion Hazienda Garúa ließ sich nicht unterkriegen. Selbst Ralph entschied sich dafür zu bleiben. Das Problem war, dass der Großteil der peruanischen Mannschaft nicht mehr auf der Grabungsstelle arbeiten wollte. Nachdem sie schon nach wenigen relativ harmlosen Unfällen geglaubt hatten, der Ort sei verflucht, hatte der letzte Vorfall ihre Vermutung noch untermauert. Pablo blieb bei uns, überraschenderweise ebenso Ernesto, war er doch der Mann, der sich so übel geschnitten hatte. Ich hatte gehört, dass er eine Frau und vier Kinder hatte, sodass ein paar böse Geister möglicherweise nicht ausreichten, um ihn davon abzuhalten, seinen Lebensunterhalt zu verdienen. Auch Tomás war bereit weiterzumachen. Die Studenten ebenfalls, abgesehen von Robert, der sagte, er habe genug, und zurück nach Lima reiste.

Der einzige positive Aspekt an dem Ganzen war, dass ich Puma einen richtigen bezahlten Job vermitteln konnte. Nachdem die peruanischen Helfer verschwunden waren, versuchte Steve, mit dem kleinen Team weiterzumachen, das noch übrig war, doch die Arbeit ging beträchtlich langsamer voran.

»Ich muss hier draußen einfach noch mehr Arbeitskräfte haben«, seufzte er. »Sonst schaffen wir es nicht.«

»Ich habe eine Idee«, erwiderte ich. »Wie wäre es mit Puma? Fachliche Dinge kann er natürlich nicht übernehmen, aber er kann den Aushub wegschaffen und am Sieb arbeiten. Er könnte gewiss eine kleine Finanzspritze gebrauchen, wenn es eine Möglichkeit gäbe, ihn zu bezahlen.«

»Die peruanische Mannschaft zahle ich auch«, sagte Steve, »und da mehrere gegangen sind, ist Geld vorhanden. Wann kann er anfangen?«

Die Antwort lautete: sofort.

»Wunderbar!«, sagte Puma. »Auf einer archäologischen Ausgrabungsstätte arbeiten! Glauben Sie, dass wir etwas Wertvolles finden?«

»Das weiß man nie«, erwiderte ich. »Und selbst wenn nicht, können Sie auf diese Weise dafür sorgen, dass wir nicht irgendeinen schrecklichen Fluch auslösen.«

Ich hatte es natürlich als Scherz gemeint, doch Puma stimmte mir von Herzen zu.

Wie sich herausstellte, war Puma ein eifriger und harter Arbeiter – sofern er zur Arbeit erschien. Erstens war er kein Frühaufsteher. Während wir anderen begannen, sobald es hell wurde, tauchte Puma üblicherweise erst am späten Vormittag auf und wirkte noch ein wenig zerzaust. An manchen Tagen kam er gar nicht erst. Es war ärgerlich, weil wir stark unterbesetzt waren und jeder, der noch da war, mit anpacken musste. Steve schien es nicht besonders zu stören: Er sagte, es wäre ein ganz normales Verhalten für einen Jungen in dem Alter und dass Puma bezahlt würde, wenn er etwas tat, und ansonsten nicht.

Ich versuchte, mit Puma darüber zu sprechen. Er war jedes Mal sehr zerknirscht und sagte, er müsste sich noch um etwas anderes kümmern, und ich hatte den Eindruck, dass er mir irgendetwas verschwieg, aber mehr war nicht aus ihm herauszubekommen. Allmählich gewöhnten wir uns daran, dass es sich mit Puma verhielt wie mit einem Zauberer, der er ja ebenfalls war: Manchmal sah man ihn und manchmal nicht.

Ich hatte die Aufgabe zugewiesen bekommen, Pablo zu helfen, an seiner Seite zu arbeiten und all die kleinen Tonscherben, die er freilegte, zu katalogisieren, indem ich Notizen zur Bodentiefe und zum exakten Fundort machte und sie alle eintütete und beschriftete. Wir begannen direkt nach dem Morgengrauen mit der Arbeit und arbeiteten, bis der Wind und der Staub es unmöglich machten fortzufahren. Anschließend brachten wir alles zurück zum

Labor, um bis in den Abend hinein die Funde des Tages zu katalogisieren.

Selbst Lucho wurde gebeten mitzuhelfen; er sollte Sand transportieren und am Sieb arbeiten. Sein Gemurre und sein Schlurfen trieben uns alle zum Wahnsinn, aber wir brauchten ihn. Das bedeutete allerdings, dass die Hazienda zumindest zeitweise unbewacht blieb, so lange, bis Inés kam, um das Abendessen zuzubereiten.

Traceys Prognose, dass es keine weiteren Vorfälle geben würde, war bedauerlicherweise nicht richtig. Rolando Guerra mochte verschwunden sein, seine Familie jedoch nicht, und wie ich bereits befürchtet hatte, gingen sie dazu über, an der Grabungsstätte herumzulungern und uns mit boshafter Miene bei der Arbeit zuzusehen. Sie gaben uns schlichtweg die Schuld für Rolandos Tod, obwohl die Polizei ihnen klargemacht hatte, dass Rolando illegal geplündert hatte: Schließlich war er auf frischer Tat ertappt worden, wenn er auch zu der Zeit schon fast tot gewesen war.

Die Guerra-Familie sah es jedoch anders. In ihren Augen war Rolando wegen uns gezwungen gewesen, verzweifelte Maßnahmen zu ergreifen, Maßnahmen, die sein Leben vorzeitig beendet hatten.

Die Situation spitzte sich eines Tages zu, als ich mit Inés zur Hazienda zurückkehrte und eine Axt in der wunderschön geschnitzten Eingangstür steckte. Darüber hinaus hatte jemand quer über die Vorderseite des Hauses eine Nachricht für uns gesprüht. Was dem Sprayer an Kunstfertigkeit gefehlt hatte, hatte er durch Kürze und Prägnanz ausgeglichen. *Asesinos!* – Mörder – lautete die Botschaft. Lucho kehrte umgehend auf seinen Posten als Bewacher der Hazienda zurück; Cesar Montero, der Bürgermeister, entsandte mehrere Tage lang einen Polizisten auf die Grabungsstätte, um die Übeltäter abzuschrecken, und Carlos, der Landbesitzer, weigerte sich zunächst, schickte dann aber ein paar Leute, die die Schmiererei überstreichen sollten.

Wegen des ganzen Aufruhrs und der vielen Menschen auf der Grabungsstätte dauerte es eine Weile, bis ich bemerkte, dass ich Puma in letzter Zeit nicht mehr gesehen hatte. Leicht verärgert fuhr ich zur Kommune, um ihn zu holen. Als ich dort eintraf, schien zunächst alles in Ordnung zu sein. Das Gelände wirkte immer noch genauso wie vorher, Wäsche flatterte im Wind, einige Kommunenmitglieder werkelten ganz hinten im Garten vor sich hin. Ich sah in der Küche nach. Pachamama war nicht da. Anschließend ging ich zu ihrer kleinen Hütte. Hier war lediglich ein Schlafsack – Pumas, dachte ich –, doch er lag nicht darin. Sämtliche Habseligkeiten Pachamamas schienen verschwunden zu sein. Alle anderen waren irgendwo draußen bei der Arbeit, sodass ich erneut auf das Haupthaus zusteuerte und an Manco Cápacs Tür klopfte. Er brauchte ein oder zwei Minuten, um sie zu öffnen, war jedoch äußerst freundlich, sobald er mich erblickte. »Kommen Sie herein«, sagte er. »Möchten Sie ein Bier?«

»Im Moment nicht, danke«, erwiderte ich.

»Hätten Sie etwas dagegen, wenn ich eins trinke?«, fragte er und öffnete einen kleinen Kühlschrank, der in seinem Zimmer stand, ohne meine Antwort abzuwarten.

»Natürlich nicht«, sagte ich, und als ich sah, wie er nach dem Bier griff, dachte ich beiläufig, dass sein Kühlschrank mich an meinen eigenen erinnerte, den ich zu Hause hatte, da er nahezu leer war. Zwei Gedanken kamen mir daraufhin in den Sinn: Zum einen war dies das erste Mal seit geraumer Zeit, dass ich an zu Hause gedacht hatte, und zweitens, dass es einen bedeutenden Unterschied zwischen seinem und meinem Kühlschrank gab. Während meiner vor allem Joghurt enthielt, der das Mindesthaltbarkeitsdatum weit überschritten hatte, diverse halb volle Gläser, die wer weiß was enthielten, einige Dosen Thunfisch und Lachs und, wenn ich Glück hatte, Weißwein, wirkte seiner eher aristokratisch: Champagner, Perrier-Jouët, wenn ich mich nicht irrte und nach den Blumen auf der Flasche zu urteilen – ich habe gehört, er soll köstlich sein –, und mehrere Gläser in einer charakteristischen Form und Farbe, die ganz offensichtlich Kaviar enthielten. Außerdem sah ich einige Konservendosen, die sich bei näherer Betrachtung, dessen war ich sicher, als Pastete erwiesen hätten. Und durchaus nicht die durchschnittliche Pastete mit Pfefferkörnern aus dem Supermarkt. Echte französische Gänseleberpastete.

Manco Cápac mochte nach Peru gekommen sein, um zu den wesentlichen Dingen des Lebens zurückzukehren, doch seine Vorstellung von »wesentlich« war eindeutig exklusiv, zumindest im Lebensmittelbereich. Zudem war sie äußerst kostspielig.

Vielleicht, dachte ich, als er sein Bier öffnete, gönnt er sich diese Dinge, weil er eine Erkältung hat. Wenn ich darüber nachdachte: Hatte er bei meinem letzten Besuch nicht auch schon Schnupfen gehabt? Möglicherweise war er allergisch, oder, und nun dämmerte es mir allmählich, zu seinen teuren Vorlieben gehörte auch Kokain.

Als ich aus diesem aufschlussreichen Bewusstseinsstrom zurückkehrte – es ist schon erstaunlich, in welchem Maße eine kleine Lampe in einem Kühlschrank den Gedankengängen auf die Sprünge helfen kann –, bemerkte ich, dass er mich aufmerksam beobachtete.

»Möchten Sie etwas anderes?«, fragte er. »Ich habe nur Champagner und natürlich Kaviar.« Er lachte. »Eigentlich ein Geburtstagsgeschenk von meiner Familie, aber es klingt beeindruckend, nicht wahr? Erzählen Sie den anderen nichts davon, sonst muss ich es mit ihnen teilen.«

Eine gute Ausrede, dachte ich, und überzeugend vorgetragen, aber das war nicht weiter verwunderlich. Schließlich war er Schauspieler. Anscheinend war er gut genug, um die anderen Kommunenmitglieder davon zu überzeugen, dass er ihre Neigung zum einfachen Leben teilte.

»Ich bin gekommen, um Puma und Pachamama zu besuchen«, sagte ich und wechselte das Thema. »Aber ich kann keinen der beiden finden.«

»Sie sind weg«, erwiderte er.

»Was meinen Sie mit ›weg‹?«, fragte ich.

»Einfach weg. Verschwunden. In Luft aufgelöst.« Er hielt inne. »Er ist ein Zauberer. Puff. Verstehen Sie?«

Ich verstand. »Sehr lustig. Haben Sie eventuell eine Idee, wann genau sie sich in Luft aufgelöst haben?«, fragte ich mit zusammengepressten Zähnen. Ich merkte, dass sich ein bestimmter Tonfall in meine Stimme eingeschlichen hatte, ein Tonfall, den eine gewisse Ladenbesitzerin normalerweise für Lieferanten bereithielt, die nicht pünktlich lieferten, und für Eltern, die ihren Kinder erlaubten, das Geschäft mit tropfenden Eishörnchen zu betreten.

»Gestern Nacht. Vielleicht auch vorgestern Nacht. Ich kann mich nicht genau erinnern.«

Meine Güte, was für ein schlechtes Gedächtnis! »Haben Sie gesehen, wie sie weggingen?«

»Nö.«

»Haben Sie ihr Verschwinden denn gemeldet?«

»Nö. Warum sollte ich? Die Leute kommen und gehen. Nichts kann sie aufhalten. Unsere Philosophie hier lautet, dass man immer mit dem Strom schwimmen soll.«

Schon wieder dieser Ausdruck. »Zwei Kinder verschwinden mitten in der Nacht«, zischte ich, »und alles, was Sie zu sagen haben, ist, dass man mit dem Strom schwimmen soll?«

»Nun ja, besser als die Leute aufzufordern, gemeinsam Selbstmord zu begehen, damit sie sich zu irgendeinem Raumschiff hochbeamen können oder dergleichen, meinen Sie nicht?«, erwiderte er barsch, und eine Sekunde lang glaubte ich, das wahre Gesicht von Manco Cápac, der immer mit dem Strom schwamm, gesehen zu haben – das eines Mannes, der sein eigenes Handeln und die Menschen, mit denen er zusammen war, verachtete. »Hier können die Leute machen, was sie wollen«, sagte er, und seine Stimme kehrte wieder zu ihrem normalen Tonfall zurück. »Diese zwei Kinder, wie Sie sie nennen, sind junge Erwachsene. Die Menschen bleiben so lange hier, wie sie es für nötig halten, und wenn sie wollen, ziehen sie weiter.«

»Aber Pumas Schlafsack ist noch da.«

»Also hat er vielleicht vor zurückzukehren!« Der Mann zuckte mit den Schultern.

»Kennen Sie ihre echten Namen?«

»Nein. Einen neuen Namen zu wählen gehört dazu, wenn man sein früheres Leben und seine festgefahrenen Ansichten aufgibt, um den unverdorbenen Teil unseres Ichs hervortreten zu lassen. Wir wählen neue Namen, damit wir uns weiterentwickeln.«

Es schien nicht viel Zweck zu haben, eine Unterhaltung fortzuführen, die bereits in den Siebzigern aus der Mode gekommen war, also überließ ich ihm seinem Kaviar und seinem Champagner und höchstwahrscheinlich auch seinem Drogenkonsum.

Ich brach wieder Richtung Grabungsstätte auf, kam jedoch nicht sehr weit. Der Gedanke an die Kinder machte mich wirklich unruhig. Mir war klar, dass sie eigentlich keine Kinder mehr waren, aber sie waren so naiv und nicht besonders clever. Ich konnte nicht glauben, dass sie sich einfach davongemacht hatten, vor allem Puma nicht, ohne mir eine Nachricht zu hinterlassen. Er wusste, dass ich auf der Hazienda wohnte, und ich war überzeugt, er wäre dorthin gekommen, wenn sie in Schwierigkeiten geraten wären. Vielleicht hatte Manco Cápac, oder wie auch immer er hieß, trotz allem recht. Sie hatten einfach beschlossen weiterzuziehen. Eigentlich schuldeten sie mir keine Erklärung. Ich war nicht ihre Mutter, auch wenn ich mich gelegentlich so fühlte. Doch auf gewisse Weise kam ich mir beraubt vor. Offenbar waren sie, ohne dass ich es mitbekommen hatte, ein wichtiger Bestandteil meines neuen Lebens geworden.

Tatsache war, dass ich diesen Manco Cápac nicht mochte, außerdem traute ich ihm nicht. Nicht nur, weil er ein Pseudonym verwendete. Der einzige Unterschied zwischen ihm und mir in dieser Hinsicht war, dass er seinen neuen Namen selbst auswählen durfte. Meiner war mir zugeteilt worden. Doch jeder, der den Namen des ersten Inka annahm, des Sohnes des Sonnengottes, hatte irgendeine Persönlichkeitsstörung, dessen war ich sicher. Es war offensichtlich, dass mit dem Mann etwas nicht in Ordnung war. Meiner Ansicht nach waren Kommunen eigentlich nicht mehr angesagt, und selbst wenn doch, dann lebte man nicht dort, um Kaviar zu essen. Das ergab keinen Sinn. Je länger ich über ihn nachdachte, desto mehr Sorgen machte ich mir wegen meiner Schützlinge und desto schlechter fühlte ich mich, dass ich Puma nicht zugehört, nicht intensiver nachgehakt hatte. Da ich mich selbst hinter meinem eigenen Decknamen versteckte, hatte ich nicht einmal gefragt, wie er wirklich hieß.

Schuldgefühle sind eine mächtige Motivation. Ich wendete den Wagen und fuhr in die Stadt zurück, um Nachforschungen anzustellen. Campina Vieja lag, was den Tourismus betraf, weit genug von den ausgetretenen Pfaden entfernt, dass Menschen wie Puma und Pachamama leicht zu finden sein mussten, und ich hoffte, dass jemand sich erinnerte, sie gesehen zu haben.

Ich fragte in einer Reihe von Cafés nach, in denen ich sie gesehen hatte, und schließlich am Busbahnhof. Der Fahrkartenverkäufer sagte, er könne sich nicht an sie erinnern, aber dass ich in ein oder zwei Tagen noch einmal bei dem anderen Verkäufer nachfragen könnte, der in den letzten drei Tagen Dienst gehabt hätte. Die andere Alternative sei, so sagte er, auf die vorbeifahrenden Busse zu warten und die einzelnen Fahrer und Bediensteten zu fragen. Dafür war jedoch keine Zeit: Es konnte ewig dauern, bis ich sie alle überprüft hatte. Ein Eisverkäufer vor dem Busbahnhof sagte, er habe jemanden gesehen, der zu meiner Beschreibung von Pachamama passen würde, dass sie allerdings allein gewesen wäre.

Ich beschloss, ein vertrauliches Gespräch mit Steve zu führen und abzuwarten, was er vorschlagen würde. Ich wollte nicht persönlich zur Polizei gehen, nicht nur, weil ich nicht sicher war, ob mein Pass einer eingehenden Untersuchung standhalten würde, sondern auch, weil die Tatsache, dass ich die echten Namen der Kinder nicht kannte, es ein wenig schwierig gestalten würde, Angaben zu den beiden Vermissten zu machen. Ich dachte jedoch, Steve würde möglicherweise mit den Behörden sprechen wollen. Er hatte stets mehr als nur beiläufiges Interesse daran gezeigt, wie die beiden zurechtkamen.

Als ich zur Grabungsstätte zurückkehrte, bot sich jedoch keine Gelegenheit für ein solches Gespräch. Als ich anhielt, sah ich, dass die ganze Mannschaft mir von der Spitze der Huaca aus zuwinkte, und auf ihre Aufforderung hin kletterte ich kurz danach zu ihnen hinauf. Sie tanzten beinahe vor Begeisterung, und das aus gutem Grund. Sie hatten vielversprechende Hinweise auf ein Grab gefunden, einen Bereich, der etwa drei Meter lang und zweieinhalb Meter breit und mit Adobe-Ziegeln gesäumt war, außerdem etwas, das wie die Umrisse von Balken wirkte, die *vigas,* die die Kammer bedeckt hatten. Der Zwischenraum war noch mit Erde gefüllt, doch sie wies eindeutig eine andere Farbe und eine andere Beschaffenheit auf als die Umgebung.

»Dies ist der Umriss einer Grabkammer, ich bin nahezu sicher«, erklärte Steve mir. »Mit einer solchen Konstruktion in Form einer großen ziegelgesäumten Kammer wird es ein Grab für eine bedeutende Person sein. Derartige Kammern bauten die Mochika nicht für den normalen Durchschnittsbürger. Ich schätze, die Dachbalken sind unter dem Gewicht der ganzen Erde zusammengebrochen, aber es könnte tatsächlich ein unberührtes Grab sein, obwohl wir nicht absolut sicher sein können, bis wir uns zu ihm vorgearbeitet haben.«

»Morgen fliegen die Oberschenkelknochen umher!«, frohlockte Ralph. »Möge es intakte Keramiken für mich geben. Bitte, bitte.«

Nur Hilda sagte nichts, vielleicht wegen der Anstrengung, die es sie gekostet hatte, die Huaca zu erklimmen, oder weil sie fand, dass man so viel gar nicht erhoffen durfte.

Inzwischen war es spät geworden, und Hilda erklärte das Tagewerk für beendet. Ich musste für die Arbeiter und Studenten meinen üblichen Taxi-Service in die Stadt aufrechterhalten, auch wenn ich es wegen all der Ausfälle nun mit einer Fahrt schaffte, und Steve brachte die anderen mit unserem zweiten Pick-up nach Hause, womit eine weitere Gelegenheit ausfiel, mit ihm zu sprechen.

Das Abendessen war eine ziemlich laute Angelegenheit, und Hilda blieb ausnahmsweise fast die ganze Zeit dabei und half, die Arbeit des nächsten Tages zu planen. »Warum sind alle so sicher, dass sie das Grab einer wichtigen Person gefunden haben?«, fragte ich Ralph.

»Wegen der Lage und der Art des Grabes«, erwiderte er. »Erstens liegt es mitten in der Huaca. Das sagt schon viel aus. Zudem scheinen die Mochika eine Reihe von Bestattungsverfahren und Ritualen gepflegt zu haben, die im Großen und Ganzen vom Status der jeweiligen Person abhingen, genau wie bei uns. Manche von uns werden in einfachen Gräbern mit Holzkreuzen beerdigt, andere mit kunstvollen Grabsteinen und den feinsten Särgen«, sagte er.

»Für die Mochika war die geläufigste Form – das Grab mit dem schlichten Holzkreuz, wenn Sie so wollen – eine Grubenbeisetzung, einfach nur eine flache Grube mit ein paar Bestattungsbeigaben. Die Mittelschicht, sofern wir diesen Ausdruck verwenden können, wurde aufwendiger beerdigt. Man baute einen Schacht, der ein bis zwei Meter in die Tiefe führte, und höhlte anschließend eine Kammer aus, manchmal nur zu einer Seite, ähnlich wie beim Fußteil eines Stiefels. Die Körper wurden in den Schacht hinabgelassen, entweder waagerecht oder senkrecht, je nach Größe des Schachtes, und dann in die Kammer gelegt. Das alles wissen wir von den Moche-Keramiken, meinem Spezialgebiet.« Ralph lächelte. »Auf mehreren bekannten Keramiken werden Bestattungsszenen dargestellt, und sie zeigen, dass die Toten von zwei rituellen oder vielleicht mythologischen Wesen hinabgelassen werden, Iguana, jemand mit dem Gesicht einer Eidechse, und Runzelgesicht, ein Wesen mit einem sehr runzeligen Gesicht, wie die Namen schon sagen.

Für Menschen von höherem Rang, und das erhoffen wir uns auch hier, wurden voluminöse Kammern gebaut, groß genug, um die betreffende Person, jede Menge Grabbeigaben, von denen einige sehr kunstreich waren, und geopferte Tiere wie Lamas oder Hunde zu fassen, darüber hinaus weitere Personen, möglicherweise ihre früheren Bediensteten. Zuweilen gibt es sogar Wächter, Leichname, die in Nischen oberhalb der Hauptperson gelegt wurden. Diese Gräber sind folglich wesentlich größer, sie hatten Ziegelwände und mit hoher Wahrscheinlichkeit auch Balkendecken. Das Vorhandensein dieser drei Dinge, einer großen Kammer, der Ziegelwände und der Überdachung, ist der Grund, warum wir ziemlich gespannt sind, was der morgige Tag bringen wird.«

»Und wie wird das Grab aussehen, wenn wir hineinkommen?«, fragte ich.

Steve mischte sich begeistert in unser Gespräch ein. »Die Toten der Moche wurden normalerweise flach auf dem Rücken liegend bestattet, wobei der Kopf üblicherweise Richtung Süden und vom Schacht weg zeigte. Sie wurden in Tücher gewickelt und dann in eine Art Hülle aus Schilf gelegt, obwohl jetzt wahrscheinlich nicht mehr viel von den beiden Stoffen übrig wäre. Der Kopf ruht normalerweise auf einer Unterlage, deren Material vom Status der Person abhing, ein Flaschenkürbis für den niedrigsten und eine Goldscheibe für den mächtigsten Rang. Die Füße stecken häufig in Sandalen, silberne für die wichtigen Männer und wesentlich bescheidenere für solche von niederem Stand. Wenn wir großes Glück haben, ist es ein Kriegerpriester oder dergleichen, und er trägt sämtliche Insignien – Ohrpflöcke, Kopfschmuck, Rückenschilder, Halsketten, alles. Eigentlich möchte ich gar nicht erst darüber nachdenken, für den Fall, dass wir verflucht werden.« Steve lachte.

»Wie kommt es, dass die *huaqueros* dieses Grab übersahen?«, fragte ich. »Falls es tatsächlich so war.«

»›Falls‹ ist das richtige Wort«, erwiderte Steve. »Denken Sie daran, was ich Ihnen über die Moche-Pyramiden erzählt habe. Sie wurden schichtweise errichtet. In den verschiedenen Ebenen könnten mehrere Personen bestattet worden sein. Es ist möglich, dass die *huaqueros* ein Grab fanden, das sich weiter oben in der Huaca befand, und glaubten, das wäre alles gewesen.«

In diesem Moment beschloss Hilda, sich für die Nacht zurückzuziehen, diesmal ohne die Whiskyflasche – eine Entwicklung, die ich als echten Fortschritt ansah, und vielleicht ein Hinweis darauf, als wie wichtig sie die Arbeit des folgenden Tages einschätzte. Wir anderen blieben noch eine Weile sitzen und warteten, bis Inés nach Hause fuhr. Tomás kam etwas später als gewöhnlich, und ich hoffte, dass, sobald Inés fort war, alle allmählich nach oben gehen würden, um vor dem großen Tag, der vor uns lag, noch ein wenig Schlaf zu bekommen, und ich eine Gelegenheit fände, mit Steve unter vier Augen ein Gespräch über Puma und Pachamama zu führen.

Doch als Tomás kam, um Inés abzuholen, brachte er schlechte Nachrichten mit. Gonzalo Fernandez, der Nachtwächter der Grabungsstätte, hatte sich davongemacht. Nach Aussage von Tomás war Fernandez kurz nach Einbruch der Dunkelheit eine Eule erschienen, ein Wesen, das in diesem Teil der Welt mit dem Tod assoziiert wird. Offenbar war es keine gewöhnliche Eule gewesen. Sie hatte eine Größe von etwa zwei Metern gehabt. Darüber hinaus hatte die Guerra-Familie Fernandez einen Besuch abgestattet, nachdem wir zur Hazienda aufgebrochen waren, und zu ihm gesagt, dass er bis zum Morgen tot wäre, wenn er bliebe.

Steve sackte auf seinem Stuhl zusammen und seufzte. »Tja, ich schätze, wir haben keine Wahl. Ich schlafe heute Nacht auf der Grabungsstätte. Tracey, Rebecca, wo habt ihr die Pistole versteckt?«

»In der *caja ocho,* im Labor«, erwiderte Tracey. In der *caja ocho* lag jedoch keine Pistole mehr.

»Das war doch die richtige Nummer, oder nicht?«, fragte sie mich.

»Ja, ich bin ganz sicher«, antwortete ich. Wir durchsuchten mehrere Kisten. Keine Spur.

»Lucho muss sie genommen haben«, sagte Tracey. »Wo ist er?«

Doch Lucho schwor feierlich, dass er sie nicht hätte. Er lud uns sogar ein, in seinem Zimmer nachzusehen, aber dort herrschte ein derartiges Durcheinander, dass wir Stunden gebraucht hätten, sie zu finden.

»Das macht nichts«, sagte Steve. »Es war lediglich eine Vorsichtsmaßnahme. Ich dachte nur, ich könnte mir die zwei Meter große Eule schnappen. Das wäre etwas für die

Projektberichte.« Er grinste, als er mit ein paar Decken und einem Kissen beladen durch die Tür schritt.

»Ich nehme den zweiten Pick-up, Rebecca«, rief er mir noch zu. »Wenn es Ihnen nichts ausmacht, können sie mich vielleicht morgen, nachdem Sie die Studenten abgesetzt haben, hierher zurückfahren, damit ich frühstücken und duschen kann. Dann kann ich den Wagen bei der Grabungsstätte stehen lassen. Und verbraucht morgen früh nicht das ganze warme Wasser«, schrie er aus dem Wagen heraus, während er davonfuhr.

Doch am nächsten Morgen war Steve verschwunden.

14

Carlos Montero stand in seinem Büro, auf seiner Stirn und seiner Oberlippe bildeten sich Schweißperlen. »Verschwunden!«, rief er. »Wie kann so etwas passieren? Nein, ich habe nichts von ihm gehört.« Er wirkte nervös, als er sich mit einem großen, rosafarbenen Taschentuch mehrmals über die Stirn wischte. Es war warm im Raum, aber so warm vielleicht doch nicht.

»Ich könnte ein paar Telefonate führen«, sagte er. Tun Sie das, dachte ich. Ich kam rasch zu dem Schluss, dass in Campina Vieja irgendetwas nicht stimmte und dass sich durch sämtliche Ereignisse der letzten Wochen ein unheilvoller roter Faden zog, angefangen bei dem Tod von Eidechse in meinem Geschäft und der Ermordung von Edmund Edwards in seinem bis hin zum Verschwinden von Steve, Puma und Pachamama. Und Montero, davon war ich überzeugt, war darin verwickelt.

Als ich an jenem Morgen an der Grabungsstätte angekommen war, hatte ich geglaubt, Steve müsste irgendwo in der Nähe sein, auch wenn ich ihn nicht finden konnte. Das Bettzeug, das er mitgenommen hatte, war noch da; das Kissen zeigte rührenderweise noch den Abdruck seines Kopfes, und die Decken waren zur Seite geschlagen, als wäre er hektisch aufgestanden. Allerdings war nirgendwo ein Anzeichen von Gewalt oder irgendeinem Unglück zu sehen.

»Er ist in den Wald gegangen, um zu pinkeln«, sagte Pablo und zeigte auf schwache Fußspuren im Sand, die in diese Richtung verliefen. Das schien die naheliegende Erklärung zu sein. Ich wartete ein paar Minuten, aber

Steve kehrte nicht zurück. »Vielleicht hat er sich im Wald verlaufen«, fügte Pablo hinzu.

Verlaufen? In diesem Gehölz? »Das glaube ich nicht«, erwiderte ich. Dort, wo ich herkomme, gibt es Wälder, in denen man sich verlaufen kann. Dieser hier kam dafür nicht infrage. In höchstens fünfzehn Minuten würde man entweder auf die Schnellstraße oder auf eine Nebenstraße treffen. Und man würde sogleich die Berge oder das Meer sehen und könnte sich orientieren.

Ich fuhr zur Hazienda zurück, um den Rest des Teams abzuholen, und hielt unterwegs nach Steve Ausschau. Auf der Hazienda war man ein wenig besorgt wegen Steves Verschwinden, hielt es jedoch für nichts Ernstes. Gegen zehn Uhr morgens war der Gruppe jedoch eine gewisse Unruhe anzumerken. Hilda schickte mich zur Hazienda zurück, um sicherzugehen, dass Steve nicht zu Fuß zurückgegangen war. Ich war versucht zu bemerken, dass der einfachste und schnellste Weg zwischen der Grabungsstätte und der Hazienda die Straße wäre und ich sie schon dreimal entlanggefahren war. Aber ich fuhr wieder zurück. Kein Steve.

Daraufhin schickte Hilda eine kleine Gruppe in den Wald, und ich begleitete sie. Auf dem sandigen Boden waren zahlreiche Fußabdrücke zu sehen: Offensichtlich wurde dieser Wald häufig besucht; doch alle erkennbaren Spuren endeten an einer Mauer aus Lehmziegeln. Wir fanden Anzeichen dafür, dass dort jemand vor Kurzem eine Art Picknick abgehalten hatte, aber das war auch schon alles. Es konnte einer der Arbeiter oder einfach nur ein Spaziergänger gewesen sein. Von Steve stammte es nicht: Er hatte lediglich eine Flasche Wasser mitgenommen. Hinter der Mauer befand sich ein häufig genutzter Pfad mit so vielen Fußspuren, dass es unmöglich gewesen wäre, einer von ihnen zu folgen. Immer wieder riefen wir Steves Namen und lauschten aufmerksam, ob wir eine Antwort hörten, so leise sie auch sein mochte. Es kam keine.

Gegen Mittag zog Hilda mich zur Seite. »Ich möchte hier keine Panik erzeugen, würden Sie mir also einen Gefallen tun? Fahren Sie zu Montero, zur *Fábrica Paraíso,* und erzählen Sie ihm davon. Fragen Sie ihn, was wir seiner Ansicht nach tun sollen. Wenn ich das übernehme, wirkt es so, als wäre ich ernsthaft besorgt, was ich übrigens auch bin, das versichere ich Ihnen. Aber Sie sind den ganzen Tag unterwegs, und es ist fast an der Zeit, dass Sie aufbrechen, um Inés abzuholen ...« Sie verstummte und blickte mich beinahe flehend an.

Ich nickte. Ich hatte ohnehin vorgehabt, dorthin zu fahren. »Meinen Sie, wir sollten seine Familie anrufen?«, flüsterte ich.

»Noch nicht«, erwiderte sie. »Wir wollen sie nicht unnötig beunruhigen. Vielleicht heute Abend, wenn ...« Sie stockte einen kurzen Moment. Pablo und ein Mann aus seinem Team näherten sich.

»Ich hole Inés ab«, sagte ich laut genug, damit alle, die sich in der Nähe aufhielten, es hören konnten. »Ich nehme den weiteren Weg und halte unterwegs nach Steve Ausschau.« Hilda wirkte erleichtert.

Jetzt kehrte Montero von seinen Telefonaten zurück; bei zwei von ihnen hatte ich versucht zu lauschen, aber es war mir nicht gelungen, etwas zu verstehen. »Ich denke nicht, dass wir jetzt schon die Polizei einschalten sollten«, sagte er. »Wissen Sie, ich habe viele Kontakte und mit mehreren Leuten gesprochen. Sie wollen die Augen offen halten und Nachforschungen anstellen. Lassen Sie uns bis morgen warten, bis wir weitere Maßnahmen ergreifen. Kommen Sie wieder, wenn er nicht auftaucht.«

Oberflächlich betrachtet ergab das vermutlich einen Sinn. Steve wurde erst seit ein paar Stunden vermisst, und Monteros Ratschlag hätte unter normalen Umständen vernünftig geklungen. Doch die Umstände waren nicht normal, wie ich nur zu gut wusste. Ich hatte durchaus die

Absicht, nach *Paraíso* zurückzukehren, aber möglicherweise nicht zu dem Zeitpunkt, an dem Montero mich erwartete. Sobald auf der Hazienda alle schlafen gegangen waren, fasste ich zwei Pläne bezüglich der Montero-Familie: Ich würde Luchos Schlafraum durchsuchen, da Lucho schon seit einiger Zeit nicht mehr hier übernachtete, und mich überdies noch einmal in der Manufaktur umsehen.

Nach seinem Zimmer zu urteilen war Lucho ein erwachsener Mann, der von seiner Entwicklung her im Teenageralter stecken geblieben war. In dem Raum herrschte ein heilloses Durcheinander, überall lagen Kleidungsstücke, vor allem auf dem Boden. Jedes verfügbare Fleckchen Platz an den Wänden war mit Postern behangen; der einzige Unterschied zu den Jugendlichen, die ich kannte, stellten die Motive dar. Statt Rock- oder Rap-Bands bevorzugte Lucho militärische Rekrutierungsplakate, die einen leicht faschistischen Einschlag hatten.

Ich begann, alles systematisch zu durchsuchen, sah unter dem Bett nach, hob die Kissen und das Bettzeug an und, nachdem ich dort nichts gefunden hatte, auch die Matratze. Keine Pistole.

Als Nächstes ging ich den Schrank und die Kommode durch. Es ist unangenehm, die Unterwäsche-Schublade von jemandem zu durchwühlen, der nicht da ist, aber vielleicht war es noch schlimmer, wenn die jeweilige Person anwesend war. Immer noch keine Pistole.

Ich durchsuchte seinen Schreibtisch und schob sogar so leise wie möglich die Möbel etwas von der Wand weg, um auch dahinter nachzusehen. Ich hob den Teppich an und bekam einen Niesanfall, den ich nur mit Mühe unterdrücken konnte, doch das war alles, was ich erreichte.

Gerade als ich meine Suche aufgeben wollte, sah ich, dass hinter einem der Poster an Luchos Wand die Ecke eines Briefumschlags hervorlugte. Offenkundig war es nicht die Pistole, nach der ich eigentlich suchte, aber ich war gespannt, was jemand hinter einem Poster aufbewahren würde. Der Brief war an mich adressiert. *Rebeca,* stand dort in kindlicher Krakelschrift.

Ich drehte ihn um und sah, dass er verschlossen war, doch das Kuvert war leicht gewellt, als hätte man versucht, es über Dampf zu öffnen.

Liebe Rebeca, begann der Brief. *Zu allererst müssen Sie meine Schrifft endschuldigen. Ich war nicht besondas gut in der Schule. Ich war oft krank und hab fiel verpasst.* Das war eine Untertreibung: Der Verfasser, wer auch immer er oder sie war, hatte so viele Rechtschreibfehler gemacht, wie ich noch nie bei jemandem gesehen hatte. Nachdem ich einen Moment über die Unzulänglichkeiten des Schulsystems nachgedacht hatte, las ich weiter.

Ich weis das ich fiele Fehler mache. Aber bitte lesen sie trozdem bis zum Ende weiter. Sie sind meine eintzige Hoffnung.

Was war das?, fragte ich mich.

Ich weis das ich es Ihnen eher hätte erzälen müssen aber ich hab mehrere Jahre lang erstklassiges Marihuana angebaut. Das meißte hab ich selbst geraucht, obwohl ichs manchmal auch gegen eine kleine Spende an Freunde weitergegeben hab. Die Polizei kennt den Unterschiet zwischen verkaufen und eine Spende annehmen nicht, man könnte also sagen manchmal bin ich auf der falschen Seite des Gesetzes. Darrauf bin ich nicht stolz. Ich schreib es Ihnen nur damit sie wissen, das ich jemand bin der die Warheit sagt damit Sie glauben, was ich Ihnen zu erzählen hab.

Ich bin nicht sicher, wie ich es Ihnen erklären soll aber es ist so:

Bis vor kurzem, ich kann mich nich genau erinnern, dachte ich, dieser ganze Kram über Re-Inkarnazion wäre blödes Zeug, genau wie Sie. Aber eines Tages als ich auf meinem Bett lag und was fon dem selbst angebauten Zeug probier-

te, wenn sie verstehn was ich meine, ist was wirklich Verblüffendes passiert. Ich glaub ich hab Kontakt mit meiner Seele aufgenommen. Ein heller Lichtbogen ist wie ein Komet durch meinen Kopf geflogen und danach konnte ich meine verschiedenen Leben in der Vergangenheit und in der Zukunft sehn. Im Ernst.

Es war der erstaunlichste Seelentrip aller Zeiten. Wissen Sie was ich erfahren hab? Ich will Sie nich auf die Volter spannen. Ich war in allen Zeiten der Profet. Ich wusste immer was als Nächstes passieren würde. Wenn ich den Mund aufgemacht hab sind Sachen über die Zukunft rausgekommen. Am Anfang war ich überascht, aber jetzt hab ich mich daran gewönt.

Zuerst war ich diese Frau, Kassandra, die die Troianer vor dem großen Holzpferd gewarnt hat. Wie dumm kann man denn sein? Natürlich war es voll mit griechischen Soldaten. Dann stant ich auf einer Straße in Rom und hab Julius Cäsar erzählt er soll sich vor den Iden des März hüten. Er hat nich auf mich gehört und wir wissen ja was mit ihm passiert ist. Außerdem habe ich Napoleon gewarnt nicht nach Russland zu gehen, aber auch er hat nich auf mich gehört.

Ein Profet zu sein ist kein toller Job, das kann ich Ihnen sagen. Weil die Leute nie zuhörn. Und wenn doch gefällt ihnen normalerweise nich, was man sagt. Wenn man Glük hat, stecken sie einen blos in einen tiefen dunklen Kerker. Vieleicht, denke ich jetzt manchmal, war das der Grund warum ich im Gefengnis gewesen bin, ein schlechtes Karma von einem anderen Leben oder so. Aber es kommt noch schlimmer. Manchmal stechen sie einem mit heissen Schührhaken die Augen aus, ein anderes Mal verbrennen sie einen auf dem Scheiterhaufen. Sowas ist nich angenehm.

Ein weiterer Verrückter. Ich seufzte. Was hatte ich nur getan – in einem anderen Leben natürlich –, dass ich das verdiente? Doch ich las weiter.

Die Person die ich war, war seer nah dran an dem was ich jetzt bin glaub ich, ein Freund fon Atahualpa (oder anders geschrieben?), dem Inkakönig. Dieser Freund hieß Wayna und jetzt ist mein Name Wayne. Finden sie das nicht auch irre? Ich hab Atahualpa erzählt das die Spanier keine Götter sind, blos schlechte Männer die nach Gold und wertfollen Sachen suchen und zuletz hat er mir wohl geglaubt, aber da war es zu spät.

Am Ende dieses Expäriments das glaub ich mehrere Tage gedauert hat, bin ich wieder in die Gegenwat zurückgekommen, aber nicht in dieselbe. Die Leute habn mir nich geglaubt. Ich hab versucht es ihnen zu erklären und was habn sie gemacht? Sie habn die Polizei gerufen und mich für zwei Wochen in die Klinik gesteckt.

Den Ärtzten hab ich es auch erklärt. Die habn mir auch nich geglaubt. Ich hab ihnen auch alles über Geschichte erzählt. Auch wenn ich die Schule nich besonders toll fand hab ich Geschichte immer gemocht. Ich guck mir die ganzen Sendungen im Fernsehn an über uralte Rätsel und son Zeug. Ich hab mich immer gewundert warum mir das so gefällt, aber jetzt weis ich es natürlich. Wegen meiner früheren Leben als Profet.

Selbstverständlich wusste ich inzwischen, wer den Brief verfasst hatte. Aber ich fragte mich, ob etwas dahintersteckte.

Und falls ja: Würde es mir jemals gelingen, es herauszufinden?

Als ich wieder da raus gekommen bin war die Polizei immer noch zimlich an mir interessiert, fuhr der Verfasser fort. *Also hab ich beschlossen nach Peru zu kommen um zu sehen ob ich näher an diesen Wayna rankomme, den Freund fon Atahualpa, der wie ich Ihnen erklärt hab ich selbst bin. Ich hab mir fon meinem Bruder ein par Dollar geliehn, aber ich habs ihm nich gesagt, also glaub ich ist er sauer auf mich genau wie alle anderen auch.*

Aber es hat gut geklappt. Ich hab diese Freundin, ihr richtiga Name ist Megan. In einem früheren Leben war sie Johanna von Orleon, also weis sie wie das ist.

Wirklich wichtig ist aber, seit ich mich an diese ganzen Zeiten in der Geschichte erinnern kann weis ich wo der Schatz ist. Ich hab Städte aus Gold gesehn in die man durch Felsspalten kommt. Und vor allem weis ich wo Atahualpa den fantastischsten Schatz aller Zeiten versteckt hat, sodass die Spanier ihn nicht finden konnten. Wissen Sie woher ich das weis? Weil ich geholfen hab ihn zu verstecken. Und ich hab ihn mit eignen Augen gesehn, ich meine in diesem Leben. Und er ist hier in der Nähe. Ich hab ihn gefunden, aber ich warn bisschen schlecht drauf also muss ich ihn nochma suchen. Ich könnte meinem Bruder alles zurückzahlen, dann währ er nich mehr sauer aber dann könnt ich auch die Schulden fon allen Ländern in der Welt zurückzahlen. Ich könnt Heuser für die Flüchtlinge baun und die gantzen Kinder die man im Fernsehn sieht mit den dicken Bäuchen und den traurigen Augen hätten was zu essen.

Das Problem ist Megan ist sauer, weil ich mit der Knete die ich verdient hab Marihuana gekauft hab. Sie versteht nich das ich es brauch, um mit meinem früheren Leben als Wayna zu verschmelzen damit ich den Schatz finden kann. Sie beruhikt sich bestimmt wieder aber im Moment ist sie weg und ich bin allein.

Und was die Sache noch schlimmer macht: Ich glaub die Spanier sind hinter mir her. Nach dem Motto wenn ich in meine früheren Leben zurückkann, können sie auch ins Heute kommen, wenn sie verstehn was ich sagen will. Ich glaub diesmal wolln sie mich wirklich umbringen. Bitte helfen Sie mir.

Ihr Freund Wayne, den Sie als Puma kennen, endete der Brief.

Was sollte man von einem Schreiben wie diesem halten? Ich wusste nicht, ob ich ihn einfach vergessen – und Pachamama oder Megan vielleicht gratulieren sollte, wenn sich unsere Wege jemals wieder kreuzen sollten, dass sie so viel Weitblick gehabt hatte, ihren leicht gestörten Freund bei der ersten Gelegenheit zu verlassen – oder auf der anderen Seite versuchen sollte, in den ganzen verrückten Sätzen den roten Faden der Realität zu finden.

Seitdem Puma verschwunden war, hatte ich mich die ganze Zeit über gefragt, ob er in irgendeiner Weise mit Moche-Artefakten zu tun hatte. *Ich weiß, wo der Schatz ist. Ich habe Städte aus Gold gesehen, in die man durch Felsspalten kommt … den fantastischsten Schatz aller Zeiten … und er ist hier in der Nähe.* Es schienen die Worte eines Verrückten zu sein, aber war es nicht möglich, dass Puma im wirklichen Leben tatsächlich etwas gesehen hatte, auch wenn er zu der Zeit vielleicht betrunken gewesen war oder unter Drogen gestanden hatte? *Und was die Sache noch schlimmer macht: Ich glaub die Spanier sind hinter mir her.* Falls er etwas gesehen hatte, könnte er durchaus richtig damit liegen, dass jemand hinter ihm her war, allerdings niemand, der, wie er behauptete, aus einer anderen Zeit kam, sondern im Hier und Jetzt. Pachamama – oder besser Megan – war gegangen, weil sie ihm nicht geglaubt hatte. Ich wusste nicht, was ich denken sollte, aber wegen all der seltsamen Dinge, die geschahen, begann ich allmählich, das, was er mir hatte mitteilen wollen, zumindest für möglich zu halten.

In einem Punkt war ich mir jedoch sicher, nämlich dass ich ziemlich verärgert über Lucho war. Als er durch die Eingangstür geschlurft kam und auf sein Zimmer zusteuerte, weil er genau diese Nacht auserkoren hatte, um hierzubleiben, erwartete ich ihn. Ich war in der Tat so wütend, dass es mir gleichgültig war, ob er erfahren würde, dass ich seine Habseligkeiten durchsucht hatte.

»Was haben Sie mit diesem Brief angestellt?«, wollte ich wissen. »Er ist eindeutig an mich adressiert!«

Lucho blickte mich skeptisch und fast ein wenig ängstlich an, sagte jedoch nichts.

»Wann ist er angekommen? Hat ihn jemand abgegeben? Na?«, fragte ich und tippte ungeduldig mit dem Fuß auf den Boden. »Antworten Sie mir!«

»Ich weiß es nicht«, jammerte Lucho.

»Der Brief war in Ihrem Zimmer«, sagte ich. Ich hörte einen gefährlichen Unterton in meiner Stimme.

»Ich hab's vergessen«, sagte Lucho. Er schluchzte beinahe.

»Wann ist er angekommen?«, fragte ich erneut.

»Gestern«, erwiderte Lucho zögernd.

»Sind Sie sicher?« Gestern hatte Manco Cápac gesagt, die Kinder wären ein oder zwei Tage zuvor verschwunden.

»Vielleicht auch vorgestern«, räumte er ein. Er war der zweite Mensch – Manco Cápac war der erste gewesen –, der eine große Gedächtnislücke hatte, was Pumas Verschwinden betraf.

»Wer hat ihn gebracht?«

»Ich weiß es nicht«, erwiderte er. Ich blickte ihn zornig an. »Wirklich nicht!«, beharrte er trotzig. »Er lag auf dem Boden, hinter der Eingangstür, als ich hereinkam. Ich habe niemanden gesehen.«

»Aber Sie haben ihn geöffnet«, sagte ich ganz ruhig.

»Nein«, erwiderte er, und das war das Letzte, was ich aus ihm herausbekommen konnte. Ich stampfte die Treppe hinauf und beschloss, zu Bett zu gehen. Allerdings konnte ich nicht einschlafen, weil mich die ungebetenen Bilder von Eidechse und Edmund Edwards und vor allem von Spinne verfolgten. Als es schon recht spät war, fasste ich den Entschluss, zu Plan B überzugehen, zu der Fabrik zu fahren und mich dort noch einmal umzuschauen, um zu prüfen, ob mir etwas entgangen war. Luchos Tür war verschlossen, und es war kein Licht zu sehen, als ich mich zur Eingangstür hinausschlich.

Während ich den Wagen startete, hoffte ich, dass Hilda reichlich Whisky getrunken hatte und fest schlief. Ich stellte den Pick-up abseits der Schnellstraße, mehrere Hundert Meter vor der Fabrik, ab, versteckt hinter einer alten verlassenen Hütte, und ging den Rest des Weges zu Fuß. Ausnahmsweise war ich dankbar für die Wolkendecke der *garúa*.

Monteros kleiner Firmenkomplex lag im Dunkeln, abgesehen von jeweils einer Lampe über den Eingangstüren der Häuser. Ich ging hinten um das Fabrikgebäude herum, in der Hoffnung, dass irgendeine der Türen offen stehen würde, um den Fertigungsbereich abzukühlen, der von der enormen Wärme des Brennofens aufgeheizt wurde.

Alle Zugänge waren verriegelt, doch ich hatte vorgesorgt. Während der Besichtigung der Fabrik war mir aufgefallen, dass die Hintertür recht alt war und ein einfaches Schloss wie bei einer Toilettentür besaß, bei der man nur auf einen Knopf drücken muss, der sich innen auf dem Türknauf befindet. Offensichtlich machte Montero sich keine großen Sorgen darüber, dass jemand einbrechen könnte. Falls er wirklich etwas im Schilde führte, hätte ich eigentlich bessere Sicherheitsvorkehrungen erwartet. Da ich über eine gewisse Erfahrung darin verfügte, derartige Schlösser aufzubekommen, nahm ich an, dass ich relativ leicht hineinkommen würde. Mangels Kreditkarten hatte ich ein paar Werkzeuge aus dem Labor mitgenommen, mit denen ich es sicher schaffen würde. Ich hatte Erfolg und gelangte ohne große Mühe ins Innere. Von dort verriegelte ich die Tür wieder.

In dem Raum war es stickig und heiß, und ich stand einen kurzen Moment da und wartete, bis sich meine Augen an die Finsternis gewöhnt hatten. Von der Hitze und vor lauter Furcht rann mir der Schweiß den Rücken hinunter. Ich ging bis zum Ende des Raumes, wo Antonios Zeichentisch stand. Nachdem ich die Jalousien so weit wie möglich heruntergelassen hatte, schaltete ich das Licht ein. Eine Minute später hatte ich den Aktenschrank neben dem Tisch entriegelt.

In der oberen Schublade befanden sich Zeichnungen, in der zweiten Fotografien. Ich brauchte eine Weile, um zu verstehen, wie die Akten sortiert waren: zunächst chronologisch nach Jahren und innerhalb der Jahre nach der Art der Artefakte.

Meine Erwerbungen im Auktionshaus waren beim Zoll liegen geblieben, und A. J. Smythson, an den sie adressiert gewesen waren, war vor zwei bis drei Jahren gestorben. Ich ging drei Jahre zurück und begann, die Unterlagen durchzugehen.

Für das betreffende Jahr gab es mehrere prall gefüllte Dokumentordner, einige mit Steigbügelgefäßen, die nach Motiven geordnet waren, einer mit Portraitköpfen, ein anderer mit Tieren und ein weiterer mit Vögeln. Das, wonach ich suchte, war nicht dabei. Nachdem ich jede Akte dieses Jahres überprüft hatte, ging ich vier Jahre zurück und arbeitete mich auch durch diese Mappen durch. Ganz hinten in der Schublade fand ich einen Ordner mit der Aufschrift »Verschiedenes« und öffnete ihn.

Etwa in der Mitte der Mappe hätte ich beinahe laut aufgeschrien. Ich hatte gefunden, wonach ich suchte. Bevor ich mir die Unterlagen jedoch genauer ansehen konnte, hörte ich ganz in der Nähe das Geräusch eines Fahrzeugmotors. Ich stopfte die Akte zurück in die Schublade, schob sie wieder zu, verschloss sie und löschte das Licht – alles ging blitzschnell. Auf dem Sand und dem Kies, der die Gebäude umgab, war das Knirschen von Schritten zu hören. Dann rüttelte jemand an der Hintertür, und der Schein einer Taschenlampe glitt an den oberen Fenstern entlang. Der Nachtwächter, der die Türen und Fenster kontrollierte, dachte ich. Ich hoffte, seine Inspektionsrunde würde sich nicht auch über die Innenräume erstrecken.

Die Person ging weiter, dann wurden nacheinander die beiden Türen neben dem Brennofen überprüft.

Ich wartete und wagte kaum zu atmen, bis die Schritte verhallten. Die Überprüfung des Geländes musste recht gründlich sein, denn mehrere Minuten später hatte ich immer noch nicht das Geräusch des startenden Automotors gehört – ein Zeichen, dass dieser Kontrollgang beendet wäre. Bedeutete dies, so fragte ich mich, dass der Wächter nachts dauerhaft hier stationiert war, oder ging er bei den anderen Gebäuden sorgfältiger vor? Ich wartete noch ein wenig und überlegte mir dann – ich konnte schließlich nicht die ganze Nacht hier verweilen –, welchen Weg ich zurück zum Wagen nehmen sollte, um nicht an den Hauptgebäuden vorbeizumüssen.

Ich entsann mich der Ruine, die auf dem hinteren Teil des Geländes stand, und nachdem ich mich sorgfältig umgeschaut und die Tür wieder hinter mir zugezogen hatte, ging ich über den sandigen Boden in diese Richtung. Der verfallene Bau war relativ weit entfernt, doch ich schaffte es und verbarg mich dahinter, um zu lauschen. Vollkommene Stille schlug mir entgegen. Ich hielt mich nah an den Mauern des Gebäudes und ging nach hinten, wo sich eine Tür befand. Wie merkwürdig, dachte ich, doch genau in diesem Moment blitzte erneut das Licht einer Taschenlampe um die Ecke des Hauptgebäudes herum, und ich zog mich wieder in die Dunkelheit zurück. Sobald der Wächter, oder wer immer es gewesen war, seinen Rundgang gemacht hatte, warf ich erneut einen Blick auf den Eingang des Hauses.

Zwei Dinge weckten meine Aufmerksamkeit. Erstens befand sich an der Tür der Ruine ein Vorhängeschloss. Das wäre eigentlich nicht notwendig, überlegte ich. Zweitens lief unter der Tür eine elektrische Leitung durch. So überflüssig ein Vorhängeschloss an einem verfallenen Gebäude auch sein mochte, ich hätte angenommen, Elektrizität wäre noch weniger notwendig gewesen. Ich hob das Kabel an. Natürlich konnte ich nicht unter der Tür durchschlüpfen, doch ich beschloss, dem Kabel in die andere Richtung zu folgen, um zu sehen, ob es tatsächlich irgendwo zu einer Steckdose führte. Die Leitung schlängelte sich an der Wand des Hauses entlang, das am weitesten von der Fabrik entfernt lag. Ich folgte dem Kabel weiter um die Ecke des Gebäudes. Es war stockdunkel, und ich stolperte über einen Gegenstand, der im Weg lag. Ein großer Gegenstand. Ich schaltete die Taschenlampe an, die ich mitgebracht hatte. Carlos Montero war tot. Erschossen. Beinahe hätte ich laut aufgeschrien.

Ich überlegte ein oder zwei Sekunden, was ich nun tun sollte. Carlos war nicht mehr zu helfen. Sie würden ihn früh genug finden. Ich lief schräg vom Gebäude weg und in einem großen Bogen zurück zum Wagen.

Zurück auf der Hazienda, öffnete ich die Eingangstür und trat quer über den Innenhof in die Finsternis hinein. »Hände hoch«, sagte eine Stimme. »Drehen Sie sich ganz langsam um.«

Diesmal war es nicht Lucho, der den Freiheitskämpfer spielte. Ich wandte mich um, um der Besitzerin der Stimme ins Gesicht zu blicken.

15

Hilda stand im Schatten, ihre hochgewachsene, schlanke Gestalt war kaum auszumachen, da sie lediglich von dem dämmrigen Licht von draußen umrahmt wurde. Ich hingegen war das perfekte Ziel, da ich vom Lichtkegel ihrer Taschenlampe angestrahlt wurde. Sie bedeutete mir mit einer Geste, dass ich mich ins Esszimmer begeben sollte, und schloss die Tür hinter sich. »Wer sind Sie, und was tun Sie hier?«, fragte sie barsch. »Und erzählen Sie mir nicht, Sie seien Rebecca MacCrimmon und wollten gerade versuchen, irgendeine Arbeit im Labor nachzuholen. Ich habe Ihren Pass überprüfen lassen. Der Name und die Nummer stimmen nicht überein.«

Was sollte ich tun? Manchmal muss man im Leben ein Risiko eingehen, einen Entschluss fällen. Ich fühlte mich, als würde ich am Rand eines Abgrunds stehen, traf meine Entscheidung, atmete tief ein und sprang ins Ungewisse.

»Mein Name ist Lara McClintoch«, sagte ich. »Ich bin Mitbesitzerin eines Antiquitätengeschäfts namens *Greenhalgh & McClintoch* in Toronto. Ich bin hier, weil ich vor mehreren Wochen eine Auktion besucht und etwas ersteigert habe, das wie eine Kiste mit wertlosem Zeug wirkte. Sie enthielt unter anderem angebliche Replikate von präkolumbischen Artefakten, die allerdings, wie ich später entdeckte, echt waren. Eines stammte von hier, aus Campina Vieja, zumindest stand dies auf der beiliegenden Karte. Zwei der Objekte verschwanden; jemand wurde getötet, in meinem Laden ermordet; unser Angestellter, ein guter Freund von mir, wurde tätlich angegriffen; und außerdem wurden die Räumlichkeiten in Brand gesetzt. Die Polizei geht davon aus, dass mein Angestellter in die Sache verwickelt ist, und da sie das glauben, werden sie ihm am Ende mindestens Totschlag vorwerfen. Und falls sie ihn freisprechen, werden sie mich wahrscheinlich der Brandstiftung bezichtigen, im Rahmen eines gescheiterten Versicherungsbetrugs. Also bin ich nach New York geflogen, um den Ursprung dieser Gegenstände zu finden, und erneut wurde jemand ermordet.«

Ich hielt inne, um Atem zu schöpfen, und fuhr dann fort. »Danach wollte ich den Herkunftsort ergründen oder das, was ich für den Herkunftsort hielt, und hier bin ich nun. Das ist nur die Kurzversion, aber Sie können sich vielleicht eine ungefähre Vorstellung machen«, sagte ich und versuchte dabei, nicht ängstlich zu klingen.

»Das ist ja eine reizende Geschichte«, sagte Hilda. Warten Sie, bis Sie den Rest gehört haben, dachte ich. »Vielleicht würden ein paar Details das Ganze noch glaubwürdiger machen«, fuhr sie fort, mit einem deutlichen Anflug von Sarkasmus in der Stimme. »Was waren es für Gegenstände?«

»Eine silberne Erdnuss in realistischer Größe; ein Ohrpflock aus Gold, Türkisen und anderen Materialien; und eine gebauchte Vase, auf deren Rand Schlangen abgebildet waren, ungefähr in dieser Größe«, sagte ich und senkte die Hände ein wenig, um die Form zu zeigen.

»Ein solches Gefäß nennt man *florero*«, entgegnete sie, und da wusste ich, dass ich in Sicherheit war. Man korrigiert nicht die Beschreibung einer Person, beschloss ich, wenn man sie erschießen will.

»Ein *florero*«, pflichtete ich ihr bei. »In den Boden war *hecho en Peru* geritzt, und auf einer Karte stand, es wäre ein präkolumbisches Replikat aus Campina Vieja.« Da Hilda nichts sagte, sprach ich rasch weiter. »Vielleicht könnten Sie mir jetzt den Gefallen tun und mir erzählen, wer Sie sind und warum Sie hier sind«, sagte ich zu dem Schatten.

»Was meinen Sie damit?«, fragte sie.

»Ich glaube nicht, dass normale Leute wissen, wie man einen Pass überprüfen lässt«, entgegnete ich.

»Weniger normale Leute wissen sogar, wie man an einen gefälschten herankommt«, gab sie schroff zurück.

»Gut gekontert«, erwiderte ich.

»Im Übrigen«, fuhr sie mit vorwurfsvoller Stimme fort, »heiße ich tatsächlich Hilda Schwengen und bin wirklich Archäologin.«

Ich sagte nichts, sondern wartete nur.

»Überdies«, sagte sie zögernd, »bin ich gelegentlich als Beraterin der US-amerikanischen Zollbehörden tätig.«

»Beraterin? Was genau ist eine ›Beraterin‹? Sind Sie Agentin? Und könnten wir«, fügte ich hinzu und forderte mein Glück ein wenig heraus, »dies auf eine etwas zivilisiertere Art besprechen? Würde es Ihnen etwas ausmachen, die Pistole wegzulegen – ist es übrigens diejenige, nach der wir suchen?«

Eine weitere Pause entstand. Schließlich ging sie weiter, zur anderen Seite des Tisches, und legte die Schusswaffe vor sich hin. »Setzen Sie sich«, befahl sie. Sie zog einen Stuhl heran und nahm mir gegenüber Platz: Wie zwei Gegner bei einem Schachspiel, die einander einzuschätzen versuchen. Ihre Haare, die normalerweise zurückgebunden waren, hingen locker über ihren Schultern, und sie trug ein weites Frotteekleid, das ihre schlanke Statur auf gewisse Weise noch betonte, und ihre Füße waren nackt. Ich war ebenfalls barfuß, da ich meine Schuhe ausgezogen hatte, um mich ins Haus zu schleichen. Dieses Rendezvous hier hatte allmählich die Atmosphäre einer Pyjamaparty, abgesehen von der Schusswaffe. Ich sah, dass es eine kleine Pistole war, die in eine Handtasche hineinpassen würde, und nicht diejenige, nach der ich gesucht hatte.

»Sind Sie nun eine Agentin?«, fragte ich erneut, nach einem kurzen Moment des Schweigens.

»Nein«, sagte sie. »Ich gebe ihnen lediglich von Zeit zu Zeit ein paar Informationen.«

»Eine Informantin?«

»Wenn ich eine Informantin bin, dann keine bezahlte«, seufzte sie. »Ich halte meine Augen und meine Ohren offen, das ist alles.«

»Drogen? Artefakte?«

»Hauptsächlich Artefakte. Sie waren nicht die Erste, die bemerkt hat, dass in Campina Vieja offenbar ein geschäftiges Treiben herrscht, was das Schmuggeln von Kunstgegenständen betrifft«, sagte sie mit Ironie in der Stimme. Ich empfand diesen Satz jedoch als äußerst ermutigend, da er zu signalisieren schien, dass sie bereit war, zumindest einen Teil meiner Geschichte zu glauben. Wir blickten einander über den Tisch hinweg an. Schließlich legte sie die Pistole neben ihrem Stuhl auf den Boden. Eine großzügige Geste.

»Ich vermute, Sie wären nicht so freundlich, mir zu verraten, wie Sie an den falschen Pass gekommen und hierher gelangt sind«, sagte sie.

»Nein.« Wir blickten einander an, jede darauf wartend, dass die andere etwas sagte. Ich beschloss zu beginnen.

»Sie sagen, Sie geben gelegentlich Informationen weiter. Ich vermute, Sie wissen nichts, das mir helfen würde, aus dieser kleinen Notlage herauszukommen, in der ich mich befinde?«

»Nein, es tut mir leid«, erwiderte sie. »Nichts Konkretes.«

»Glauben Sie, dass Steve etwas Ernsthaftes zugestoßen ist?«, fragte ich zögernd.

»Ich will gar nicht darüber nachdenken, aber ich fürchte, es ist eine durchaus reale Möglichkeit.« Sie blickte zur Seite, möglicherweise, um die Tränen zu verbergen, die sich in ihren Augenwinkeln bildeten, aber noch nicht herausflossen. Sie ist in Steve verliebt, dachte ich, deshalb mag sie Tracey nicht. Wie üblich verriet mein Gesichtsausdruck meine Gedanken.

»Ich weiß, was Sie denken«, sagte sie, zog ein Zigarettenpäckchen aus der Tasche ihres Kleides und steckte sich eine Zigarette an. »Und Sie irren sich. Ich bin nicht in ihn verliebt. Allerdings mag ich ihn wahnsinnig gern. Er hat eine Affäre mit Tracey, aber ich schätze, das wissen Sie bereits. Das ganze nächtliche Herumschleichen kann Ihnen nicht entgangen sein.

Steve lebt von seiner Frau getrennt, und selbst wenn nicht, würde es mich nichts angehen, aber ich bin wirklich dagegen, dass Professoren Affären mit ihren Studentinnen haben«, fuhr sie fort. »Ich bin nicht naiv, ich weiß, dass so etwas ständig passiert. Aber ich habe darauf bestanden, dass sie im Labor eingesetzt wird und nicht mit Steve auf der Grabungsstätte, weil die anderen es gemerkt haben oder noch merken werden, und ich glaube nicht, dass es gut für das Arbeitsklima wäre.«

Ich schwieg. Ich glaubte nach wie vor nicht, dass ich mich darin getäuscht hatte, dass sie in Steve verliebt war.

»Sind Sie verheiratet?«, fragte sie unvermittelt.

»Nein, geschieden. Und Sie?«

»Alleinstehend. Mit meiner Arbeit verheiratet, wie man so schön sagt. Ein Freund?«

»Eine Zeit lang war das jemand, aber er hat mir vor etwa einem Jahr den Laufpass gegeben.«

»Wegen einer anderen Frau?«

»Viel schlimmer«, erwiderte ich. »Er hat mich wegen der Politik verlassen.«

»Du liebe Güte!«, rief sie, und plötzlich bekamen wir beide einen Lachanfall. Zum Teil war es Hysterie, zum Teil aber vermutlich auch eine Erleichterung für uns beide, mit jemandem über unsere verborgenen Seiten sprechen zu können. Es war, als wäre ein Damm gebrochen, und plötzlich vertrauten wir uns Dinge an, die man normalerweise nur mit einer engen Freundin teilen würde.

Sie erzählte mir von ihrer Rückenverletzung, von den Schmerzen und wie sie die Affäre zwischen Steve und Tracey entdeckt hatte.

»Ich gebe Tracey die Schuld«, sagte sie. »Ich glaube, sie ist ein raffiniertes kleines Biest, das versucht, meine Stelle zu bekommen, und Steve dazu benutzt.« Sie zog eine Grimasse. »Sie müssen nichts sagen. Ich weiß, dass ich das Biest bin. Ich bin unfair, das ist mir klar. Ich kenne Tracey nicht einmal richtig. Ich habe sie am Anfang dieser Saison zum ersten Mal gesehen und gebe zu, dass ich mir keinerlei Mühe gegeben habe, sie näher kennenzulernen. Eigentlich habe ich mich so benommen, um sie auf Distanz zu halten. Vielleicht bin ich eifersüchtig. Sie ist hübsch, nicht wahr? Ich hasse es, wie sie beim Abendessen neben ihm sitzt und losplappert. Es verschlägt mir den Appetit, auch wenn ich weiß, dass es nicht gerade von Reife zeugt, noch während der Mahlzeit mit einer Flasche Whisky den Tisch zu verlassen.

Obwohl Steve und ich nie diese Art von Beziehung hatten, fühle ich mich auf gewisse Weise wie die erschöpfte alte erste Ehefrau, die wegen einer Jüngeren sitzen gelassen wird. Steve und ich waren ein großartiges Team, aber dies ist die letzte Saison, die ich draußen bei Ausgrabungen verbringe. Mein Rücken macht nicht mehr mit.« Ich nickte verständnisvoll. »Im nächsten Jahr werden es also Steve und Tracey sein und nicht mehr Hilda und Steve, und ich fühle mich einfach nur erbärmlich. Aber lassen Sie uns dieses furchtbare Thema beenden und darüber sprechen, warum Sie eigentlich hier sind. Die Einzelheiten bitte.«

Ich erzählte ihr, dass Clive auf der anderen Straßenseite ein Geschäft eröffnet hatte und wie entsetzt und unvernünftig ich seinerzeit gewesen war. Ich berichtete ihr von der Auktion, von Eidechse und Alex und davon, wie jede einzelne Sache, die ich seit dem Tag mit dem Brand unternommen hatte, ein Versuch gewesen war, alles wieder gutzumachen. »Aber je mehr ich mich bemühe, die Dinge in Ordnung zu bringen, desto schlimmer werden sie.« Ich seufzte. »Wenn ich nicht herausfinde, was hier vor sich geht, gerät Alex in große Schwierigkeiten; zudem verliere ich das Geschäft, und bei der Polizei zu Hause wird mein Beliebtheitsgrad nicht gerade steigen.«

Ich erzählte ihr von all den Ereignissen, die mich von Toronto nach New York und anschließend nach Lima geführt hatten, ließ Lucas zuliebe jedoch den Abstecher nach Mexiko aus. Ich schilderte, wie ich die Frau von Eidechse aufgespürt hatte und ihr danach durch Lima gefolgt war.

»Das alles führte zu nichts«, räumte ich ein, »also fasste ich den Entschluss hierherzukommen, zum Herkunftsort des *florero,* weil ich annahm, es müsse eine Verbindung zu Montero und der *Farbrica Paraíso* geben«, schloss ich. Dies war ein Test. Ich wollte wissen, was sie über Montero sagen würde.

»Ich stimme mit Ihnen überein«, sagte sie, »dass Montero und *Paraíso* die Hauptverdächtigen bei der ganzen Sache sind, aber ich habe mich dort umgesehen und nichts Ungewöhnliches feststellen können.«

»Ich ebenso wenig. Ich habe überall nachgesehen, außer im Waschraum.«

»Den Waschraum habe ich überprüft«, erwiderte sie. »Ich habe Magenprobleme vorgetäuscht, damit ich lange genug drinbleiben konnte, um ein Brett abzunehmen und sogar hinter den Rohren nachzusehen. Nichts. Ich hatte auch Gelegenheit, die Autowerkstatt zu durchsuchen.«

Sie seufzte. »Aber vielleicht greife ich in meiner Verzweiflung auch nach jedem Strohhalm. Möglicherweise will ich, dass Montero der Schuldige ist, weil er so abstoßend ist. Ich stelle fest, dass ich in allem, was er tut, etwas Negatives suche.«

»Auf dem Boden des *florero* standen die Worte *hecho en Peru*. Ich nehme an, nach alldem könnte es sich tatsächlich um ein Replikat gehandelt haben«, sagte ich.

Hilda blickte mich an, als wäre ich reichlich naiv. »Es ist nicht schwierig, ein dünnes Schild auf den Boden einer Vase zu kleben und einen Stempel daraufzusetzen«, erwiderte sie. »So wird es sogar ständig gemacht. Wenn die Vase an ihrem Bestimmungsort ankommt, weicht man das Schild ein, zieht es ab, und schon haben wir es, das echte Moche-Stück.«

Natürlich, dachte ich. »Warten Sie hier, ich komme sofort zurück«, rief ich aus. Ich ging in den Innenhof, wo ich meine Tasche fallen gelassen hatte, als Hilda mich überrascht hatte. Ich kehrte zurück und reichte ihr das Foto, das ich aus den Akten der *Fábrica Paraíso* mitgenommen hatte.

»Hübsch«, sagte sie. »Ein *florero*.«

»Nicht *ein florero*. *Der florero*«, widersprach ich. »Derjenige von der Auktion. Sehen Sie die Schlangen auf dem Rand? Ich bin sicher, dass es derselbe ist. Als ich den Abzug in der Fabrik sah, dachte ich, ich hätte lediglich eine Bestätigung gefunden, dass mein *florero* aus *Paraíso* stammt, genau wie die beiliegende Karte besagte. Aber als Sie eben die Sache mit dem Schild und dem Stempel erwähnten, mit denen die Artefakte getarnt werden, wurde es mir klar: Das ist die Methode, mit der sie die Sachen aus dem Land schaffen. Irgendjemand fotografiert einen geplünderten Gegenstand und schickt das Foto nach *Paraíso*. Daraufhin fertigt Antonio eine Zeichnung an, entwirft die entsprechende Form und modelliert sie – im Falle von Tongegenständen –, und dann werden zusammen mit all den normalen Reproduktionen etliche Kopien hergestellt. Sämtliche Kopien erhalten den Stempel »hergestellt in Peru«, einschließlich des Originals – so, wie Sie es mir beschrieben haben: mit einem Schild auf dem Boden. Die Objekte werden zusammen verpackt, wahrscheinlich in Versandkisten der *Fábrica des Artesanias Paraíso,* was das Ganze perfekt machen würde. Jeder, der sie überprüft, wird annehmen, dass es sich bei allen Gegenständen um Reproduktionen handelt. Mit Sicherheit würde es bei identischen Objekten, die aus einer kunsthandwerklichen Fabrik kommen, so wirken.«

»Das gefällt mir«, sagte sie.

»Bei meiner Theorie gibt es jedoch ein Problem«, fuhr ich fort. Hilda blickte mich an. Ich wagte es: »Carlos ist tot.«

»Tot!«, rief sie. Sie wirkte ernsthaft betroffen. »Seit wann? Wie?«

Ich erzählte ihr von der Szene, auf die ich gestoßen war. Sie wirkte fassungslos. »Wer würde so etwas tun?« Sie hielt inne. »Was hat das zu bedeuten? Sie müssen richtig liegen, was das Foto betrifft, aber da Montero tot ist ... Bedeutet es, dass ...?«

»Genau genommen stellen sich mehrere Fragen«, unterbrach ich sie. »Eine davon ist die folgende: Glauben Sie, hier könnte etwas dran sein?« Ich zog Pumas Brief aus der Tasche meines Shirts und reichte ihn ihr. »Ich weiß, dass er völlig verrückt klingt, und es besteht kein Zweifel, dass der Junge ein wenig, sagen wir, wahnhaft ist«, sagte ich, da ich den skeptischen Ausdruck in ihrem Gesicht bemerkte, während sie das Schreiben las. »Aber ich kenne ihn«, fuhr ich fort. »Er ist nicht besonders clever, obwohl er wirklich ein recht talentierter Zauberer ist, und auf gewisse Art ist er goldig. Sehen Sie nur die Stelle, wo er schreibt, er wolle den Schatz finden, um alle hungrigen Kinder der Welt satt zu machen«, sagte ich und deutete auf den betreffenden Satz in dem Brief. »Und wenn man mit ihm spricht, hat man nicht den Eindruck, dass er gefährlich ist oder dergleichen, oder gar, dass er auf irgendeine Weise neben der Spur ist.«

»Worauf wollen Sie also hinaus?«, fragte Hilda.

»Ich will sagen: Wäre es nicht möglich, dass irgendwo hier in der Gegend ein Schatz gefunden wurde? Und falls ja, wer weiß davon?«

»Eine bessere Frage wäre eventuell: Hat dieser Schatz, angenommen, er existiert, etwas mit Montero und *Paraíso* zu tun?«, sagte Hilda. »Ich habe keine Ahnung, wie die Antworten lauten könnten.«

»Ich ebenso wenig, aber ich glaube immer noch, dass ich mit meiner Mutmaßung darüber, wie die Artefakte aus dem Land geschafft werden, richtig liege«, erwiderte ich. »Offenbar irre ich mich, was den Drahtzieher betrifft. Aber wenn es nicht Montero ist, wer dann? Jetzt, wo Montero tot ist, haben wir nichts mehr in der Hand.«

»Heute Abend werden wir das Rätsel nicht lösen«, sagte Hilda. Sie erhob sich vorsichtig und streckte sich. »Es wird Zeit, dass wir etwas Schlaf bekommen. Doch Sie sagen, wir hätten nichts. Das ist nicht ganz richtig. Wir haben Etienne Laforet, einen Kunsthändler, der bekanntermaßen illegale Artefakte kauft, und er ist in diesem Augenblick in Campina Vieja; das kann kein Zufall sein. Er muss einen guten Grund haben, mehrere Tage zu bleiben. Mit ihm haben wir zwei Probleme: Es ist uns nie gelungen, ihn mit irgendwelchen Moche-Stücken zu erwischen – und glauben Sie mir, die peruanischen Behörden haben ihn mehr als einmal durchsucht, wenn er das Land verließ –, weder in seinem Gepäck noch in seiner Galerie. Sogar Beamte in Zivil waren beteiligt. Das bedeutet, dass er wahrscheinlich nicht allein arbeitet.

Ideal wäre es, wenn wir mit einem Artefakt zu ihm gehen könnten, ihn dazu bringen, es zu kaufen, und dann beobachten, was er macht – eine Falle, wenn Sie verstehen, was ich meine. Was mich zum zweiten Problem führt: Wir haben kein geeignetes Objekt, das wir dafür verwenden können. Ich kann kein Stück aus einer Museumssammlung aufs Spiel setzen; ich könnte zwar eventuell etwas aus unserem Labor schmuggeln, aber wir haben meiner Ansicht nach noch nichts gefunden, was interessant für ihn wäre. Er nimmt nur Erstklassiges. Wir haben nichts, was wir ihm anbieten können«, sagte sie und schüttelte den Kopf.

»Oh, das haben wir sehr wohl«, erwiderte ich.

16

Vor Perus Küsten, über den Pazifik hinweg, bewegt sich langsam eine riesige, feuchtwarme Luftmasse auf das Land zu. Wenn sie auf die Küste trifft, wird sie zur garúa, *dem Seenebel, der über den Wüstensand wabert. Doch dort verharrt er nicht. Er zieht weiter über das Land, bis zu der Gebirgswand, die man als die Anden bezeichnet, und irgendwo hoch in den Bergen wird die* garúa *zu Regen. Zu Wolkenbrüchen. Anfangs langsam, dann zunehmend schneller, füllen sich die Felsschluchten mit Wasser, das bergab stürzt. Kanäle, altertümliche und moderne, wurden gebaut, um es zu zähmen, doch jetzt vermögen sie es kaum noch zu fassen und versagen.*

Als am nächsten Abend die Dunkelheit hereinbrach, standen Hilda und ich im Schatten unter der Markise des Haushaltswarengeschäfts und beobachteten Laforets Haus. Um uns besser zu tarnen, hatten wir dunkle Kleidung angezogen, Hilda einen Rollkragenpullover und eine Hose in Marineblau und ich Jeans und einen großen schwarzen Pullover, den ich mir von Tracey geborgt hatte. Im Haus brannten mehrere Lampen, doch an der Eingangstür befand sich keine, um die Anonymität zu gewährleisten, auf die Laforets Besucher zweifellos Wert legten. Den anderen hatten wir erzählt, wir würden in die Stadt fahren, um Steves Exfrau und seine Kinder anzurufen, und gesagt, sie sollten nicht auf uns warten.

Es war ein ziemlich merkwürdiger Tag gewesen. Über Carlos Montero vernahm man kein einziges Wort. Lucho schlurfte wie üblich durch die Hazienda. Auch die Polizei tauchte nicht auf. Gegen zwei Uhr war Hilda nach *Paraíso* gefahren. Ich schilderte ihr genau, wo sie suchen musste. »Nichts«, sagte sie bei ihrer Rückkehr. »Kein Kabel. Kein Carlos.« Sie hielt inne. »Sind Sie sicher, dass …?«

»Absolut sicher«, erwiderte ich.

»Ich bin hineingegangen und habe Monteros Frau, Consuelo, dieses schüchterne kleine Ding, gefragt, wo er sei«, fuhr Hilda fort. »Sie sagte, in Trujillo. Er hatte ihr eine Notiz dagelassen: mit der Schreibmaschine geschrieben. Natürlich hätte jeder sie verfassen können. Die Maschine steht einfach dort herum.«

Ich nahm an, dass bald irgendjemand Alarm schlagen würde, sowohl, was Montero betraf, als auch die anderen. Irgendwann würde bestimmt auffallen, dass Campina Vieja das irdische Gegenstück zu einem Schwarzen Loch war, eine Stadt, die die Menschen in die Vergessenheit hineinsaugte. Doch an diesem Tag war es offenbar noch nicht so weit.

Wir hatten beschlossen, dass ich zu Laforet gehen sollte, da Hilda in der Gegend bekannter war als ich und den Ruf hatte, dass sie eingriffe, wenn es um den Schutz archäologischer Objekte ging.

Nachdem wir das Haus etwa fünfundvierzig Minuten lang beobachtet und absolut nichts gesehen hatten und es für Hilda allmählich unbequem wurde still zu stehen, flüsterte ich ihr zu: »Es wird Zeit, sich in die Höhle des Löwen zu wagen.« Ich schlich über die Straße und auf die Tür zu. Den Moche-Ohrpflock, den Hilda zum perfekten Köder erklärt hatte, hatte ich in eines von Steves weichen Taschentüchern gewickelt und in einer Leinentragetasche verstaut.

Nachdem ich geklopft hatte, bewegten sich in einem dunklen Raum im oberen Stockwerk kaum merklich die Gardinen; anschließend hörte ich Schritte im Haus, die sich der Tür näherten. Sie öffnete sich einen Spaltbreit, jemand blickte mich an – während ich meine Tasche in die Höhe hielt und mich bemühte, verstohlen dreinzublicken, was unter diesen Umständen nicht weiter schwierig war –, und im hinteren Teil des Hauses sagte eine Männerstimme, zuerst auf Französisch: »*Entrez.* Treten Sie ein.«

Als sich die Tür öffnete und ich sah, wer dort stand, hätte ich vor Schreck beinahe meine Meinung geändert und wäre am liebsten davongerannt. Eine junge Frau begrüßte mich. Sie trug eines jener Kleidungsstücke, die junge Frauen heutzutage bisweilen tragen und bei denen es schwierig ist zu entscheiden – und mir ist klar, dass mich das eindeutig dem Lager der alten Spießer zuordnet –, ob es sich um ein Kleid oder um einen Unterrock handelt: ein extrem kurzes pinkfarbenes Satinding mit Spaghettiträgern, das sie über schimmernden Seidenstrümpfen trug. Ihre langen Fingernägel waren schwarz lackiert, ihre dunklen Haare auf dem Kopf aufgetürmt, und während sie mich zum hinteren Teil des Hauses geleitete, wackelte sie provozierend auf hochhackigen, schwarzen Lackledersandaletten vor mir her. Carla Cervantes, die Frau von Eidechse, erkannte mich offenbar nicht. Obgleich es äußerst beunruhigend war, sie hier zu sehen, kam ich zu dem Schluss, dass sich die Teile dieses Puzzles allmählich zusammenfügten – auch wenn ich noch nicht begriff, wie genau oder warum.

Ich betrat einen abgedunkelten Raum – ein Arbeitszimmer – mit einem Schreibtisch und nur einer einzigen Lichtquelle, einer Schreibtischlampe, die einen hellen Schein auf den Tisch vor mir warf, doch nicht ausreichte, um auch das restliche Zimmer zu beleuchten. Für ein oder zwei Sekunden dachte ich, ich wäre allein, bis ich bemerkte, dass ein Mann dort saß, *el Hombre* vermutlich; sein Stuhl war herumgeschwenkt und wies zu der mir gegenüberliegenden Wand, sodass ich nur seinen Hinterkopf sah. »Du kannst uns jetzt allein lassen, Carla«, sagte die Stimme auf Spanisch mit einem starken Akzent, woraufhin die junge Frau mit den Schultern zuckte, den Raum verließ und die Tür hinter sich zuzog. Ich hörte, wie ihre Absätze über den Flur und dann die Treppe zur ersten Etage hinaufklapperten.

»Sind Sie der Mann, den man *el Hombre* nennt?«, fragte ich. Hilda und ich hatten beschlossen, dass ich so tun sollte, als würde ich seinen echten Namen nicht kennen.

»Ja, das bin ich«, erwiderte die Stimme auf Englisch. »Warum sind Sie hier?«

»Ich habe etwas«, stammelte ich, »das ich veräußern möchte, und in der Stadt wurde mir gesagt, Sie würden es vielleicht kaufen.«

»Ihr Name?«, fragte er.

»Den möchte ich lieber nicht nennen«, erwiderte ich. Ich vernahm ein leises Kichern.

»Legen Sie es auf den Schreibtisch, unter die Lampe«, instruierte er mich, und ich legte den kleinen Moche-Mann in den Lichtkreis.

Quietschend drehte sich der Stuhl um, und ich erblickte zum ersten Mal den Mann, der *el Hombre* genannt wurde. Besser gesagt zum zweiten Mal. Wie vorherzusehen gewesen war, wenn man bedachte, wer die Tür geöffnet hatte, fand ich mich Carla Cervantes' Freund aus dem Hotel in Lima gegenüber. Ich konnte mich gut an ihn erinnern. Die Frage war: Erinnerte er sich auch an mich?

Nichts an seiner Miene gab mir einen Hinweis darauf. Eine Hand – abzüglich der zwei Finger, die, wie ich sehen konnte, abgetrennt, vielleicht sogar an den Knöcheln abgehackt worden waren – streckte sich aus und griff nach dem Ohrpflock. In seiner anderen Hand hielt er ein Vergrößerungsglas, das er über das Schmuckstück hielt. Dann beugte er sich vor, um es eingehend zu begutachten. Für einen kurzen Moment bekam ich eine kahle Stelle oben auf seinem Kopf zu sehen.

»Sehr hübsch«, sagte er schließlich. »Wo haben Sie das gefunden?«

Hilda und ich hatten meine Antworten während der Fahrt in die Stadt geprobt. »In der Nähe von Cerro de las Ruinas«, antwortete ich.

»Sie wohnen auf der Hazienda Garúa, nicht wahr? Ich dachte, sie hätten dort noch nicht viel gefunden, aber das mit den *vigas* klingt vielversprechend, meinen Sie nicht auch?«

Ich beantwortete seine Fragen nicht, doch der Gedanke, dass er so viel über das Ausgrabungsprojekt wusste, machte mich ausgesprochen nervös. »Ich sagte, ich habe ihn in der Nähe, nicht *am* Cerro de las Ruinas gefunden«, erwiderte ich. »Und ich verrate nicht, wo genau.«

»Aber Sie haben ihn nicht erst kürzlich gefunden«, entgegnete er. »Dieses Objekt wurde partiell gesäubert und restauriert.« Hilda und ich hatten ein wenig Dreck in den Ohrpflock gerieben, bevor wir hierhergekommen waren, doch den Alterungsprozess von Jahrhunderten konnten wir nicht innerhalb von ein paar Stunden nachahmen.

»Natürlich«, sagte ich. »Wir haben ein Labor.«

»Offenbar sind Sie eine Restaurierungsexpertin.«

»Ich kenne mich aus«, erwiderte ich gereizt. Meine Nervosität wirkte wie Verärgerung, was nur gut war. »Sind Sie nun interessiert oder nicht?«

Wieder kicherte er. »Sie sind der empfindliche Typ, was? Ich bin sicher, dass Sie dies hier nur verkaufen, um einem kranken Freund zu helfen.« Er schmunzelte. Nachdem er das gesagt hatte, hielt er inne, zweifellos, um sich selbst zu gratulieren, dass er die dunklen Seiten der menschlichen Natur so hervorragend verstand. »Ich bin interessiert«, sagte er schließlich. »Wie viel?«

Diese Frage war schwierig. Hilda und ich hielten den Ohrpflock für unbezahlbar, und theoretisch war er das auch. Dennoch hatte er auch einen Marktwert, und wir waren keinesfalls sicher, wie hoch dieser war. Ich wollte weder wie eine Expertin noch wie eine Närrin wirken.

»Ein Paar von diesen Ohrpflöcken könnte hunderttausend Dollar bringen, habe ich gehört«, hatte Hilda gesagt. »Aber ein halbes Paar würde nicht die Hälfte kosten, wenn Sie verstehen, was ich meine. Nehmen wir also an, er ist nicht fünfzig-, sondern eher nur fünfundzwanzigtausend Dollar wert. Verlangen Sie zehntausend.«

»Zehntausend Dollar«, erwiderte ich.

»Ach was!« Er lachte. »Eintausend.«

Es ging mehrmals hin und her, und schließlich einigten wir uns auf zweitausend Dollar. Dieser Halsabschneider, dachte ich entrüstet: Mein kleiner Moche-Mann war mehr wert, wesentlich mehr als das.

»Bar auf die Hand!«, beharrte ich.

»Natürlich«, erwiderte er, öffnete die Schublade seines Schreibtisches und warf zwei kleine Bündel US-Dollar auf den Tisch. Als ich danach griff, ließ er seine verstümmelte Hand auf meine Finger fallen. »Sie haben nicht zufällig mit der Polizei zu tun, oder doch?«, fragte er, wobei seine Stimme zu einem äußerst bedrohlichen Flüstern herabsank. »Denn falls doch, werden wir uns um Sie kümmern. Haben Sie mich verstanden?«

»Natürlich«, stieß ich hervor. »Ich habe verstanden.« Er zog seine Hand von der meinen und dem Geld weg. »Nehmen Sie den Hinterausgang«, sagte er und zeigte nach rechts. Ich vernahm Carlas Schritte auf der Treppe. Ich griff nach dem Geld und floh aus dem Raum, über einen Flur auf eine Hintertür zu. Auf dem Weg nach draußen kam ich an der Küche vorbei und spähte hinein. Sie wirkte nicht, als würde sie häufig zum Kochen genutzt, eher schien dort eine Dunkelkammer eingerichtet zu sein. Das Fenster war verhangen, und mehrere Abzüge waren zum Trocknen aufgehängt. Einige zeigten Carla in, sagen wir, recht artistischen Posen, in der Art, dass man Probleme hätte und in Verlegenheit käme, wollte man sie im Fotoladen um die Ecke entwickeln lassen. Pervers, dachte ich, als ich zur Hintertür hinausschlüpfte. Ich gelangte in einen kleinen Garten, in dem Nachtblumen dufteten, und anschließend durch ein Tor in eine Seitenstraße. Doch dann fiel mir eine andere Einsatzmöglichkeit für Laforets fotografisches Talent ein, etwas, das sich mehr auf das aktuelle Thema bezog: das Schmuggeln von Artefakten und die Theorie, wie es vor sich ging. Etwas abseits vom Haus verharrte ich einen Moment und schöpfte tief Luft, um mich zu entspannen.

Ein eigenartiger Geruch lag in der Luft, Ozon möglicherweise, und in der Ferne grummelte ein Unwetter. Ein Hitzegewitter, dachte ich. In der Wüste regnet es nicht. Doch auf gewisse Art fühlte sich die Luft anders an; zu Hause hätte ich vermutet, ein Sturm würde aufziehen.

In einem Bogen ging ich zurück zu der Stelle, wo Hilda wartete, und reichte ihr die Leinentasche. »Zweitausend, können Sie das glauben?«, flüsterte ich.

Sie stöhnte auf. »Wir sollten sehen, dass wir ihn zurückgewinnen«, sagte sie. »Wie sind Sie herausgekommen?«, fügte sie hinzu. »Durch die Hintertür?« Ich nickte.

»Ich glaube, wir müssen uns ein wenig anders postieren, damit wir sowohl den Vordereingang als auch die Seitengasse im Blick haben, durch die ich gekommen bin. Die gute Neuigkeit ist, dass die kleine Straße eine Sackgasse ist, sodass man nur in einer Richtung herauskann«, sagte ich. Wir warteten, um sicherzugehen, dass die Gardinen sich nicht bewegten, und wählten einen Standpunkt ein Stück weiter die Straße hinunter. Während wir dort ausharrten, brachte ich Hilda auf den neuesten Stand, informierte sie über Laforets Beziehung zu Carla Cervantes, sein Mini-Fotostudio und seine genauen Kenntnisse unserer Aktivitäten, die – darin waren wir uns einig – wirklich beunruhigend waren. Ich erzählte ihr auch von Laforets fehlenden Fingern.

»Interessant«, erwiderte Hilda. »Er ist hier in der Gegend eine Art Legende, müssen Sie wissen. Er ist gerissen bis dorthinaus und scheint immer davonzukommen, selbst wenn es seinen jeweiligen Partnern nicht gelingt. Man erzählt sich, einmal sei er beinahe mit illegalen Artefakten an der Grenze zu Ecuador geschnappt worden, aber gerade noch entwischt. Dabei habe er seine Finger verloren und es seinem Partner überlassen, die Schuld auf sich zu nehmen. Natürlich habe ich keine Ahnung, ob das der Wahrheit entspricht, aber Sie haben ja bestätigt, dass seine Hand verstümmelt ist, und davon abgesehen sagt es in jedem Fall etwas über den Mann aus, nicht wahr?«

»Ganz gleichgültig, was für ein Mensch er ist«, sagte ich, »wir sind wohl oder übel an dem Spiel beteiligt.«

Etwa eine halbe Stunde später öffnete sich die Vordertür, und zwei schemenhafte Gestalten traten in die Finsternis hinaus, zweifelsohne Carla und *el Hombre*. Sie stiegen in seinen Mercedes und fuhren davon.

Da ich vermeiden wollte, dass der Pick-up gesehen wurde, hatten wir mitten in den Menschenmengen auf der Plaza de Armas geparkt und uns zu Fuß durch die Gassen bis zu Laforets Domizil durchgeschlagen. Es war ein kalkuliertes Risiko gewesen: Wir wussten, dass Laforet den Mercedes besaß, hatten jedoch angenommen – fälschlicherweise, wie sich nun herausstellte –, dass er das Haus nicht verlassen würde. Wir folgten ihm zu Fuß, überzeugt, dass es hoffnungslos war, doch das Glück war mit uns. Am Ende der kleinen Straße bog der Mercedes auf den zentralen Platz ab, aber es waren so viele Menschen unterwegs, dass er nur mühsam vorwärtskam und so langsam war, dass wir ihn zu Fuß überholten und bereits in unserem Wagen saßen und warteten, als er sich vorbeischob.

Sie fuhren nicht besonders weit, nur ein oder zwei Häuserblöcke bis zur Bar *El Mochica*. Ich persönlich hätte für diese wenigen Meter nicht das Auto genommen, aber schließlich hatte ich auch seit mindestens fünfzehn Jahren nicht mehr solche Stöckelschuhe wie Carla getragen. Ich ließ Hilda aussteigen. »Sie sind an der Reihe«, sagte ich. »Gehen Sie hinein und schauen Sie sich um. Ich glaube, es wäre keine gute Idee, wenn er mich sähe.«

Während ich auf sie wartete, behielt ich den Eingang im Auge. Ein Motorradtaxi hielt an, und jemand, den ich kannte, steuerte auf die Bar zu.

Es war Manco Cápac, der für kurze Zeit auf die Gemeinschaft und das einfache Kommunenleben – und seine Genusssucht – verzichtete und das Ganze gegen die verrauchte Geselligkeit und die Kneipenverpflegung des *El Mochica* eintauschte.

Etwa fünfundvierzig Minuten später kletterte Hilda wieder in den Wagen; ihr Atem roch nach Alkohol. Ich hoffte, dass das nicht auf ein weiteres ihrer Gelage zurückzuführen wäre, aber sie wirkte okay.

»Tja, ich habe Lucho einen kleinen Schrecken eingejagt«, sagte sie auf meine Frage hin. »Er war dort drin und hat mit einigen seiner jungen Kumpane die Bar belagert. Vermutlich planten sie gerade die nächste Invasion nach irgendwo. Ich glaube, er war nicht besonders begeistert, mich zu sehen. Er war die einzige Person in der Bar, die ich auf Anhieb erkannt habe. Ich habe so getan, als würde ich nach einem Freund suchen, und mich an den Tischen umgesehen. An einem saß der Bürgermeister und hielt Hof, indem er ständig aufsprang und mit allen möglichen Leuten im Raum sprach. Ansonsten kannte ich niemanden, doch es war noch ein Mann dort mit einer jungen Frau, die es versäumt hatte, sich etwas anzuziehen. Pinkfarbener Unterrock, dunkler Lippenstift und Nagellack. Ich denke, das waren sie.«

»Das ist Carla.« Ich lachte. »Und *el Hombre.*« Kein Wunder, dass ich Hilda mochte, dachte ich. Wir hatten einen ganz ähnlichen Blick auf das Leben.

»Sie hatten gerade Cocktails bestellt und sahen sich die Speisekarte an, als ich hereinkam, sodass ich davon ausgehe, dass sie noch eine Weile bleiben«, fuhr sie fort. »Die Tische im Speisezimmer waren fast alle besetzt, abgesehen von einem, auf dem ein Schild mit der Aufschrift ›Reserviert‹ stand, also ging ich zurück zur Bar, bestellte einen Whisky und trank so lange wie möglich daran. Ich habe den Eingang zum Speisezimmer im Auge behalten, aber während ich dort saß, ging niemand hinein oder kam heraus, außer dem Bürgermeister, der in die Bar kam und einige Leute überschwänglich begrüßte, einschließlich meiner Wenigkeit. Das war alles.«

»Haben Sie zufällig einen Amerikaner bemerkt, der nicht besonders hochgewachsen war, einen großen Kopf hatte und einen langen Pferdeschwanz, ein weißes Hemd und eine Jeans trug?«

»Ja. Er hat sich auf einen Stuhl an die Bar gesetzt und ein Bier bestellt«, erwiderte sie.

»Hat er mit jemandem gesprochen?«

»Nur mit dem Barkeeper. Warum? Kennen Sie ihn?«

»Er ist Manco Cápac.«

»Manco Cápac? Sprechen wir von dem Geist des ersten Inka? Oder eventuell von dem Geist eines späteren Inka, der sich denselben Namen gab? Der Typ kam mir ziemlich lebendig vor.«

»Kein Geist, sondern vermutlich ein Größenwahnsinniger, und er hat einen fürstlichen Geschmack: Kaviar, Gänseleberpastete und Champagner. Er ist der Kopf der Kommune, in der Puma und Pachamama gewohnt haben. Ich bin zunehmend davon überzeugt, dass sich die Wege all dieser Gestalten irgendwo kreuzen. Allerdings verstehe ich die Art der Beziehungen zwischen den beteiligten Personen noch nicht.«

»Was eine Kommune mit dem Schmuggeln von Kunstgegenständen zu tun haben soll, ist schwer zu begreifen, da stimme ich mit Ihnen überein. Was wollen Sie jetzt tun? Abwarten, wohin sie von hier aus fahren?«

»Ja, das wäre mein Vorschlag. Zudem können wir warten, ob noch jemand auftaucht, den wir kennen. Wenn Laforet irgendein Geschäft abwickelt, würde er es in der Öffentlichkeit tun?«

Hilda zuckte mit den Schultern, und wir blieben sitzen und beobachteten weiter die Bar.

Etwa zwanzig Minuten später kam Pablo mit ein paar Freunden vorbei.

»Alle, die wir kennen, verkehren hier«, jammerte ich. »Sie können doch nicht alle darin verwickelt sein, oder etwa doch? Wie können wir einen Kreis von Verdächtigen ausmachen, wenn jeder hier ist? Meine Güte«, fügte ich hinzu. »Ralph und Tracey ebenfalls.«

»Ralph!«, rief Hilda. »Er geht abends nie aus!« Heute offensichtlich doch. Unser zweiter gemieteter Pick-up hatte etwa einen halben Häuserblock vom *El Mo* entfernt geparkt, und Ralph betrat gerade die Bar.

»Ich schätze, es wird Zeit für einen zweiten Drink, meinen Sie nicht auch?«, fragte Hilda. »Ich gehe noch einmal hinein.«

Wenige Minuten später kehrte sie zurück. »Ich vermute, Laforet und seine Freundin sind bald fertig und wir müssten sie bald herauskommen sehen. Cesar, der Bürgermeister, ist im Speisezimmer; Lucho, Pablo, Ralph und Tracey und dieser Manco Cápac sitzen in der Bar. Der reservierte Tisch ist für Carlos Montero, und er wird erwartet, obwohl ich annehme, dass sie den Tisch jeden Abend für ihn frei halten und er manchmal einfach nicht aufkreuzt. Ich habe kurz mit Ralph gesprochen, während Tracey mit dem Barkeeper flirtete. Er sagt, Tracey habe darauf bestanden, in die Stadt zu fahren, um nach Hause zu telefonieren und sich im *El Mochica* umzuhören, ob es Neuigkeiten über Steve gäbe. Er sagt, er habe versucht, es ihr auszureden, aber das sei ihm nicht gelungen. Er brachte sie zum Lokal von *Telefónica del Peru,* damit sie dort ihre

Anrufe machen konnte, und anschließend hierher. Er hat die Absicht, sie bald zurück zur Hazienda zu chauffieren, aber offensichtlich hofft er, dass wir ebenfalls bald zurückfahren und ihm dabei helfen, Tracey zu beruhigen. Er sagt, sie werde allmählich nervös wegen Steve.«

»Im Augenblick haben wir keine Zeit«, sagte ich und wies auf die Tür zum *El Mochica.* »Da kommen sie.«

Laforet und Carla verließen die Bar, stiegen in sein Auto und fuhren zurück in die Richtung, aus der sie gekommen waren. »Ich glaube, sie fahren wieder nach Hause«, sagte ich. »Wir gehen besser zu Fuß, sonst bemerken sie noch unseren Wagen. Wenn ich mich irre und sie woandershin unterwegs sind, werde ich allerdings mächtig wütend.«

Unser Glück hielt an. Wir standen bereits in Position gegenüber vom Haus, als sie auftauchten, da wir eine Abkürzung durch eine winzige Seitenstraße genommen hatten. Wir beobachteten, wie sie hineingingen, und blieben noch etwa eine Stunde.

Im Erdgeschoss wurden die Lichter gelöscht und bald darauf auch in der oberen Etage, sodass das Anwesen in vollkommene Dunkelheit gehüllt war.

Ich ging um die Ecke und leuchtete für eine Sekunde mit der Taschenlampe auf meine Armbanduhr. »Halb eins«, raunte ich Hilda zu.

Sie winkte mich zurück. »Hören Sie«, sagte sie. »Wir können diese Leute nicht vierundzwanzig Stunden lang beschatten. Ich denke, sie haben sich jetzt schlafen gelegt, meinen Sie nicht auch? Aber für alle Fälle bleibe ich hier. Ich glaube, ich habe letzte Nacht mehr Schlaf bekommen als Sie, also werde ich die erste Nachtwache übernehmen. Lassen Sie uns zur Plaza zurückgehen und ein Motorradtaxi für Sie besorgen, das Sie zurück zur Hazienda bringt; ich hole dann den Pick-up. Im Wagen bin ich sicher, und morgen früh können Sie mich ablösen.«

»Gut«, erwiderte ich, »wenn Sie glauben, dass Sie zurechtkommen. Aber hoffentlich geschieht bald etwas. Wir können nicht ewig so weitermachen.«

»Ich bin überzeugt, dass sich bald etwas tun wird«, entgegnete sie. »Schließlich hat er jetzt einen wirklichen Schatz dort drin, nicht wahr?«

In jener Nacht träumte ich, dass ich mich am Cerro de las Ruinas befand. In meinem Traum war es dieselbe Nacht. Inés und Tomás Cardoso, ihr Bruder, der Schamane, waren dort. Er streifte gerade ein Pumafell über, sie das Federkleid eines Kondors. Sie forderten mich auf wegzusehen. Doch ich schaute trotzdem hin. Ich lag mit dem Gesicht nach unten im Sand; anfangs verbarg ich meinen Kopf in den Händen, doch dann hob ich ihn ein wenig an und blickte zur Huaca hinüber. Zuerst sah ich, wie sich ein Kondor in die Höhe schwang und eine große Katze auf dem Gipfel herumstreifte. Dann erblickte ich über der Huaca eine grauenhafte Gestalt. Anfangs ähnelte sie einem Krebs, dann einer riesigen Spinne, die sich in einen Mann verwandelte; allerdings hatte er Fangzähne. In der einen Hand hielt er ein Tumi-Messer – dasjenige, das ich aus Edmund Edwards Geschäft kannte –, in der anderen einen abgetrennten Kopf. Entsetzt bedeckte ich meine Augen. Ich vernahm ein Knurren und anschließend ein Kreischen, als ob ein furchtbarer Kampf wütete. In meinem Traum wusste ich, dass es um die Kontrolle über die Huaca ging, um den Kampf zwischen Gut und Böse.

Dann kehrte Stille ein, und ich befand mich wieder in meinem Zimmer.

Doch später stand Inés Cardoso am Fußende meines Bettes. Wieder träumte ich. Ich muss geträumt haben, wenngleich ich meinte, wach zu sein. Ihr Körper leuchtete und war an den Rändern verschwommen, sodass ich daraus schloss, dass ich wohl schlafen musste. »*Cuidado al arbo-*

lado!«, sagte sie wieder, diesmal äußerst erregt. Hüten Sie sich vor dem Wald.

Und plötzlich wusste ich, was sie versuchte, mir zu sagen. Etienne Laforet. *La forêt.* Französisch für ›Wald‹. Ich sollte mich vor Etienne Laforet hüten. Da begriff ich, dass Laforet, da er nur einen Ohrpflock mit meinem Moche-Krieger gesehen hatte, sicher erfreut wäre, auch das Gegenstück zu finden. Sollte er beide schon bei einer anderen Gelegenheit gesehen haben, wusste er, dass ich meinen nicht am Cerro de las Ruinas gefunden hatte. Und wenn dies der Fall war, würde er tun, was er glaubte, tun zu müssen. Dasselbe, was er getan hatte, als Eidechse nach Kanada geflogen war, um die fehlenden Artefakte zurückzuholen; das, was er getan hatte, als Edmund Edwards einen Fehler begangen, möglicherweise einfach nur die Nerven verloren hatte. Laforet würde Spinne schicken. Ich hatte mich nicht in die Höhle des Löwen gewagt. Ich hatte meine Hand in ein Schlangennest gelegt.

Am nächsten Morgen fanden wir die Spitze der Huaca verwüstet vor. Im Sand lagen mehrere Federn.

17

Was wie ein teuflisch guter Plan zum Ausheben eines Schmugglerrings gewirkt hatte, hatte sich bis zum nächsten Nachmittag zu einer Aufgabe ausgewachsen, die sich einerseits als logistischer Albtraum erwies, andererseits nur mit dem Wort »vergeblich« betitelt werden konnte. Was den ersten Aspekt betraf, so mussten Hilda und ich ständig zwischen der Stadt und der Hazienda hin- und herpendeln, damit einer von uns ständig Laforets Haus beschatten konnte. Hilda hatte allen erklärt, sie würde einen Tag freinehmen, doch ein paar der Studenten boten an, dabei zu helfen, das Labor zusammenzupacken. Zusätzlich waren die Einkäufe und die Transportdienste zu erledigen. Selbst mit zwei Fahrzeugen war es eine lästige Sache. Niemand wollte länger allein auf der Hazienda bleiben. Vor allem Tracey war in dieser Hinsicht anstrengend. Da ihr Liebhaber vermisst wurde, musste sie, verständlicherweise, wie ich fand, dreimal hintereinander in die Stadt gebracht werden, um zu Hause anrufen zu können.

Was unsere wirkliche Mission betraf, die Überwachung, verließ *el Hombre* kein einziges Mal das Haus; niemand kam zu Besuch. Der aufregende Höhepunkt war, dass ich Carla zum Markt folgte, um zu beobachten, wie sie Bananen kaufte.

Der Besuch des Marktes war jedoch mit zwei beunruhigenden Aspekten verknüpft, von denen keiner, wie ich annahm, etwas mit Carla zu tun hatte. Zum einen waren sämtliche Menschen dort sehr angespannt und sprachen über das Wetter, über Regengüsse in den Bergen, die die Bewässerungs- und Wasserspeichersysteme zu überfordern drohten. Auf dem Markt herrschte der allgemeine Konsens, dass die Regierung jederzeit damit beginnen könnte, ihre Evakuierungspläne in die Tat umzusetzen. Die Leute deckten sich mit Vorräten ein. Mir fiel es allerdings schwer, diese Furcht nachzuvollziehen. Die gesamte Region war knochentrocken.

Zum anderen bemerkte ich bei diesem Ausflug auf den Markt die ersten Anzeichen, dass es einen weiteren Beobachtungsposten gab. Eigentlich war es nichts Greifbares, lediglich das Gefühl, dass da noch jemand anderes war. Mehrmals hatte ich den Eindruck, dass ich verfolgt wurde, doch wenn ich mich umwandte, war niemand Ungewöhnliches in Sicht. Bei anderen Gelegenheiten meinte ich jemanden zu sehen, der sich rasch verbarg, oder erblickte für einen kurzen Moment einen Mann, der in eine Seitenstraße verschwand. Am Ende beschloss ich jedoch, dass ich mir das alles nur eingebildet hatte. Ich stand Todesängste wegen Spinne aus und fürchtete, dass er sich in der Nähe aufhalten könnte. Doch offen gesagt: Wenn das stimmte und ich sein Zielobjekt war, dann glaubte ich nicht, dass er lediglich herumlungern und mich beobachten würde. Folglich konzentrierte ich mich auf meine Rolle als Spionin, statt diejenige zu sein, die ausspioniert wurde.

Letzten Endes bestand der Trick bei einer Überwachung vor allem darin – fanden Hilda und ich –, zu versuchen, nicht gesehen zu werden. Zu versuchen, nicht einzuschlafen. Hilda und ich dösten abwechselnd auf dem Rücksitz, während die andere das Haus beobachtete. Ab und an waren wir zu Fuß unterwegs, bei anderen Gelegenheiten parkten wir den Pick-up ein Stück die Straße hinunter, wo wir beide Türen im Blickfeld hatten. Wir wechselten unsere Beobachtungsstandorte nicht nur, um keine Aufmerksamkeit damit zu erregen, dass wir zu lange an einer Stelle stehen blieben, sondern auch, um in Bewegung zu bleiben.

An diesem Abend, wie bereits zuvor, fuhren Carla und der »Mann« die drei Häuserblöcke weiter zum *El Mochica,* um dort zu Abend zu essen. Dies war an sich nicht überraschend: *El Mo* brüstete sich damit, das einzige Restaurant der Stadt zu sein, in dem man die Mahlzeiten auf weißen Tischdecken servierte. Cesar tauchte ebenfalls wieder auf, um dort zu speisen, und Carlos' reservierter Tisch blieb frei. Lucho belagerte die Bar wieder mit seinen Freunden.

Während Laforet und die anderen stilvoll zu Abend aßen oder lediglich etwas tranken, genehmigten Hilda und ich uns Sandwiches mit gegrilltem Hähnchenfleisch, in einer *pollería,* die ein Stück weiter die Straße hinunter lag. Falls es ein Nationalgericht in Peru gibt, so beschloss ich, dann war es Hähnchen, *pollo.* In Peru gibt es so viele *pollerías* wie zu Hause Pizzerien.

»Mir wachsen jeden Moment Federn«, stöhnte Hilda, als ich ihr ein weiteres Hähnchensandwich reichte. Wir saßen im Pick-up draußen vor dem *El Mo.* »Und nach dem nächsten Sandwich fange ich an zu gackern. Jetzt bedauere ich es wirklich, dass ich Inés' herrliche Mahlzeiten nicht gegessen habe, als ich die Möglichkeit dazu hatte, und wenn ich nicht bald in einem richtigen Bett schlafen kann, wird sich mein Rücken nie mehr erholen.« Ich nickte verständnisvoll.

»Aus irgendeinem Grund«, fuhr sie fort, während sie mit dem Sandwich Richtung Bar zeigte, »dachte ich, diese illegalen Operationen würden wie gut geölte Maschinen funktionieren. Ich habe keine Ahnung, warum ich das geglaubt habe: Ich weiß absolut nichts über die Schmuggelei. Ich hatte die Vorstellung, dass wir Laforet den Ohrpflock übergeben und anschließend alle aktiv würden, uns eingeschlossen, und wir ihnen dann folgen und die örtlichen Polizeikräfte hinzuziehen würden, alle vier. Ich hatte keine Ahnung, dass Schmuggeln so langweilig sein kann«, seufzte sie.

»Ich weiß nicht, wie problemlos diese Art von Verbrechen in früheren Zeiten abliefen«, erwiderte ich. »Wahrscheinlich war es wirklich einmal mit einer gut geölten Maschine vergleichbar. Aber vor mehr als zwei Jahren muss das Ganze mächtig aus der Bahn geraten sein, als das Päckchen, das drei präkolumbische Objekte enthielt, zu einer Galerie in Toronto unterwegs war und der Galerieinhaber starb. Und zwar unter außergewöhnlichen Umständen; Umstände, die dafür sorgten, dass das ganze Haus voller Polizisten war.

Offenbar konnten die Schmuggler nichts tun, um die Antiquitäten zurückzugewinnen, ohne Aufmerksamkeit auf sich zu ziehen. Folglich taten sie das einzig Mögliche: Sie warteten. Ich erinnere mich, dass Steve sagte, Laforet sei mehrere Jahre lang nicht in der Gegend gesehen worden, er habe sich eine Weile weiter südlich betätigt. Sie warteten ab, und dann tauchten die Gegenstände endlich bei einer Auktion von *Molesworth & Cox* auf.

Theoretisch wäre es unkompliziert gewesen. Man schickt jemanden hin, der sie zurückkauft. Solange sie als Replikate angesehen werden, spielt der Preis im Grunde keine Rolle, da sie ein Vermögen wert sind. Doch dann ging es wieder schief. Zwei Personen, und nicht nur eine kamen nach Toronto, um sie zu erwerben. Eidechse, Ramón Cervantes, ein Zollagent aus Lima, und jemand, den ich ›Spinne‹ nenne. Es ist möglich, dass sie zusammengearbeitet haben: Soweit ich sehen konnte, hatte Spinne keine dieser Tafeln, um zu bieten, also war dies möglicherweise die Aufgabe von Eidechse. Aber ich glaube es nicht. Auf mich wirkten sie nicht wie gute Freunde. Jedenfalls hat keiner von beiden bekommen, was er wollte. Nur ich. Daraufhin verschwand die Erdnuss, und schließlich lag Eidechse tot in meiner Abstellkammer, und der *florero* war ebenfalls nicht mehr da. Die einzige Person, die für den Mord verantwortlich sein kann, ist Spinne. Wer sonst in Toronto sollte hinter einem Zollagenten aus Lima her sein?

Dann komme ich zu *Ancient Ways* in New York, und nachdem ich dort gewesen bin, den Namen des Händlers aus Toronto erwähnt und mich nach Moche-Artefakten erkundigt habe, ist auch Edmund Edwards tot.

Zumindest oberflächlich betrachtet scheinen die Dinge für unseren Schmugglerring nicht besonders gut zu laufen. Doch jetzt ist Laforet wieder in der Stadt. Aus welchem Grund? Oder besser gesagt: Warum ist er immer noch hier, obgleich Carlos tot ist – auch wenn keiner außer uns es bemerkt hat – und obwohl die ganze Stadt in Aufruhr ist, weil ein *huaquero* gestorben ist und die Regengüsse bevorstehen? Liegt es daran, dass Eidechse für die Organisation eine Bedrohung darstellte oder vielleicht der alte Mann in New York oder sogar Carlos – obwohl ich immer noch glaube, dass *Paraíso* irgendwie mit drinsteckt? Sie alle sind nun tot. Oder könnte die Ursache sein, dass etwas Bedeutendes gefunden wurde, etwas, das es wert ist, ein Risiko einzugehen? Ich glaube, wir müssen das Haus weiter beobachten, weil auf jeden Fall etwas geschehen wird.«

»Sie denken an Pumas Schatz, denjenigen, zu dem man gelangt, wenn man durch Felsspalten steigt, nicht wahr?«, sagte Hilda.

»Richtig«, erwiderte ich.

Etwa zu diesem Zeitpunkt tauchten Tracey und Ralph auf und parkten den zweiten Pick-up direkt vor dem *El Mo*.

»Der Einzige, der heute Abend nicht hier ist, ist offenbar dieser Freund von Ihnen, der wiedergeborene Inka«, sagte Hilda.

»Manco Cápac«, erwiderte ich. »Sie haben recht. Es ist dieselbe Truppe wie gestern Abend, abgesehen von ihm. Ich könnte den zweiten Pick-up nehmen, während Tracey und Ralph dort drin sind – ich habe einen Ersatzschlüssel –, und zur Kommune fahren, um nachzusehen, ob er dort ist. Ich habe außerdem über Carlos nachgedacht und dieses kleine verfallene Haus auf der Rückseite des

Paraíso. Während alle hier sind und es sich ein oder zwei Stunden gut gehen lassen, könnte ich doch noch einmal alles überprüfen.«

»Einverstanden«, erwiderte Hilda. »Ich halte die Stellung, während Sie weg sind. Seien Sie vorsichtig.«

In der Kommune wurde ich von einer Jugendlichen mit ziemlich wildem Blick begrüßt, die sich Solar Flare – »Sonneneruption« – nannte. Trotz meiner Aversion gegen diese Sache mit den Spitznamen musste ich zugeben, dass der Name zu ihr passte. Ihr rötlich blondes Haar stand in einzelnen Stacheln vom Kopf ab, und sie sprach stoßweise, reihte scheinbar unzusammenhängende Worte aneinander, als wollte sie den Zuhörer vor eine Herausforderung stellen. Ich fragte, ob man etwas von Puma und Pachamama gehört hätte.

»Nein!«, antwortete sie. »Verschwunden. Manco Cápac sagt, sie kämen nicht zurück!« Aha, jetzt wusste er es offenbar.

Ich fragte mich, warum er sich dessen so sicher war.

»Ist Manco Cápac hier?«

Sie schüttelte den Kopf. »Neumond.«

»Und was bedeutet das?«

»Rückzug.«

»Wovor zieht er sich zurück?«, fragte ich.

»Nicht wovor, wohin«, erwiderte sie.

»Gut«, sagte ich. »Wohin zieht er sich zurück?«

»Berge«, erwiderte sie. »Zum Meditieren.«

»Du meinst also, er sei hinauf in die Berge gegangen, um zu meditieren?« Diese Unterhaltung war ein schweres Stück Arbeit.

»Ja«, sagte sie. »Er bereitet sich auf das Ende der Welt vor. Ich bereite mich auch darauf vor. Es kommt bald. Überall, nur hier nicht«, fügte sie hinzu.

»Was für eine Erleichterung«, erwiderte ich. »Weißt du, wohin genau er in die Berge geht?«

»Geheim«, sagte sie und schüttelte den Kopf. »Ein Ort mit besonderer Energie. Wird beschädigt, wenn andere davon erfahren.«

»Natürlich«, sagte ich. »Er bricht also immer auf, wenn Neumond ist, richtig? Wie lange bleibt er weg?«

»Zwei oder drei Tage«, erwiderte sie. »Er kommt sehr erholt zurück.«

Das glaube ich gern, dachte ich. Da ich seine Vorlieben kannte, hätte ich meinen letzten Dollar darauf verwettet – das mit dem letzten Dollar würde nicht mehr lange dauern, wenn man meine illegalen Verdienste als *huaquero* nicht hinzuzählte –, dass Manco Cápac jeden Monat das Meditieren nur als Ausrede benutzte und wahrscheinlich einen Ort wie das Sheraton-Hotel in Lima oder dergleichen aufsuchte und mehrere Tage damit verbrachte, teure Weine hinunterzuschütten und sein Glück an den Spielautomaten im Foyer auszuprobieren. Manco Cápac, davon war ich zunehmend überzeugt, war ein Schwindler.

Ich verließ Sonneneruption, die sich auf das Ende der Welt vorbereitete, fuhr auf die Schnellstraße und parkte den Wagen an der inzwischen schon vertrauten Stelle hinter einer kleinen Baumgruppe und der Hütte. Der Platz lag in der Nähe des alten Flussbetts, und zu meiner Überraschung hörte ich einen Fluss rauschen, der früher am Tag lediglich ein kümmerliches Rinnsal gewesen war. Sie müssen recht haben bezüglich des Regens oben in den Bergen, dachte ich, als ich mich von dem Wasser abwandte und über den Sandboden auf die Ruine zuschritt.

Es war ziemlich dunkel – natürlich, Neumond –, und da ich meine Taschenlampe nicht einschalten wollte, musste ich hin und wieder stehen bleiben, um mich zu vergewissern, dass ich in die richtige Richtung ging. Als ich an der *Fábrica Paraíso* ankam, war alles ruhig. Carlos Montero war, wie Hilda gesagt hatte, nirgendwo zu sehen. An der Tür der Ruine hing immer noch das Vorhängeschloss.

Obschon die Mauern des Gebäudes nicht besonders hoch waren, waren die Tage, in denen ich mich an einer noch so niedrigen Mauer hochziehen und hinüberschwingen konnte, längst vorüber, wenn es sie überhaupt jemals gegeben hatte.

Ich entdeckte, dass direkt an der Wand mehrere leere Holzkisten standen, in der Nähe der Stelle, wo die Mauer dadurch, dass diverse Ziegel heruntergebrochen waren, am niedrigsten war. Als ich meine Taschenlampe ein oder zwei Sekunden aufleuchten ließ, entdeckte ich zahlreiche Fußspuren. Mit ein wenig Mühe stapelte ich die Kisten aufeinander, kletterte hinauf und anschließend auf die Mauer selbst. Auf der anderen Seite waren alte Ziegeln aufgeschichtet, die man wie eine Treppe nutzen konnte, um wieder hinunterzukommen.

Ich schaltete meine Taschenlampe an und schwenkte sie im Innenbereich umher. Er wirkte verlassen: mehrere alte Getränkedosen, ein paar leere Farbeimer und die allgegenwärtigen Styroporkaffeebecher waren alles, was ich erblickte. In der Mitte des Raumes befand sich das große Viereck einer geflochtenen Bambusmatte, in der Art, wie ich sie in der Stadt als Bauzellenumzäunung gesehen hatte. Das Einzige, was mir seltsam vorkam, war, dass sie im Gegensatz zu den übrigen Dingen, die im Raum umherlagen, neu und unbenutzt wirkte.

Nur um sicherzugehen, hob ich eine Ecke der Matte an. Darunter kam etwas Überraschendes zum Vorschein: eine runde Öffnung mit einem Durchmesser von etwa drei Metern, an deren Rand sich eine von Menschenhand gefertigte Treppe befand, die in den Fels gehauen worden war und spiralförmig in die Tiefe führte. Ich richtete meine Lampe in das Loch und sah, dass sich der Abgang etwa acht Meter nach unten wand. Auf dem Boden war ein schwaches Glitzern von Wasser zu erkennen. Es wirkte wie ein natürliches Gebilde, beinahe wie ein Schacht, der in die

Erde führte und in den jemand vor sehr langer Zeit Stufen gehauen hatte.

Ich zögerte einen Augenblick, da ich ein wenig unter Höhenangst leide. Die Stufen waren recht schmal und zur Mitte hin offen, sodass mich ein falscher Tritt in die Tiefe befördert hätte. Dann kam mir Puma in den Sinn. Die Kommune war von diesem Gebäude aus mühelos zu Fuß zu erreichen. War er in seinem Marihuana-Rausch hierhergekommen? Vielleicht gehörten die Fußspuren vor der Mauer ihm, und er war auf dieselbe Weise hereingekommen wie ich. Städte aus Gold, in die man durch Felsspalten gelangt, hatte er geschrieben, der größte Schatz aller Zeiten. Ich steckte die Taschenlampe mit dem Strahl nach unten in meinen Gürtel und begann mit dem Abstieg, nachdem ich die Bambusmatte über meinem Kopf wieder an ihre ursprüngliche Position geschoben hatte.

Nach einer Runde in der Spirale konnte ich nicht länger aufrecht gehen, sondern musste mich auf die Treppe setzen, mich Stufe für Stufe hinablassen und unter den überhängenden Felsvorsprüngen den Kopf einziehen. Am Ende trat ich in die Wasserlache am Boden, die nur ein paar Zentimeter tief war.

Ich befand mich in einer Felskammer, die nicht wesentlich breiter war als der Schacht, durch den ich gekommen war. Sie hatte einen Durchmesser von etwa fünf Metern und war wahrscheinlich auf natürliche Weise aus dem Kalkstein herausgewaschen worden. Zu meiner Rechten befand sich eine Tür; wohin sie führte, war nur schwer vorstellbar. An der Wand zu meiner Linken stand ein Tisch, auf dem sich Verpackungsmaterial und drei Holzkisten türmten, von denen noch keine richtig verschlossen war.

In allen drei Kisten befanden sich reihenweise *cresoles*, kleine Gefäße, die als Grabbeigaben dienten. Alle sahen gleich aus; sie besaßen die Form eines rundlichen Mannes. Soweit ich feststellen konnte, waren sämtliche Gefäße

Nachbildungen, Reproduktionen aus der Werkstatt über mir. Die handwerkliche Ausführung war nicht sonderlich gut. Sie waren vollkommen identisch, alle in der gleichen Form gebrannt worden. Doch warum sollte man sie in einer unterirdischen Kammer verstecken? Meine Idee, dass die authentischen Stücke zusammen mit einer Reihe von Reproduktionen verpackt wurden, hätte bedeutet, dass die Objekte auf den üblichen Kanälen gehandelt wurden und nicht hier unten versteckt werden mussten. Zudem gab es hier einen ziemlich großen Transportwagen, mit dem man die Kisten befördern könnte. Doch wohin würde man sie von hier unten aus bringen? Man benötigte eher einen Kran als einen Wagen, um sie nach oben zu transportieren.

Ich schaute unter die erste Lage aus kleinen Gefäßen und fand eine zweite, die genauso aussah. Ich prüfte die dritte Lage. Mittlerweile wurde es eintönig, endlose Reihen von reproduzierten Keramikgefäßen, die alle nicht besonders außergewöhnlich waren. Hier muss irgendetwas sein, sagte ich zu mir, such weiter. Willkürlich nahm ich aus der unteren Lage eine *cresole* heraus, um sie besser begutachten zu können, drehte sie um und blickte hinein. Eine kleine Plastiktüte, weißes Puder: Kokain. Das musste es sein. In den kleinen Moche-Gefäßen wurde Kokain aus dem Land geschafft. Die Paradies-Fabrik hatte einen treffenderen Namen, als mir jemals in den Sinn gekommen wäre.

Ich öffnete die nächste Kiste und überprüfte die zweite Lage mit Gefäßen – alle waren leer –, dann die dritte Lage. Ich konnte kaum glauben, was ich sah. Goldene Erdnussperlen, Dutzende – einige so groß wie meine Faust –, funkelten im Schein meiner Taschenlampe. Unter ihnen lagen ein goldenes Zepter, eine Brustplatte, ein Rückenschild, ein Nasenschutz – alles aus Gold – und Ohrpflöcke, ganz ähnliche wie der, den ich besessen hatte, aus Gold und Türkisen und anderen Steinen. Ich warf einen Blick auf die

Form des Helms und versuchte mich dessen zu entsinnen, was Steve mir über die Moche-Rituale erzählt hatte. »Es ist der Kriegerpriester«, keuchte ich schließlich. »Sie haben das Grab eines Kriegerpriesters gefunden!«

Bis zur dritten Kiste schaffte ich es nicht mehr. Als ich die Hand nach ihr ausstreckte, meinte ich über mir ein kratzendes Geräusch zu hören, und in der Matte über mir wurden winzige Lichtpunkte sichtbar. Rasch schaltete ich meine Taschenlampe aus und bewegte mich auf die Tür zu, die eigentlich nirgendwo hinführen konnte. Einen anderen Ort, um sich zu verstecken, gab es nicht. Ich hörte, wie die Matte von der Öffnung weggezogen wurde und jemand ächzend die Stufen herunterstieg. Ich griff nach der Türklinke und zog daran. Nichts geschah. Bitte, geh auf, bat ich tonlos. Ich zog noch einmal kräftiger, und sie öffnete sich. Ich trat hindurch und schloss die Tür hinter mir. Ich hatte keine Ahnung, wo ich mich befand, scheute mich jedoch, die Taschenlampe auch nur für eine Sekunde anzuschalten. Ich stand einfach nur da und bibberte, teils aus Furcht, aber auch, weil die Luft kalt und feucht war und unverkennbar nach etwas roch, das zu verwesen begann. Als der Eindringling in das Wasser am Boden trat, hörte ich ein platschendes Geräusch.

Dann ging zu meiner großen Überraschung das Licht an. Das Elektrokabel, dachte ich. Sie haben eine Leitung von der Fabrik bis hierher gelegt, um diesen Ort zu beleuchten. In der Kammer musste sich ein Schalter befinden, den ich nicht gesehen hatte, da es mir niemals in den Sinn gekommen wäre, in einer unterirdischen Kammer nach einem Lichtschalter zu suchen. Ich befand mich in einem langen, von Menschenhand geschaffenen unterirdischen Tunnel. An den Seitenwänden waren Kabel angebracht und hier und da eine schummrige Glühbirne.

Während ich dastand, fühlte ich mich entsetzlich ausgeliefert. Sobald derjenige, der dort draußen war, auf die Idee käme, die Tür zu öffnen, würde er mich sofort entdecken. Ein positiver Aspekt war jedoch, dass ich sehen konnte, wo ich gelandet war, und auch, dass ich nun wusste, wo Carlos Montero gelandet war. Sein zusammengekrümmter Körper war in eine kleine Nische in der Wand gelegt worden.

Ich drehte mich um und lief den Tunnel entlang. Der Boden stieg leicht an, und nach etwa fünfhundert Metern, vielleicht auch mehr, machte er eine Rechtsbiegung, und ich fand mich am Fuß einer Holztreppe wieder, die nach oben führte. Vorsichtig schlich ich bis zur Unterseite einer Falltür hinauf. Ich presste mein Ohr an das Holz und lauschte. Nichts war zu hören. Ich hob die Tür ein paar Zentimeter an. Völlige Dunkelheit umfing mich. Ich öffnete die Klappe ganz, kletterte hinauf und schloss sie wieder hinter mir. Ich befand mich in einer kleinen Hütte, die etwa zwei mal drei Meter groß war und keine Fenster besaß. Hier standen vier weitere Kisten. Ich lauschte an der Tür, hörte jedoch immer noch nichts und schlüpfte hinaus.

Ich brauchte ein oder zwei Sekunden, um mich zu orientieren, doch als sich meine Augen an das Licht gewöhnt hatten, erblickte ich am Horizont die Umrisse der Anden. Hinter der Hütte befand sich ein kleines Gehölz und dahinter vermutlich die *Fábrica Paraíso,* wenngleich ich sie wegen der Bäume nicht sehen konnte. Rechts und links von mir war nichts zu sehen. Ich suchte mir ein Versteck unweit der Hütte und wartete. Etwa fünfzehn Minuten später trat eine dunkle, aber vertraute Gestalt mit der ersten Kiste aus der Hütte. Es war Lucho. Nachdem er die Kisten aufgestapelt hatte, wozu er insgesamt schätzungsweise eine halbe Stunde benötigte, schlurfte Lucho mehrere Meter von der Hütte fort auf das Gebirge zu und ging anschließend parallel zur Bergkette weiter. Dabei hielt er alle paar Meter an und machte etwas, das ich nicht erkennen konnte. Der

Geruch von Benzin stieg mir in die Nase. Nachdem Lucho sich etwa fünfzig Meter von der Hütte entfernt hatte, wandte er sich nach links, ging etwa sechs Meter weiter, wandte sich dann wieder nach links und kehrte zurück. Dann ging er in gleichbleibender Entfernung an der Hütte vorbei und beugte sich dabei erneut in regelmäßigen Abständen vor, bevor er sich wieder auf den Rückweg machte.

Schließlich kehrte er in die Hütte zurück, und ich hörte die Falltür zuschlagen.

Langsam arbeitete ich mich in die Richtung vor, aus der er gekommen war. Nach wie vor war es sehr dunkel, doch ich erblickte zwei gerade Reihen aus weiß gestrichenen Steinen, die sich in beide Richtungen erstreckten. Dazwischen, in regelmäßigen Abständen, entdeckte ich bei näherem Hinsehen alte Farbdosen, in denen benzingetränkte Lappen steckten. Es ist eine Start- und Landebahn, begriff ich, eine illegale Flugzeugpiste. Lucho oder irgendjemand anderes würde den Inhalt der Dosen im richtigen Moment in Brand stecken, und das Flugzeug könnte landen. Der Wüstenboden war hart und eben und die Linie der Steinmarkierungen schnurgerade. Die Moche-Kunstwerke und das Kokain würden heute Nacht verschwinden, im Schutz des Neumonds und mit dem zusätzlichen Vorteil, dass alle Menschen durch die möglicherweise bevorstehenden Überschwemmungen abgelenkt waren. Allein hätte ich auf gar keinen Fall eine Chance, sie aufzuhalten.

Ich ging zum Pick-up zurück, befürchtete jedoch, auf Lucho zu stoßen. Da ich annahm, die Bäume böten einen gewissen Schutz, schlug ich mich in das Gehölz. Zum Teufel mit *Cuidado al arbolado!*, dachte ich. Der kleine Wald bot weit und breit die einzige Deckung. Doch es war auch schwierig, sich fortzubewegen, da die Dornen im Dunkeln ein großes Hindernis darstellten. Sie hemmten mein Vorwärtskommen und störten meinen Orientierungssinn. Kurz bevor ich am Rand des Waldes angelangt war, trat jemand hinter einem Baum hervor und leuchtete mir mit einer Lampe direkt in die Augen.

»Rebecca, Sie sind es!«, rief eine Stimme erstaunt aus.

»Puma«, zischte ich. »Machen Sie die Lampe aus. Wo sind Sie gewesen?« Einen flüchtigen Moment lang konnte ich nachempfinden, wie es sein muss, die Mutter eines Jugendlichen zu sein – eine Woge von Emotionen, zum Teil Erleichterung, zum Teil jedoch Zorn, wenn der Sprössling, den man ernsthaft verletzt oder gar, Gott bewahre, tot in der Mitte einer Straßenkreuzung liegend wähnte, unbekümmert wieder auftaucht.

Ich wollte ihn schütteln und zur Rede stellen, doch ich kam gar nicht dazu.

»Ich habe nach dem Schatz gesucht, wie ich Ihnen geschrieben habe. Kommen Sie, Sie müssen sofort mit mir kommen«, sagte er und zog an meinem Arm.

»Puma, ich kann im Moment nicht. Ich habe Ihren Schatz gesehen. Jetzt muss ich los und Hilfe holen. Warum sind Sie nicht zurück zur Kommune oder zur Hazienda gekommen?«, hörte ich mich fragen.

Er wirkte verärgert. »Weil sie hinter mir her sind, wie ich Ihnen ebenfalls geschrieben habe. Die Spanier. Ich bin noch einmal gekommen, um Sie zu holen, aber einer von ihnen war dort. Daher musste ich mich verstecken. Kommen Sie schnell«, beharrte er und zog grob an meinem Arm. »Es ist wichtig. Es geht um Leben oder Tod!«

»Nicht wieder die Apokalypse!«, erwiderte ich, deutlich gereizt. Nun wollte ich ihn nicht mehr schütteln: Ich hätte ihn am liebsten erwürgt.

»Nein!«, rief er. »Im echten Leben. Jetzt!«

Das ist doch lächerlich, dachte ich. Irgendetwas in seiner Stimme, ein Hauch von Panik möglicherweise, brachte mich jedoch dazu, ihm über den Sand zu folgen, auf eine Ansammlung von kleinen Häusern zu, die nicht weit entfernt lag.

Als wir uns näherten, bedeutete er mir, leise zu sein und in die Hocke zu gehen. Bald darauf schlichen wir über die vordere Terrasse des größten Hauses und stellten uns neben die mit einem Fliegengitter versehene Tür. Aus dem Inneren des Hauses ertönte das schabende Geräusch eines Stuhls, der über den Holzboden gezogen wurde, mehrmaliges Husten, und dann sagte eine barsche Stimme: »Sie sind hier, weil Sie des Mordes an Rolando Guerra angeklagt sind. Was haben Sie zu Ihrer Verteidigung vorzubringen?«

Oh Gott, nein, dachte ich und beugte mich behutsam vor, bis ich gerade eben in den Raum blicken konnte.

Dort stand Steve Neal, sein Gesicht war im Profil zu sehen, seine Hände waren auf den Rücken gebunden. Er antwortete seinem Ankläger nicht. Im hinteren Bereich des Raumes befand sich eine Gruppe aus Frauen und Kindern. Den Sprecher konnte ich nicht sehen. »Gehen Sie«, sagte ich zu Puma, während ich meinen Mund direkt neben sein Ohr hielt. »Holen Sie die Polizei. Hier, die Schlüssel für den Wagen, neben der Schnellstraße«, sagte ich und zeigte auf die Baumgruppe, an der ich das Fahrzeug abgestellt hatte. Puma nickte und schlich sich davon. Ich hoffe, sie glauben ihm, dachte ich, und ich hoffe auch, sie beeilen sich.

»Was haben Sie zu Ihrer Verteidigung vorzubringen?«, fragte die Stimme im Haus schroff. »Schuldig oder nicht schuldig?«

Steve sagte immer noch nichts. Vorsichtig stellte ich mich näher an die Tür heran, um besser sehen zu können. Steve, der bereits etwas abgemagert wirkte und einen Stoppelbart hatte, war von fünf Männern umkreist, die ich alle bei Rolando Guerras Beerdigung gesehen hatte, und keiner von ihnen hatte besonders fröhlich ausgesehen. Der sechste, ein Mann in den Vierzigern, den ich – wie ich mich erinnerte – bei der unangenehmen Konfrontation an der Grabungsstätte gesehen hatte, saß am Tisch: der Richter dieser Scheinverhandlung. Ein kleines Mädchen, Rolandos Tochter, hockte auf dem Boden und spielte lustlos mit einer Puppe.

»Da Sie sich nicht verteidigen, werden Sie für schuldig befunden«, knurrte der Mann. »Das Urteil lautet Tod durch Erhängen. Haben Sie etwas dazu zu sagen?«

»Ja, allerdings«, sagte Steve. Der Richter wirkte überrascht, und ich war nicht sicher, ob wegen Steves perfektem Spanisch oder wegen des Umstandes, dass Steve nun beabsichtigte, sich zu äußern.

»Dann los!« befahl der Mann.

Steve atmete tief ein und begann: »Nicht ich stehe hier vor Gericht, sondern Sie.« Die Männer rutschten aufgebracht auf ihren Stühlen hin und her.

»Ruhe!«, rief der Richter. »Lasst ihn reden.«

Steve hielt einen Moment inne und fuhr dann fort: »Sie leben an einem der unwirtlichsten Orte des ganzen Planeten. Dies ist ein Land, in dem es Erdbeben, Vulkanausbrüche, Überflutungen, Dürren und Krankheiten gibt. Und dennoch«, er machte eine Pause. »Und dennoch wurde auf diesem schmalen Sandstreifen, der zwischen den Bergen und dem Meer liegt, vor etwas mehr als zweitausend Jahren eine großartige Zivilisation geboren.

Den Menschen dieser Region gelang es auf irgendeine Art, die Wasserwege zu kontrollieren und Kanalsysteme zu bauen, die die Wüste erblühen und einen Staat heranwachsen ließen. Sie errichteten Städte, die ihre Macht widerspiegelten, riesige zeremonielle Zentren aus hoch aufragenden Pyramiden, die andere sprachlos vor Bewunderung gemacht haben müssen. Dieses Volk wird heute Moche genannt, nach dem Fluss, der sich südlich von hier befindet, und die Sprache, die seinerzeit gesprochen wurde, Muchik.

In ihren Städten standen die größten Lehmziegelgebäude, die es jemals auf der Erde gegeben hat; sie waren

Ausdruck ihrer Stärke, ihrer weltlichen Macht. Riesige Prunkplätze waren mit erstaunlichen Kunstwerken gesäumt, Fresken, die möglicherweise die gesamte Geschichte des Moche-Volkes auf einer einzigen Wand darstellten. In diesen Städten erlebte die Kunst eine Blütezeit, da die Zivilisation so wohlhabend war, dass die Elite eine Künstlerklasse unterstützen konnte, zu denen die herausragendsten und begabtesten Künstler zählten, die eine Epoche jemals hervorgebracht hat. Die Gesellschaft der Mochika pflegte diverse Rituale, von denen einige äußerst blutig waren, und doch wuchs ihre Kunst über das Blutvergießen hinaus, da sie den Glauben der damaligen Menschen an das Übernatürliche und an die Heiligkeit des Alltäglichen verkörperte. Die Mochika bestatteten ihre Toten mit aufwendigen Zeremonien und großer Sorgfalt. Die Art, wie Menschen ihre Toten behandeln, sagt eine Menge über sie aus«, fuhr Steve fort und blickte dabei jeden einzelnen Mann im Raum vorwurfsvoll an; einige fühlten sich sichtbar unwohl. »Und die Mochika beerdigten sogar diejenigen unter ihnen, die den niedrigsten Stand hatten, feierlich und respektvoll.

Diese Menschen machten dasselbe wie Sie. Sie fischten in den Gewässern vor den Küsten, gingen auf die Hirschjagd, hielten Sportveranstaltungen ab, hatten Zahnschmerzen, führten Krieg.

Woher wir diese Dinge wissen? Wir wissen sie, weil wir in der Lage sind, die bemerkenswerten Kunstwerke zu studieren, die sie zurückgelassen haben. Es sind Tongefäße, die uns die Gesichter dieser Menschen zeigen, Portraits, die wir für ausgesprochen wirklichkeitsgetreu halten. Auf anderen Gefäßen sind Fischer aus dieser alten Zeit abgebildet, die dieselben Schilfboote verwenden, die *caballitos*, die die Fischer vor den hiesigen Küsten auch heute noch benutzen; wir sehen Szenen mit Hirschjagden, rituellen Kämpfen, Opferhandlungen. Wir betrachten ihre Arbeiten, ihre Handwerkskunst und sehen ein großartiges Volk, die Menschen, die Ihre Vorfahren waren.

Ihre Kinder lernen die Geschichten der Eroberer von Spanien, Griechenland und Rom. Sollten sie nicht genauso viel – nein, sollten sie nicht noch mehr über die großen Zivilisationen lernen, von denen sie selbst abstammen? Gewiss sollten sie das.

Doch jedes Mal, wenn Sie eines dieser von den Moche geschaffenen Objekte stehlen und an die *el Hombres* dieser Welt verkaufen, geht Ihnen und dem Rest der Menschheit ein kleines Stück Ihres kulturellen Erbes verloren. Ich weiß, Sie denken, dass es für mich leicht ist, das zu sagen, dass ich in einem schönen Haus in Kalifornien lebe, zwei Autos besitze und Dinge für lebensnotwendig erachte, von denen Sie nur träumen können, dass ich nicht kämpfen muss, um eine Mahlzeit auf den Tisch zu bringen. Sie haben recht, aber ich sage es trotzdem. Sie sind nicht nur Räuber der Toten. Sie berauben Ihre Kinder ihres Erbes. Sie berauben sich Ihres Stolzes.« Er hielt inne. »Das ist alles, was ich zu sagen habe.«

Nicht ein einziges Wort war zu hören, nachdem er geendet hatte. In einigen der Gesichter, die ich sehen konnte, war Verwirrung zu erkennen, in anderen Abwehr. Ich hatte den Eindruck, dass der Ausgang dieser Szene jetzt vollkommen offen war. Dann erhob sich eine ältere Frau mit langen, grauen Haaren und einem braunen Schultertuch. Es war Rolando Guerras Mutter, die Frau, die mit trockenen Augen hinter seinem Sarg hergeschritten war. Sie begann leise zu sprechen, so leise, dass ich mich anstrengen musste, um sie zu verstehen. »Ich habe einen Onkel bei alldem verloren, ich habe einen Mann verloren, und nun«, sagte sie mit stockender Stimme, »habe ich einen Sohn verloren. Hört darauf, was dieser Mann sagt. Wir wissen, warum Rolando gestorben ist. Dieser Mann hat ihn nicht getötet. Rolando hat sich selbst umgebracht. Das alles muss ein

Ende haben. Ihr sagt, ihr macht es, ihr plündert die Gräber, um euren Familien ein besseres Leben zu ermöglichen. Aber eure Kinder und eure Frauen möchten, dass ihr bei ihnen bleibt.« Die anderen Frauen nickten, die älteren Kinder blickten ernst vor sich hin, und die jüngeren wurden still, möglicherweise weil sie spürten, dass etwas Bedeutsames vor sich ging.

»Das Leben meines Sohnes wäre mir wichtiger als das gesamte Gold von Peru«, sagte sie, nun mit Tränen in den Augen. »Wir werden auch ohne das Gold überleben. Hört um Himmels willen auf damit.«

Immer noch schwiegen alle. Ich öffnete die Fliegengittertür, betrat den Raum und sagte: »*El Hombre* schmuggelt nicht nur Antiquitäten. Er handelt auch mit Drogen. Mit einem solchen Menschen machen Sie Geschäfte. Und heute Nacht lässt er von einer Sandpiste, die hinter dem Wald liegt, Kokain und den Inhalt eines Mochekrieger-Grabes aus Peru herausfliegen. Wo soll das hinführen?«

DER ENTHAUPTER

18

Sie hörten uns nicht kommen; das Geräusch der Pick-ups wurde vom Lärm des landenden Flugzeugs übertönt. Vier Fahrzeuge, am Steuer saß jeweils einer der Guerras, holperten um das Waldstück herum über den Wüstensand, manche auf einer abgenutzten Straße, andere querfeldein. Während wir vorwärtsstürmten, um die Schmuggler abzufangen, setzten die lange erwarteten Regenfälle ein. In der staubtrockenen Erde bildeten die ersten Tropfen winzige Krater. Ich saß mit Steve im ersten Wagen, um den Weg zu weisen. Vor uns leuchteten in zwei geraden Reihen kleine Flammen, und eine bereits dicht über dem Boden fliegende Maschine setzte mit einem dumpfen Geräusch auf der Landebahn auf und blieb kurz darauf vor der Hütte stehen.

Im Licht der brennenden Farbdosen waren die Umrisse von vier Menschen zu erkennen; ihre Schatten tanzten vor den Wänden der Hütte auf und ab. Hinter ihnen ragten die Anden auf, unerbittlich und unerschütterlich. Einer der Männer hatte uns von Weitem erblickt und rannte auf das Flugzeug zu. Binnen Sekunden hörten wir die Motoren aufheulen, und das Flugzeug begann zu beben, als er es startklar machte. Ein weiterer – es war Lucho, dessen war ich nahezu sicher – verschwand in der Hütte neben der Landebahn.

»Schneidet ihm den Weg ab!«, brüllte Steve, während er aus dem führenden Wagen sprang und mit den Armen Richtung Landebahn wedelte. »Lasst ihn nicht abheben!« Die Guerras brachten ihre verbeulten alten Fahrzeuge in Position. Doch als der Pilot sie erblickte, wendete er das

Flugzeug und rollte die Landebahn in der Richtung entlang, aus der er gekommen war. Die Räder unseres Pick-ups, der vom jüngsten Guerra-Bruder, Régulo, gesteuert wurde, drehten durch, als er ihn in dem sinnlosen Versuch, das entkommende Flugzeug zu stoppen, über den Sand quälte.

Der Pilot löste die Bremsen, und das Flugzeug begann davonzurasen. Plötzlich, die Maschine schien kurz davor zu sein, die Startgeschwindigkeit zu erreichen, raste der graue Nissan mit Hilda am Steuer quer über die Landebahn und schlingerte genau darauf zu. Als sich die Autotür öffnete und Hilda versuchte herauszuklettern, hätte ich vor lauter Angst um sie beinahe laut aufgeschrien. Offensichtlich war sie in Panik und konnte sich nicht schnell genug bewegen. Ich dachte, sie würde mit großer Sicherheit ihr Leben lassen.

Im letzten Moment wich der Pilot dem Auto aus und verlor auf der Landebahn, die von den ersten Regentropfen bereits glitschig war, die Kontrolle über das Flugzeug. Es krachte in die kleine Hütte hinein, fegte sie von ihrem Fundament herunter und tauchte in den Wald ein. Im Gestrüpp der Dornenbäume kam es zum Stehen, einer der Motoren heulte immer noch mit voller Kraft vor sich hin. Régulo Guerra steuerte den Pick-up von der Piste herunter und auf das Flugzeug zu, und Steve zog einen benommenen Piloten aus dem Cockpit. Manco Cápac machte einen schwachen Versuch davonzulaufen, sank jedoch wenige Meter vom Flugzeug entfernt auf die Knie nieder.

Die Guerras schrien laut auf. Ich wandte mich um und sah, dass Laforets goldener Mercedes im Kreis herumfuhr. Er war im Sand ins Schleudern geraten und steuerte nun wieder auf die Straße zu. Carla Cervantes, die nun allein und sich selbst überlassen war, versuchte zunächst, dem davonfahrenden Auto hinterherzulaufen, und rannte anschließend in den Wald; einer der Guerras blieb ihr dicht auf den Fersen. Hilda war dem Mercedes hinterhergefahren, dachte ich. Sie war hier, weil sie Laforet aus der Stadt gefolgt war. Doch er würde wieder davonkommen, genau wie immer.

Der Motor des Nissans lief noch, als ich hineinkletterte. Ich legte den Gang ein und folgte Laforet. Inzwischen hatte er einen ordentlichen Vorsprung, aber ich fuhr weiter und wollte wenigstens in Sichtweite bleiben, bis Hilfe käme. Er lenkte den Wagen auf die unbefestigte Straße zwischen dem Fluss und dem Bewässerungskanal und raste in hohem Tempo weiter. Von seinen Rädern spritzte Wasser, während er vor mir her fuhr. Wasser!, dachte ich. Woher kommt das denn? Doch schon bald wurde es mir klar. Der Fluss, der von dem Regen in den Bergen angeschwollen war, trat über seine Ufer. Das Wasser ließ die Straße glitschig und tückisch werden, doch Laforet bremste nur unmerklich ab. Ich wusste, dass ich ihn niemals einholen würde, wenn er es bis zur Panamericana schaffte.

Wir hatten sie beinahe erreicht. In der Ferne konnte ich rechter Hand bereits die Lichter von *Paraíso* sehen. Nun musste Laforet sich entscheiden. Der kürzeste Weg würde nach rechts über eine Sandpiste führen, die nur wenige Meter breit war, dann quer über das freie Gelände vor der *Fábrica Paraíso* und von dort aus direkt auf die Schnellstraße. Die andere Möglichkeit war, auf der befestigten Fahrbahn zu bleiben, sich links zu halten, den Fluss auf einer kleinen Brücke zu überqueren und auf die Schnellstraße nach Süden zu fahren.

Ich versuchte vorherzusehen, was Laforet tun würde. Der kürzere Weg war verlockend, doch es war riskant, weil er im Sand stecken bleiben könnte. Vom Pick-up aus hatte ich einen besseren Überblick als er und sah, dass die Strecke über *Paraíso* keine gute Wahl für ihn wäre. Auf dem Parkplatz war ein blinkendes Blaulicht zu erkennen, das auf irgendein offizielles Einsatzfahrzeug hindeutete. Vielleicht hatte Puma die Polizei geholt.

Ich mutmaßte, dass er nach links fahren würde, und obgleich ich immer noch ein gutes Stück hinter ihm war, versuchte ich, ihn einzuholen, um ihm an der Brücke den Weg abzuschneiden. Laforet bog nach rechts ab, doch als er das Blaulicht erblickte, legte er den Rückwärtsgang ein und fuhr anschließend Richtung Fluss. Als er über den kleinen Hügel fuhr und auf die Brücke zusteuerte, war ich ihm dicht auf den Fersen. Die Brücke, die einst hoch und trocken über einem staubigen Flussbett gelegen hatte, war nun mit einem dünnen Wasserfilm überzogen, und die Straße, die zu ihr führte, war recht glitschig; auf dem Schlamm fühlte es sich an, als fahre man auf blankem Eis. Ich schaltete auf Vierradantrieb um, spürte jedoch, wie die Reifen die Bodenhaftung verloren, als ich die Anhöhe ein wenig zu schnell erklomm.

Vor mir begann Laforets Wagen zu rutschen. Er schaffte es bis auf die Brücke, schlitterte jedoch inzwischen seitwärts. In einem großen Bogen fuhr das Auto mit der Breitseite gegen das hölzerne Geländer. Ein oder zwei Sekunden lang schwankte der Mercedes auf der Kante – ich hielt den Atem an, und Laforet vermutlich auch –, dann gab das Geländer mit einem Geräusch, das eher nach einem Ächzen als nach einem Krachen klang, nach, und der Wagen stürzte mehrere Meter tief in den reißenden Fluss. Hektisch trat ich mehrmals auf die Bremse, aber es war zu spät. Auch ich verlor die Kontrolle, und der Pick-up rutschte die Uferböschung hinunter – allerdings langsamer als Laforet –, verfehlte die Brücke und blieb mit der Front nach unten am überspülten Flussufer stehen. Der Wagen stand immer noch aufrecht, doch über die Motorhaube rauschte das Wasser. Laforet konnte ich nicht sehen.

Ich bemühte mich, die Fahrertür zu öffnen, doch sie ließ sich nicht bewegen, weil der Wasserdruck zu groß war. Inzwischen schwankte und ächzte der Pick-up und begann langsam, sich flussabwärts zu neigen. Ich wusste, wenn ich in dem Wagen bliebe, wäre das mein Ende, da er entweder umgekippt oder fortgerissen würde. Mit einiger Mühe schob ich mich über den Vordersitz und drückte so fest ich konnte gegen die Beifahrertür. Sie gab nach, und ich fiel in die Fluten. Ich bin eine gute Schwimmerin, aber die Strömung war so stark, dass ich gerade eben meinen Kopf über der Oberfläche halten konnte. Ich kämpfte gegen den Fluss an, war jedoch binnen Sekunden am Ende meiner Kräfte. Schließlich ließ ich mich einfach treiben und rang nach Luft, während ich davongeschwemmt wurde.

Viele Meter flussabwärts prallte ich auf einen großen Gegenstand und tastete nach einer Stelle, an der ich mich festhalten konnte. Ich brauchte einen Moment, um zu begreifen, dass ich von dem Mercedes abgebremst worden war, der seinerseits an einem dicken Ast hängen geblieben war, der vom Ufer aus in den Fluss ragte. Ich sah das leblose Gesicht von Etienne Laforet – oder zumindest meinte ich es in der Dunkelheit zu sehen. Seine Haare schwammen nach oben, seine verstümmelte Hand war gegen das Glas gepresst, und seine weit aufgerissenen Augen starrten mich durch die Windschutzscheibe an. Ich packte den Türgriff, hielt mich fest und schrie um Hilfe, wenngleich mir klar war, dass es hoffnungslos war. Niemand würde mich hören. Obwohl ich nur ein oder zwei Meter vom Grund entfernt war, wusste ich, dass ich es niemals schaffen würde, dass ich fortgerissen würde, sobald ich den Türgriff losließ und versuchte, die Uferböschung zu erreichen.

Gerade als ich spürte, wie die letzte Kraft aus meinen Fingern und Armen wich, tauchte über mir am Ufer eine dunkle Gestalt auf. Es war Cesar Montero. Er musste sich in der *Fábrica Paraíso* aufgehalten und das Krachen des Brückengeländers gehört haben, als es nachgegeben hatte. Das ist mein Ende, dachte ich. Er wird einfach fortgehen und mich hierlassen, und der Fluss wird den Rest erledigen. Niemand wird es erfahren. Er verschwand, wie ich vermutet hatte, tauchte jedoch wenige Sekunden später wieder mit einem langen Stab auf.

»Greifen Sie nach dem Stock«, brüllte er mir entgegen.

War das ein Trick? Würde er den Stock dazu benutzen, mich vom Auto fort und in den reißenden Strom zu stoßen? Ich spürte, wie der Mercedes bebte; gleich würde er erneut von der Strömung mitgerissen werden. Sollte ich auf Montero setzen oder auf den Wagen?

In meinem überhitzten Gehirn sah ich Inés – in den Kleidern, die sie an jenem Tag getragen hatte, als ich sie zum ersten Mal gesehen hatte – etwa einen Meter über dem Mercedes in der Luft schweben. »Was soll ich tun?«, schrie ich ihr zu.

Sie zeigte auf den Stock. »Greifen Sie danach«, sagte sie.

Ich nahm die rechte Hand vom Türgriff und packte den Stock.

»Gut«, brüllte Montero. »Jetzt die andere.«

Der Wagen begann sich wieder in Bewegung zu setzen. Ich hatte keine Wahl. Ich nahm auch die linke Hand vom Türgriff und umklammerte den Stock. Der Mercedes kippte zur Seite und trieb erneut flussabwärts.

Ich spürte, wie Cesar den Stock etappenweise zu sich hinaufzog. Dann packten mich seine Arme und zerrten mich heraus.

Die schlimmsten Regenfälle setzten erst ein, nachdem Manco Cápac bibbernd, aber lebendig und sogar relativ unversehrt in Fesseln abgeführt worden war. Die Guerras holten Carla, die bereits übel von den Dornen zerkratzt war, nach wenigen Metern im Wald ein. Bei Lucho dauerte es ein wenig länger. Es war ihm gelungen, in den Tunnel zu gelangen, bevor das Flugzeug in die Hütte gerast war, und anschließend saß er in der Kammer unter der spiralförmigen Treppe fest. Da die Guerras den Ausgang an der Landebahn bewachten und mutige Leute aus Campina Vieja oben an der Treppe warteten, war es nur eine Frage der Zeit, bis er sich geschlagen gab.

Wir konnten nicht innehalten, um uns auszuruhen und darüber nachzugrübeln, was geschehen war und welche furchtbaren Dinge möglicherweise verhindert worden waren. Gegen drei Uhr am nächsten Morgen kam der Regen in wahren Sturzfluten herab. Der Pan-American Highway war überflutet, die Bewässerungskanäle, die von dem Regen in den Bergen bereits randvoll gewesen waren, ergossen ihre Wassermassen nun über das Land und bedeckten es wie ein Bettlaken. Die Bundespolizei ging von Tür zu Tür und forderte alle auf, ihre Häuser zu verlassen. Ein unentwegter Strom von PKWs, Transportern und Motorrädern fuhr Richtung Süden, um dort Schutz zu suchen.

Es blieb keine Zeit, um sich um das Grab des Moche-Kriegers zu kümmern, und leider auch keine, um sich um Montero zu kümmern, weshalb die Polizisten die Holzkisten wieder in ihr ursprüngliches unterirdisches Versteck brachten, die Falltür an dem Ende des Tunnels versiegelten, das an der Landebahn gelegen war, das kleine Haus verschlossen und einen Beamten an der Tür postierten.

»Ich gehe nicht weg. Wir müssen die Grabungsstätte retten«, sagte Steve. »Jeder, der aufbrechen will, kann das tun.« Keiner von uns rührte sich.

»Dann alle Mann an die Arbeit!«, schrie er, und wir fuhren nach Cerro de las Ruinas: Ralph, Tracey, Hilda, Pablo, die Studenten, Puma, die Guerras und alle Arbeiter, die wir auftreiben konnten. Steve beaufsichtigte uns von der Spitze der Huaca aus, Hilda im unteren Bereich. Es war eine anstrengende und kräftezehrende Plackerei. Ich war physisch und psychisch so erschöpft, dass ich keine große Hilfe war, aber ich tat, was ich konnte. Die Guerras brachten riesige Plastikfolien herbei, um die *vigas* so gut wie möglich abzudecken. Während wir im Dunkeln immer wieder auf dem glitschigen Boden ausrutschten und wegglitten, schaufelten wir den Aushub, der sich inzwischen in Schlamm verwandelt hatte, zurück auf die Grabungen. Ich hatte das unangenehme Gefühl, dass es noch irgendetwas Unerledigtes gab, etwas, worüber ich nachdenken sollte, aber ich hatte keine Zeit.

Kurz vor dem Morgengrauen wurde ich zurück zur Hazienda geschickt, um sämtliche Decken und Jacken zu holen, die ich finden konnte. Die Straße war so gut wie verschwunden. Als ich an der Kommune vorbeifuhr, beobachtete ich, wie eine der kleinen Hütten auf einem Schlammkissen mehrere Meter Richtung Meer trieb. Vollkommen durchnässt zogen die Bewohner der Kommune mit ihren erbärmlichen kleinen Bündeln aus weltlichen Habseligkeiten aus.

Die Hazienda war verlassen, als ich dort ankam, und wie vorherzusehen war wegen des Unwetters der Strom ausgefallen. Ich stand eine Weile im Eingang und fürchtete mich fast davor einzutreten. Ich hörte, wie sich in nicht allzu weiter Ferne die Wellen an den Dünen brachen, und bildete mir ein geisterhaftes Flüstern ein, als der Regen in Strömen über den Innenhof fegte. In unregelmäßigen Abständen knallten die Fensterläden gegen die Wände.

Entschlossen holte ich eine Taschenlampe aus dem Pickup, kämpfte mich über den Innenhof, der nun unter Wasser stand, und lief die Stufen hinauf. Überall tropfte es. Da ich nur noch von hier weg wollte, schnappte ich mir so schnell ich konnte meinen Pullover, meine Regenjacke und meine Bettdecke; anschließend ging ich in Traceys Zimmer. Sie hatte mir aufgetragen, alles mitzunehmen, von dem ich glaubte, dass wir es brauchen könnten, und nachdem ich die Taschenlampe auf die Kommode gelegt hatte, durchstöberte ich ihren Schrank und warf mehrere Jacken und Pullover auf das Bett. Ich sammelte alles auf – meine Arme schmerzten nach all den Geschehnissen – und wandte mich zum Gehen.

Normalerweise lese ich die Post von anderen Menschen nicht, aber etwas fiel mir ins Auge.

Hallo, meine liebe Tracey, begann der Brief. *Es war wie üblich wunderbar, gestern von Dir zu hören. Du scheinst so nette Freunde kennenzulernen, und Deine Arbeit klingt wirklich faszinierend. Von Eurer Entdeckung der Huaca zu hören und von der Möglichkeit, dass es dort ein Grab geben könnte, war sehr aufregend. Wir haben das Gefühl, dass wir jeden Deiner Schritte dort begleiten. Unfassbar, wenn ich daran denke, dass Deine langweilige alte Mutter meinte, Du solltest Krankenschwester werden. (Nur ein Scherz, mein Schatz. Mir wäre niemals in den Sinn gekommen, dass Du Krankenschwester werden würdest!)*

Kauf Dir von dem Geld etwas Schönes, und ruf uns an, wenn Du etwas brauchst.

Auch von Ted soll ich Dich herzlich grüßen. Wir vermissen Dich. Alles Liebe, Mom

Der Brief war vollkommen harmlos und wirklich reizend, abgesehen von einer Sache: die Worte, die in silberner Schrift quer über das weiße Leinenpapier gedruckt waren. Mr und Mrs E. G. Edwards.

Natürlich war es nicht Dougall, dachte ich, Traceys Nachname. Ted war Traceys Stiefvater. Ted Edwards, einer jener Namen, bei denen der Vor- und der Nachname ähnlich klingen, wie bei Ken Kennedy oder Tom Thompson. Ted Edwards, Ed Edwards, oder war es Edmund Edwards? Im Bruchteil einer Sekunde wurde mir klar, dass ich eine tödliche Vorahnung hatte. Traceys Stiefvater, dessen war ich mir plötzlich absolut sicher, war Edmund Edwards von *Ancient Ways* in New York. Edmund Edwards lebte. Er war nicht der alte Mann in der New Yorker Galerie, wie ich angenommen hatte.

Er war der Inhaber, der Empfänger der gestohlenen Antiquitäten. Vielleicht war er sogar der Drahtzieher der ganzen Geschichte.

Ich hatte meine Visitenkarte in der Galerie gelassen, also kannte er meinen Namen. Doch er hatte ihn schon gekannt, bevor ich nach New York gekommen war. Er kannte mich als die Frau, die seine präkolumbischen Antiquitäten bei *Molesworth & Cox* gekauft hatte, die sie ihm direkt vor der Nase weggeschnappt hatte oder besser gesagt vor den aufmerksamen Augen seines Handlangers, Spinne. Noch wusste er möglicherweise nicht, dass ich jetzt Rebecca MacCrimmon war, aber es war nur eine Frage der Zeit. Seine Stieftochter würde es ihm verraten, sobald die beiden sich über das Ganze austauschten und sie meinen richtigen Namen kannte. Und er würde nicht, nein, er konnte nicht ruhen, bis ich tot wäre.

Ich eilte aus der Hazienda und fuhr zur Grabungsstätte zurück. Ich ließ den Motor laufen, sprang vom Pick-up herunter und brüllte zu Steve hinauf: »Wo ist Tracey?«

Steve blickte auf mich hinunter. »Keine Ahnung. Es ist mir auch egal.« Er schenkte mir ein müdes Lächeln.

Mir war es jedoch nicht egal. Und mir kam nur ein Ort in den Sinn, an dem sie sich befinden konnte.

Der Polizist lag neben der Tür der Ruine; er war mindestens bewusstlos und wahrscheinlich sogar tot. Das Vorhängeschloss war verschwunden. Vorsichtig schob ich die Tür auf und blickte ins Innere. Durch die Ritzen in der Matte über der Treppe schimmerte ein wenig Licht.

So leise wie möglich schlich ich die Stufen hinunter. Auf dem Tisch waren die funkelnden Schätze des Moche-Kriegers ausgebreitet. Sie mussten aus purem Gold sein, dachte ich, und aus unlegiertem Gold, da es kein bisschen angelaufen war.

Sie waren unbezahlbar, ein Vermögen wert. Tracey war gerade dabei, die goldenen Schätze so schnell sie konnte in einen großen Sack zu stopfen.

Als ich in die Wasserlache am Fuß der Treppe trat, wandte sie sich um und blickte mich an.

»Rebecca!«, rief sie. »Ich bin so froh, dass Sie hier sind. Ich bin hergekommen, um sicherzugehen, dass alles in Ordnung ist, und die Wache war tot! Sie müssen mir helfen, den Schatz herauszubringen, bevor ihn jemand stiehlt.«

Du liebe Güte, sie war wirklich gerissen, und ausgesprochen überzeugend. Noch vor einer Stunde hätte ich ihr geglaubt. »Ich helfe Ihnen«, sagte ich. »Ich halte den Sack, und Sie packen die Sachen hinein.« Wenn es um Hinterlist geht, kann ich es mit jedem aufnehmen, möchte ich behaupten.

Sie zögerte einen Moment, reichte mir dann jedoch den Sack, hielt ihn allerdings immer noch mit einer Hand fest. Ich fragte mich, was sie tun würde, sobald der Sack voll wäre. Ich brauchte nicht lange zu warten. Nachdem Tracey den letzten goldenen Gegenstand eingepackt hatte, griff sie in ihre Handtasche und ließ den Beutel mit den Goldschätzen für eine Sekunde los. Sie sucht die Pistole, dachte ich, die vermisste Pistole. Jetzt oder nie. Ich griff nach der Tasche und schlug sie ihr so fest ich konnte auf die Hand. Daraufhin sah ich die Waffe in hohem Bogen davonfliegen und mit einem Platschen ins Wasser fallen.

Nun hielten wir den Sack jeder mit beiden Händen fest und zogen und zerrten daran wie zwei kleine Kinder, die um ein Spielzeug kämpfen. Plötzlich zog Tracey mit voller Kraft, und ich ließ los. Sie stolperte rückwärts, stieß mit der Schulter gegen die Felswand der Kammer und lockerte den Griff ebenfalls. Der Sack öffnete sich, und sein Inhalt verteilte sich auf dem Boden der Kammer. Ohrpflöcke, Halsketten, goldene und silberne Erdnüsse, Rückenschilder, goldene Brustplatten und Perlen in Form von Spinnen plumpsten in die Lache hinein. Die goldenen Glöckchen rasselten, während sie fielen. Das sich kräuselnde Wasser verwischte die Umrisse der Goldgegenstände und ließ sie aufblitzen.

Tracey kreischte, beugte sich vor und begann wie ein weiblicher Midas gierig nach dem Gold zu greifen. Ich packte sie am Kragen und zerrte sie die wenigen Meter zu der Tür, die in den Tunnel führte. Tracey wehrte sich, doch ich wusste, dass ich um mein Leben kämpfte. Ich stieß sie in den Tunnel hinein und schlug die Tür zu. Ich hörte Tracy noch nach Luft ringen, vermutlich weil sie Carlos Montero erblickt hatte. Es verschaffte mir die Zeit, die ich benötigte, um den Tisch das kurze Stück zur Tür zu schieben. Ich stapelte die Holzkisten auf den Tisch, stellte eine darunter und beobachtete, wie Tracey verzweifelt versuchte, die Tür aufzuschieben. Es würde ihr guttun, mit einem der Opfer ihres kleinen raffinierten Plans eingekerkert zu sein, dachte ich. Nachdem sie sich wenige Augenblicke lang bemüht hatte, hielt sie jedoch inne. Ich hörte, wie ihre Schritte verhallten. Sie ging auf das andere Ende des Tunnels zu. Möglicherweise hatte sie dafür gesorgt, dass die Falltür offen war, bevor sie die Stufen hinuntergestiegen war. Vielleicht hatte sie von Anfang an beabsichtigt, auf diesem Weg hinauszugelangen, und war zuerst dorthin gegangen, um das Siegel aufzubrechen.

Ich ächzte die spiralförmige Treppe hinauf und lief zum anderen Ende des Tunnels, um ihr den Weg abzuschneiden. Der Tag zog fast schon auf, im Osten war bereits ein Lichtstreifen zu erkennen. Der kürzeste Weg zur Falltür führte durch den *algarrobal,* und ich betrat ihn, ohne auch nur eine Sekunde an die Gefahr zu denken.

In dem Wald war es noch dunkel, da die graue frühe Morgendämmerung noch nicht durch die Baumwipfel drang. Während ich weiterlief, richtete ich meinen Blick auf das Licht am Ende des Gehölzes und versuchte dabei, nicht in die Dornen zu treten oder an ihnen entlangzustreifen. Der Wald war totenstill; die einzigen Geräusche waren das Prasseln des Regens und mein keuchender Atem, der mir in den Ohren dröhnte, während ich mich weiterkämpfte.

Es hätte mir klar sein müssen, dass noch jemand anderes hier war. Traceys Aufschrei beim Anblick der Leiche von Carlos Montero hätte mir verraten müssen, dass nicht sie es gewesen war, die ihn dorthin gelegt hatte. Doch ich war zu erschöpft, um nachzudenken. Ich hörte die schnellen Schritte erst, als es zu spät war. Ich spürte, wie jemand blitzschnell seine Hände über meinen Kopf warf und mir einen Riemen um den Hals legte. Nach Luft ringend, griff ich danach und versuchte, ihn von meiner Kehle wegzuzerren. Schon wurde es schwarz um mich herum, und in meinen Ohren ertönte ein schrilles Klingeln. Ein lauter Knall hallte in meinem Kopf wider, aber ich konnte nicht beurteilen, ob er aus meinem Inneren oder von außen kam.

Genauso plötzlich, wie der Gurt sich festgezogen hatte, lockerte er sich wieder, und der Mann, den ich nur als Spinne kannte, schlug auf dem Waldboden auf.

Jorge Cervantes, der Bruder von Eidechse, ein dunkler Racheengel, stand im *algarrobal,* umrahmt vom Licht der aufsteigenden Morgendämmerung. Langsam senkte er seine Pistole. »Ruhe in Frieden, Ramón«, flüsterte er. »Möge der Herr bei dir sein.«

Epilog

Ich bin eine absolute Befürworterin des Rechts auf ein faires Gerichtsverfahren, in dem so lange von der Unschuld des Angeklagten ausgegangen wird, bis seine Schuld bewiesen ist. Auch wenn ich mir darüber im Klaren bin, dass meine Handlungen gelegentlich meine Worte Lügen strafen, denke ich nicht, dass die Menschen das Gesetz selbst in die Hand nehmen sollten. Ich bin davon überzeugt, dass man sich andernfalls auf einen abschüssigen Pfad begibt, der im urzeitlichen Sumpf der Anarchie endet. Dennoch räume ich zwei Dinge ein: Erstens glaube ich, dass Etienne Laforet und der zu mietende Psychopath Spinne, dessen richtiger Name – ein Ironiestreich von kosmischen Ausmaßen – Angel lautete, Angel Fuentes, genau das bekamen, was sie verdienten. Zweitens gebe ich zu, dass das Rechtssystem, an das ich so fest glaube, hinsichtlich der Anwendung meine Erwartungen von Zeit zu Zeit nicht ganz erfüllt.

Erst am nächsten Tag wurde der Mercedes geborgen. Er war weiter flussabwärts stecken geblieben, kurz vor der Hazienda, und Laforet war tot, hinter dem Steuer ertrunken. Der Mann, der immer davongekommen war, hatte es diesmal nicht ganz geschafft.

Wenige Tage später veranstaltete die Polizei in mehreren Ländern gleichzeitig eine Razzia bei *Ancient Ways* und allen mit dem Unternehmen Edmund Edwards' assoziierten Galerien, einschließlich derjenigen von Laforet. Man stellte über fünfhundert Antiquitäten sicher, die illegal erworben worden waren. Eine war ein *florero,* um dessen Rand sich Schlangen wanden. Die Galeriebesitzer behaupten im

Großen und Ganzen, sie hätten nichts von all dem gewusst, und der Rechtsstreit, bei dem die Eigentumsrechte an den Artefakten geklärt werden soll, wird zweifelsohne noch Jahre dauern. Man kann nur hoffen, dass Peru eines Tages zumindest einiges davon zurückerhält.

In China, so hörte ich, werden Plünderer von Altertümern bisweilen hingerichtet. Nicht, dass ich das befürworte, gewiss nicht, aber ich muss immer wieder daran denken, wenn ich Edmund Edwards' Gerichtsmarathon verfolge.

Edwards und seine Stieftochter werden von einem jener schrillen, teuren Anwälte verteidigt, die man mit sehr viel Geld kaufen kann. Edwards wird des einzigen Verbrechens beschuldigt, von dem die Polizei glaubt, dass es ihm nachgewiesen werden kann: beim Zoll nicht den echten Wert der Sendungen angegeben zu haben. Die Unzulänglichkeit der Gesetze, die Plündereien und illegalen Handel mit Artefakten verhindern sollten, verschlägt mir die Sprache: Die Schwierigkeit besteht darin, so habe ich erfahren, dass sich das Verbrechen im Ausland und nicht in den USA selbst ereignete und dass Edwards nach US-amerikanischem Recht nur für die Verbrechen zur Verantwortung gezogen werden kann, die er in den USA begangen hat. Falls er verurteilt wird, wird ihm eine Geldstrafe auferlegt, und er muss möglicherweise für kurze Zeit ins Gefängnis, doch damit widerfährt ihm meiner Meinung nach nicht annähernd Gerechtigkeit. Ich vermute jedoch, dass sein Ruf in den gesellschaftlichen Kreisen, in denen er verkehrt, ernsthaft beschädigt ist. Das könnte die einzige Strafe sein, die ihm wirklich etwas ausmachen würde.

Tracey behauptet weiterhin, sie hätte versucht, die Moche-Schätze zu retten und nicht zu stehlen – ein Einwand, der mir ein wenig problematisch erscheint, wenn der eigene Stiefvater vor Gericht steht, weil er in die Sache verwickelt ist. Es bleibt abzuwarten, wie es mit ihrem faszinierenden Lebensstil weitergehen wird.

Bis jetzt war die Polizei nicht in der Lage, Edwards eine Verbindung zu dem Mord seines Angestellten bei *Ancient Ways* nachzuweisen, einem alten Mann namens Stanislaw Wozzeck. Ich bin sicher, dass in Wirklichkeit Spinne die Tat begangen hat, doch nach meinem persönlichen Gerechtigkeitsempfinden haben sie alle Schuld an seinem Tod. Der Mord an A. J. Smythson in Toronto wird angesichts der inzwischen bekannt gewordenen Sachverhalte erneut aufgerollt. Lucho, der nicht im Entferntesten so einfältig ist, wie er zu sein schien, wurde des Mordes an seinem Onkel angeklagt. Wir glauben, dass Carlos Montero dem Elektrokabel bis zu der Treppe folgte und entdeckte, was sein Neffe im Schilde führte. Dafür musste er sterben.

Ich bin offensichtlich nicht die Erste, die auf eine Verbindung zwischen dem Drogenschmuggel und dem von Kunstschätzen stieß. Beide Dinge erfordern List, einsame Landebahnen und absolut skrupellose Menschen, angefangen bei den Zollagenten bis hin zu den Leuten mit den niederen Aufgaben. Manco Cápac hatte die Kommune als Tarnung für seine illegalen Geschäfte benutzt und einmal im Monat, bei Neumond, wenn die Nacht am dunkelsten ist, Drogentransporte organisiert. Er hatte mit dem Kauf von Antiquitäten begonnen, um sich gegen Flauten abzusichern, die drohen, wenn mehrere Regierungen gleichzeitig hart gegen Drogenhändler vorgehen und er sich eine Weile ruhig verhalten musste. Auf diese Weise kam er in Kontakt mit Laforet, dessen Geschäfte zuerst wegen des Verlusts von drei präkolumbischen Objekten vorübergehend einbrachen und später wegen einer Störung seiner bevorzugten Schmuggelmethode, die sich aus einem Gesinnungswandel eines Zollagenten namens Ramón Cervantes ergab. Eine unheilige Allianz war geboren.

Manco Cápacs echter Name – und ich habe mich seitdem schon häufig gefragt, warum so viele von uns sich hinter

Decknamen versteckten – ist James Harrington, und seine diversen Aktivitäten werden ihn für sehr lange Zeit in ein peruanisches Gefängnis bringen, dessen Haftbedingungen ich mir ausmalen kann.

Jorge Cervantes hat sich als wahre Goldgrube für Informationen erwiesen. Er erzählte den Behörden, Carla hätte Ramón dazu überredet – um ihren Kindern eine sichere Zukunft bieten zu können –, unterschriebene und gestempelte, aber ansonsten leere Zolldokumente an Laforet zu schicken, die natürlich dazu genutzt wurden, spezielle Sendungen aus der *Fábrica des Artesanias Paraíso* aus dem Land zu schaffen, und wegzuschauen, wenn die entsprechenden Lieferungen durch den Zoll kämen. Lucho fügte *Paraísos* vollkommen legalen Lieferungen gelegentlich ein oder zwei Holzkisten hinzu und verwendete die gestohlenen Formulare, um die zusätzlichen Sendungen nahtlos einzufügen.

Jorge sagt, Ramón, den ich nie mehr Eidechse nennen werde, hätte irgendwie herausgefunden, dass es auch um Drogen ginge, etwa zur selben Zeit seine Frau mit seinem Bruder erwischt und den Entschluss gefasst, alles in Ordnung zu bringen. Die Polizei glaubt, dass Stanislaw Wozzeck, der alte Mann bei *Ancient Ways,* ihn darüber informiert habe, dass in Toronto drei der Moche-Artefakte versteigert werden sollten. Ramón nahm sein ganzes Geld und wollte versuchen, die Gegenstände zurückzukaufen und sie wieder nach Peru zu bringen. Als er sie bei der Versteigerung nicht bekam, versuchte er in seiner Verzweiflung, sie aus meinem Geschäft zu stehlen. Eine derartige Illoyalität gegenüber dem Auftraggeber wird bei einem solchen Komplott nicht toleriert, und Spinne, der ihm nach Toronto gefolgt war, tötete ihn dort.

Jorge, den wegen der Geschichte, die seinem Bruder widerfahren war, Schuldgefühle plagten, befreite sich aus seiner Alkoholvernebelung und begann zunächst, Carla zu verfolgen, danach sie und ihren Freund bis nach Trujillo, wo er sie eine Weile aus den Augen verlor. Das führte ihn schließlich nach Campina Vieja. Er war es gewesen, den ich diverse Male flüchtig in der Nähe von Laforets Haus und auf dem Marktplatz gesehen hatte. Er beobachtete, wie Spinne *el Hombre* besuchte, und folgte ihm später nach *Paraíso*. Er sah auch, dass Spinne den Wachpolizisten tötete, und zog daraus seine Schlüsse darüber, was mit seinem Bruder geschehen war. Sein Timing war meiner Ansicht nach perfekt gewesen.

Carla Cervantes klimperte bei jedem Mann, der ihr über den Weg lief, mit den Wimpern und behauptete, sie wüsste absolut nichts von der ganzen Sache. Bisher wird ihr nichts zur Last gelegt. Das Letzte, was ich hörte, ist, dass sie in einer hübschen kleinen Wohnung mit Meerblick in Huanchaco in der Nähe von Trujillo wohnt. Ihre Miete wird von einem wohlhabenden peruanischen Geschäftsmann bezahlt, der sie besucht, wenn seine Gattin nicht hinsieht. Manche Frauen haben einfach den Dreh heraus. Ramóns und Carlas drei Kinder wohnen bei ihrer Schwester, wenngleich ich gehört habe, dass Jorge und seine Frau, die sich wieder versöhnt haben, sich bemühen, das Sorgerecht zu bekommen.

Zu den erfreulichen Dingen gehört, dass Wayne Colton – für mich wird er immer Puma bleiben – beschlossen hat, dass Peru ihm gefällt und er sich dort wie zu Hause fühlt, ein Umstand, den er seinem früheren Leben als Atahualpas Freund zuschreibt. Er hat eine ausgezeichnete Zaubernummer als »Wayna Cápac der Große« auf die Beine gestellt, die er am Wochenende in einem Hotel in Miraflores aufführt. Er zieht ein Inkakostüm über, das Steve und ich mitfinanziert haben, und die Touristen lieben ihn. Er ist von den Drogen weg und hat eine Vereinbarung mit seinem Bruder getroffen, das Geld, das er sich »geliehen« hatte, nach und nach zurückzuzahlen. Aus seinen mühsam handgeschriebenen Briefen schließe ich, dass er gut zurechtkommt. Pachamama, Megan Stockwell, ist nach Hause geflogen.

Steve macht bereits Pläne für seinen nächsten Aufenthalt in Cerro de las Ruinas. Wenn er die nötigen finanziellen Mittel auftreiben kann, was ihm mithilfe der Artikel, die er über den neu entdeckten Moche-Schatz veröffentlicht hat, wahrscheinlich gelingen wird, möchte er für die Arbeit auf der Grabungsstätte die gesamte Guerra-Sippe einstellen. Sie bewachen den Fund für ihn, bis er zurückkehrt. Tomás hat sich für die nächste Saison als Schamane und Arbeiter verpflichtet, Inés als Köchin. Ganz gleichgültig, was ich in jener Nacht auf dem Fluss gesehen habe, oder meinte, gesehen zu haben – ich bin froh, dass Tomás und Inés Steves Arbeit behüten.

Ich glaube, Steve geniert sich immer noch ein wenig wegen seines Verhältnisses mit Tracey. Ihm ist nicht entgangen, dass sie ihn für ihre schändlichen Zwecke benutzt hat. Doch bei seinem leicht zerzausten guten Aussehen und seinem jungenhaften Grinsen werden die Frauen, sobald er wieder so weit ist, mit Sicherheit Schlange stehen, um ihm darüber hinwegzuhelfen. Manchmal denke ich, ich könnte mich auch zu ihnen gesellen.

Hilda wird die Tätigkeiten draußen bei den Ausgrabungen aufgeben müssen, aber die Ereignisse der letzten Zeit haben ihr aus irgendeinem Grund einen gewissen Frieden verschafft, was ihre Situation betrifft. Sie hat eine Stelle als Geschäftsführerin eines namhaften Museums angenommen und plant, so bald wie möglich eine prachtvolle Ausstellung mit Moche-Kunst auf die Beine zu stellen. Sie erzählt Steve bereits, dass sie ihm nie verzeihen wird, wenn die Schätze von Cerro de las Ruinas zuerst woanders ausgestellt werden, und mir, dass ich unbedingt bei der Eröffnung dabei sein muss. Ich denke, ich könnte wirklich hingehen.

Was mich betrifft, so rief ich die Menschen an, mit denen ich am dringendsten sprechen wollte, sobald alles vorüber war: Moira und Rob. Rob Luczka flog den weiten Weg nach Lima, um mich nach Hause zu holen. Das war wirklich sehr nett von ihm, wenn man bedenkt, was alles vorgefallen war, und er hat mir eine Menge Zeit und Ärger erspart. Zu versuchen, ohne Pass oder Geld zurückzukommen, wäre eine beängstigende Vorstellung gewesen. Einen Mountie zum Freund zu haben hat seine Vorteile, das muss man schon sagen. Es war eine lange Reise, und wir hatten eine Menge zu besprechen, vieles zu bereinigen, doch anfangs unterhielten wir uns nur über belanglose Dinge. Schließlich versuchte ich, ihm zu sagen, wie sehr ich das Ganze bedauerte, wie schuldig ich mich von Anfang an gefühlt hatte wegen allem, was geschehen war, und wie ich bei meinem Bemühen, alles in Ordnung zu bringen, immer tiefer in die Sache hineingerutscht war. Er unterbrach mich.

»Ich bin der Schuldige«, sagte er. »Ich weiß, dass du verschwunden bist, dass du versucht hast, das Problem selbst zu lösen, weil ich nicht für dich da war. Als du einen Freund brauchtest, war ich nur ein Polizist, und ein äußerst unnachgiebiger dazu. Du warst verständlicherweise vollkommen aufgelöst wegen der Geschehnisse, und mir hätte das klar sein müssen. Falls es ein Trost für dich ist: Ich habe keine Nacht durchgeschlafen, seit du weg warst, und meine Tochter spricht kaum noch mit mir. Ich wollte dir nachreisen, aber dieser Kerl, dieser alte Freund von dir, Lucas, wollte mir nicht verraten, wo du bist. Natürlich nahm ich an, du seist in Peru. Ich ließ die Daten aller Leute, die in letzter Zeit in das Land eingereist waren, prüfen, aber dein Name tauchte nirgends auf. Lucas sagte immer wieder zu mir, du würdest mich schon informieren, falls du wolltest, dass ich deinen Aufenthaltsort kenne.«

Plötzlich lächelte er. »Danke, dass du mich schließlich doch angerufen hast.« Er hielt ein oder zwei Minuten inne. »Bist du mir immer noch böse?«

»Nein«, erwiderte ich. »Bist du mir denn noch böse?«

»Nein«, sagte er. »Liebst du Clive immer noch?«

»Nein«, erwiderte ich, und ich meinte es auch so.

»Wie steht es mit Lucas?«

»Nein«, sagte ich. »Über ihn bin ich auch hinweg.«

»Bist du scharf auf diesen Steve?«

»Vielleicht«, sagte ich.

Er seufzte. »Tja, wie es schon in diesem Lied von Meat Loaf heißt: *Two out of three ain't bad* – zwei Treffer bei drei Versuchen sind nicht schlecht, schätze ich.«

»Ich weiß nicht, was ich für Steve empfinde«, wiederholte ich. »Aber ich habe *dich* angerufen.« Und dabei beließen wir es vorerst.

Ich fühle mich allerdings ein wenig schuldig. Ms Perfect, Robs Freundin Barbara, hat ihn verlassen. Sie war nicht besonders begeistert, als er das gemeinsame Bankkonto plünderte und nach Peru flog, um mich abzuholen. Zudem bin ich nicht sicher, ob es wirklich der finanzielle Aspekt war, der sie beunruhigte.

Ich habe das Gefühl, dass Sarah Greenhalgh sich allmählich fragt, ob sie für den Einzelhandel geschaffen ist. Ich brauche nicht zu sagen, dass es nicht gerade aufmunternd ist, wenn jemand im deinem Geschäft ermordet wird, anschließend der Laden verwüstet und in Brand gesteckt wird und die Partnerin, die im Verdacht steht, Versicherungsbetrug begangen zu haben, ein paar Wochen lang verschwindet. Ich wäre nicht überrascht, wenn sie mich bald bittet, ihr ihren Anteil auszuzahlen. Falls sie es tut, wird der Ausgang des Ganzen von der Stimmung des für mich zuständigen Bankangestellten abhängen, schätze ich.

Die beste Nachricht ist, dass unser Laden wieder geöffnet ist. Der Versicherungsangestellte, Rod McGarrigle, brachte den Scheck persönlich vorbei, und ich hatte die Genugtuung, ihn quasi auf dem Boden kriechen zu sehen. Dafür bin ich dankbar, und mehr als alles andere auch für den Umstand, dass Alex sich wieder vollständig von seinen Verletzungen erholt hat.

Bisweilen stehe ich einfach nur in unserem Geschäft, sehe mich um, denke darüber nach, wie froh ich darüber bin, dort zu sein, darüber, dass Alex im hinteren Bereich herumwirtschaftet, dass meine Freunde in der Nähe sind und meine Katze im Fenster sitzt.

Abgesehen davon bleibt mir nur zu berichten, dass die Erdnuss, wie so viele andere gestohlene Objekte aus Peru, nie gefunden wurde. Auf der Plusseite gibt es zudem noch zu vermelden, dass die »'pokalypse« noch nicht stattgefunden hat.

Es gibt noch eine andere Begebenheit, die ich vermutlich erzählen sollte. Kurz nachdem ich nach Hause gekommen war, ging ich hinüber zu Moira, setzte mich an ihren Küchentisch und trank einen Kaffee. Ich hatte das Gefühl, dass noch jemand anderes im Haus war; ich bin mir nicht sicher, warum.

»Wir haben uns schreckliche Sorgen um dich gemacht«, sagte Moira und tätschelte mir die Hand. »Und wir sind so froh, dass du wieder zu Hause bist.«

Irgendetwas an der Art, wie sie es sagte, war seltsam, möglicherweise die leichte Betonung des Wortes »wir«. »Wer ist ›wir‹?«, fragte ich, doch als die Worte aus meinem Mund drangen, wusste ich bereits, dass dies einer jener besonderen Momente im Leben werden würde.

Sie zögerte. »Wir«, sagte sie schließlich. »Clive. ›Wir‹, das sind Clive und ich.«

Das war es also. Meine beste Freundin und mein Exmann. Meine Wahlmöglichkeiten waren klar. Entweder weiter wütend auf Clive sein und eine wirklich gute Freundin verlieren oder meinen Stolz hinunterschlucken und sie behalten. Einige Sekunden lang hätte man die sprichwörtliche Stecknadel fallen hören können.

»Wie schön«, sagte ich schließlich. An manchen Tagen, um eine Redewendung zu borgen, muss man einfach mit dem Strom schwimmen.

Wenn ich genauer darüber nachdenke, sind die beiden perfekt füreinander geschaffen, und aus einem Grund, den ich nicht erklären kann, hat es eine große Last von meinen Schultern genommen. Ich habe das Gefühl, dass mein Leben nun voller unendlicher Möglichkeiten ist – was die Liebe betrifft, ja, doch auch, was alles andere angeht.

Es gibt noch eine letzte gute Nachricht. Es wird interessant sein zu sehen, ob Clive mehr Durchhaltevermögen als Moiras frühere Freunde besitzt, aber ich glaube, er könnte es schaffen. Sollte ihre Beziehung so gut funktionieren, dass sie beschließen zu heiraten, muss ich kein Hochzeitsgeschenk besorgen. Ich habe bereits eins. Eine kleine Schnupftabakflasche aus Jade. Ich habe sie einmal bei einer Auktion erstanden.

Danksagung

Ich schulde vielen Menschen Dank für ihre Unterstützung beim Schreiben dieses Buches und für ihre Mithilfe bei den Recherchen, besonders Dr. Andrew Nelson, Chris Nelson, Neal Ferris, Manina Jones, Susie Wilson, Celia Fairclough, Jim Polk und, wie immer, meiner Schwester Cheryl.

Denjenigen Leserinnen und Lesern, die daran interessiert sind, mehr über den echten Moche-Krieger zu erfahren, möchte ich das Buch *Die Königsgräber von Sipán* von Walter Alva und Christopher B. Donnan ans Herz legen.

Deutsche Erstausgabe 2008
Weltbild Buchverlag –Originalausgaben–

Projektleitung: Almut Seikel
Übersetzung: Christa Hohendahl
Redaktion: Carmen Dollhäubl
Umschlaggestaltung: Hauptmann und Kompanie Werbeagentur, München
Umschlagabbildung: © Yuriy Kaygorodov/Shutterstock
Satz: Lydia Kühn
Gesetzt aus der Sabon 10,75/12,5 pt
Druck und Bindung: CPI Moravia Books s. r. o., Pohorelice

Gedruckt auf chlorfrei gebleichtem Papier

Printed in the EU

ISBN 978-3-86800-036-8